Céline Mancellon est née [illegible] 1977 et est maman de quatre enfants. Elle est publiée pour la première fois en 2012 et connaît aussitôt un certain succès autour de ses romances contemporaines et de ses sagas de bit-lit. Quelques années plus tard, *Bad Romance* paraît dans la collection primo-numérique de Milady, Emma, et devient aussitôt un best-seller. Désormais, la plume prolifique et passionnée de Céline explore tous les genres, de la chick-lit à la dystopie en passant par le thriller : autant de mondes qu'elle prend plaisir à visiter pour nourrir le sien.

Du même auteur, chez Milady,
en grand format :

Bad Romance
Bad Romance – Cœurs indociles
Bad Romance – Cœurs imprudents

Chez Milady, en poche :

Satan est un homme comme les autres
Bad Romance
Bad Romance – Cœurs indociles
Bad Romance – Cœurs imprudents

Chez Emma :

L'indéniable charme d'un voleur de cœur

Céline Mancellon

Bad Romance

Cœurs indociles

Emma

Milady est un label des éditions Bragelonne

Ce roman a été précédemment publié en numérique
dans la collection Emma.

ISBN : 978-2-8112-2809-5

Bragelonne – Milady
60-62, rue d'Hauteville – 75010 Paris

E-mail : info@milady.fr
Site Internet : www.milady.fr

À Roland Mancellon, mon père.
L'homme qui m'a enseigné que sortir
des sentiers battus était une bonne chose,
mais surtout, à réfléchir par moi-même.
Tu me manques tous les jours.

Note de l'auteure

Je tenais à vous parler de ce nouvel opus de la série *Bad Romance*. Tout d'abord, j'aime beaucoup ce tome 2, *Cœurs indociles*. Je suis très attachée à ses personnages si humains et imparfaits. Ils doutent. Ils ont peur. Prennent de mauvaises décisions ou ne réagissent pas comme il le faudrait. Lorsque je me suis mise à imaginer un spin-off du premier volet, j'ai tout de suite vu un personnage féminin miroir de Chris (du tome 1). Une personne qui arborerait, elle aussi, des tatouages comme une armure de combat tout en cachant au fond d'elle sa fragilité, car Charlie est une combattante, tout comme Chris l'était.

Ce tome-ci sera différent du premier et pour plusieurs raisons que je vais partager avec vous. La première étant que je refusais de « m'auto-plagier » : réécrire un Chris-Kate alors qu'à mes yeux, il n'existe qu'un seul Chris et qu'une seule Kate dans cet univers. (J'aurais eu l'impression de créer des sosies.) Charlie et Logan ont leur propre personnalité, leur propre vécu (et leur propre dynamique que je vais vous laisser découvrir). *Cœurs indociles* est plus sombre et contient beaucoup moins d'humour que le premier tome, ou bien que mes autres romans en général. À l'époque, je ne voulais pas en parler, mais je pense qu'il est nécessaire que vous compreniez dans quel état d'esprit j'étais durant l'écriture de ce roman... J'avais à peine débuté le premier chapitre lorsque j'ai perdu mon papa. Cela a été brutal. Trop, pour moi. Un coup de téléphone et je ne pouvais plus lui parler, ou plonger mon regard dans le sien.

Arranger les choses. Encore aujourd'hui, je ne peux pas l'évoquer sans m'effondrer. C'est terrible quand vous vous rendez compte que c'est trop tard, pour tout. Que vous ne pouvez plus dire à quelqu'un que vous l'aimez : ça l'emporte sur les désaccords, les erreurs du passé, parce que d'un seul coup, il n'y a plus rien. Vous voyez les choses autrement. Mais voilà, j'avais face à moi un personnage féminin imbriqué dans une relation complexe avec son propre père et qui se trouvait à la limite de la haine. J'avoue que j'ai eu du mal et que je me suis poussée au bout de mes limites, pour l'histoire, pour les personnages.

Un nouveau tome, donc, qui ne peut pas être comparé au premier mais qui, j'espère, trouvera sa place dans votre cœur. Et surtout, surtout, dites à vos proches que vous les aimez chaque fois que vous le pouvez. Tous les jours.

Je vous embrasse,
Céline

Règle n° 1

Castagner les autres, c'est mal.

Je suis Charlie. Charlene Parson Bell. Cette nana aux cheveux roses, courts, et aux bras bardés de multiples tatouages qui se prend pour Supergirl, à essayer de voler. Défi contre la gravité relevé à cause de l'excellent uppercut balancé avec style par le petit chef du club ennemi au nôtre : les Wildings.

— Charlie !

Et celui qui hurle mon prénom, là, le beau blond au tee-shirt blanc maculé de sang – le sien –, c'est mon boulet de grand frère, Law : je me bats parce qu'il déclenche sans arrêt des bastons sans pouvoir assurer ensuite. La principale compétence reconnue à ce jour de ce magnifique blaireau avec qui je partage mes gènes est d'arriver à engloutir deux hamburgers empilés l'un sur l'autre.

— Putain ! je grogne en remuant exagérément la mâchoire.

Après cette vérification d'usage, et une fois certaine de n'avoir rien de cassé, je me relève tant bien que mal, frotte du plat de la main les traces de terre battue sur mon pantalon, puis m'avance :

— Pablo, tu t'es vachement amélioré depuis notre dernière rencontre ! je le félicite, à moitié sincère.

Entre nous, j'aurais préféré qu'il reste le gros nul de mon souvenir. Il m'adresse un large sourire, et deux dents en or de plusieurs carats tentent aussitôt de m'aveugler. *Enfoiré.* Je me remets en position, m'approche de lui la garde haute et, dès que j'estime être à bonne distance de sa gueule de proxénète, je plie légèrement les genoux, relâche les hanches pour augmenter la puissance de mon punch, qui a le noble objectif de lui exploser la tronche ; c'est mon arme fatale personnelle, et ce coup est particulièrement réussi. La seconde suivante, avec une immense satisfaction, je le regarde déguster le met délicat qu'est le sol. Le bonus survient lorsqu'il redresse la tête pour recracher une de ses quenottes de métal précieux. Là, franchement, ça devient orgasmique.

— Un Ange noir vient de mettre KO un petit Wildings ! je m'esclaffe.

— LES FLICS ! crient nos quelques spectateurs juste avant de s'éparpiller.

Ils ont disparu comme une volée de moineaux effrayés. D'ailleurs, ils sont à quatre-vingt-dix-huit pour cent mexicains et cent pour cent Wildings, les moineaux. Pour les encouragements, je pouvais toujours courir.

— Hein ? je lance, après avoir cherché Law des yeux.

Le sale petit rat a également pris la tangente.

— C'est une blague ?! Je suis toute seule !

Sirène hurlante, dans un magistral nuage de poussière, une voiture de la police de Glendale pile dans un crissement pour s'immobiliser à moins d'un mètre de moi. Deux officiers sortent du véhicule, et si j'en juge par l'expression furibarde qu'affichent leurs visages anguleux, ça va être ma fête. Instinctivement, je lève les mains en l'air :

— Officier James ! C'est vous ! Comment…

En moins de temps qu'il n'en faut pour le dire, j'ai les bras croisés dans le dos et la joue plaquée contre le capot brûlant de la rutilante bagnole de ces forcenés.

— … ça va ? je termine misérablement.

— Charlene Debby Parson Bell, tu as le droit de garder le silence. Si tu renonces à ce droit, tout ce que tu diras sera sûrement utilisé contre toi devant une Cour de Justice. Tu as le droit à un avocat et qu'il soit présent lors de l'interrogatoire. Si tu n'en as pas les moyens, un avocat te sera fourni aux frais du contribuable – pour changer, hein ? Durant chaque interrogatoire, tu pourras décider à n'importe quel moment d'exercer ces droits, de ne répondre à aucune question ou de ne faire aucune déposition. Là aussi, comme d'habitude, n'est-ce pas ? achève-t-il en m'obligeant à me redresser.

— Quand vous me dites des choses aussi sexy, je mouille ma culotte ! je soupire d'un ton énamouré.

Sans aucun égard, et encore moins de délicatesse, l'officier James, une main placée sur le sommet de mon crâne, m'oblige à entrer dans la voiture pendant que son coéquipier tient la portière ouverte. Lorsqu'il la claque,

Donovan James se penche pour que sa figure soit au niveau de la mienne :

— Je suis à peu près sûr qu'aucun mec sur cette planète n'est capable d'un tel exploit, susurre-t-il, venimeux comme un crotale.

Vanne facile qui déclenche un fou rire chez son acolyte. Je lui jette illico un regard noir.

— J'avoue que le spécimen devra posséder un slip plus garni que le vôtre ! Sans vouloir vous manquer de respect, officier ! je m'écrie depuis la banquette arrière sans le quitter des yeux alors qu'il s'installe au volant. Il est de notoriété publique que la queue de l'officier James tient davantage du macaroni que du panini…

C'est la goutte qui fait déborder le vase de ce cher Donovan. Il se tourne vers moi, les traits déformés par la colère :

— Un de ces quatre, être la fille de ton père ne sauvera pas ton cul, Charlie ! crache-t-il, haineux à souhait.

En entendant cette phrase, chaque globule de mon sang éclate comme du pop-corn dans mes veines. Je me débats, entravée par les menottes et ma ceinture qu'on a bouclée pour moi.

— J'ai pas besoin de lui pour te défoncer ! je hurle. C'est quand tu veux, où tu veux, sale con !

Mais c'est inutile ; il ne répond plus à mes provocations. Si j'ai tapé là où ça fait mal, son coup a également porté. C'est un hors-jeu pour nous deux.

Une demi-heure plus tard, je végète sur un banc aussi confortable qu'un bloc de béton. Mon œil a doublé de volume, et je ne parle pas de ma mâchoire. J'ai la détestable impression de sentir encore la chaleur brûlante de la tôle sur ma joue. Pour passer le temps, j'essaie de dénombrer les taches de café sur le mur.

— J'ai appelé ta mère, m'annonce le capitaine Bedford en se plantant devant moi.

Je ne réponds pas tout de suite.

— Trente-deux. Vous avez lancé trente-deux fois votre *putain* de café sur le mur, je précise sans même lui adresser l'ombre d'un regard.

— Fascinant, ricane-t-il.

Je me redresse légèrement.

— Ce qui est fascinant, c'est l'incapacité des flics à correctement viser leur bouche. Parce qu'on vous file des flingues, j'vous signale. C'est assez flippant, comme concept, non ?

Enfin nos yeux se croisent, puis se harponnent mutuellement.

— Je disais avoir appelé ta mère…, tente-t-il.

Je glousse, me gratte machinalement l'arcade sourcilière, là où se trouve mon piercing, un barbell de taille raisonnable.

— Laissez-moi un peu deviner : elle vous a proposé de me garder au frais en chantant « bon débarras » ?

Pour la toute première fois depuis que je le connais, John Bedford semble embarrassé, tandis qu'il se racle la gorge bruyamment. Néanmoins, la seconde suivante il a déjà repris son air indifférent habituel, celui qui se veut super pro.

— J'ai fini par contacter Logan dont le numéro est noté dans ton dossier. Il ne devrait pas tarder à arriver. (Il reste quelques secondes silencieux.) C'est très gentil de sa part de prendre soin de toi alors que tu es une accumulation de problèmes sur pattes.

— Ce n'était pas la peine.

Mon commentaire me vaut son attention exacerbée. Il pose négligemment l'une de ses chaussures lustrées près de ma cuisse, sur le banc, puis, dans une attitude très relax, se penche sur moi pour m'examiner.

— T'es salement amochée, dis donc. Du gâchis… surtout quand on sait que ta mère était une vraie reine de promo, soupire-t-il en me libérant. Tout ce potentiel, c'est de la confiture donnée aux cochons.

— C'est sûr, les trucs cochons, ça vous connaît ! je réplique, un sourire hostile aux lèvres.

Ignorant superbement ma vanne, Bedford sort deux feuilles de papier pliées en quatre de la poche de sa veste.

— Ta citation à comparaître pour voie de fait aggravée.

J'avance la main pour les saisir, mais il les éloigne vivement, hors de portée.

— Tu évites l'incarcération. (Il reste muet un bref instant.) La juge est une amie de longue date. Tout ce que tu auras à faire, c'est te coltiner le nettoyage du petit parc sur Adams Square. Un bon point pour mes relations.

Je me mords méchamment la langue pour éviter de lui suggérer l'endroit empli de ténèbres où il peut se carrer son infinie mansuétude. D'un seul coup, les documents s'envolent, habilement attrapés par des doigts surgis de nulle part.

— Qu'est-ce que c'est ? demande leur propriétaire.

Le capitaine Bedford pivote, de telle façon qu'on pourrait croire qu'un animal dangereux a osé se faufiler dans son pantalon pour remonter jusqu'à son caleçon. D'un geste brusque, il reprend mon pass pour la liberté, avant que l'intrus n'ait pu y jeter un coup d'œil. J'ai vaguement l'impression qu'il connaît l'individu en question. Doute qui se confirme lorsqu'il s'exclame :

— Tiens, voyez-vous ça, un revenant... Il ne manquait plus que toi, Ray Thompson ! Ce sont des saisies officielles, le sermonne sèchement Bedford.

Le dénommé Ray ne paraît absolument pas gêné d'avoir tripoté des documents juridiques ne le concernant en rien ; il se contente de hausser les épaules. La seconde suivante, nos regards se croisent et le sien, plutôt sombre, me détaille brièvement. J'essaie d'estimer son âge et, à mon avis, il doit avoir dépassé la vingtaine.

Le capitaine se réveille, se redresse, s'éloigne de moi pour le saisir par le tee-shirt, mais l'autre type, tout en souplesse et rapidité, l'esquive tant et si bien qu'il se retrouve quasiment derrière lui. Raté. *C'est carrément dingue sa façon de bouger... On dirait une anguille !* Bedford semble sincèrement surpris, il y a une espèce d'hébétement comique sur ses traits.

— Capitaine ou pas, tu ne me touches pas.

La voix de « Ray » vibre de colère, comme si le monde entier était son ennemi.

— C'est pas ta liste de courses, Ray, mais une citation à comparaître !

Ray ne répond pas, mais ne cesse de gigoter.

— Ce ne sont pas mes oignons, de toute façon. Je m'en fous, *capitaine Bedford*, lâche-t-il d'une traite.

Le capitaine approuve ses paroles d'un hochement de tête.

— Où est Logan ? l'interroge-t-il ensuite.

— Il arrive, répond Ray en pilant juste devant moi. Il termine sa conversation téléphonique avec un futur client.

C'est quoi, sa relation avec Logan ? Il est de la famille ? Non, il s'appelle Thompson et pas Campbell... Un ami ? Pourquoi est-ce que je ne l'avais jamais vu auparavant ? Il se baisse subitement pour approcher son visage du mien.

— T'es un vrai sac à emmerdes, toi, hein ? me chuchote-t-il, une inflexion odieuse dans la voix.

Pendant une seconde, je suis déstabilisée par cette attaque. Je ne m'y attendais pas, surtout qu'il paraissait détester autant le capitaine que moi, du coup, j'en avais naïvement conclu que nous étions du même bord. Visiblement, c'était une erreur.

— Certains jours plus que d'autres, je rétorque placidement sans ciller.

Il ne peut pas m'encadrer, c'est ça ? Un mec issu d'un autre club ? Bedford intervient en le repoussant sans ménagement.

— Laisse-la tranquille, lui ordonne-t-il.

Ray se redresse lentement. Il ne détache ses yeux au noir opaque de ma personne qu'au dernier instant et seulement pour reporter son attention sur le capitaine.

— Depuis quand la police est l'amie des Black Angels ? ricane méchamment Ray en trifouillant dans les poches de son pantalon. Il en sort un paquet de cigarettes tout chiffonné, puis en coince une entre ses lèvres, sans l'allumer.

— Arrête ça, Ray. Ne cherche pas les ennuis. Ma patience a des limites, et on ne peut pas dire qu'elles soient difficile à atteindre.

Je les contemple s'embrouiller avec intérêt.

— Charlene Parson Bell ! lance un homme dont je reconnais instantanément l'identité. As-tu décidé de me faire vieillir avant l'âge ?

Je me raidis. Je vais devoir affronter la tempête qui s'annonce. Logan, vêtu d'un superbe costume, ses cheveux bruns aux reflets auburn impeccablement coiffés. Son regard profond gris basalte m'épingle sans difficulté. Plonger dans les yeux de Logan, c'est un peu comme s'enfoncer dans une mer mystérieuse aux eaux insondables.

— Tu m'avais juré d'éviter les problèmes... Si c'est de cette manière que tu t'y prends, je ne trouve pas le résultat très probant.

— J'évite les problèmes, Logan, mais bizarrement, ils me retrouvent toujours.

Tout ce que je souhaite, c'est récupérer ces satanés papiers et quitter au plus vite le bureau du capitaine. Je déteste cet endroit.

Lorsque Logan s'arrête, il octroie un regard noir à Bedford :

— Les menottes étaient vraiment nécessaires, capitaine ?

Tout en décrochant les clefs desdits bracelets de sa ceinture, Bedford baisse rapidement la tête afin de se soustraire à son interlocuteur.

— C'est la procédure.

Dès que Bedford est suffisamment près, je lui tends les poignets et, d'un geste agile, il me libère.

— La procédure…, répète pensivement Logan. Puis-je voir les assignations ? demande-t-il ensuite.

Bedford s'exécute de mauvaise grâce. Logan les parcourt pendant quelques secondes et ne relève la tête que lorsque Bedford se sent obligé de préciser la situation :

— Elle doit comparaître dans deux semaines devant la juge Winkson pour *misdemeanors*[1].

— Comment ça ?

— Voie de fait aggravée avec usage de la force et lésions, poursuit le capitaine d'un ton mécanique.

Durant un long moment, Logan ne dit rien, il se contente de fixer le capitaine puis, un bref instant, ses yeux bifurquent vers moi, toujours sagement assise. Sans rompre le lien visuel qui nous lie, Logan, tout en enfonçant les mains dans les poches de son pantalon dans une attitude nonchalante, répond au chef de la police de Glendale :

— Ce n'était qu'une bagarre entre gosses… n'est-ce pas, Charlie ?

Machinalement, j'acquiesce, totalement hypnotisée par son regard pénétrant.

— Entre les BAMCHA et les Wildings. Deux gangs hors la loi, rectifie le capitaine, les narines frémissantes.

— Les gosses des Black Angels et des Wildings. Dans tous les cas, je serais curieux de voir les preuves qui vous ont permis d'arrêter Charlie. Où est le gamin sur lequel

---

1. Terme pénal américain : infraction mineure, mauvais comportement. *(Toutes les notes sont de l'auteure.)*

elle a utilisé la force et causé ces fameuses lésions ? L'avez-vous arrêté ?

— C'est une récidive. Elle a un casier judiciaire, s'entête John.

Logan sourit de toutes ses dents, mais ses yeux gardent l'éclat froid du basalte.

— Vous n'avez même pas la prétendue victime, capitaine.

Le dénommé Ray intervient, l'air belliqueux.

— Comme d'habitude, les arrestations abusives… Je constate que rien n'a changé avec le temps !

Bedford contre-attaque et les deux hommes s'embarquent dans une interminable dispute. Logan, lui, en profite pour s'approcher de moi et me tendre la main afin de m'aider à quitter ce satané banc. Juste avant que j'accepte son assistance, nos regards se croisent encore. J'ai toujours imaginé ses yeux telles deux forteresses impénétrables protégeant ses pensées. Je ne dois pas être très loin de la vérité.

— Ça va, toi ? s'enquiert-il de cette voix calme que je lui connais. Tu as de sacrés hématomes sur la figure…

Je hoche la tête ; tout est OK, maintenant. Je suis déstabilisée par sa présence ici. Ça me rend bizarrement silencieuse. Je n'aime pas l'idée qu'il m'ait vue avec des menottes aux poignets, surtout après lui avoir fait la promesse de me tenir à carreau.

— C'était encore la faute de Law ? poursuit-il en cherchant à m'ébouriffer les cheveux.

Légèrement agacée, je m'écarte prestement de lui. Il ne s'en rend même pas compte, préférant garder un œil sur

Bedford et le nouveau venu, Ray, toujours plongés dans une conversation houleuse. Je n'aime pas quand il agit de cette façon, à me tapoter la tête comme si j'étais une enfant. J'aurai bientôt vingt-deux ans.

— Comme d'habitude, je marmonne. On ne change pas une équipe qui gagne.

Il hoche la tête à son tour.

— J'aimerais essayer de lui mettre un peu de plomb dans la cervelle, cet été.

Soudain, je regarde plus attentivement son costume. Je ne l'avais jamais vu habillé comme ça. Ce n'est pas que cela lui va mal, non, bien au contraire ; disons juste que cela lui donne l'air encore plus inaccessible que d'habitude.

— Cet été ?

— Oui. D'ailleurs, tu devrais faire de même. Ça pourrait t'être profitable.

— Qu'est-ce qui me serait « profitable » ?

Le dos raide, j'essaie de me concentrer sur cette discussion. Pour une obscure raison, je déteste quand il emploie ce ton protecteur, voire paternaliste avec moi.

— Le stage que nous proposons pendant huit semaines avant d'intégrer *Action Heroes*, lance-t-il avant de s'interposer entre le capitaine et Ray qui sont sur le point d'en venir aux mains.

— Je ne crois pas que…

Je n'ai pas le loisir de terminer cette phrase commencée du bout des lèvres, car il est déjà auprès de celui que je suppose être son ami. Je décide de les rejoindre. Le duel est intéressant : l'air mauvais, John Bedford fusille Ray Thomson du regard. quant à Logan, je ne peux que constater qu'il les dépasse tous deux d'une bonne tête. *Qu'est-ce que Bedford est riquiqui à côté de lui...* Comme s'il venait de capter cette pensée, Logan lève les yeux vers moi, puis hausse un sourcil interrogateur. D'un mouvement de tête, je lui signifie que je ne le regarde pour aucune raison précise.

— Ray, tu dépasses les bornes ! s'énerve brusquement Bedford.

D'aussi loin que je me souvienne, Logan a toujours vécu dans cette maison qui se trouve face à la mienne, dans un quartier résidentiel de Glendale. Néanmoins, à cause d'une amnésie dont je souffre quotidiennement et causée par un tragique événement dans mon enfance, je dois avouer que ma mémoire n'est pas au top, même en ce qui le concerne. Malgré cela, une chose est sûre : il est le seul dont l'opinion compte.

— Je vous suggère de ne pas outrepasser vos fonctions, intervient Ray d'un ton léger, quasi chantant. Nous ne sommes pas des citoyens lambda, capitaine, ajoute-t-il cette fois à voix basse, avec une inflexion largement moins musicale.

Bedford se braque. Il enfonce négligemment les pouces dans son ceinturon et rentre son ventre de manière visible. Je m'esclaffe en le voyant faire. Notre bon capitaine devrait quitter la Californie pour le Texas, il y serait comme un poisson dans l'eau ! Il a toute la panoplie du cow-boy.

— Tu insinues quoi ? susurre Bedford. C'est une menace ?

Il est si occupé à défier son interlocuteur qu'il en oublie de relever mon fou rire. Logan, de son côté, adresse un regard d'avertissement à Ray.

— Je n'insinue rien. Rien du tout, lâche ce dernier à contrecœur.

Soudain, Logan intime à Ray de se calmer et ce dernier obtempère, dépité. Puis il se rend compte que je l'observe toujours et ses yeux harponnent les miens sans ménagement. Pendant ces quelques secondes où nous nous étudions l'un l'autre, je perçois autant ses barrières que les miennes.

— Charlie ? Je dois passer un coup de fil urgent… J'avais rendez-vous à la banque ce matin mais je ne vais pas y arriver. Attends-moi ici avec Ray, je reviens, OK ? On te raccompagnera chez toi ensuite.

Voilà qui explique sa tenue.

— Pas de souci.

Je lui souris puis grimace de douleur. Les hématomes me font mal.

Logan et Ray me ramènent à la maison ; c'est le premier qui conduit l'antique Plymouth Barracuda 1967 vert pomme, celle qui appartient à Lem, son père. Depuis la banquette arrière, bras croisés, j'essaie de ne pas constamment surveiller le nouveau venu. Il m'a déjà prise deux fois la main dans le sac grâce au minuscule rétroviseur. Il y a un truc chez lui qui me dérange, mais je n'arrive pas à mettre le doigt dessus. Sa tendance à avoir l'air constamment en colère ? Dans tous les cas, nous deux dans un espace restreint, ça donne une atmosphère pénible.

— Il y a des invités, on dirait ! indique-t-il, curieusement enthousiaste.

Mon regard rencontre celui de Logan dans le rétroviseur. Je détourne rapidement le mien pour constater qu'effectivement, devant notre maison, les Harley Davidson ont envahi un large périmètre du jardin. J'ai l'impression que chaque goutte de mon sang se cristallise dans mes veines.

— Fait chier ! je siffle entre mes dents.

Je ne suis pas certaine d'être dans le bon état d'esprit pour tailler une bavette avec mon père, Kurt Parson. Concrètement, qui serait enchanté d'affronter une bande de *bikers*, surtout s'ils sont imbibés, voire exaltés par la libération de leur président ? Je sens un pli soucieux me barrer le front. *OK. Qu'est-ce qu'on fait ?* Je me demande si je ne peux pas simplement suggérer au chauffeur de tracer jusqu'au désert de Sonora, au nord du Mexique... Avec un billet de cinquante dollars en poche, je me crois capable de survivre une semaine en me nourrissant exclusivement d'*enchiladas*, et je serai probablement mieux lotie entre deux cactus saguaro de l'autre côté de la frontière que face à mon illustre paternel.

— Qu'est-ce qu'on fait ? se renseigne Logan tout en ralentissant.

Je sursaute, surprise de l'entendre formuler ma pensée à voix haute.

— Je veux voir si Danny va bien, Logan.

Un silence unanime ainsi que le regard inquisiteur de Logan me répondent. Je viens de leur confier l'unique raison qui me force chaque jour que Dieu fait à franchir de nouveau le seuil de cette satanée maison.

— S'il te plaît, j'insiste en percevant l'hésitation de Logan.

Assis sur le siège passager, Ray l'interroge du regard et celui-ci accepte immédiatement.

— OK, mais je t'accompagne, lâche-t-il avec autorité.

Je n'aime pas l'éventualité que l'un des « frères » de Kurt le castagne. Si jamais sa présence les indispose, c'est, hélas, ce qui risque de se produire. Les doigts sur la poignée, les muscles raides, j'essaie de me plaquer un sourire relax sur les lèvres, mais je sais d'avance que le résultat ne doit pas être folichon. Tant pis.

— C'était déjà très sympa d'être venu me sauver les miches auprès de Bedford, mais je préférerais que tu ne viennes pas. Tu n'es pas un Black Angels, et ils sont probablement tous saouls, là-dedans. Va savoir comment ils vont réagir…

Du coin de l'œil, je remarque que Ray détache sa ceinture de sécurité.

— Elle a raison. Si ça peut te rassurer, je m'y colle. Danny, c'est son petit frère ? Bien. On n'a qu'à checker si le gamin est OK, puis revenir. (Il se tourne vers Logan.) S'il t'arrivait quoi que ce soit, ton père me briserait les genoux. Et j'y tiens, à mes genoux. Je ne peux pas pratiquer le Parkour sans eux, ajoute-t-il.

Il plante ses yeux dans les siens.

— Mes genoux, répète-t-il platement.

Pendant plusieurs secondes, le regard perdu au-delà du panorama offert par le pare-brise de la voiture,

Logan semble peser le pour et le contre, et finalement donne son verdict :

— Tu restes dans la voiture. Ils ne te connaissent pas, Ray. Moi, oui. Ils seront moins méfiants ou agacés par ma présence. On récupère Danny, et ensuite on ira tous ensemble au Hangar.

— Je viens ! s'emporte Ray. Je ne vais pas te laisser entrer seul dans leur tanière d'ivrognes !

— Non, refuse fermement Logan en débouclant sa ceinture.

Tandis qu'ils tergiversent, je bondis hors de la Plymouth, ce qui accentue passablement mes douleurs d'estomac.

Merde. Merde. Faut éviter Kurt. C'est ça, on récupère Danny. C'est bien que Logan vienne avec moi. Deux paires d'yeux valent mieux qu'une. Merde. C'est pas mon jour !

Je me lance. L'agréable fraîcheur apportée un peu plus tôt par les vitres ouvertes de la voiture n'existe plus, et je me retrouve à baigner dans l'air chaud de ces derniers jours de juin. Je porte la tenue de combat idéale : un simple débardeur noir sur un pantalon de treillis usagé. Si on joint à ça que je n'ai pas eu le temps de peigner ma courte crinière ce matin, ça doit partir dans tous les sens là-haut… Ma foi, ressembler à une punk, c'est une forme de défense tout à fait correcte, surtout quand une dizaine de barbus machistes à la mine patibulaire promènent leur gilet en cuir chez vous.

— Ça va aller, Charlie ? s'enquiert Logan, les yeux rivés sur la demeure familiale.

— Ce n'est pas comme si j'avais le choix… Toi, par contre, tu aurais pu rester dans la bagnole avec ton pote… car c'est bien un pote à toi, non ?

Logan ne répond pas. C'est lui tout craché : sombre, silencieux, mystérieux, mais quand son regard plonge dans le vôtre, on dirait qu'il peut discerner jusqu'aux contours de votre âme. Il émane de lui une assurance incomparable, comme s'il pouvait très facilement contrôler chaque chose en ce bas monde. Jamais je n'ai rencontré à ce jour un homme pouvant le surpasser, et ce sur de nombreux points. Logan est M. Parfait.

— Tu ne me crois pas capable de les affronter ?

Il vient de poser la question d'une voix douce, mais ce que je perçois derrière celle-ci me colle autant de frissons que l'idée de me jeter dans la gueule béante des Black Angels.

— Je n'ai pas dit ça. Au risque de me répéter, ce ne sont pas tes affaires, t'es pas obligé de m'aider.

Au moment où mes doigts touchent la poignée de la porte d'entrée, ceux de Logan me saisissent le bras pour me retenir. Instinctivement, je m'accroche à ses iris gris comme à une main secourable qui vous évite la chute.

— Je ne me sens pas obligé de quoi que ce soit. Jamais. Je n'ai jamais eu pitié de toi, Charlie.

Je les observe, lui, sa sincérité, sa mâchoire carrée ombrée d'une barbe de deux jours et ses pommettes hautes. Un visage dénué d'inquiétude, celle qui devrait normalement s'y trouver, vu qu'il s'apprête à affronter une famille de bikers.

C'est facile pourtant, il n'y a qu'à voir la façon dont je tremble. Même après toutes ces années : j'ai mal au ventre, et des crampes de classe internationale. Ça, c'est une bonne réaction saine ! Logique. Légitime. Tout être humain normalement constitué et à l'intelligence moyenne n'évoluant pas dans ce milieu éprouverait les symptômes d'une gastro-entérite à l'idée de se confronter au terrifiant un pour cent[1]… ce qui n'est visiblement pas le cas de mon interlocuteur. Mais alors vraiment pas. Quelque part, ça force l'admiration. Je veux dire, cette absolue inconscience. Je ne vois que ça pour nommer cette façon d'éluder le danger avec une telle désinvolture : être complètement inconscient. Fêlé ? Fou furieux ? Est-ce que tous les cascadeurs sont des têtes brûlées ne craignant rien en ce monde ? Ceci expliquerait sûrement cela.

Je me défais lentement de son emprise. Logan qui me prendrait en pitié ? Cette éventualité me colle la nausée.

— Je le sais. On entre ?

Je dénoue lentement mes épaules d'un mouvement, faussement détendue, comme si je me fichais que les Black Angels soient là. Et non. Je ne m'en fous pas. Pas même un peu. J'aimerais, pourtant. Après une ultime et profonde inspiration, me voilà en train de pousser la porte d'entrée, le dernier rempart qui me sépare des Anges noirs.

---

1. *One percenter* (1 %) : désigne les membres hors la loi de la communauté des bikers.

Résolution n° 1

Être comme un frère.

Je suis Logan, Logan Campbell, et je m'apprêtais à boire ma première tasse de café de la journée lorsque la sonnerie de mon téléphone portable a relégué ce besoin matinal au rang de possibilité. Je lis « Capitaine Bedford » sur l'écran de mon smartphone. Je jette ensuite un bref coup d'œil en direction des deux personnes prenant leur copieux petit déjeuner à la table face à moi : mon père et mon ami d'enfance, qui, comme chaque année à la même date, quitte l'Europe pour Glendale. Alors qu'ils sont figés, les yeux rivés sur moi, un « moi » péniblement engoncé dans un costume chic, je les devine en train d'attendre que j'accepte l'appel. *Ai-je le choix ?*

— Capitaine Bedford ! Comment allez-vous ?

Mollo sur l'enthousiasme, Logan. Ça sonne faux.

— Très bien. Ce n'est pas le cas de tout le monde, ici.

Son ton est glacial. Il ne nous aime pas – les Campbell – parce que son père s'est fait tuer en tentant d'épingler le mien. C'est tout de même une excellente raison. Je ne peux pas lui en vouloir. Le silence qui règne dans la pièce permet à chacun d'entendre le capitaine qui, de son côté, ne se gêne pas pour brailler à l'autre bout du fil. À croire qu'il s'exprime dans un mégaphone.

— Ah ? Et qui… ne va pas bien ?

Charlie.

— Charlie. Évidemment.

Évidemment. Je dois aller chez ce salopard d'Arnold Dumbly qui me tient par les couilles, et c'est aujourd'hui que Charlie décide de se faire choper par Bedford. Un soupir las m'échappe.

— C'est bon, je m'y colle avec Ray, on la sort de là pendant que toi, tu vas à ton rendez-vous. C'est important pour le business, intervient mon père, Lem.

Ray, pour l'instant, ne dit absolument rien, donc je m'emploie à jauger mon paternel, ce vieil homme mauvais comme la peste capable de vous faire prendre des vessies pour des lanternes. Bedford s'impatiente à l'autre bout du fil, je l'entends clairement tapoter une surface quelconque du bout des ongles.

— Que s'est-il passé ?

— Elle s'est battue avec un gars…

Mon sang se transforme aussitôt en glace pilée.

— J'arrive.

Le ton sec avec lequel j'ai prononcé ce mot l'a probablement déconcerté, car il n'ose rien ajouter. D'interminables secondes s'écoulent avant qu'il se décide à me répondre, mais, lorsqu'il le fait, c'est d'une voix nettement moins assurée qu'au début de notre échange :

— OK. Je m'occupe de la paperasse. Dépêchez-vous… elle a été intenable durant le trajet, ajoute-t-il.

Une Charlie intenable ? Personnellement, elle m'a toujours fasciné… cette fabuleuse aptitude qu'elle a à transformer la franchise en arme de destruction massive. Étant peut-être trop habitué moi-même à user de faux-semblants, la vérité finit par me faire un drôle d'effet. Au rictus écœuré de Ray, accompagné du froncement de sourcils désapprobateur de mon père, je rectifie le tir et arbore vite une expression un peu plus neutre.

— Je peux y aller à ta place, propose mon père.

J'évite de le regarder.

— Avec ta sciatique ? Tu plaisantes ? Reste à la maison. Ça va me prendre… quoi ? Dix minutes, tout au plus ? Je veux juste vérifier qu'elle va bien et la ramener chez elle.

— Je t'accompagne, intervient bizarrement Ray.

Comment refuser ? Je n'ai aucun argument valable pour l'empêcher de venir. Je me veux distant tandis que je cherche le trousseau de clefs de la voiture de mon père que je balance ensuite à mon ami d'enfance.

— C'est Charlie. C'est de la mauvaise graine. Elle va très bien ! grimace sèchement Lem.

Ray, tout en vidant son mug de café, m'observe attentivement.

— C'est bon, papa. Ne recommence pas, s'il te plaît.

Un silence de plomb s'abat sur cette cuisine des plus minuscules, rendant la pièce encore plus exiguë qu'elle ne l'était déjà.

— C'est Charlie…

Je perçois une curieuse inflexion dans la voix de Ray lorsqu'il répète ces mots. Comme s'il les déposait sur la balance de la justice pour voir de quel côté les plateaux vont plonger. La salive déserte instantanément ma bouche, puis mes sens se concentrent sur les pulsations rapides de mon cœur. Je les entends se répercuter partout à l'intérieur de moi. La peur m'envahit, ce venin que je connais bien, plus qu'omniprésent lorsqu'il s'agit d'elle... Doucement, il se déverse dans chaque atome de mon être : Ray face à Charlie. Le terrifiant scénario que je redoute depuis plusieurs années, auquel on ne peut plus échapper. À part s'il revient sur sa proposition, mais ça n'a pas l'air d'être le cas.

— On prend ta Plymouth, j'annonce à mon père.

Je gère mal leur rancœur vis-à-vis de la jeune femme. Que ce soit l'hypocrisie excellemment jouée par mon père ou la constante colère de Ray. Elle est devenue cet être précieux qu'il faut protéger de ce monde qui l'a déjà pas mal abîmée. Si je ne m'en charge pas, alors qui le fera ?

Dix minutes plus tard, alors que nous nous garons devant les locaux de nos chers chevaliers de la justice, mon téléphone sonne : c'est Dumbly. Pendant que je profite de cette occasion pour repousser notre rendez-vous, je regarde anxieusement Ray me jeter au visage sa moue de mauvais garçon. Il se rue à l'intérieur du bâtiment, sachant parfaitement à quel point ça va me rendre dingue de ne pas pouvoir m'y précipiter en premier. Il me connaît trop bien. J'angoisse sur la façon dont il va lui parler, *ce qu'il va lui dire*. Je suis là, à essayer de couper court à la conversation avec ce satané banquier, mais je bous intérieurement : un véritable séisme.

J'y parviens enfin, et c'est au pas de course que j'entre dans le commissariat de police. Un assistant du capitaine m'indique où ce dernier se trouve, et lorsque je peux enfin entrapercevoir la crinière rose de Charlie, une puissante vague de soulagement me parcourt. Soudain, j'ai la voix de Laurette qui résonne dans ma tête et qui me pointe du doigt ma faille : « Ton obsession pour cette gamine est envahissante. Consacre plus d'énergie à mieux traiter tes VRAIES conquêtes. » J'ai eu droit à cette petite réflexion assassine agrémentée d'un sourire sucré alors que j'échangeais quelques textos avec Charlie. Malgré nos sept ans de différence et de nombreux efforts en ce sens, à aucun moment je n'ai réussi à la considérer comme une mioche… une petite sœur. Même quand je feins le contraire avec un certain talent d'acteur. Ma lâcheté me file la nausée. Nos yeux se percutent. Les siens sont céruléens ; un éternel ciel azuré dépourvu de nuages. Parfois, lorsque je la regarde, je ne vois pas cette jeune femme sexy qu'elle est devenue malgré ses efforts pour le cacher, mais une version d'elle plus pure… celle qu'elle était à quinze ans, avant cet amoncellement de changements physiques. Je ne sais pas ce qu'il s'est passé, ce qui a engendré chez elle cette volonté de se dissimuler sous une tonne de tatouages et cette couleur de cheveux électrique. Un jour, je lui poserai franchement la question. En temps normal, je déteste la brusquer. Peu importe qu'elle ait oublié ce qu'il s'est passé il y a si longtemps. Le voile qui ternit l'éclat de ses yeux à cause de ce qu'elle vit de l'autre côté de la route, dans cette maison voisine, me fait autant souffrir que si je devais moi-même me jeter dans mon passé.

Seulement, aujourd'hui, son œil gauche est tuméfié, injecté de sang, et sa paupière teintée d'un affreux bleu-vert. Je ne parle même pas de sa mâchoire gonflée, de sa lèvre fendue ou de l'étrange rougeur s'étalant sur sa joue. C'est la tempête dans ma tête. Un gouffre de violence qui me remue de l'intérieur sans que j'aie le droit d'en libérer ne serait-ce qu'un petit peu. J'écoute d'une oreille distraite la réponse du capitaine et ne retiens qu'une chose : c'est un Wildings qui lui a bousillé le visage. Je suis furieux. Non. Je suis au-delà de la fureur. Il n'y a pas de mot pour décrire mon état de rage. Je pense que si le responsable surgissait maintenant, je serais capable de lui broyer la tête. D'un œil, je surveille Ray : quoi qu'il advienne, entre le capitaine et Charlie, il sera toujours du côté de la jeune femme, malgré son inimitié pour elle… Il méprise les flics bien plus que Charlie. Cette pensée devrait me rassurer, non ? Je lui tends une main qu'elle accepte et lui demande enfin si ça va. Elle me fait signe que oui. *Même avec le visage dévasté, « ça va » est la seule réponse politiquement correcte que tu me donnes, Charlie ?* Sa paume contre la mienne me rappelle cruellement à quel point j'aime la toucher. J'en ai le besoin permanent, mais pour les raisons évidentes qui sont les miennes… les nôtres, il est clair que je ne peux pas. C'est devenu un automatisme : je cherche à lui ébouriffer les cheveux, un peu comme je le fais lorsque je croise certains gosses du quartier. Elle m'évite. Je mets de la distance entre elle et moi. Je m'y *oblige*, en réalité. Je me sers de ce filet, celui qui m'empêche d'agir comme mon corps et mon esprit le voudraient : je la traite d'une façon contraire, tout simplement. Pour l'instant, ça marche. Le jour où ça ne fonctionnera plus, je n'ai pas la moindre idée de ce qu'il se passera. Je fais semblant d'ignorer son mouvement de recul qui me blesse et me soulage en même temps. Si elle acceptait que je la considère comme une enfant, une part de moi en crèverait, c'est certain. Ray commence à sérieusement s'énerver, mais je suis rassuré : il ne semble pas avoir craché toute sa haine à la figure de Charlie. Je l'aurais su si ça avait été le cas.

Près d'une heure plus tard, lorsque je sors du bureau du capitaine, mon premier réflexe est d'activer mon téléphone portable. J'ai menti à Charlie et, au lieu d'appeler Arnold pour le rendez-vous déjà annulé, je contacte Miguel Mendez et ne lui laisse même pas le temps de dire un mot :

— Charlie a la gueule en sang, Miguel. Tu te démerdes comme tu veux, par colis express si ça te chante, mais tu m'envoies le petit enculé de ta tribu qui a osé la défigurer afin que je lui fasse payer la facture.

Il n'existe pas un Wildings qui ne connaisse pas Charlie. Une nana capable d'aligner plusieurs types de ses poings, ça marque les esprits, forcément, et encore plus si elle fait partie des BAMCHA.

— *Hola, gringo*, me salue-t-il d'une voix somnolente.

Assis sur le siège conducteur, d'une main, j'étrangle le cuir de mon volant. Miguel est le bras droit du président de leur club, donc je me retiens de l'insulter ouvertement. Aux sons qui me parviennent, je devine qu'il prend le temps de s'allumer une cigarette, ce qui se confirme quand il souffle fort dans son téléphone.

— Je viens d'avoir un écho de ton histoire, *sí*. C'est Pablo, un *gilipollas*[1]. Il a probablement juste envie de la baiser, mais comme il ne peut pas… ça donne ça.

Au ton de sa voix, je ne sais pas s'il hésite entre rire ou tabasser lui-même le Pablo en question. Il poursuit :

— Parce que toi et moi on se connaît depuis longtemps, Lo'… je veux bien te faire cette petite faveur, mais ça ne sera pas gratuit.

— Je m'en doutais.

Quand Miguel reprend la parole, au changement de rythme dans son souffle, je devine soudain qu'il est occupé à quelque chose de bien particulier. Ma mâchoire se contracte de colère.

— Mon frère, Ruan. Enseigne-lui le métier, *amigo*.

Miguel veut donc que je prenne un de ses frangins sous mon aile afin de lui apprendre la profession de cascadeur. Du bout des doigts, je me pince l'arête du nez. *Je vais devoir virer quelqu'un de la liste des stagiaires. Fait chier.*

— OK. Mais ton Pablo… il est livré à minuit pétante au Hangar.

— *Sí, sí.* Pas de problème… Ah !

— Quoi ? je lance, irrité.

Il éclate de rire.

— *Nada… Solo que un bombón me esta haciendo una mamada.* Elle fait ça *muy bien*[2].

Je mets fin à la conversation et démarre en trombe. *Enfoiré. Tu as de la chance que j'aie autant besoin de toi.*

---

1. En espagnol : « connard ».
2. « Rien… Juste qu'une fille canon est en train de me tailler une pipe. Elle fait ça très bien. »

Règle n° 2

Toujours suivre le sens du vent.

À cause de son parfum si particulier aux effluves de pomme verte, je sais que Logan est juste derrière moi. Un peu plus tôt dans le bureau du capitaine, mon odorat sensible a capté cette odeur, c'est même à ça que je pourrais le reconnaître les yeux fermés.

Porte ouverte, je lève les yeux pour tomber sur un portrait de Law et moi lorsque nous n'étions que des mômes. La photo est accrochée au mur du couloir. Danny, mon petit frère âgé de douze ans, n'était pas encore né. C'est vraiment étrange, ce sentiment que j'ai en contemplant ce cliché : j'ai l'impression qu'il date d'il y a deux siècles. Impression renforcée par nos fringues – au style mort et enterré – ainsi que nos visages poupins figés avec, pour arrière-plan, un fond en carton-pâte d'un bleu mal défini. Je me secoue pour m'arracher à ma méditation sur cette trace du passé. *Je veux partir d'ici. Ça pue.*

Le cigare. Le tabac froid. La bière. Le whisky. Ça se mélange horriblement pour me filer la nausée. Je perçois le regard appuyé de Logan sur ma nuque, et cela me picote jusqu'à me provoquer une sensation de brûlure. Il désire probablement connaître la marche à suivre maintenant que nous sommes en territoire ennemi. Si seulement je le savais... On écoute les rires gras, les bruits que produisent les bouteilles qui s'entrechoquent. Arrive ensuite la vague de grognements virils provenant de tous ces mecs avachis dans le salon ou debout dans la cuisine. Il y a sûrement un moyen d'éviter une confrontation directe avec l'un d'eux... mais le facteur chance est la donnée principale de cette équation démoniaque merdique.

— Hé ! Mais c'est Mimi-Charlie !

Et voilà...

— Appelle-moi encore comme ça, Don, et je t'offre un rencard chez le dentiste.

Cette voix pâteuse à qui je viens de promettre un déménagement définitif du râtelier appartient à l'un des fameux généraux de mon père. Je sais maintenant que nous ne pourrons plus sortir incognito de cette maison.

— Oh, la vache ! Ta tronche ! Elle est ravagée ! Tu as essayé de te faire de nouveaux copains ?

Je lui offre mon majeur tendu en guise d'apéritif.

— Ta gueule, Don. Moi, au moins, j'ai une excuse valable pour avoir cette tête. C'est quoi la tienne ? Défaut de naissance ?

— Mimi-Charlie ? souffle Logan dans mon oreille.

Il y a quelque chose de grinçant dans le timbre de sa voix. Je m'écarte un peu et lève les yeux pour les plonger dans les siens. Il subit stoïquement mon examen, mais, au bord de mon champ de vision, je repère le mouvement de Don – ce qui me met immédiatement en alerte. En fait, il appuie seulement son coude sur le bois du chambranle, trop ivre pour garder seul son équilibre. Je me détends un peu.

— Juste un surnom à la con de la part du roi des tarés, je lui réponds en marmonnant.

— Hé… mais c'est le voisin qui est avec toi, s'écrie brusquement Don. C'est quoi déjà ton nom ? Prembell ? Non, non… Campbell ? marmonne Don dans son coin.

— Salut, Don. Je ne dirais pas que je suis ravi de te revoir, rétorque Logan au biker ivre sans pour autant détacher ses yeux des miens.

Je désigne du doigt l'escalier : Danny est sûrement allé se planquer dans ma chambre. Même aujourd'hui, je ne pige pas pour quelle raison il la trouve plus sécurisante que la sienne.

— Ça casse un peu le mythe, se moque-t-il.

Don s'approche, tangue puis s'incline exagérément en avant :

— Mimi… Charlie ! Je t'ai envoyé plusieurs textos hier soir, pourquoi t'as pas répondu ? Pourquoi tu réponds jamais ?

Je le regarde franchement.

— C'est pas parce que tu as été la nounou officielle de la famille pendant quelques années en l'absence de Kurt que je te considère comme un membre à part entière. Je n'ai pas à répondre à tes messages si ça m'emmerde de le faire.

Il vacille tout en s'esclaffant trop fort pour être convaincant.

— Ouch ! T'es cruelle, Mimi-mon-cœur !

Quand il essaie de me mettre la main dessus, je l'esquive, et Logan en profite pour s'interposer discrètement entre lui et moi. Mes pieds, mus par leur volonté propre, se mettent à grimper les marches quatre à quatre. Logan me suit, aussi leste et silencieux qu'une panthère. C'est un rien inquiétant de l'avoir derrière soi. *Logan, une panthère noire qui ressemble au calme avant la tempête.*

— Hé ! Tu ne me fais même pas un petit bisou ? s'écrie le biker depuis le rez-de-chaussée.

Je l'ignore pour me concentrer sur Logan. Logan qui, pour la toute première fois, va entrer dans mon « antre ». Ça me rend nerveuse, comme s'il s'apprêtait à découvrir une facette de moi, une facette que je n'ai pas forcément envie de lui montrer.

— Quel mythe ? je lui demande sans être certaine de vouloir connaître la réponse.

— Le mythe que tu t'ingénies à créer autour de toi.

À l'étage, il y a trois chambres et la salle de bains. Je fonce en priorité dans la première pièce, sur ma gauche.

— Je n'essaie pas de créer quoi que ce soit. Tu devrais le savoir depuis le temps. (Après un court silence.) Dan ? Danny, tu es là ?

— Arrête. Pas avec moi, s'il te plaît. Tu es une dure à cuire, c'est vrai, mais je sais aussi que tu n'es pas que ça.

Rien n'est rangé ; tout n'est qu'un monstrueux désordre. Les vêtements, les paquets de cigarettes vides couplés aux cendriers – les vrais, mais aussi ceux relevant du système D – qui débordent tous de mégots. Ça forme de charmants hérissons bourrés de nicotine qui empestent la cendre. *Je fume trop. Je devrais ralentir.* Je cherche sous le lit ; enfin, une fois que j'ai déblayé un peu ce qui m'en bloque l'accès. Je ne comprends pas pourquoi il m'est facile de tenir le reste de la maison relativement propre pour mon petit frère, alors que, dès qu'il s'agit de mon domaine personnel, ça devient carrément le chantier.

— T'es sûre d'être une fille ? commente Logan avec un certain amusement.

Je persiste à fouiller les cachettes préférées de Danny, tel l'énorme coffre en pin ; le gigantesque, celui qui reste prostré sous de la fenêtre dont les volets sont continuellement fermés. J'aime me cloîtrer dans cette chambre, même avec cet inextricable bordel. Ça me donne un curieux sentiment de sécurité.

— Comment ça ?

Il n'est pas là non plus. *Fait chier.*

— De mon point de vue, un vestiaire de footballeurs ressemble à un bloc opératoire à côté de ta chambre. Je n'imaginais pas ça comme ça.

Au ton de sa voix, j'ai le sentiment que ce détail l'amuse et l'émerveille à la fois.

— Danny ? Je ne joue pas. Réponds tout de suite.

C'était mon ton le plus autoritaire. Mon va-tout. Je lâche brutalement le couvercle que je tiens à deux mains. Je sens la frayeur me gagner et les battements de mon cœur accélérer. Comme chaque fois qu'il va plus loin que là où mon regard ne porte. *Où est-ce qu'il est ?*

— Je trouve ça mignon, mais un peu effrayant. Je reconnais néanmoins que tu possèdes un certain talent pour mettre le désordre.

Il insiste. Je pivote vivement sur moi-même – ce qui est un exploit vu le nombre d'objets non identifiés qui jonchent le sol.

— Ça t'amuse, hein ? je m'énerve. D'après toi, parce que j'ai un vagin, je suis censée adorer avoir une piaule nickel ? Me taper, genre… des crises d'hystérie sauvage à la vue d'une éponge ou d'un produit à récurer ?

Je comprends rapidement que, à cet instant précis, je n'aime pas le voir planté là, sur le seuil de cette pièce qui m'appartient dans une demeure que je déteste. Nous nous observons longuement l'un l'autre, puis Logan me fait un signe de la tête. Je suis des yeux la direction qu'il m'indique : ma vieille armoire en chêne rouge. Je m'approche doucement, montant exagérément les genoux pour éviter de me vautrer en me prenant les pieds dans l'une de mes fringues. *Alors il s'est planqué là ? Danny est là-dedans ?*

— Ce n'est pas ce que j'ai dit, précise-t-il.

— Non ?

— Non. C'est singulier. Enfin, ça m'a surpris, je dirais. N'en fais pas toute une histoire.

— Ben, là, en l'occurrence, c'est toi qui insistes.

Après avoir tenté d'ouvrir l'armoire – sans succès –, je m'accroupis puis laisse mes genoux cogner contre la paroi dure du meuble. Mes doigts se posent sur cette surface lisse, froide, parfaitement poncée et vernie. L'espace d'un bref instant, ce contact me plonge dans un sordide souvenir. Un mauvais rêve au goût acide que je fais presque toutes les nuits.

— Je trouve ça juste surprenant. Pourquoi es-tu autant sur la défensive ?

— C'est mon arme de séduction massive, ça ! je plaisante pour détourner la conversation.

— Être sur la défensive ? plaisante-t-il.

Je lui jette un regard noir.

— Surprenante.

— Tiens donc. En parlant de ça, tu as quelqu'un en ce moment ?

— Non. Oui. Enfin, ça n'a pas d'importance.

— Je vois, commente sobrement Logan.

— Je me demande bien ce que tu vois…

Puis, en chuchotant :

— Danny ?

Silence. Je gratte la porte de mes ongles.

— Danny, c'est moi.

Et je les entends. Les sanglots étouffés de mon petit frère. *Ah, non… ne pleure pas, s'il te plaît. Je déteste quand tu pleures.*

— T'avais promis qu'il ne reviendrait pas ! T'as menti ! Je ne veux plus jamais te voir ! s'écrie-t-il subitement d'une intonation tremblante.

— Je ne suis pas une menteuse, Dan. Je pensais vraiment que tu serais majeur le jour où il serait éjecté de taule.

— J'aime pas ces mecs ! Ils ont des gueules de repris de justice ! poursuit-il. En moins d'une heure cette baraque s'est transformée en Alcatraz !

Je ne crois pas qu'il m'écoute vraiment. Agacée, je soupire. *Je n'ai pas la moindre idée de comment l'obliger à sortir de là. Merde.*

— Danny, ouvre. Je n'arrive même pas à comprendre comment t'as réussi à la bloquer de l'intérieur.

Il renifle bruyamment.

— C'est parce que je suis super doué.

Je souris. *Ah, mon Dieu ! Ce gosse est trop mignon quand il veut !*

— C'est vrai. Maintenant, viens me montrer tes superpouvoirs, monsieur le magicien.

— Illusionniste. C'est illusionniste que je veux être, rectifie-t-il. Les magiciens, c'est pour les gamins.

Je tourne légèrement la tête sur le côté et remarque que Logan me contemple d'un drôle d'air, comme si quelque chose me concernant le troublait. Néanmoins, une expression d'absolue neutralité revient rapidement sur ses traits. Il règne désormais un interminable silence, parfois troublé par le souffle bruyant de ma respiration.

— Danny ? Tu sais, je crois que la règle veut que les rois de l'évasion s'échappent de leur prison, pas qu'ils y restent enfermés.

Aucune réponse. Je me retiens de frapper ce satané meuble de frustration.

— C'est pourtant la base.

Je me fige un instant, les yeux rivés sur les portes, comme si mes prunelles pouvaient miraculeusement les transpercer par la seule force de ma volonté.

— Quelle base ? La base de quoi ?

— S'il sait s'y enfermer, il saura en sortir. Forcément.

Cette explication, c'est Logan qui vient de me la fournir. Je lui lance un regard intrigué. Il hausse les épaules avec désinvolture.

— C'est mathématique. Pour élucider un mystérieux problème, il faut le prendre à l'envers, continue-t-il. Partir de la fin…

Il y a un grattement, puis finalement la porte s'entrouvre. Suffisamment pour que Danny y passe la tête, le nez froncé.

— Salut, Logan, grommelle mon petit frère en le regardant droit dans les yeux. Pourquoi t'es ici ?

— Je joue le garde du corps de ta sœur, réplique-t-il.

Mon frère ricane sur-le-champ.

— Alors ça, ça m'étonnerait ! Le jour où elle aura besoin d'un type pour la protéger, c'est que ce sera la fin du monde.

Je me redresse, pas peu fière de cette invincible confiance qu'il a en moi. Un œil sur Logan m'indique qu'il s'amuse de cette situation. Les bras croisés, une épaule appuyée contre le chambranle, il a l'attitude de l'homme très à l'aise. Ce qui me rend bizarrement jalouse de lui. C'est énervant les gens qui réussissent à avoir la classe n'importe où, n'importe quand, quelles que soient les circonstances.

— Comment as-tu réussi à bloquer l'armoire de l'intérieur ? enchaîne Logan, sincèrement curieux.

— Avec le lacet de ma basket, explique Dan.

Tout en agilité, mon frère sort finalement de sa cachette, et, tandis qu'il essaie de le faire discrètement, je le regarde essuyer des larmes du dos de la main ;

forcément, en présence d'un mâle adulte, il doit se la jouer mini-Terminator. Sangloter comme un bébé, ce n'est pas très viril. Danny désigne la tringle du verrou, puis la saillie circulaire de métal où l'on insère la clef :

— Il suffit de bloquer la tige en nouant le lacet à ça, énonce-t-il.

Sa voix a une inflexion blasée, mais à l'éclat qui brille dans ses yeux noisette je comprends que ce qu'il cherche avant tout, c'est à nous impressionner. Ou peut-être à l'impressionner, *lui*, le premier mec de l'histoire à entrer sur mon territoire. Logan ne le sait peut-être même pas, il ne sait pas à quel point c'est extraordinaire qu'un type passe le seuil de ce lieu saint, mais Dan, j'imagine que oui. Une image surgit dans mon esprit et me trouble. Logan assis sur mon lit dont les draps sont défaits, qui me regarde. Qui me désire. J'étouffe subitement. L'air a déserté mes poumons. *Merde. Respire.*

Logan hésite une seconde pour finalement se décider à affronter le fouillis ravageant ma chambre. Curieuse, je le regarde exécuter trois bonds lestes sans s'appuyer sur sa jambe blessée au cours d'un tournage. Arrivé à destination devant l'armoire, il se contente d'examiner le verrou du meuble, se penche, l'étudie d'un peu plus près, hoche la tête puis se redresse :

— C'est très malin, le complimente-t-il, les mains sur les hanches. Très bien pensé.

Un sourire inédit étire la bouche de mon frère. C'est du grand n'importe quoi, mais cette réaction me provoque un drôle de pincement au cœur. Après tout, ne suis-je pas censée être l'unique être humain sur cette misérable planète capable de jeter ce genre d'étoiles dans ses yeux ? Je ne peux pas affirmer que la relation entre Logan et Danny soit fraternelle ou amicale. Jusqu'à présent, je crois qu'ils se toléraient juste l'un l'autre, et je dois avouer que cela m'arrangeait, très égoïstement. Mais avec cette soudaine reconnaissance de ses talents d'illusionniste, la donne vient sûrement de changer. Ou alors tous les mioches sont des ingrats prêts à retourner leur veste à la moindre apparition de quelqu'un avec un peu de poil sur le torse. « Rien ne remplace la présence masculine dans la vie d'un enfant. » Mot pour mot, ce sont les paroles du père Stefan, le grand ami rasoir de Lem. Je ne l'ai rencontré qu'une fois, mais depuis cette phrase surgit régulièrement dans mon esprit, comme une sorte de certitude que j'essaie vainement d'étouffer. *À qui la faute si Danny a grandi sans père ?*

Soudain, le téléphone de Logan se met à chanter Elvis, ce qui me fait instantanément sourire. J'ai les yeux sur lui, il le sent, et, tandis qu'il extrait son portable de la poche arrière de son jean, nos regards se croisent et le temps s'arrête. Le temps se fige toujours quand je me noie dans ses iris obscurs. Une expression indéchiffrable sur le visage, il sort de la chambre et moi, je me rends compte que j'ai oublié de respirer.

— Pourquoi tu ne sors pas avec lui ?

Je me tourne aussitôt vers Danny qui me scrute de ses yeux où le brun et le vert se mélangent. J'ai toujours aimé leur couleur chaleureuse.

— Quoi ?

— Tu en pinces pour lui.

C'est une affirmation.

— Hein ?

Il hausse à son tour les épaules avant de s'agenouiller et remettre son lacet en place.

— Ta façon de le regarder est franchement dégoûtante.

Je le dévisage, les bras ballants, complètement abasourdie.

— Ma façon de… ? Eh ! T'es jaloux, c'est ça ? Tu veux un câlin ?

Mon frère se relève brusquement, l'air horrifié :

— Si jamais tu t'approches de moi, je te mords !

— T'es qu'une sale petite brute, en réalité !

— C'est Ray, nous interrompt Logan.

Il est de retour et ne semble pas avoir entendu la suggestion de Danny, ce qui me soulage drôlement. Il enchaîne :

— Vous pouvez prendre quelques affaires ?

— Tu nous emmènes où ?

— La maison ou le Hangar, tout dépendra de comment nous sortirons d'ici.

Tandis que je le dévisage, hésitant à entraîner le clan Campbell dans mes problèmes alors qu'ils ont un invité, Logan poursuit :

— Ray demande qu'on passe à la vitesse supérieure car il commence à cuire dans la voiture. Voiture qui ne possède pas de climatisation, précise-t-il avec un sourire en coin.

Je prends aussitôt ma décision et chope Danny par le tee-shirt pour le secouer un brin.

— Va faire ton sac, on se tire le temps qu'ils dégagent tous d'ici.

Mon frère hoche de la tête, puis se libère afin de se faufiler jusqu'à sa chambre.

— On trouvera une solution pour l'hébergement si la situation s'éternise.

Ses yeux glissent sur moi, me donnant l'étrange sentiment qu'il se retient de dire quelque chose. Je commence à préparer mes affaires, ne prenant que le strict minimum. Ce n'est pas la première fois que Lem et Logan nous hébergent en urgence, même si habituellement c'est durant les fameuses « crises » dont notre mère a le secret. Dans ces moments-là, elle devient aussi dangereuse qu'un grand requin blanc sillonnant les mers à la recherche de son souper : discret au départ, mais plutôt radical dès qu'il est sur sa proie, gueule grande ouverte. En plus, je trouve la comparaison parfaitement adaptée, sachant qu'elle a autant d'instinct maternel que le poisson en question.

Aujourd'hui, le danger qui rôde dans les eaux de Glendale est différent. Plus nombreux, moins sournois, mais tout aussi violent dans les dommages qu'il peut occasionner. Très exactement six minutes plus tard, nous descendons les marches. Je les dévale sac à dos chargé sur les épaules, Danny et Logan sur les talons. Lorsque mes doigts se posent sur la poignée de la porte d'entrée, j'éprouve une joie brutale à l'idée d'être partie d'ici sans problème. C'était peut-être un peu précipité…

— C'est comme ça que tu salues ton père, la mioche ?

Cette voix, profonde et grave, avec ce léger accent traînant inimitable… Le doute n'est pas permis : c'est Kurt Bell, mon très célèbre géniteur au casier judiciaire si impressionnant que le *Guinness des records*, dans l'espoir de compter son précieux nom dans leur index, lui fait les yeux doux depuis des lustres. J'ouvre quand même, attrape brusquement Danny par la petite anse de son sac, celle dont on se sert normalement pour le suspendre à une patère, et, sans prévenir mon frère, d'un seul mouvement, le projette *manu militari* vers l'extérieur. Durant une seconde ou deux, je le regarde mettre tout en œuvre pour éviter de s'étaler. Rassurée sur son sort, je me décide à braver mon second pire cauchemar dans la longue liste de ceux qui hantent mon existence. En contemplant mon paternel, plusieurs détails me sautent à la figure, pareils à de petites bombes artisanales : ses joues mal rasées, ses traits émaciés qui font bizarrement ressortir la rondeur de ses prunelles. Sa chemise sale et froissée qui se perd sous un gilet de cuir bardé d'écussons à la gloire du club. Sa bouteille de bière entamée prisonnière de sa main gauche, alors que l'autre retient fermement ce qui doit être un cigare cubain. Campé sur ses deux bottes de motard, il achève un examen similaire à celui auquel il est soumis. Kurt me dédie une moitié de sourire sombre. C'est clair, je n'ai plus rien de la fillette blonde qu'il a laissée derrière lui.

Je note le rapide coup d'œil qu'il lance à Logan. C'est machinal : d'une brève impulsion du menton, je demande à ce dernier d'emprunter le même chemin que Danny. Je m'en voudrais de lui causer davantage de problèmes. Ce ne sont pas ses affaires, après tout. Il semble ne pas vouloir me laisser seule face à mon paternel. J'avoue, le contraire m'aurait franchement étonnée.

Nous voilà donc dans une espèce de scène pourrie de film de série B, et la magie du cinéma continue lorsque Don refait son apparition. C'est fou ce que l'ambiance devient tout de suite plus festive avec un type comme lui scotché au décor. L'air s'épaissit, comme transformé en sable.

— J'ai seulement vu ce môme en photo, Charlie. Pas très sympa de te tailler avec lui sous le bras sans même me laisser le temps de lui causer un peu. C'est ça ton sens de la famille ?

Soudain, je ne me sens pas bien, et c'est à cet instant précis que je me rends compte que je n'ai plus d'air dans les poumons. *Respire, bon sang ! Idiote !* Encore une fois, je me force. Je me débats tel un chaton furieux pris au piège d'une mélasse imperceptible jusqu'à ce que l'oxygène veuille enfin entrer dans mon corps. *C'est pas trop tôt.* Il n'y a aucune gloire à s'évanouir juste parce qu'on a provisoirement oublié comment accomplir la fonction vitale de base. Kurt hausse un sourcil, et je vois Logan se rapprocher ostensiblement de moi comme pour s'interposer au besoin. J'ai l'impression d'avoir été projetée sur un ring et que les prémices d'un combat s'annoncent.

— Alors, Charlie ? Pourquoi tu te casses avec mon fils ? m'interroge-t-il ensuite, juste avant d'avaler une bonne lampée d'alcool.

Pour ma part, j'inspire profondément avant de réussir à plaquer sur mon visage une expression faussement désinvolte – mensongère à souhait, car c'est une décontraction que je suis loin d'éprouver.

— Eh bien, Kurt, tu as tellement de fils semés sur tout l'État de Californie… je ne pensais pas qu'un de moins, ça se remarquerait. Vraiment.

Mon paternel, tête penchée vers l'arrière, éclate d'un rire sauvage, totalement à son image. Lorsqu'il s'arrête, qu'il plante de nouveau son regard vert dans le mien, il y a quelque chose qui erre dans ses yeux délavés par les excès. On pourrait se tromper, n'importe qui d'autre prendrait ça pour une émotion sincère, peut-être joyeuse, comme de l'amusement. Moi, je sais que ce n'est pas le cas. Je sais que cette lueur trompeusement pétillante est en réalité une espèce de drapeau rouge, un avertissement adressé à la personne qui se tient devant lui. *Un avertissement qui m'est destiné.* Il porte de nouveau le goulot à ses lèvres, ingurgite ce qu'il reste de sa bière en une seule fois. Je me lance – c'est le tout pour le tout :

— Vous êtes tous là. Des inconnus complètement saouls. Ce n'est pas comme ça qu'un premier contact entre un père et son fils doit se faire, Kurt. Il n'y a rien de bon pour lui dans ce scénario.

La manière dont je m'exprime est hallucinante. À croire qu'il y a un stock de coton dans ma bouche et que ça descend jusque dans mon gosier. Les mots pèsent lourd. Ça exige un paquet d'efforts pour les expulser. *Reprends-toi, Charlie ! Tout se passera bien si tu assures. Tu peux le faire !*

— T'es qui, la mioche, pour décider de ce qui est bon ou non pour lui ?

Kurt reste parfaitement immobile, mais Don s'avance, un rictus mauvais sur les lèvres. Je tiens bon, les muscles tendus.

— Mimi-Charlie va se prendre une rouste ! fredonne-t-il. Elle ferait mieux de décamper, et vite !

— Essaie un peu de me mettre une rouste, Don. Qu'on rigole cinq minutes quand ta main s'empressera d'aller secourir la partie la plus intelligente de toi.

Il continue d'avancer, et rapidement je repère la légère oscillation de son corps à chaque pas. Il est évident qu'il a plus d'alcool que de plasma dans le sang. J'ai peut-être une chance de m'en sortir sans trop de bobos – même s'il est le roi des cinglés, Don sait se battre, et bien mieux que Pablo.

— La partie la plus intelligente de moi ? s'étrangle-t-il, à moitié mort de rire. Je suis curieux de la connaître !

— Mais si ! Tu sais, celle que tu coinces tout le temps dans ta braguette.

On y va : Don s'élance pour effacer le reste de distance nous séparant. Il pousse un grognement, sorte de signal primitif. Probablement le fameux gong nous autorisant à nous cogner joyeusement dessus. Mon être entier se bande tel un arc prêt à décocher ses flèches, puis… on me tire violemment par le bras. Un impact si puissant que sur le moment j'ai mal à la poitrine, presque le souffle coupé. C'est avec un étonnement non feint que j'atterris sur les fesses, hors de la maison. Mon postérieur glisse sur plusieurs centimètres, laissant quelques pointes de gravier percer le tissu de mon pantalon. C'est Ray qui m'a projetée dehors. Il est sorti de la voiture. Les yeux ronds, je le regarde s'avancer pour rejoindre Logan, tout en maintenant son attention rivée sur Don. Soudain, tout s'enchaîne. Ray effectue un prodigieux bond en hauteur afin de saisir le bord de la toiture, plie souplement les jambes et, la seconde d'après, les semelles de ses chaussures réexpédient Don à l'intérieur. Pendant ce temps, Logan échange plusieurs coups de poing avec deux hommes de mon père. En un clignement de paupières, Ray effectue un saut périlleux arrière et se hisse agilement sur le toit, pieds posés sur les morceaux d'ardoise. Au même instant, j'entends quelqu'un qui m'appelle : c'est Danny, depuis la banquette arrière de la Plymouth de Lem. Mon frère me fait signe de le rejoindre, mais je ne peux pas laisser Logan et Ray seuls dans une situation pareille ! Comme aimanté, mon regard retourne vers l'entrée où se bat toujours Logan, puis glisse vers les toits où j'aperçois Ray qui se prépare à sauter sur celui de notre voisin. Ce bond-là, celui qu'il réalise dans les airs, est juste saisissant : on dirait qu'il vole grâce à des ailes invisibles. Ray se réceptionne accroupi, sûrement pour amortir son poids. Soudain, Logan apparaît dans l'embrasure de la porte et, le cœur battant la chamade, je me remets debout. J'éprouve des tas d'émotions, je me sens… Il y avait longtemps que je ne m'étais pas sentie comme ça, « vivante ». Mais là, c'est un peu différent. Enfin, à la fois identique et différent. Je ne sais pas de quoi il s'agit… en tout cas ça me remue entièrement pendant que Logan s'élance pour me rejoindre.

Les Anges noirs sortent en masse de la maison pour nous attraper. Je pivote et me mets à courir telle une dératée jusqu'à la voiture. C'est foutu : on ne pourra pas se cacher dans la maison de Lem… *Où va-t-on aller ? Au Hangar ?*

Quelqu'un souffle fort dans mon dos. *Un acolyte de mon père ? Law ?* Il ne me reste qu'un mètre avant de pouvoir toucher la portière de la bagnole du vieux. J'ose enfin jeter un coup d'œil par-dessus mon épaule et là, je suis tellement surprise que je manque de tomber pour embrasser le gazon : c'est Ray. Il est déjà là. Il a mis un vent à tous ces types puis nous a rattrapés. Si Logan a du mal avec sa jambe blessée, moi, je galope plutôt vite, même si je fume trop et que j'aime pas spécialement sprinter dans les jardins en zigzaguant entre des motos. *C'est qui ce mec ? Flash ?*

Il bondit encore ! Sans l'effleurer, il passe par-dessus la voiture, et c'est simultanément que nous ouvrons nos portières respectives : Logan derrière le volant, près de Ray, moi, celle derrière laquelle m'attend Danny. Nous échangeons un regard dans le rétroviseur, et celui de Logan est presque noir d'encre, énigmatique – je manque de me faire happer par sa force d'attraction. Dans celui de Ray, il y a un feu qui brûle, celui qui vous possède entièrement, celui de la passion et de l'excitation, quand l'adrénaline remplace le sang et la vie. J'ai déjà vu ce genre de regard. Fut un temps où je rencontrais le même lorsque je me regardais dans un miroir. Dès que nous sommes dans la voiture, Ray rit à gorge déployée. C'est un son un peu effrayant à entendre, car on dirait qu'il a pété les plombs.

— Merci, je murmure spontanément une fois que Logan a démarré la Plymouth en trombe.

La joyeuse mimique de Ray s'efface aussitôt, et il a de nouveau ce truc qui m'attrape, ce truc que j'identifie chez lui et qui me ressemble tant que j'en oublie de cligner des yeux. *C'est quoi, cette tête ? Il a quelque chose contre les remerciements ?* En réalité, je n'avais pas vraiment l'intention de le remercier, c'est sorti tout seul, sans prévenir.

— Pour ? s'enquiert-il.

— M'avoir sauvée de…

De qui ? Don ? Don ne m'aurait pas réellement passée à tabac.

— Je ne t'ai pas sauvée, me coupe-t-il brutalement.

Il pivote, et j'ai largement le temps de remarquer la pluie incandescente qui paraît traverser ses yeux sombres.

— Crois-moi sur parole, je ne te sauverai jamais… Tu m'entends ? Jamais !

Sa voix grave est totalement désincarnée, tout comme la pâleur cadavérique de son visage. Ça me donne l'impression d'avoir fait quelque chose de mal. De mal et d'horrible. Ma gorge se serre aussitôt, douloureusement, et puis je détourne le regard la première, étrangement honteuse.

Règle n° 3

L'enfer, ce n'est pas forcément les autres.

Un repli stratégique au hangar d'*Action Heroes* est nécessaire. Nous voici donc au local servant de siège social, mais également de lieu d'entraînement aux cascadeurs de l'entreprise. De toute manière, il n'y avait pas d'autre solution, sachant que la maison des Campbell est mitoyenne à la nôtre. Si les Anges noirs ne nous avaient pas coursés dans le jardin, ou si nous avions réussi à nous barrer discrètement, on aurait pu aller passer la nuit chez eux. Ouais, beaucoup de « si » pour très peu de bois à couper.

Lorsque la Plymouth ralentit pour s'engager sur le parking, nous découvrons que Lem nous y attend déjà. Logan l'a appelé pour le prévenir après notre petit jeu du chat et de la souris avec les bikers. Il s'appuie exagérément sur sa canne au pommeau d'argent, son chapeau de paille qui le protège des rayons ardents du soleil californien cachant également ce qui erre dans ses yeux. À sa façon de changer constamment de posture, je devine son agitation intérieure. C'est compréhensible, surtout qu'en tant qu'ancien membre d'un club de bikers, il sait pertinemment de quelle manière ces derniers règlent les problèmes.

Logan coupe le moteur, défait sa ceinture de sécurité pour ouvrir sa portière. Lem vient à sa rencontre, et aussitôt ils se lancent dans une discussion houleuse, même si tous deux parlent à voix basse.

— Ça va ? je demande à Danny, les yeux toujours fixés sur le duo père-fils Campbell.

Lem agite les mains dans tous les sens. Ray est lui aussi dehors et paraît les écouter sans rien dire. Il ne reste plus que Danny et moi dans la Plymouth.

— Je le trouve génial, murmure-t-il à mes côtés.

— Qui ça ?

— Ray ! s'exclame-t-il comme si j'avais perdu l'esprit.

Je me rembrunis.

— Ah ? Moi, je le trouve super bizarre.

Ni une ni deux, je quitte la bagnole. Si j'ai naïvement pensé que cette décision couperait Danny dans son élan d'éloges, il ne tarde pas à me démontrer à quel point je me suis gourée.

— J'ai regardé… J'ai tout vu ! Son saut était incroyable !

— Ouais, ouais. Incroyable.

Il ne garde le silence qu'un bref instant pour ensuite s'accrocher au bas de mon débardeur afin de me forcer à ralentir l'allure. Je n'ai pas envie de cuire sous le soleil californien, pourtant je cède et m'arrête net sans prendre la peine de cacher mon agacement. Je n'arrive pas à comprendre pourquoi l'admiration de mon petit frère pour ce type, cet étranger, me porte autant sur les nerfs, mais c'est ainsi.

— Je sais ce qu'il est, me chuchote-il sur le ton de la confidence.

Je hausse un sourcil.

— Comment ça, « ce qu'il est » ? Si tu me sors « un X-Man », j'te botte le cul.

Danny secoue plusieurs fois la tête à se la décrocher de son petit cou maigre. Ses yeux scintillent tellement d'excitation qu'on penserait que des phares les illuminent de l'intérieur. Mon agacement vient de grimper d'un niveau. Je croise les bras sous ma poitrine et feins d'attendre patiemment cette méga révélation, celle que cet adorable nain de jardin s'apprête à me faire.

— C'est un…, commence-t-il.

— Les mômes ! le coupe Lem en beuglant depuis le seuil du hangar. Dépêchez-vous ! C'est canicule à cette heure !

Je chope une nouvelle fois mon frère par le col, puis le tire sans trop d'effort pour rejoindre les Campbell. Il se débat avec colère.

— Attends ! J'ai pas fini de parler !

— Quel suspense. Je crois que je vais mourir de curiosité, là.

Il réussit à se libérer de mon emprise et me fusille du regard. Il ressemble tant à Law à cet instant précis. Quand ils sont furieux, ils ont vraiment la même bouille tous les deux. C'est mignon, d'une certaine façon.

— T'es vraiment un pur concentré de méchanceté, Charlie !

Une expression mélodramatique sur la figure, je porte un bref instant une main à mon cœur.

— Oh, ouais. Cruauté est mon second prénom. Quel monstre je suis de ne pas vouloir t'écouter te répandre en niaiseries sur ce type qu'on a rencontré y a… quoi ? Vingt minutes ? Je mérite d'être lapidée en place publique, tiens !

— Ça n'arrivera pas ! Le lynchage a été aboli en 1960 durant le mouvement des droits civiques. Donc personne ne te lancera de cailloux.

Je lui jette un rapide coup d'œil :

— C'est pas lui, le mutant, en vrai, mais toi. Espèce d'extraterrestre ! Quel gamin de douze ans connaît ce genre d'infos ! je m'exclame en feignant la consternation, avant d'entrer dans le hangar.

La fraîcheur qui y règne est si appréciable que j'en pousse un grognement de satisfaction. Danny me bouscule, parcourt un mètre en faisant claquer rageusement ses baskets sur le sol en béton, pour finalement piler. Quand il se tourne brusquement vers moi, l'énervement embrase toujours ses yeux noisette.

— Des gamins qui lisent autre chose que le *Journal de Mickey* ! Tu devrais enrichir ton univers littéraire, Charlie. Ça devient urgent.

— Je ne lis plus le *Journal de Mickey*, très cher petit frère. Désormais, c'est *La Bande à Picsou* qui a mes faveurs.

— Super. Picsou et la biographie d'Elvis Presley. Franchement, j'ai honte pour toi.

— C'était une promo ! C'est le KING ! C'est presque un devoir patriotique de lire sa bio, merde ! Oh, et puis tu me gonfles ! Va donc jouer aux Pokémons, comme tous les marmots de ton âge !

— Les Pokémons, c'est nul ! Moi, je joue à RuneScape ! Et puis, arrête de me prendre pour un débile !

Pour clore notre altercation, il souffle bruyamment l'air par ses narines, puis, sous mon regard amusé, s'en va rejoindre Lem dans le bureau-aquarium. *Ah ! C'est dingue comme j'adore me disputer avec lui.*

— Quel sale petit morveux de *nerd* ! je soupire, attendrie, tandis qu'il s'éloigne.

— Un petit morveux de *nerd* qui a 145 de QI, lance une voix près de moi.

Logan. Logan qui porte toujours les vestiges de son costume de chef d'entreprise.

— Ne m'en parle pas. C'est la misère lorsqu'un gamin qui a presque la moitié de ton âge te montre tous les jours qu'il est deux fois plus intelligent que toi.

— Arrête ça.

Je me tourne vers lui.

— Quoi ?

— Tu as aussi un quotient intellectuel qui crève le plafond, Charlie. Je cherche toujours à comprendre pourquoi tu t'efforces de tout gâcher.

Logan sourit mais ses yeux, eux, n'ont rien de chaleureux.

— Comment tu le sais ? je chuchote en tentant de me soustraire à l'éclat hypnotisant de son regard. Au fait, tu le connais depuis quand, ce Ray ?

Logan éclate de rire, ce qu'il ne fait jamais de manière flagrante ; chez lui, ça donne uniquement un grand sourire et les épaules qui s'agitent. Cependant, je distingue une certaine fébrilité dans ses yeux ; une fébrilité teintée d'inquiétude.

— Tu as l'art et la manière de changer de sujet, Charlie.

— C'est tout moi, ça : finesse et subtilité. Alors ? Je n'ai pas l'impression de l'avoir rencontré auparavant, ce qui est franchement étrange vu que je suis toujours fourrée chez vous.

Son visage s'assombrit nettement.

— Justement, je venais te demander s'il ne s'était pas montré trop… « rude », avec toi. Au commissariat.

— Ah, tiens ? C'était donc prévisible que Ray se comporte comme un connard. Pour quelle raison ?

Logan se fige un instant.

— Il n'est pas très commode, je sais. Mais c'est un bon gars, dans le fond. Il… (Son regard fouille attentivement le mien.) Il t'a parlé… ?

Je l'étudie attentivement à mon tour, puis soupire, larguée.

— Pas vraiment. On dirait qu'il me déteste, sans que je sache pourquoi. Bon, parfois, c'est comme ça, on ne peut pas aimer tout le monde. Mais c'est toujours chiant, des inconnus qui ne peuvent pas te blairer sans même te connaître.

— Qui te dit que tu ne l'as pas déjà rencontré ? Peut-être que tu l'as juste oublié à cause de ta mémoire qui déraille.

Ma mémoire qui déraille, hein ? Merde, tu fais chier, Logan. Sans m'en rendre compte, je l'ai suivi pendant qu'il avançait vers la porte au fond du hangar, celle qui se situe entre les toilettes et l'accès aux vestiaires des employés.

Je crois qu'elle donne sur l'arrière-cour, là où les cascadeurs s'entraînent en plein air. C'est là que mon cœur décide de s'emballer et que ma gorge se serre comme si elle se repliait sur elle-même. Je n'aime pas cette sensation, cet insidieux signe de ce qui va suivre si je ne me calme pas... Refouler ce désagréable sentiment d'être subitement comprimée, prisonnière d'un étau, c'est la seule option. Je m'arrête tandis qu'il continue à marcher à pas lents, droit devant lui, les mains nouées dans le dos. Un peu guindée comme posture, néanmoins, cela lui ressemble : à la fois affecté et terriblement cool.

Logan est trop parfait, et je suis loin d'atteindre le centième de son éclat. Je l'admire, c'est évident. Il est devenu une sorte de mentor à mes yeux. Un professeur, un ami, un rocher auquel je peux m'agripper en cas de tempête. Je le trouve terriblement beau. Inaccessible. Mon palpitant a pourtant interdiction de s'effondrer sous une fiévreuse vague romantique lorsque nous sommes ensemble. Le nuage rose et les papillons dans le ventre, ce n'est pas vraiment pour moi... ce n'est pas mon « truc ». J'ai été abandonnée parmi les fins de série du supermarché des célibataires : fille de biker hors la loi et délinquante avant même de savoir marcher. Ça réduit sacrément mes chances d'une relation saine et durable avec un membre du sexe opposé.

— Ce n'est pas drôle, Logan.

Il s'immobilise à son tour, puis, avec une certaine élégance, pivote vers moi.

— Je ne cherchais pas réellement à l'être.

— Oh ! Tu me rassures ! C'est quoi, alors ? « Questions pour une amnésique » ?

— Excuse-moi, Charlie. Ray est un très proche ami d'enfance qui a quitté les États-Unis lorsqu'il était plus jeune. Il vient une fois par an. En effet, c'est bizarre que tu ne l'aies jamais croisé.

Voilà un véritable sujet sensible. Bien plus délicat que mon quotient intellectuel ou celui de Danny. Il s'agit d'un morceau de ma vie, un fragment complet de mon existence qui a disparu dans les limbes du néant pour ne me laisser que l'odeur des flammes et le goût des cendres. Mon amnésie lacunaire. L'oubli d'un événement particulièrement traumatisant. Un événement que tous semblent connaître sauf moi. Et Danny, car lui aussi paraît baigner dans l'ignorance la plus totale. Dans un sens, c'est relativement consolateur. D'après le psy, la cause est psychologique, donc la thérapie préconisée serait l'hypnose. Thérapie que je refuse de suivre pour l'instant car, paradoxalement, l'éventualité de me souvenir me terrifie davantage que de ne pas savoir.

— Excuses acceptées.

— Je me dis parfois que tu cesserais sûrement de faire des crises d'angoisse, que… tu avancerais dans autre chose que du brouillard si tu acceptais la thérapie du Dr Schmidt.

L'hypnose, donc. *Non. Je préférerais entendre la vérité de la bouche d'un ami que de la mienne* via *l'enregistrement d'un magnétophone.* Mes yeux se rivent sur une marque de rouille au milieu de la porte de métal dont Logan agrippe la poignée. Elle a la forme d'un haricot, et je me perds dans ses contours, comme si me concentrer sur cette tache pouvait m'aider à choisir les mots que je m'apprête à énoncer.

— Depuis toujours, je vois des choses horribles. Des choses qu'aucun enfant ne devrait avoir à vivre. Ça fait des années que je suis devenue adulte avant l'heure, parce que je n'ai pas eu d'autre choix que de grandir très vite dans le milieu où je baigne. Où est mon enfance ? Mon innocence ? Ma naïveté ? J'en sais fichtre rien, Logan. Et puis il est arrivé ce trou noir. Cette absence qui me file des sueurs froides dès que j'y pense, alors je vais suivre mon instinct : si mon cerveau refuse de se rappeler cet épisode de ma chienne de vie, c'est sûrement qu'il est grave merdique. Bien plus que tout ce que j'ai déjà affronté. Je le laisse donc là où il est, c'est-à-dire dans les marécages boueux de ma mémoire.

Je perçois nettement l'attention de Logan sur moi. C'est aussi incisif que la lame d'un couteau. Parfois, j'ai cette affreuse impression que Lem et lui attendent de moi quelque chose que je suis incapable de leur donner. C'est encore plus puissant lorsqu'il me dévisage ainsi. *Merde. Fous-moi la paix*. Soudain, Logan se racle la gorge et pousse la porte, qui s'ouvre en grinçant. Ce son est pire qu'un bruitage de film d'épouvante.

— Je vais aller chercher de quoi manger. Peux-tu mettre la main sur Ray pour lui demander ce qu'il veut ?

— Quand tu dis « mettre la main sur Ray », c'est une façon de parler ?

Nous nous regardons fixement durant d'interminables secondes, finalement, je libère un soupir vaincu.

— Ouais. Pourquoi j'ai la désagréable impression que tu veux que nous fassions copain-copine, lui et moi ? Logan, désolée de briser tes espérances si jamais c'est le cas : visiblement, il ne m'a pas à la bonne, donc c'est mal barré pour devenir les meilleurs amis du monde.

— J'aimerais qu'il apprenne à te connaître.

De nouveau, le silence prend ses aises.

— Tu ne le nies même pas.

— Tu aurais aimé que je le fasse ?

— Bien sûr. Question de pimenter cette conversation obtuse.

Il libère la poignée de la porte pour fourrer les mains dans ses poches, un sourire neutre aux lèvres. Logan est le meilleur homme sur Terre, mais parfois j'ai cette fugace impression, celle qui me murmure insidieusement à l'oreille que cette touchante gentillesse, cet altruisme dont il fait continuellement preuve ne forment qu'une fine couche de vernis. Puis ce sentiment s'estompe et je n'y pense plus.

— Pour quelle raison t'insistes autant ? Quelle importance si on ne peut pas se blairer ?

L'espace d'un instant, Logan baisse la tête, me cachant ce que pourraient me révéler les traits de son visage.

— Il va probablement rester un peu plus longtemps que d'habitude, alors évitons les tensions inutiles.

Il me lance un sourire d'excuse, un de ses sourires qui ne sont jamais vraiment joyeux. J'aimerais *le* comprendre, là, tout de suite. Je voudrais tout connaître de ce qui traîne derrière ces yeux gris basalte, car je suis sûre que pas mal de réponses aux secrets régissant ma vie se noient dans leurs eaux. Je l'ai toujours plus ou moins su. Pendant que nous nous perdons dans le regard de l'autre, le silence s'épaissit jusqu'à en devenir presque palpable. Encore une fois, la victoire lui revient. Je cède pour déposer les armes à ses pieds.

— Très bien. C'est ton invité, après tout. Je peux faire des efforts. Je vais lui demander ce qu'il aime dans son hot-dog.

Logan s'adosse au mur, non loin de la porte entrouverte.

— Qu'est-ce qui peut bien te faire penser qu'il va vouloir un hot-dog ?

Je le dépasse pour affronter la chaleur caniculaire de notre bonne vieille ville. Mon nez – et ce dernier peut concurrencer celui du meilleur des limiers – capte le parfum de Logan qui flotte dans l'air. Il est certes très artificiel, pourtant la fragrance est fraîche, apaisante. Je pourrais si facilement en devenir accro… *À quoi je pense, bon sang !*

— Y a un truc phallique dans la forme du hot-dog qui plaît généralement aux mecs… (Je m'arrête brutalement, soupire en secouant la tête, puis me tourne vers la porte.) Non, Logan, j'déconne.

Soudain, il surgit de l'ombre pour se poster dans l'encadrement, les mains toujours enfoncées dans les poches de son pantalon. Du coup, c'est plus fort que moi, je détaille encore sa tenue vestimentaire plutôt inhabituelle chez lui.

— C'est rare de te voir en costard-cravate.

Logan sourit, puis ses paupières se plissent, lui donnant un air félin à souhait.

— Tu me trouves comment ?

— Ça te va plutôt bien. J'aime beaucoup, en fait.

Il baisse la tête, comme pour étudier ses propres habits.

— Mmm. Je pourrais m'y habituer. Peut-être que je devrais changer de branche professionnelle et opter pour un métier plus « bureaucrate », un de ceux qui réclament le port du costume.

— Je t'ai toujours plus imaginé comme un chasseur de trésor dans la jungle tropicale que comme un courtier d'assurances.

Logan ne me répond pas immédiatement et son visage, lui, ne révèle aucune de ses pensées.

— Tu… m'as « toujours imaginé », Charlie ? J'occupe à ce point tes pensées ?

Sa question me prend au dépourvu. J'ai le sentiment de m'être vendue, ou bien d'avoir révélé quelque chose que je n'aurais pas dû. C'est bizarre. Je lutte pour ne pas détourner les yeux, puis hausse un sourcil interrogateur.

— Ouais. Bon, c'est une manière de parler.

— Vraiment ?

Un lourd silence s'impose entre nous durant une poignée de secondes.

— Ce n'est pas un mauvais gars, insiste-t-il encore pour clore notre conversation. Essaie de t'entendre avec lui, Charlie.

En signe d'agacement, ma langue vient claquer fortement contre mon palais. Je me sens frustrée sans savoir pourquoi. Je l'observe alors qu'il commence à partir et l'interpelle :

— Et moi ? Tu ne me demandes pas ce que je veux manger ?

Il se fige, m'adresse un long regard pour ensuite laisser apparaître ce sourire qui ne signifie rien, à part de la politesse façon Logan Campbell.

— Je sais déjà ce que tu veux.

Il se tait un court instant, puis :

— J'ai toujours su ce que tu voulais, Charlie, murmure-t-il.

Si bas qu'en fait je suis ne pas formellement sûre de l'avoir entendu. Lentement, je le regarde se faire engloutir par l'obscurité du hangar.

— Qu'est-ce que tu as dit ? je m'écrie, le cœur battant.

Mais il n'est plus là.

Cette phrase pour le moins énigmatique ne cesse de tourner dans mon esprit. *J'ai peut-être rêvé… ou imaginé ces mots. Je dois avoir les nerfs à fleur de peau.* Je déambule dans la cour extérieure à la recherche de Ray pour finalement le trouver dans ce que les apprentis cascadeurs nomment « la cage » : un enchevêtrement de tuyaux de métal soudés entre eux, bordés par d'immenses tours de palettes empilées les unes sur les autres. La sueur dégouline partout sur son corps digne de celui d'un sportif accompli. Elle est même allée coller quelques mèches sur son front. Je le regarde sauter avec agilité, puis s'agripper aux parois. Voilà donc à quoi ressemble l'ami d'enfance de Logan. Ce type au *sex-appeal* indéniable accro aux sensations fortes. *Qu'a-t-il dit à Lem, déjà ? Qu'il avait besoin de ses genoux parce qu'il fait du Parkour ?*

Dans le temps, Logan le pratiquait aussi, ce fameux « art du déplacement », enfin, jusqu'à ce qu'il se blesse sérieusement lors d'un tournage. Suite à cela, il a fallu sept longs mois pour qu'il puisse seulement recommencer à marcher normalement. Ray s'élance puis atterrit sur une tour située à proximité. Une main en visière afin de bloquer les rayons ardents du soleil, j'essaie de mieux le distinguer.

— Ray !

Aucune réaction. Ce qui m'énerve illico, car je suis certaine qu'il m'a entendue.

— Ray !

Sans m'accorder la grâce d'un regard, mon « futur ami » bondit souplement depuis l'une des extrémités de la cage et récupère son tee-shirt posé sur un poteau à moins d'un mètre de moi. Bras croisés sous la poitrine, j'attends patiemment qu'il lève miraculeusement les yeux dans ma direction.

— Qu'est-ce que tu me veux ?

— Logan voudrait savoir ce que tu veux manger.

— Pourquoi est-ce qu'il ne m'a pas appelé ? s'énerve-t-il avant de fouiller dans un sac de sport noir.

— J'en sais rien.

— Pourquoi est-ce qu'il n'est pas venu me le demander en personne ?

— J'en sais rien.

Ray secoue ce qui ressemble à un tee-shirt rouge propre et l'enfile en prenant soin de passer les bras en premier.

— Pourquoi…

— Si tu en as encore beaucoup des comme ça, je te suggère d'interroger le principal intéressé. Je ne suis que la messagère, et on ne tire pas sur les messagers.

Son regard noir défie brièvement le mien ; je le soutiens sans ciller.

— Il sait ce que je prends, lâche-t-il subitement en interrompant notre contact visuel.

— Pourquoi Logan veut tellement qu'on brise la glace, tous les deux ?

Et d'ailleurs, pourquoi y a-t-il de la glace à briser, à la base… ?

Ray installe la bandoulière de son sac sur son épaule, puis ricane en se dirigeant vers l'entrée du hangar. Je le suis alors que les rayons du soleil tapent férocement sur mon dos.

— Il n'y a pas de glace entre nous.

Première nouvelle. J'ai besoin de confirmer ; j'insiste :

— Ah non ?

Ray stoppe et fait volte-face si brusquement que je manque de m'écraser le nez contre son menton. Je recule d'un pas et là, il plante ses prunelles dans les miennes.

— Non. Il n'y a jamais eu de glace. Il n'y a que les flammes de l'enfer, crache-t-il, furieux et la mâchoire crispée. Celui dans lequel nous vivons tous !

À ces mots terribles, mon sang se solidifie.

— De quoi tu parles ? Quelles flammes ?

Ma voix n'est qu'un souffle de vie ; un mince filet d'air qui s'évapore instantanément au contact de l'impitoyable chaleur estivale. Soudain, chaque muscle, chaque veine du cou de Ray se tendent et se gonflent pour dessiner une carte dont le relief est tout bonnement effrayant. Je ne comprends pas cette colère chez lui, dirigée vers moi, mais je n'ai pas peur de lui. Peut-être qu'une fille moins habituée aux mecs ayant des caractères explosifs se serait enfuie en hurlant, moi non. Par contre… je déteste le feu ou tout ce qui s'y rapporte. Ça réveille en moi une peur incontrôlable, une telle trouille que je ne peux même pas regarder un feu de cheminée sans me retrouver pétrifiée, la bouche emplie de cet horrible goût de cendre.

— Tu n'as qu'à interroger le principal intéressé, m'imite-t-il d'un ton dur. Le sale hypocrite qui joue les grands frères avec toi.

— Ray, je ne te connais pas. Je ne t'avais jamais vu avant aujourd'hui, et je n'ai rien fait qui mérite que tu disjonctes ainsi… alors, tu te calmes, mec.

Je viens d'employer un ton ferme dont l'inflexion neutre ne laisse rien filtrer de mon agitation intérieure. L'instant suivant, pendant que les ténèbres s'étirent dans son regard, il s'éloigne doucement de moi.

— Comme c'est… PRATIQUE, hein ? persifle-t-il.

Je ne lis dans son regard que haine et colère.

— Vous en mettez du temps ! nous interrompt Logan.

— Il ne m'a pas dit ce qu'il voulait manger, je murmure machinalement, comme si ce détail revêtait une grande importance.

Mon esprit est en déroute à cause de cette altercation à laquelle je ne comprends rien.

— Ah…, commente succinctement Logan, placide.

Il vient de s'appuyer négligemment contre l'encadrement, bien à l'abri des attaques du soleil.

— Va te faire foutre ! lui assène Ray.

Ce dernier le bouscule méchamment sur le seuil pour aussitôt disparaître à l'intérieur. Quant à moi, j'ai la cervelle en compote. Mes idées s'embrouillent et ma respiration s'emballe. Lorsque mes jambes flageolent, Logan est auprès de moi en quelques secondes. Dès que je sens le contact de ses doigts sur moi, je le repousse brutalement.

— Pourquoi ! Pourquoi tu m'obliges à parler avec ce taré !

— Charlie, tu es en train de faire une crise de panique, respire.

Je lui lance un regard noir, puis rejette une nouvelle fois violemment son aide.

— Putain, mais tu crois que j'essaie de faire quoi, là ? Une partie de golf ?

— Cesse donc de t'agiter !

Il me gronde comme si j'étais une petite fille. Ça me gonfle ! Paradoxalement, ma manière d'agir avec lui le suggère, et le constater m'énerve deux fois plus. Ses mains cherchent encore à me soutenir, ou bien peut-être à m'apaiser, je les repousse désormais avec davantage de virulence… et m'écroule direct sur le sol. Mon cœur tambourine douloureusement dans ma poitrine, à tel point que chaque pulsation devient insupportable. Sans plus attendre, il glisse ses bras sous moi pour me porter.

— J'étouffe, Lo-Logan.

Mon corps entier tremble lorsqu'il me dépose précautionneusement sur le sol frais du hangar. Je convulse.

— Tu ne t'étouffes pas, Charlie. Un, inspire par le nez. Deux, expire par la bouche. Tu peux y arriver. Allez, un, inspire…

J'obéis. Logan couvre mes mains des siennes ; elles sont sagement croisées sur mes seins. Son visage se place au-dessus du mien et j'ai une vue imprenable sur son magnifique regard teinté d'un absolu contrôle de soi.

Le Dieu-Calme.

— Il faut que tu te concentres uniquement sur ta respiration. On a fait ça ensemble un millier de fois.

J'acquiesce et respire. *Un, deux. Un, deux.* Ce n'est pas ma première crise d'angoisse, mais la dernière remonte tout de même à plus de trois mois. J'imagine que c'est l'une des raisons pour lesquelles Logan me casse les pieds pour que j'accepte de tenter l'hypnose avec le psy. Les sueurs froides se dissipent pour laisser place à de désagréables picotements. Ces derniers partent de mes pieds et remontent jusqu'à mes genoux.

— Les mollets ? suggère-t-il.

J'acquiesce encore. Délicatement, Logan me saisit la jambe gauche, roule le bas de mon treillis sur lui-même, puis, avec application, se met à doucement me masser la jambe.

— Que t'a raconté Ray pour te mettre dans cet état ? s'enquit-il d'une voix posée.

Sans oublier de me forcer à respirer calmement, je le détaille du regard. Logan ne cherche même pas à lever la tête, bien trop absorbé par sa tâche. C'est irritant cette capacité à rester stoïque en toutes circonstances. *Tu ne me vois jamais vraiment, hein, Dieu-Calme ?*

— C'est quand il a parlé des flammes. Du feu de l'enfer.

Ses doigts se figent momentanément sur ma peau. J'ai l'impression qu'ils se sont légèrement crispés, mais cette partie de moi est tellement engourdie que je n'en suis pas certaine.

— Je vois, dit-il seulement avant de s'occuper de l'autre jambe. Il ne pouvait pas savoir qu'évoquer ce sujet te déclencherait une crise.

— Ouais, il n'y avait aucun moyen pour qu'il le sache, c'est vrai.

— Ça va mieux ?

— Oui.

Au lieu d'ôter sa main de mon mollet, Logan laisse l'extrémité de ses doigts presser la peau sensible à l'arrière de mon genou.

— C'est tout ce dont il t'a parlé ?

Il y a quelque chose d'étrange, d'indéfinissable qui traîne dans son timbre douceâtre. *Dois-je lui avouer que son super pote l'a insulté et traité, entre autres, d'hypocrite ? Je devrais le faire, tiens, juste pour voir.* Je le pense sans pouvoir m'y résoudre. S'il y a bien une chose que je ne veux pas, c'est blesser inutilement le seul homme qui a toujours été présent pour moi.

— Tu voulais qu'il me déclame une ode, peut-être ? j'ironise.

En réponse à ma provocation, Logan redresse enfin le visage vers moi puis tire fortement sur ma cheville. Le geste n'est pas réellement douloureux, il m'a juste prise par surprise.

— Oserais-tu te moquer de moi, Charlie ?

Même si c'est évident qu'il plaisante, le gris de ses yeux s'est légèrement assombri.

— Pas plus que d'habitude, Logan.

— Tu n'es qu'une sale peste, soupire-t-il.

— La rumeur est en dessous de la réalité, je suis bien pire que ça.

Petit à petit, je me réapproprie mon corps, ce qui est un grand soulagement. La crise est terminée. Je remarque qu'il est toujours agenouillé entre mes jambes, retenant l'une d'elles prisonnière. Je secoue un peu cette dernière pour le lui signaler discrètement. Il me libère aussitôt.

— Merci, je souffle, curieusement fébrile.

— De rien.

Sur sa bouche se dessine de nouveau ce sourire habile que je lui connais. *Habile mais trop poli*. Il se lève, m'aide à en faire de même ; je ne veux pas me rétamer une seconde fois, alors j'accepte son assistance.

— Tu peux marcher seule ?

— Je pense…

Nous repartons lentement en sens inverse, afin de rejoindre Danny, Lem et mon cher nouvel ami Ray.

— J'aimerais que tu fasses le stage, Charlie.

— Parce que j'ai la tête de l'emploi ?

J'ai ri, mais Logan, lui, reste aussi sérieux qu'une porte de prison.

— Tu as le profil type des cascadeurs, oui.

Je me fige et nous nous regardons l'un l'autre dans le blanc des yeux.

— Qu'est-ce que tu veux dire ?

— Tu es une fille intelligente, tu sais ce que je veux dire.

Accro à l'adrénaline. Eh oui. Merde.

— Tu n'as pas fait d'études, tu n'as pas de boulot fixe digne de ce nom à part les petites missions illégales que te refilent parfois les BAMCHA. Tu es majeure désormais, et avec ton casier judiciaire je ne te donne pas trois mois avant de te retrouver derrière les barreaux. Je t'offre la possibilité de quitter ce milieu. Rejoins les stagiaires d'*Action Heroes* à la mi-juillet.

Sur le moment, je ne dis rien. Je ne parviens même pas à réfléchir correctement, car tout ce que vient d'énumérer Logan est la stricte vérité. J'ai la bizarre impression d'être à un carrefour de mon existence et que le choix que je m'apprête à faire la changera radicalement.

— Et Danny ? Je ne peux pas le laisser avec Kurt et ma mère.

Le métal froid de son regard déchire le mien ; il pourrait perforer n'importe quel mur avec s'il s'en donnait la peine.

— On pourrait le prendre avec nous à la Résidence.

— La Résidence ?

— Celle que nous occupons tous les étés. C'est en pleine montagne, éloigné de tout. Les Anges noirs ne le retrouveront pas, là-bas. Le Hangar ne sert qu'à peaufiner certaines techniques, il faut avant tout une excellente condition physique pour devenir cascadeur. C'est la base pour se lancer dans cette profession. À la Résidence, l'objectif est de façonner son corps et son esprit en même temps. Alors ?

Mon cerveau essaie d'assembler toutes les pièces du puzzle afin de peser le pour et le contre, mais le calcul est rapide à faire car il n'y a aucun argument digne de ce nom à coller dans la seconde case.

— Tu ne devais pas prendre Law ?

L'expression qui s'affiche sur son visage est une réponse claire à ma question : mon frère aîné ne fera pas partie du voyage.

— Papa m'a confirmé le nombre de stagiaires de cet été… Je suis sincèrement désolé, Charlie. Je comprendrais que tu sois déçue, et c'est entièrement ma faute. J'aurai dû vérifier avant de t'en parler. Nous sommes complets. Il nous est impossible d'aller au-delà d'un total de huit cascadeurs. Il y a Lucy, Joshua, Sophia et Jim qui devait partir la semaine dernière dans une autre compagnie, mais qui reste finalement une année de plus. Ça chamboule pas mal nos plans. Law fera partie des sélectionnés d'office lors du prochain stage, je te le promets.

Je hausse les épaules avec fatalisme.

— Tu me fais prendre sa place. Je devrais la lui laisser.

Logan me saisit durement les bras des deux mains. Ses ongles s'enfoncent un peu trop dans ma chair ; je grimace.

— Non !

Ce mot est taillé dans le givre et je n'ai jamais vu chez lui un tel éclat de fureur. Je m'ébroue sans réussir à me libérer de son emprise.

— Je peux patienter quelques mois ! Lui, on va finir par le retrouver en train de se vider de son sang dans un fossé, à ce rythme ! je plaide, tentant de le convaincre.

Un bel échec. D'un geste brusque, il m'amène plus près, et lorsqu'il reprend la parole, son ton est tranchant :

— C'est un homme, tu es une fille. Il est l'aîné et toi, tu es plus jeune. Hors de question qu'il passe avant toi. Même ton inconscience doit avoir des limites, Charlie.

Je me débats encore et, cette fois, il me lâche.

— Je fais un peu ce que je veux, je ne te dois rien ! je m'écrie.

D'ailleurs, ma voix porte tant qu'elle alerte Lem et Danny qui accourent aussitôt en entendant cette bribe de dispute. Logan tend un index colérique et, spontanément, je recule d'un pas.

— C'est là que tu fais erreur. Tu. Nous. Le. Dois. À. Tous.

— N'importe quoi ! je m'étrangle, les yeux écarquillés.

J'essaie d'ignorer mon cœur qui roule férocement dans sa cage, comme prisonnier d'un ressac aux élans agités. Les élans d'un terrible secret.

— Je ne te dois rien !

Je persiste. Idiote que je suis. Cet entêtement stupide à vouloir toujours avoir le dernier mot. Et puis apparaît sur les lèvres de Logan un sourire dont le modèle est une première sur sa bouche aux proportions idéales. Il est tout nouveau, tout beau, et étrangement captivant, d'une certaine façon. Ce qui me fiche une trouille plutôt inattendue.

— Tu me dois énormément, Charlie. Tant, que j'en ai perdu le compte, commence-t-il de cet inhabituel accent doucereux. Il est temps de payer tes dettes, soit de vivre décemment… que tu le veuilles ou non. Pense à Danny s'il le faut, si cela peut t'aider à accepter ce changement. Tu viens à la Résidence, un point c'est tout.

La colère me brûle les yeux. Ce type, celui qui se trouve face à moi en cet instant, est un parfait étranger. Il n'a rien du Logan que je connais depuis toujours. J'ai le sentiment qu'on vient de briser en mille morceaux mon Dieu-Parfait et je déteste ça. *Danny. Ouais. Pense à Danny.*

—Et Law…

C'est ma conscience qui murmure ce prénom.

—Law s'en sortira et, si ce n'est pas le cas, je m'en contrefous.

Sur cette phrase énoncée d'une façon impitoyable, et sans un dernier regard pour personne, Logan s'éloigne immédiatement de nous à grandes enjambées. Nous pouvons tous admirer son dos raide tandis qu'il défait sa chemise.

—Il a raison.

C'est mon petit frère. Je baisse instinctivement les yeux sur lui pour découvrir ses traits juvéniles empreints de gravité.

—Law, c'est Law, toi, c'est toi. Arrête de vivre en fonction des autres. Tu n'es pas aussi indispensable que tu le penses.

—Comme tu es cruel… ! je soupire, pour essayer de dédramatiser la situation.

Il s'avance pour me tapoter gentiment l'avant-bras.

—Tu as besoin de ça pour grandir.

Puis il se détourne pour chanter à tue-tête :

—Ma sœur est masochiste ! Pauvre de moi, ma sœur est maso ! Elle est complètement maso !

—Sale morveux…, je grommelle en le regardant sautiller pour rejoindre Ray.

Je sens le poids du regard de Lem. Il semble tout aussi furieux que son fils. Là, tout de suite, j'aimerais creuser un trou dans le béton pour m'y cacher.

— Si ça ne tenait qu'à moi, je te dirais de refuser.

Hein ?

— J'aurais pourtant parié que l'idée venait de toi, Lem. C'est le genre de plans que vous aimez élaborer, le père Stefan et toi.

— Non. J'étais contre, mais Logan sait se montrer persuasif, alors saisis la chance qu'il te donne.

À son tour, il gagne l'autre bout du hangar et je me retrouve seule, choquée à l'idée que Lem ne voulait pas de moi à ce stage. *En fait, tout le monde me déteste… Suis-je un tel boulet pour eux ?* Je n'avais jamais percuté à quel point s'occuper constamment de moi pouvait mettre le bazar dans leurs vies. C'est la grosse claque, car il est toujours difficile d'être mis face à son propre égoïsme. *Quelle journée de merde… Qu'elle se termine vite.*

Mon téléphone sonne. Je le sors de la poche arrière de mon pantalon, puis lis le nom qui s'affiche sur l'écran : Law. J'inspire un grand coup avant d'accepter son appel.

— T'es où ?

— Au Hangar. Ne dis rien aux parents.

Je l'écoute bruyamment mastiquer je-ne-sais-quoi à l'autre bout du fil, ce qui m'agace illico.

— OK. No problemo… J'peux venir ?

— Non. Ils vont sûrement te fliquer. Moins ils en savent, mieux c'est.

— C'pas faux, ils m'ont déjà cuisiné mais j'ignorais encore où tu te planquais, alors, ça roule… Au fait, sacré bordel à la piaule tout à l'heure. Il est doué le mec, là, le brun qui était avec vous… C'est quoi son nom ?

— Ray. Il s'appelle Ray.

L'idée que mon autre frère admire lui aussi ce type m'irrite d'avance.

— Bref, j'aurais sauté du toit comme lui, tu m'aurais retrouvé en kit à l'arrivée.

Tandis qu'il s'esclaffe joyeusement, de mon côté, je reste muette un bref instant, puis lui pose cette question qui me démange :

— Law, j'peux te demander un truc ?

— Ouais.

Encore un bruit dégoûtant.

— Putain, mais t'es obligé de bouffer en même temps que tu téléphones ?! je m'énerve.

— Quoi ! J'ai la dalle ! J'ai rien mangé depuis le petit déj' ! se défend-il.

Je marmonne des mots inintelligibles tout en me pinçant fortement l'arête du nez à l'aide du pouce et de l'index. Si ça pouvait endiguer le mal de crâne que je sens débarquer…

— Quoi ? Qu'est-ce que tu voulais savoir ?

— Rien.

— Vas-y, crache le morceau.

J'inspire profondément.

— C'est vrai que je ne suis pas aussi indispensable que j'aimerais le croire ?

Le fait que Law ne réponde pas tout de suite est un indicateur assez évident, et ça m'éclate les nerfs façon pop-corn.

— Cool si tu t'en rends compte, dit-il enfin. Tu es futée, Charlie, t'es forte aussi, j'ne dis pas le contraire, mais des fois, tu te prends trop la tête.

— Quoi !

— T'es pas responsable de nous… que ce soit maman, Danny, moi ou même papa. Alors lâche la bride, OK ?

— Non mais t'es sérieux, Law ? je murmure, abasourdie. Lâche la bride. Lâche la bride… *Lâche la bride ?!*

— Tu sais quoi ? Allez vous faire voir, bande d'ingrats ! Désormais, je ne vais penser qu'à ma gueule !

Je l'écoute encore se marrer, ce qui attise dangereusement ma colère.

— C'est bien, frangine. Surtout, tiens-moi au jus… Je suppose que tu vas garder Danny ? Chasse le naturel et il revient en Porsche Cayenne.

Je m'apprête à répliquer, mais c'est trop tard, il a déjà mis fin à la conversation. Logan est furieux. Lem est furieux. L'autre type, Ray, me déteste. Je vais passer deux mois dans la montagne avec eux pour devenir cascadeuse. Alors, elle est pas belle, la vie ?

Résolution n° 2

Étouffer ce sentiment persistant.

C'est le ton montant de Ray qui m'a alerté en premier. Malgré ma jambe récalcitrante, j'ai traversé la distance me séparant d'eux au pas de course. Les quelques secondes précédant mon intervention, j'essaie de me composer une attitude calme. M'emporter contre Ray ne servirait strictement à rien, et surtout pas à arranger les choses. Je les épie un bref instant. Ils ressemblent à deux fauves, feulant et se tournant autour, prêts à se filer de gros coups de griffes.

— Vous en mettez du temps !

Mes yeux ne quittent pas Charlie, et quand elle entend le son de ma voix, elle sursaute. Ce genre de réactivité plaît tellement à cette part de moi, celle éternellement affamée d'elle.

— Il ne m'a pas dit ce qu'il voulait manger.

Oh, Charlie… Le pouvoir de ma volonté me surprend sans cesse. Le désir de la rejoindre pour l'étreindre est si violent, si ancien, que je suis sérieusement le premier surpris à ne pas y avoir déjà cédé.

— Ah.

Et que dirait cette femme qui, furieuse, m'accusait hier soir de n'être qu'un immonde salaud sans cœur, dépourvu de sentiments, incapable d'éprouver la moindre compassion… Que dirait-elle si elle me voyait aussi bouleversé par l'expression d'un visage ? Celui qu'arbore Charlie en ce moment ? La possibilité de ruiner ses théories fumeuses à mon sujet me donne envie de rire, mais pas de joie.

— Va te faire foutre !

Juste avant de me bousculer, Ray me jette un regard meurtrier qui en dit long sur son opinion quant à ma mascarade. Je lui adresse un bref sourire ironique.

Soudain, les mots empreints de détresse hurlés par Charlie m'atteignent en plein cœur. Ils me touchent davantage que si elle s'était mise à crier mon prénom. Il me faut très peu de temps pour être près d'elle, à la soutenir alors qu'une crise de panique la terrasse. Il y en a eu un certain nombre depuis que Charlie et moi nous sommes rapprochés. Pendant que mes doigts la massent, j'essaie de consacrer mon énergie à la soulager de cette peur. C'était quand ? Elle devait avoir environ treize ans et ça faisait deux jours qu'elle s'entraînait à conduire une des vieilles motos de son père. Deux jours que le bruit du moteur résonnait dans tout le quartier. Je ne la haïssais plus à cette époque, mais elle était encore cette personne responsable de la façon dont ma vie avait entièrement dérapé. J'ai disjoncté. Une colère noire, brutale et spontanée. J'ai ouvert à la volée la porte d'entrée avec la ferme intention de la pourrir comme seul un mec de vingt ans est capable de le faire. Je ne sais plus ce que je portais ce jour-là, mais elle a freiné net en m'apercevant. Je doute d'avoir pris le temps d'enfiler un tee-shirt, et je n'étais pas encore scarifié par toutes ces cicatrices qui me grignotent désormais les côtes.

— Putain ! Tu vas arrêter ton bordel ! m'étais-je écrié, sans cesser de m'avancer à grands pas furieux et en tendant un index menaçant dans sa direction.

Puis, à une certaine distance, j'ai pilé net. Ses grands yeux bleus me fixaient avec de l'étonnement et une forme floue d'admiration. Ça m'a méchamment coupé dans mon élan. Peut-être est-ce ce jour-là que j'ai reçu un ersatz de coup de foudre : lorsque, pour la toute première fois, j'ai plongé mon regard dans le sien. Il n'y avait rien de sexuel, mais le fil rouge de la destinée s'était indéniablement tissé d'elle à moi, et de moi à elle. J'ai passé l'année suivante à l'éviter. Une autre à faire semblant de ne pas la voir alors qu'elle m'épiait constamment. Finalement, quand j'ai rendu les armes, elle avait quinze ans et la beauté pure d'un ange. C'est là que j'ai commencé à me mentir, à mentir sur ce qui nous liait, à écrire un interminable scénario dont nous étions les principaux acteurs.

Comment en suis-je arrivé là ? Assis dans le bureau de mon père à vider sa bouteille de Jack Daniels ? Ah oui. Je me suis disputé avec Charlie. Une dispute ? C'est quoi, ça, une « dispute » ? Un vilain mot pour désigner deux ego qui se rentrent brutalement dedans ? Si nous parvenions tous à boucler au cachot nos stupides fiertés respectives, ce satané mot disparaîtrait définitivement du champ lexical humain. De toute façon, le problème se situe ailleurs ; il ne s'agit pas d'une histoire d'ego, entre elle et moi. Lorsque je lui hurle dessus, c'est ma frustration et ma douleur que je lui crache à la figure, parce que je sais ce qui me rend réellement fou : je ne m'autorise pas à tenter quoi que ce soit, mais l'idée qu'elle ne me désire pas en retour m'explose les neurones. Où est la solution ? Mon téléphone sonne. C'est Laurette.

— Oui ? je soupire, le regard noyé dans l'alcool ambré que contient mon verre.

— On boit un coup au *Famous*. T'es des nôtres ?

À sa voix pâteuse, je devine que son taux d'alcoolémie ne doit pas être très loin du mien.

— J'ai déjà trop bu pour prendre le volant. Et puis Ray doit être encore salement en rogne.

Suite à mon altercation avec Charlie, j'ai failli me défouler sur lui. Nous en sommes quasiment venus aux mains. Néanmoins, je lui ai arraché la promesse de ne plus l'attaquer sur ce qu'elle a oublié. C'est déjà ça de gagné.

Le rire de Laurette est un peu trop fort.

— Non. Il est malheureux comme les pierres, mais trop fier pour l'avouer. Tu sais qu'il déteste quand vous êtes fâchés… J'en serais presque jalouse.

En bruit de fond, j'entends les jurons de celui qui est censé être « malheureux comme les pierres ». Je ne réponds pas, l'esprit et le regard perdus au-delà de ce que je peux distinguer.

— Et ce rendez-vous avec la banque ? s'enquiert-elle pour briser le silence.

Je baisse les paupières pour les masser avec mes doigts.

— Arnold n'a jamais pu m'encadrer, alors il s'est fait plaisir.

— Ah, mince. Tu as besoin d'aide ?

— Non. Ça devrait aller. Écoute, j'ai encore pas mal de choses à faire…

— Comme te saouler ?

— Entre autres, oui.

L'ironie dans ma voix ne passe pas inaperçu. Mais c'est Laurette, après tout.

— OK. J'ai compris. Ah, oui, j'allais oublier…

Un soupir las m'échappe, ce qui ne l'empêche nullement de poursuivre :

— Jenna est furieuse contre toi et me rend la vie impossible. La prochaine fois que tu dois te taper une nana, évite de choisir l'une de mes assistantes.

Mon rire sans joie vient troubler le silence régnant dans le bureau.

— Ça faisait des jours qu'elle me harcelait, ton assistante. Je le lui ai rappelé, tiens, pas plus tard qu'hier soir : il n'y aura rien de plus qu'une seule baise entre nous. Je ne serai probablement jamais apte à aimer correctement quelqu'un.

Laurette reste muette un certain temps, puis lâche tristement :

— Non, Logan. Le problème est que tu aimes déjà quelqu'un, et qu'il n'y a de place pour personne d'autre.

Elle coupe et je reste là, le portable dans une main, mon verre plein dans l'autre, à contempler le vide qui m'entoure.

Règle nº 4

Toujours payer ses dettes.

Marquée au fer rouge : le veston orange fluo que je porte par-dessus mon débardeur kaki signale d'une manière criarde que je suis passée devant madame le juge Winkson. Je sais que je m'en tire à très bon compte, à seulement retirer les saletés des haies parfaitement taillées du parc d'Adams Square, et ce sous la surveillance de l'honorable agent Moore. Agent qui est allé tranquillement se chercher du café et des pâtisseries... Si je n'avais pas donné ma parole à madame le juge, je me serai barrée d'ici juste pour lui apprendre à mieux faire son boulot.

Adams Square est un chouette centre communautaire dédié à l'art et la culture. L'ouverture au public se fait dès 9 heures du matin, ce qui me laisse environ une heure trente de nettoyage. En ce moment, l'art urbain est mis à l'honneur. En arrivant, j'ai failli mourir d'une crise cardiaque lorsque je suis tombée sur l'œuvre d'un artiste local, un certain Aldo Rodrigo : la sculpture était une sorte de visage au sourire édenté réalisé à partir de briques rouges. Son regard était si vivant, si humain que, l'espace d'une longue seconde, j'ai vraiment cru avoir affaire à un monstre. Armée de ma super pince à déchets aux couleurs assorties à ma tenue de combat, je lutte contre les crimes barbares des marmots du coin. Soudain, mon téléphone chante le refrain de « Sweet Caroline » – la version d'Elvis, évidemment. Je saisis mon portable, le déverrouille de l'index après avoir calé ma pince sous le bras. C'est ma mère. La sorcière-requin à laquelle je n'ai absolument pas envie de parler, et pourtant je m'y colle.

— Ouais ?

Je l'écoute tirer une bouffée de sa cigarette pour ensuite l'expirer dans le micro.

— T'es pas rentrée depuis une semaine.

Sa voix est à son image : froide, qui semble s'ennuyer de tout.

— Je suis étonnée.

— Étonnée de quoi ? s'enquiert-elle malgré une sincère indifférence.

Elle sait bien qu'elle me tend la perche. Peut-être que ça l'amuse, même.

— Que tu te sois rendu compte de mon absence : c'est juste incroyable !

Je l'entends rire. Il n'y a aucune forme de joie ou de réel amusement dans cet éclat qui roule jusqu'à mon tympan. Le rire de Shawna Parson, c'est un tambour de guerre, celui des nerfs.

— Tu es mignonne, Charlie.

Je laisse un silence lui exprimer le fond de ma pensée, alors que je me remets à traquer les emballages de bonbons.

— Où est Danny ?

Ah ! Enfin la véritable raison de son appel !

— En sécurité.

Ma réponse a fusé sans que je prenne le temps de réfléchir ou de la préparer mentalement.

— C'est chez nous qu'il est en sécurité, Charlie. Avec ton père, Law et moi. Tu crois que ta petite bagarre contre un Wildings restera sans conséquences ? Il y aura des représailles et, comme toujours, la surenchère est de mise. Tu rentres. Ou pas. Mais tu le ramènes.

Il n'y a aucune émotion dans sa voix. Aucune trace d'inquiétude maternelle… Je crois que si j'avais perçu ne serait-ce qu'une once de crainte authentique, de celle qu'éprouve normalement une mère pour son fils, surtout dans ce genre de situation, j'aurais pris Danny par l'élastique de son boxer Avengers, puis l'aurais traîné de gré ou de force jusqu'à la maison. Seulement voilà, j'ai compris que derrière cet appel téléphonique se cache l'ordre du président de la Black Angels Motorcycle Club Hollywood Army, le très célèbre Kurt. Elle, elle s'en fiche. Elle n'a aucune conscience. Aucun cœur ne palpite dans sa poitrine.

— Je ne le ramènerai pas. Je vais quitter momentanément Glendale et il vient avec moi. Si ça t'emmerde tant que ça, va donc porter plainte au bureau du capitaine.

— Je pourrais le faire.

Enfin je détecte quelque chose, mais ce n'est rien d'autre que de la colère. Le poussin défie le chef de la basse-cour, et ce dernier n'aime pas ça.

— Fais-le. Fais-le donc. Alors, je te pardonnerai peut-être quelques-unes de tes actions ! Montre-moi ton cœur, Tin[1] !

Cette fois, le silence qui s'installe entre nous est lourd, comme un mur pétri de secrets. Combien de temps suis-je restée là, haletante, les yeux brûlants de colère, à espérer ? Espérer quoi ? Un miracle ? En Californie, c'est Hollywood qui fournit les miracles.

— Tu sais quoi ? Un jour, tu comprendras que cette famille, celle que tu rejettes avec tant de rage, est le seul et unique pilier de ton existence. Il sera toujours là pendant que le reste du monde s'effondre.

J'éclate d'un rire franc, puis secoue la tête :

— Depuis quand t'es si philosophe ?

— Ne fais pas ta maligne. De qui crois-tu tenir cette intelligence que tu caches si soigneusement ? De ton père ? Vraiment, Charlie ? C'est par les gènes que l'excellence se transmet. Je porte des minijupes en cuir et des hauts décolletés, mais tu ne vaux pas mieux que ces machos que tu vomis si toi aussi tu ne vois que ça chez la femme que je suis. Tandis que le sage regarde la lune, l'idiot lui, ne fixe que le doigt qui la désigne. Nous nous ressemblons plus que tu ne le penses.

— Non ! Je ne suis pas comme toi ! Je ne le serai jamais ! L'intelligence n'empêche pas les comportements ignobles. Ils en deviennent même davantage horribles quand celui ou celle qui le commet n'est pas un simple animal primaire dénué de jugeote, maman !

1. Référence au personnage du *Magicien d'Oz* Tin Woodsman, le bûcheron en fer-blanc qui voudrait avoir un cœur.

Pour la troisième fois, le silence s'abat sur nous avec une forme de violence qui lui est propre. Puis, doucement, mon interlocutrice le brise de cette voix mécanique que je déteste tant :

— Je sais à quoi tu fais référence, je te rappelle juste que les circonstances étaient particulières…

— Il n'existe aucune excuse pour ça. Jamais ! je m'exclame durement, l'interrompant.

— Je te trouve mal placée pour me juger, Charlie. Mais ce n'est pas grave ! L'ignorance a de bons côtés, n'est-ce pas ? En ce qui concerne Danny : tu as jusqu'à la fin de l'été pour nous le ramener, après, les choses se compliqueront pour toi.

— Qu'est-ce que tu veux dire ? Qu'est-ce que j'ignore ? Pour quelle raison je suis mal placée pour te juger ?

C'est le cœur battant la chamade que je l'assomme de questions. Il y a des moments où ne rien savoir est insupportable, un grand huit dans une fête foraine à l'éclairage brisé. Tout en haut, je remercie le ciel d'avoir oublié, dans le creux de la vague, c'est intolérable. J'oscille constamment entre les deux. Surtout quand tous ceux autour de moi y font allusion. Surtout quand Shawna Bell Parson y fait allusion – du poison directement injecté dans mes veines.

— Ramène Danny fin août.

— Réponds-moi !

Mais elle a déjà raccroché. Mon cri furieux se contente de mourir au contact de l'air. *Merde*. Je déteste quand ce sentiment s'insinue en moi ; celui de la petite fille perdue qui aurait voulu que sa maman l'aime. J'ai beau l'enfermer dans sa boîte dans un coin abandonné de moi-même, cette gamine réussit toujours à s'en échapper par moments. Ça me frustre tellement. Je voudrais être une véritable guerrière. Mes poings portent encore un millier de stigmates causés par chaque obstacle qui s'est dressé sur ma route, par ces épreuves que j'ai démolies une à une : alors pourquoi suis-je incapable de me battre contre elle ? C'est quoi la solution pour m'affranchir de son pouvoir sur moi ?

— Vous êtes Charlie Parson ? m'apostrophe une voix féminine.

Je me tourne en sursautant pour distinguer une dame âgée dont la tête est surplombée d'un chignon couleur neige. Mon regard la détaille brièvement ; elle porte une robe chasuble gris souris sur un fin chemisier blanc et, dans son visage profondément ridé, deux yeux verts à l'éclat perçant m'examinent en retour. Pour ne pas l'effrayer avec un beau reste de colère bouillonnant dans mon sang, je me compose rapidement une attitude plus décontractée :

— Ouais, m'dame ?

— Je suis Ada Johnson, la directrice de cet établissement. (Elle me désigne son badge épinglé sur le devant de sa robe.) Pourriez-vous me rendre un service, jeune fille ?

Le « jeune fille » me fait aussitôt sourire. Je sais pertinemment de quoi j'ai l'air, et il n'y a rien d'ingénu dans mon allure. Surtout pas le gilet fluo dont m'a affublée l'homme chargé de ma surveillance, car il indique sans aucune ambiguïté mon statut de délinquante plus très juvénile. Mon attention glisse sur le paquet qu'elle tient fermement entre ses mains parsemées de taches sombres.

— C'est que je suis en train de travailler, là. Si je quitte mon poste, mon agent va me taper sur les doigts.

— Il faut porter ce livre à la bibliothèque Brand. C'est urgent. Votre agent ne peut-il pas faire une exception ? Je viens de faire quasiment deux fois le tour des employés, et aucun d'eux n'est disponible pour cette course.

Comme j'ai toujours mon téléphone portable dans le creux de la paume, j'hésite un instant pour finalement le lui montrer :

— Si vous l'appelez et qu'il accepte, je suis votre coursier, m'dame !

La dénommée Ada m'examine attentivement avant d'acquiescer.

— Très bien.

Je cherche aussitôt le numéro de Freddy dans mon répertoire, lance l'appel et passe mon téléphone à la directrice du centre. D'une oreille distraite je l'écoute faire sa requête, puis, une fois tout réglé, elle me rend mon portable, visiblement soulagée. Le soleil de ce début de juillet ajouté à cette mamie au col amidonné fait ressortir ce qu'il y a de plus serviable en moi. J'aimerais tant que ce noble geste de ma part attendrisse ce bon vieux Freddy-racorni qui ne me voit que comme de la mauvaise graine. *C'est effectivement ce que je suis, mais il y a pire en ce monde, non ?*

— Il accepte et va vous suivre *via* le GPS de votre mobile, afin d'être certain que vous irez bien là-bas. Ce colis est pour l'artiste Laurette Milles. Il faut absolument qu'elle l'ait avant le début de sa conférence qui aura lieu dans approximativement… (Elle jette un rapide coup d'œil sur sa montre.)… quarante minutes. Vous pensez y arriver ?

J'élabore virtuellement le trajet dans ma tête : il me faudra tout d'abord prendre la départementale San Fernando pour ensuite continuer jusqu'à Grandeview Avenue. S'il n'y a pas trop de circulation, je devrais mettre moins d'une demi-heure. Je regarde mon interlocutrice en souriant de toutes mes dents.

— C'est jouable.

Elle me rend ma joyeuse grimace.

— Vous êtes un ange !

Prends ça, Freddy-l'agent-de-surveillance ! L'instant d'après, casque enfoncé sur la tête, j'enfourche ma magnifique Suzuki 500 GSE rouge, et la démarre en faisant gentiment ronronner le moteur. Les dieux de la circulation m'ont à la bonne puisque celle-ci n'est pas complètement bouchée. Peut-être que l'heure de pointe du soleil dissuade l'autochtone d'aller et venir à sa guise ? Quinze minutes plus tard, je suis dans les temps, prostrée au bas des innombrables escaliers que la très solennelle bibliothèque Brand domine du haut de son trône blanc. Ce gigantesque bâtiment possède un design atypique, très oriental, mais incroyablement impressionnant, et on se sent bizarrement tout petits quand on le regarde d'où je me trouve. En le contemplant, j'ai l'étrange sentiment d'avoir été parachutée dans un conte des *Mille et une nuits*. L'intérieur est également saisissant. Que ce soit les parquets lustrés, l'ambiance feutrée ou encore les divers salons dotés de quelques rares meubles, mais de luxueuse facture. Le genre d'endroit où on se sent obligé de baisser la voix de peur de déranger les portraits accrochés sur les murs, qui nous dévisagent en silence.

— Je peux vous aider ? se renseigne une voix féminine, juste derrière moi.

Je pivote gauchement sur moi-même, nerveuse. Une jeune femme rousse qui ressemble à une étudiante me considère, les paupières plissées, l'air suspicieux. Il faut avouer que mon look n'aide pas trop à créer un climat de confiance dès le premier contact.

— Non… je veux dire oui. Je cherche Mlle Milles.

Comme si je venais à peine de m'en souvenir, je fais subitement glisser les bretelles de mon sac à dos puis farfouille à l'intérieur afin d'en extraire le paquet donné par la vieille femme. Du coin de l'œil, je note le mouvement de recul de la rouquine. Ce geste m'agace plus qu'il ne m'amuse : comme si j'allais brandir un flingue dans cette bibliothèque pour l'attaquer !

— Une personne du centre culturel d'Adams Square m'a demandé d'apporter ceci à… euh. Laurette ? C'est bien ça : Laurette Milles.

La donzelle devient de plus en plus méfiante. *Sérieusement ? J'ai la tête d'une terroriste pour toi ? Tu mériterais que je te braque, tiens !*

— Charlie ? Qu'est-ce que tu fais ici ?

Ce ton calme à la tessiture grave et sexy, même avec cette très subtile note de colère que je discerne dans son inflexion, ne peut appartenir qu'à une seule créature terrestre : Logan. Par-dessus la tête de l'étudiante, je le regarde s'avancer.

— Eh ! Logan ! je le salue avec un enthousiasme forcé.

Il s'approche de nous en fronçant les sourcils.

— Le capitaine Bedford m'a appelé ce matin pour m'informer que tu commençais ta peine. Tu devrais encore y être, à cette heure-ci. Si tu sèches, tu vas…

— Je fais juste une course pour une vieille dame ! je proteste.

L'attitude de la rousse m'énerve vraiment trop, et soudain je dresse les mains en l'air, singeant des griffes acérées, et m'écrie d'une monstrueuse voix animale :

— Bouh !

C'est enfantin, c'est sûr, et même en sachant que c'est plus mon cri qui l'a surprise que mes faux doigts crochus, sa réaction reste franchement comique. Après avoir effectué plusieurs petits bonds en arrière en couinant, elle a agrippé sa besace remplie de livres comme si sa vie en dépendait. Logan me tape le front d'une méchante pichenette.

— Ça t'amuse ?

Je me tourne vivement, énervée.

— Quoi ! Si une mamie de soixante-dix piges parvient à me parler sans imaginer que je vais lui voler son porte-monnaie, pourquoi elle, elle n'y arrive pas ?

Logan me dévisage longuement. C'est la première fois que nous nous parlons depuis notre dispute, au Hangar. J'affronte sans ciller ses prunelles grises. Finalement, il s'adresse à la jeune femme que j'ai taquinée :

— C'est bon, Anna, je m'en occupe.

Cette dernière hoche brièvement la tête, puis détale comme un lapin devant une tripotée de chasseurs.

— N'importe quoi ! je grommelle.

— C'est à cause de l'image que tu renvoies. C'est ton choix, et je le respecte, mais ne t'étonne pas si certains individus se font de fausses idées sur ton compte. Pourquoi es-tu ici ?

— Pour Laurette Milles.

Il paraît sincèrement étonné.

— Mais… comment connais-tu son nom ?

— C'est la vieille du centre qui voulait que je lui apporte ça avant sa conférence. Et toi ? Qu'est-ce que tu fous ici ?

Sur ce, je lui tends le fameux colis ; il l'accepte.

— Je suis venu voir une amie de passage à Glendale. Quelle vieille ?

Je lui trouve un air étrangement gêné. Ça me donne aussitôt l'envie d'insister :

— Oh. Une *sex-friend* peut-être ?

Logan me jette un regard noir.

— Ce ne sont pas tes oignons, Charlie. Quelle vieille dame ?

Je souris.

— Bingo.

— Quoi, « bingo » ?

— Tu la sautes. Ou tu l'as sautée.

— Quand je dis « amie » au féminin, ça ne signifie pas obligatoirement que je la baise. Tu couches avec tous tes amis mecs, toi ?

— Certains. Les plus doués, en fait.

À cette réponse, nos regards se nouent pour se jauger mutuellement. Un bref instant, sa bouche ne forme qu'une simple ligne dure, puis il ferme les yeux et soupire.

— Je ne veux même pas savoir. (Il garde le silence à peine une seconde avant de poursuivre.) La vieille dame, ce n'était pas Ada Johnson ?

— Si.

— Pas étonnant qu'elle n'ait pas semblé effrayée par ta crinière rose… Même Godzilla n'arriverait pas à la faire trembler dans ses bas de contention. Elle a vu passer pire en matière de délinquants, crois-moi.

— Qu'est-ce que c'est ? je demande en désignant le paquet du menton.

Logan le retourne dans tous les sens, puis hausse les épaules.

— Je ne sais pas. Et peu importe, tu devrais repartir au parc, sinon…

— Logan ! Tu étais là !

Je lève la tête pour voir débouler une espèce de bombe latine en robe rouge sang à la coupe asymétrique. Celle-ci nous rejoint de sa démarche chaloupée, son visage aux traits harmonieux fendu d'un grand sourire qui rend le tout encore plus charmant.

— Je te cherchais partout ! Oh ! Qui est-ce ?

— Laurette, je te présente Charlie.

Dans ses yeux brille un avertissement implicite : « Tiens-toi bien ! » « Oh, ça va ! », répondent les miens.

— Charlie ? Voici mon amie, Laurette.

Son regard m'en remet une couche, au cas où. La dénommée Laurette approche sa main de la mienne et je la lui serre sans me départir de mon avenante mimique égrillarde, surtout parce que je suis absolument certaine qu'ils ont déjà couché ensemble.

— Tu es donc la fameuse Charlie ! Logan m'a tellement parlé de toi ! Tu es exactement comme je me l'imaginais.

Je presse doucement ses doigts ; ils sont fins et sa paume est fraîche. C'est peut-être la femme la plus classe que j'aie jamais rencontrée. En clair, elle est parfaitement assortie à Logan.

— Il a parlé de moi ? En bien, j'espère ! je plaisante.

Personne ne pourrait faire mieux que moi question politesse, à cet instant. Pour toute réponse, Laurette éclate d'un séduisant rire perlé. C'est le genre de femme devant lequel les autres se sentent irrémédiablement godiches. Je dois admettre ne pas échapper à la règle. Sans réellement les voir, je les observe en train de discuter ensemble. Logan lui remet le colis, elle le remercie, me remercie aussi. Je pense que je devrais mettre les voiles.

— Charlie ? Ça te plairait d'assister à la conférence ? C'est sur l'art urbain et son contexte d'apparition.

Je tressaille, trop perdue dans mes pensées ; j'en avais oublié que je faisais partie de la conversation.

— Je…

— Elle ne peut pas. Elle doit faire ses huit heures de travaux d'intérêt général.

T'étais obligé de le lui dire ? grondent illico mes yeux lorsqu'ils se posent sur lui. Attaque qu'il ignore complètement.

— Oh. Je peux peut-être lui signer un papier ? Comme un mot d'excuse… non ?

Elle ne semble pas choquée par le fait que j'ai été condamnée par un juge. Cette nana m'impressionne.

— Laurette, si elle ne fait pas ses heures, Charlie aura des problèmes. Je la raccompagne… J'en ai pour deux minutes.

Pour toute réponse, l'artiste conférencière nous décoche un sourire resplendissant. Je la salue d'un mouvement de tête et nous quittons l'établissement sous son regard attentif. Nous avons pratiquement descendu l'intégralité des escaliers lorsque j'explose :

— Logan ! Arrête de m'infantiliser ! C'est chiant !

— Arrête de te comporter comme une enfant et je te traiterai peut-être en adulte, réplique-t-il d'un ton tranchant.

— Non, là, c'est différent.

Je pivote brutalement sur moi-même, un index furieux pointé sur son visage. *Un visage parfait pour M. Parfait ! Qui dit mieux ?*

— Tu sais, c'est humiliant, Logan !

Son regard est aussi affûté que le métal d'un sabre. Quand il me scrute de cette manière, il perce sans difficulté le mur qui m'entoure.

— Ce n'est que la stricte vérité.

— Une vérité qui ne regarde personne d'autre que moi.

— N'en fais pas toute une histoire. Je n'ai pas cherché à t'humilier, Charlie. Laurette est une artiste, mais c'est aussi une amie de longue date. Elle ne te jugera pas de la façon dont tu l'imagines.

Je lève les mains au ciel de frustration. Il ne veut pas comprendre ce que j'essaie de lui expliquer. Logan peut se montrer parfois si obtus ! Je coiffe mon casque avec des gestes que mon énervement rend saccadés.

— C'est juste pénible quand tu joues les autruches ! je baragouine en posant mon postérieur sur ma bécane.

Ceux du club de mon père roulent exclusivement sur des américaines, pour ma part, je préfère les engins nippons. Je démarre, et le moteur rugit fort, comme pour accompagner ma colère.

— … la semaine prochaine ! me lance-t-il d'une voix forte, pour couvrir le bruit de ma Suzuki.

Tout à fait puérilement – et je sais lui donner raison quand j'agis ainsi –, j'accentue le boucan produit par ma moto.

— Quoi ? je hurle en collant ma main libre contre une partie de mon casque, là où se trouve mon oreille.

Je l'ai très bien entendu. Je sais également ce que cette date signifie. Logan s'approche et nos regards se lient. Encore.

— Nous partons la semaine prochaine ! répète-t-il.

Je me contente de sourire et d'accélérer. Le dessin de sa mâchoire s'altère, comme s'il serrait exagérément les dents. Il déteste tellement perdre le contrôle, mais d'habitude, ça me convient. Mon Dieu-Calme. Mes sentiments pour lui sont tellement paradoxaux : sa patience gravée dans le marbre. Sa gentillesse et sa prévenance. Tout ça a un effet apaisant sur mon caractère à fleur de peau, et j'aime. J'aime le vénérer du bas du piédestal où je l'ai hissé. Mais j'ai découvert l'autre jour qu'il lui arrive de perdre sa maîtrise de soi. C'est excitant. Cette facette inconnue de sa personnalité est juste fascinante. Une nouvelle fois, le moteur de ma moto gronde et, après un ultime plongeon dans l'eau énigmatique de ses yeux sombres, je le laisse en plan en décampant comme une furie.

Résolution n° 3

Contrôler cette peur.

Ça fait plusieurs minutes que je tripote mon téléphone portable. J'ai envie d'appeler Charlie. Sous un faux prétexte. La préparation de son stage. Savoir comment se déroule sa peine. N'importe quelle excuse me conviendrait juste pour entendre le son de sa voix. J'inspire longuement, puis le dépose précautionneusement sur le bureau derrière lequel j'attends le retour de Laurette. Je jette un rapide coup d'œil aux différents portraits accrochés au mur ; ils me donnent la curieuse impression d'être observé. Enfin, la porte s'ouvre doucement et une queue-de-cheval blond vénitien surplombant un tailleur en lin crème apparaît. C'est cette femme… celle qui m'a fait des avances. L'assistante en colère de Laurette. Quel est son nom déjà ? Jane ? Jody ? Jenny ?

J'essaie de détecter si elle est furieuse. Ses traits sont tirés, son teint un peu plus pâle que la dernière fois. J'aimerais être triste pour elle. J'aimerais éprouver pour elle de la sympathie, mais autant que je m'y fasse : comme tant d'autres l'ayant précédée, elle me laisse totalement indifférent. Son malheur, son bonheur, tout ça je m'en fous. Son opinion de moi ? Quelle importance ? Seule la raison qui l'a poussée à s'aventurer dans cette pièce assignée à Laurette m'inquiète légèrement. Je n'aime pas ce genre d'esclandres dans les lieux publics.

— J'ai cru comprendre que tu étais ici… Espèce de salaud ! murmure-t-elle, les yeux mouillés de larmes.

— Je suis venu assister à la première conférence d'une amie d'enfance. Pourrais-tu éviter de me faire une scène ? La bibliothèque Brand n'est pas un lieu très indiqué pour ça.

Je ferme brièvement les yeux. Je me sentirais presque honteux d'être aussi odieux. Mais c'est ainsi que ça doit être. Si jamais je me montre faible avec l'une d'elles, elle s'accrochera et, forcément, à un moment ou à un autre, Charlie finira par la voir traîner dans les environs, se revendiquer comme étant ma petite amie. Et il en est hors de question. J'ai toujours été très méticuleux : ce qu'on ne voit pas n'existe pas. Ces femmes ne peuvent pas exister. Lorsque la jeune femme commence à se déshabiller, mon sang se pétrifie dans mes veines.

— Je peux savoir ce que tu fais ?

Ma voix vient de claquer dans l'air, aussi mordante que la lanière d'un fouet. Elle sursaute, ses doigts fébriles glissent sur les boutons de son chemisier. Je m'efforce de rester calme. Après avoir inspiré très profondément le maximum d'air que mes poumons puissent emmagasiner, je quitte le confortable fauteuil que j'occupais jusqu'à présent.

— Écoute, je pensais avoir été très clair avant que nous couchions ensemble, je commence d'un ton posé pendant que je contourne le bureau. Je t'avais dit qu'il n'y aurait qu'une seule fois. Que tu prendrais ton plaisir. Moi le mien. Et c'est tout. Pas de deuxième round. Pas d'appels téléphoniques. Pas de dîner ou de sortie romantique.

Près du battant de bois resté légèrement entrouvert, elle éclate en sanglots. *Si seulement je pouvais me souvenir de son prénom !*

— Je sais ! avoue-t-elle dans un pleur. Je sais, mais je n'y peux rien ! Je pense tout le temps à toi ! Je t'aime !

Je m'immobilise. Dans son regard, je vois bien qu'elle se méprend quant à ma réaction, la confondant pour une émotivité quelconque alors que c'est juste de l'horreur. Elle se dévêtit davantage.

— Nous pourrions remettre ça… ici, propose-t-elle avec un sourire qui se veut aguicheur.

Bordel de merde.

— Si mon attitude t'a laissé un doute concernant mes intentions, j'en suis sincèrement navré… Vraiment, je tiens à te présenter mes plus plates excuses.

Un éclair vif traversant ses yeux bleu-vert m'indique qu'elle a capté que les choses n'allaient pas dans le sens qu'elle espérait. Une hideuse grimace déforme ses lèvres peintes d'un rouge carmin.

— S'il te plaît, rhabille-toi. Je ne vais certainement pas te baiser dans le bureau de mon amie.

Je ne vais pas te baiser tout court. Puis l'impensable survient. Au moment où elle se jette sur moi et agrippe les plis de mon tee-shirt, y enfonçant ses ongles manucurés jusqu'à m'égratigner la peau à travers, j'aperçois le profil de Charlie par l'entrebâillement de la porte. C'était à peine une nanoseconde, mais largement suffisant pour que ce fil rouge me liant à elle et qui me rend capable de la reconnaître parmi un millier de personnes, l'affirme d'une farouche certitude : c'était bien elle. C'étaient *ses* mèches d'un rose improbable. Son nez mutin. Ce satané veston en jean qu'elle ne quitte quasiment jamais. Je tente d'éloigner l'assistante de Laurette, pressé de me précipiter à la porte.

— Logan ! bêle la jeune femme.

Son mascara a coulé sur ses joues, traçant de très vilains sillons noirâtres. Elle ne cesse de se mordre durement la lèvre inférieure, et je n'aime pas du tout cette lueur égarée qui domine la couleur de ses iris. L'envie de lui crier des paroles blessantes pour qu'elle me lâche me démange. Du venin sur ma langue. *Je suis un salopard.*

— Reprends tes esprits. Un peu de fierté, bon sang !

Mon regard la brûle d'une flambée de haine : à cet instant précis, à mes yeux, elle n'est qu'un simple mur. Un obstacle qui me sépare de Charlie.

— Mais que se passe-t-il ici ? intervient une voix féminine que j'identifie immédiatement.

Laurette se trouve sur le seuil, la main encore sur la poignée de porte. Je m'écarte le moins brutalement possible de son assistante qu'elle considère désormais d'un œil abasourdi, puis cherche à remettre de l'ordre dans mon apparence.

— Ce n'est rien. C'est ma faute, je lâche d'une voix atone.

Son regard harponne le mien : il est définitivement accusateur et irrité. Je l'ai mérité. Je l'affronte sans ciller.

— Nous en discuterons plus tard, Logan. Quant à toi, Jenna, nous allons avoir une conversation sérieuse *tout de suite.*

Jenna. C'était donc Jenna. J'avance vers la porte et Laurette me cède aussitôt le passage, mais je m'arrête à son niveau et lui murmure :

— Empêche cette hystérique de sortir de là.

Ses yeux fouillent intensément les miens. Je subis stoïquement l'examen.

— Pourquoi ? chuchote-elle à son tour.

J'hésite.

— Il y a Charlie.

J'ai soupiré ma réponse. Elle résume tout. Elle explique tout. La réaction de Laurette est immédiate : elle me saisit brusquement le bras pour me retenir, et même si je pourrais aisément me dégager, je la laisse faire.

— Et alors ? Tu crois qu'elle t'imagine aussi chaste qu'un moine bouddhiste ?

Quelque chose change dans l'expression de mon visage. Je le vois à sa réaction. Je me libère d'un mouvement vif.

— Bien sûr que non. Mais ce qu'on ne voit pas ne nous touche pas. Je ne veux pas qu'elle voie ces « femmes ».

— De quoi vous parlez ? renifle Jenna, à l'autre bout de la pièce.

Je ne lui accorde que très brièvement mon attention avant de me concentrer sur Laurette de nouveau.

— Ces « femmes », tu dis ? nous interrompt-elle encore d'un ton plus aigu. Ce sont des putains d'êtres humains, Logan !

Mon regard devient aussi coupant que la lame d'un rasoir.

— S'il te plaît. Empêche-la de sortir d'ici jusqu'à ce que je renvoie Charlie d'où elle vient.

Sur ce, je sors de la pièce en quête d'une crinière rose hirsute.

Laurette ne fréquente ni Lucy ni Sophia. De toute façon, elle n'aimait pas davantage Wendy quand celle-ci était encore de ce monde. Les seuls du quartier qui trouvaient grâce à ses yeux étaient Ray et moi. Surtout moi, en réalité. J'ai toujours su ce qu'elle éprouvait, mais, même après avoir vraiment essayé il y a de cela approximativement quatre ans, je reste incapable de lui rendre ses sentiments. Elle ne m'en a pas voulu et nous sommes restés amis. Elle l'était déjà avant ce fameux soir où nous avons franchi la ligne. Tous les hommes présents dans le *Famous* ont les yeux rivés sur elle. Ils doivent nous maudire, Ray et moi, d'avoir la chance de nous tenir dans le sillage de cette créature tout en sensualité. Je souris intérieurement. Oui, Laurette est excitante. Sacrément, même. Seulement, une fois cette pulsion passée, assouvie, je reviens à ma « dépendance ». Gémissant, je retourne inlassablement dans ce cachot sombre dans lequel j'aime me languir de celle qui, par son incroyable magie, nourrit continuellement mon attirance pour elle sans même le vouloir.

Ray et Laurette discutent au sujet de l'impact de l'art urbain sur les pratiquants de Parkour, moi j'ai à peine touché à mon verre – pour une fois – car j'attends.

J'ai envoyé un texto à Charlie et j'espère une réponse de sa part. C'est bizarrement plus facile de lui parler *via* la messagerie instantanée.

MOI : Tu fais quoi ? Pense à te reposer en prévision du stage.

Je prends tout de même grand soin de justifier chaque initiative prise. Si elle commence à voir clair dans mon jeu, je vais m'écrouler. Je vais m'ouvrir à elle telles les eaux face à Moïse.

ELLE : Je suis au cinoche avec un blaireau…

La jalousie me cisaille immédiatement les organes vitaux. J'inspire doucement, puis souffle l'air encore plus lentement.

MOI : Quel film ?

Alors que mon esprit hurle : Quel blaireau ? Dis-moi son nom !

ELLE : Independance Day. Le 2.

Je veux faire durer le plaisir. Elle a dû mettre son portable en silencieux. Je souris comme un idiot.

MOI : Il est bien ? Je voudrais aller le voir.

Je suis un instant parasité par l'image anonyme d'un possible « M. Blaireau », ses mains sur elle, sous son tee-shirt, dans sa culotte… Je serre les dents puis ferme les yeux un court moment. *Calme-toi, Logan. Tu sais que ça ne sert à rien de partir dans ce genre de délire. Ignore sa possible vie sexuelle. Ce que tu ne vois pas n'existe pas.*

ELLE : Les effets spéciaux sont géniaux mais niveau scénario, c'est idem que le premier... Et toi, tu fais quoi ?

MOI : Je traîne avec des amis.

ELLE : Hu hu... des amis, hein ? C'pas plutôt une meuf ?

Détourner son attention de cette question récurrente.

MOI : Il est comment ton blaireau ?

ELLE : Belle gueule mais le QI d'une huître noyée au jus de citron.

L'image me fait sourire. Ou peut-être que je souriais déjà et qu'elle n'a fait que l'accentuer. Je m'apprête à répondre, mais je reçois un autre message alors que j'en suis toujours à rédiger le mien. Soudain, mon téléphone disparaît hors de ma vue et mon regard rencontre rapidement celui de Ray, furieux : ses yeux noirs paraissent encore plus ténébreux.

— Bordel, Logan.

Parfaitement calme, je m'offre le luxe de hausser un sourcil.

— Tu es avec nous ou *avec elle* ? insiste-t-il.

Il tape là où ça fait mal, néanmoins, je reste stoïque face à cet éternel chantage aux sentiments : c'est « elle » ou « nous ».

— Sauf erreur de ma part, il me semble que je suis avec vous. Ou alors je suis une sacrée bonne imitation de moi-même, je rétorque paisiblement, juste avant d'avaler un peu du contenu de mon verre.

Uniquement de quoi m'humecter les lèvres. Du coin de l'œil, je note que ses doigts serrent tellement mon téléphone que ses jointures blanchissent.

— Te fous pas de nous !

— Ray…, intervient Laurette dans une tentative d'apaisement.

Il la prend aussitôt à partie, me désignant d'un geste brutal de la main, celle qui tient toujours mon portable.

— Putain, mais tu le vois aussi, non ! T'as bien vu la tête qu'il fait quand il parle avec elle ! Ça me met en rage !

Je voudrais récupérer mon portable plus que tout, mais pour garder un minimum de crédibilité, je n'ai pas d'autre choix que d'attendre que Ray veuille bien me le rendre sans que j'aie à le lui réclamer.

— Hé, oh ! Je te parle, Logan ! T'es au courant, que, à part elle, il existe d'autres êtres humains qui comptent autour de toi ?

Je me lève si brutalement que le tabouret sur lequel j'étais assis manque de tomber à la renverse. Pourtant, je pourrais parier mon salaire que rien ne vient altérer les traits de mon visage. C'est un masque de fer que je porte quotidiennement. Je m'approche si près de

Ray qu'il a ce drôle de mouvement de recul. Une brève faiblesse, aussi éphémère que le battement d'une aile de papillon, mais je l'ai discernée.

— Je le sais, Ray. Je ne le sais que trop bien ! j'articule à m'en luxer la mâchoire. Il ne se passe pas une journée sans que l'un d'entre vous me rappelle à quel point je devrais la bannir, la haïr ou pire encore. Quand comprendrez-vous que cela ne ramènera jamais Wendy ?

J'ai perdu toute patience et, d'un geste vif, je reprends mon précieux bien. Cet indestructible, intemporel et ridicule objet technologique qui nous lie, Charlie et moi. *J'ai besoin d'une cigarette.* Je sors du bar, inspire l'air de cette nuit d'été, puis tâte mon pantalon de treillis à la recherche d'un paquet de cigarettes. La même marque que celles de Charlie. Je me suis trop habitué à leur odeur, ce qui me donne l'impression qu'elle est là, avec moi, lorsque je peux en humer les fragrances. Avant d'en allumer une, je lis enfin son texto :

> Je préférerais mille fois le regarder avec toi, c'est clair. Tu sais rendre les choses intéressantes… même un putain de film d'extraterrestres.

Adossé au tronc d'un arbre, les paupières plissées au point d'en rendre la lumière des étoiles indistincte, je tire lentement sur ma clope. Parfois, les mots de Charlie sont autant de braises incandescentes jetées à l'intérieur de moi. Ils me brûlent sans laisser de traces visibles.

Règle n° 5

Tu effaces tout et tu recommences.

Je sens sur mon épaule une main qui me secoue gentiment. Je grogne. Je déteste les trajets en bus, c'est juste l'horreur. Ladite main se retire à peine une seconde pour insister de nouveau. Rectification : je déteste les trajets en bus à cause des autres êtres humains qui partagent le même véhicule.

— T'es en train de baver sur son sac, Charlie.

J'ouvre un seul œil et tombe direct sur le captivant tableau que forme mon petit frère, le nez collé à sa console portable. À nous deux, on occupe tous les sièges du fond.

— Le sac de qui ?

D'un doigt, il désigne quelque chose qui se trouve près de moi, ou plutôt « quelqu'un ». Je tourne suffisamment la tête pour l'identifier – il s'agit de l'autre petite nouvelle, une dénommée Emily O'Connor, je crois, et qui me fixe l'air de s'excuser. Je me redresse, essuie de la main un reste de salive au coin de ma bouche, puis enchaîne avec un rapide nettoyage de son sac de toile.

— J'suis désolée, Emily… c'est ça ?

— Oui. Et toi tu es Charlie Parson ? s'enquiert-elle timidement.

J'opine et lui rends son bien. Rares sont les gens qui ajoutent le nom adoptif de mon père ; ils ne retiennent que le sien, de toute façon.

— Tu es déjà allé à la Résidence ? Il paraît que c'est tout près des monts Tehachapi, poursuit-elle.

— Plusieurs milliers d'éoliennes sont implantées sur les collines de la ferme éolienne de Tehachapi Pass. À elles seules, elles alimentent plus de deux cent cinquante mille foyers. Incroyable, non ? intervient Danny sans même quitter l'écran de la console des yeux.

Dans un mouvement synchrone, nous nous tournons vers lui, puis échangeons un regard : amusé pour ma part, décontenancé pour la sienne.

— Ne fais pas attention à cette encyclopédie sur pattes. Je te présente mon petit frère, Danny. (Je me tourne ensuite vers ce dernier.) Danny, dis bonjour.

— Bonjour, obtempère-t-il, gêné.

— N'est-il pas trop mignon ! je m'exclame en frottant énergiquement sa tête de mes doigts ; initiative qui le fait aussitôt s'écarter de moi en râlant.

— Mais arrête ! Tu me décoiffes !

Nous éclatons toutes les deux de rire, mais le mien meurt sur mes lèvres lorsque mon regard rencontre celui, noir d'encre, de Ray, assis quelques rangées devant. Quant aux anciens d'*Action Heroes*, ils sont soit agglutinés autour de Logan, soit juste derrière le chauffeur ; et nous pouvons les entendre joyeusement s'esclaffer aux blagues graveleuses de Joshua. Ce dernier n'est que légèrement plus grand que moi, mais attention ! Sa masse musculaire fait de lui un véritable tank humain, du genre « cuirassé ». Je me tourne vers Emily :

— Joshua doit leur raconter des blagues cochonnes.

La tête qu'elle fait vaut son pesant de cacahuètes.

— Des… quoi ?! C'est qui, Joshua ?

Là, c'est moi qui suis abasourdie.

— Ils ne se sont même pas présentés ?

Je la regarde froncer les sourcils un bref instant, et son air perdu me confirme que ces chacals n'ont même pas pris la peine de le faire avant d'embarquer ce petit monde.

— Franchement, j'hallucine !

Arrivée dernière, j'avais simplement pensé que j'avais loupé le cérémonial, mais non. Je désigne donc Joshua de l'index :

— Lui, c'est Joshua Night, il a vingt-neuf ans. Son truc, c'est les bagnoles et les cascades à l'ancienne. La grande blonde élancée à ses côtés qui a un rire plutôt communicatif, c'est Lucy Ferdhaim, vingt-huit ans. Elle a un de ces dons pour les arts martiaux et les combats scénarisés, simplement énorme ! De la folie pure ! La plus petite, celle qui a les cheveux noirs coupés à la garçonne, c'est Sophia Carrera, trente et un ans. Tu en as peut-être déjà entendu parler ? Durant trois années consécutives, elle a été qualifiée aux *Red Bull Night Riders*.

Le visage d'Emily s'illumine dans la seconde :

— Ah ! Je crois que je l'ai vue à la TV dans une pub pour un déodorant féminin !

— C'est elle, oui, et comme tu l'auras compris, sa spécialité c'est les cascades en milieu aquatique.

Pour terminer, le gars potelé, c'est l'honorable Jim Went, âgé de trente-sept ans, qui occupe le poste de pyrotechnicien, soit tout ce qui est relatif aux explosions. Par exemple, les mecs ou les bagnoles qui crament, c'est pour lui.

— Et le grand debout à côté du chauffeur ?

Mes yeux se posent instantanément sur Logan.

— Celui qui a les cheveux d'un brun chaud ? je demande du bout des lèvres, les yeux rivés sur mon Dieu-Calme.

— Oui, murmure Emily, complètement en transe.

Curieuse de la sentir si réactive à Logan, je l'examine à mon tour. Très vite, il capte qu'on l'épie en douce et me renvoie la politesse. Il était en train de rire, ou bien de sourire, je n'ai pas fait très attention ; ce qui est sûr, c'est qu'il est en train de redevenir très, très sérieux. Je songe encore une fois que, hormis des discussions paradoxalement calmes par textos, nous nous sommes soigneusement évités les jours précédents, surtout depuis cette rencontre épique à la bibliothèque. À l'heure actuelle, il doit être satisfait de l'épilogue du premier acte : à savoir notre présence, à Danny et à moi, dans ce car.

— C'est Logan Campbell. Le patron d'*Action Heroes*.

— Il est très séduisant, commente-t-elle, la bouche en cœur.

Je la regarde, puis le regarde, lui. Et de nouveau elle. Dieu-Calme ? Séduisant ? Oui. J'essaie si durement d'oublier que c'est un être sexué – et sexuel – que parfois je finis par y arriver. Cependant, à l'étudier de plus près, avec ses airs de baroudeur urbain, c'est évident qu'il l'est.

Merde. Il est sexy, mais avec cette touche d'élégance décontractée qui sied à son caractère : un pantalon cargo camel, un tee-shirt blanc cassé de marque sur lequel on lit « New York », sous une chemise imprimée bleue ouverte. Il se dégage de lui une telle maturité… le genre rassurant, qui attirerait n'importe quelle nana. Le tableau se casse lorsque Ray apparaît subitement devant moi. Il n'a pas du tout le même genre de charisme que Logan. Au premier coup d'œil, on sait que ce mec est solaire. Logan, lui, c'est la nuit, ou les lueurs pâles de la lune. Moi, j'ai toujours préféré les ténèbres au bronzage. Emily retient brutalement sa respiration à côté de moi, et je ne doute pas que Ray vient de détrôner Logan dans son petit cœur de fan.

— Ray ! s'exclame mon frère avec un réel enthousiasme.

Les traits de ce dernier se détendent miraculeusement lorsque ses yeux s'arrêtent sur Danny.

— Hé ! L'illusionniste ! Comment tu vas ?

Leur discussion est joviale. Le cruel pincement de jalousie que j'ai déjà ressenti en les voyant ensemble la première fois en profite pour revenir me torturer, mais, en réalité, je devrais plutôt me résigner. Danny a besoin de nouer des liens avec des hommes qui n'ont rien de trafiquants de drogue ou d'impitoyables tueurs naviguant dans les eaux noires d'un business macabre. Je ne dirais pas que Logan et lui ne s'entendent pas, ça serait faux, seulement, force est de constater qu'il n'y a pas entre eux cette alchimie que je détecte dès que Ray est dans le périmètre. *Pourquoi ? Pourquoi faut-il que Danny kiffe un type qui me hait à ce point ?*

Mon regard retourne égoïstement à Logan qui, tout en continuant ses savantes conversations avec le reste de l'équipe d'*Action Heroes*, ne cesse de nous jeter de petits coups d'œil. Discrètement, il tapote la poche de son pantalon où je sais que se trouve son portable. *Tiens donc…* Je sors le mien de ma veste en jean, le déverrouille et découvre une notification « nouveau message », mais de sa part, bien sûr : il m'a effectivement écrit un texto que je n'avais pas senti faire biper mon téléphone.

LUI : À la Résidence, on vous laissera choisir votre camarade d'entraînement. Prends Ray, OK ?
MOI : Pourquoi ?

Je le vois tressaillir quand son portable se met à vibrer, puis le sortir pour répondre, se reculant un peu.

LUI : Tu ne peux pas juste dire : oui, Logan, pas de souci ?
MOI : Non. Je ne peux pas. Je ne suis pas encore totalement lobotomisée par ton charisme viril et sensible à la fois (je blague). Pourquoi, alors ?

Quelque chose ressemblant à un sourire incurve l'extrémité de sa bouche.

LUI : Mon charisme sensible et viril ? Ça ne fait pas un peu trop poète maudit sur les bords ? C'est comme ça que tu me vois, Charlie ?

Je lève les yeux au ciel.

MOI : Non. Les poètes maudits ne sont pas virils. Ils n'ont pas de poils sur le torse. Tu as de la moquette, c'est mort.

Un rire lui secoue brièvement les épaules.

LUI : Et tu es plutôt branchée moquette ou carrelage ?

Je souris.

MOI : Le carrelage, ça glisse quand c'est humide. La moquette, on peut s'y accrocher, au moins. Et puis n'essaie pas de noyer le poisson ! Pourquoi je dois prendre Ray comme coéquipier dans ton camp d'esclaves consentants ?

Il redevient sérieux.

LUI : J'ai des regrets. Elle est passée où la gentille Charlie si obéissante ?
MOI : Je l'ai laissée accrochée sur un cintre, dans ma penderie… Tu veux encore que je sympathise avec ce type ? Dommage. Je n'ai pas envie.

Dès que je suis certaine qu'il l'a déjà lu, l'observant du coin de l'œil, je l'achève :

MOI : J'irai avec qui je veux.

Ultime texto qui clôt le sujet, enfin, de mon point de vue. C'est assez dingue la différence de ton entre nos SMS et nos échanges face à face. J'ai le sentiment qu'il est plus « accessible » dans les conversations indirectes.

— Il te l'a aussi demandé ?

Je lève la tête vers Ray alors qu'il s'incruste entre Danny et moi.

— Qu'on fasse équipe ? Oui.

— Tu as refusé ? insiste-t-il.

— Évidemment.

Il hoche la tête, comme si j'avais pris la plus sage des décisions. D'une oreille distraite, j'entends Emily demander à Danny de lui expliquer le jeu sur lequel il s'échine depuis tout à l'heure. La seconde suivante, il nous quitte, nous laissant Ray et moi, très, très seuls à l'arrière du bus.

— Pourquoi tu ne peux pas m'encadrer ?

Cette question a franchi le seuil de mes lèvres sans passer par la case cerveau. Ça n'a pas l'air de le mettre en rogne, c'est déjà ça de gagné. Je scrute son profil, il ferme les yeux tout en s'installant plus confortablement.

— J'aimerais te répondre, Charlene, mais la dernière fois, au Hangar, Logan a failli m'en coller une bonne à cause de toi. J'ai interdiction d'évoquer le sujet. Je voudrais, mais j'ai promis et je suis un homme d'honneur, je n'ai qu'une parole.

Le ton de sa voix est glacial. *D'accord.* Si ce cher Logan en arrive là, alors que Ray est supposé être un ami d'enfance, c'est que d'une façon ou d'une autre il est lié à mon passé, mon amnésie. *Merde. Si seulement je pouvais élucider ce mystère sans finir terrassée par une crise de panique...* Tout en le regardant mettre ses écouteurs, je m'interroge sur la manière de régler tout ça.

— Pour quelle raison tu changes de place ?

— À ton avis ? Il veut vraiment qu'on soit le duo de la saison, lâche-t-il, les paupières toujours baissées. Si j'acceptais de venir m'asseoir à côté de toi, je gagnais une part de rab sur la bouffe de ce soir, et connaissant les activités ludiques qui nous attendent là-bas, je préfère accumuler les calories.

Je me passe une main dans les cheveux et mes doigts finissent sur ma nuque un peu raide.

— Sérieusement... c'est n'importe quoi. Ça tourne à l'obsession, ma parole.

— Je ne suis pas là pour très longtemps, alors fais comme moi, serre les fesses et endure-le.

Je pivote plus franchement vers lui.

— Euh... Dit comme ça, ça sonne vraiment bizarre.

— Pas plus bizarre que la couleur de tes cheveux. Sans vouloir t'offenser.

Sa réplique lancée, Ray affiche très vite cette expression qu'il a trop souvent avec moi, étrange mélange de décontraction et de fureur rentrée. Il lance pour de bon la musique enregistrée sur son smartphone, me signalant implicitement que notre conversation pseudo-amicale s'arrête là. *Il est difficile à suivre.* Il me déteste, c'est évident, mais si Logan lui demande de se forcer, il finit par lui céder, tout comme moi. La preuve ! Nous sommes assis l'un à côté de l'autre. Mon attention se reporte sur Logan, en train de discuter au téléphone, un doigt fortement appuyé sur l'une de ses oreilles. Discuter avec qui ? Lem qui est déjà à la Résidence à préparer le repas ? Cette fameuse Laurette, l'artiste européenne à l'allure indéniablement sexy ? Une autre fille qu'il aurait rencontrée un soir et qui s'accroche ? *Au fait, c'est comment la vie sexuelle de Logan Campbell ?* J'ai un blanc. Mon esprit vient de se court-circuiter tout seul. *Mais pourquoi je pense à sa vie sexuelle ?*

Soudain, mes yeux croisent ceux du Mexicain assis plus en avant, le troisième larron de notre groupe de jeunes recrues. Les poils de mes avant-bras se hérissent sur-le-champ lorsque je reconnais le tatouage ornant son épaule droite : la *Santa Muerte*, l'icône religieuse représentée par un crâne aux orbites remplies de fleurs mortuaires, surplombant un nez en forme de cœur, et le tout au-dessus d'un éternel sourire figé dans l'au-delà. Un Wildings ?

— *Qué miras ?* me lance-t-il, nerveux mais prêt à en découdre.

Un sourire qui n'en a que le nom décore subitement ma bouche, alors que je croise les bras sur ma poitrine et allonge mes jambes dans l'allée, lui offrant une vue imprenable sur les semelles de mes Gowest Boots, le modèle « Terminator Crazy Coffee ». OK. Ces bottes ont certainement vécu des jours meilleurs il y a deux, trois ans, mais elles assurent un max dans une baston : plus d'une dent a déjà déménagé sous leur assistance.

— Comment ça « qu'est-ce que je regarde » ? Toi !

— Charlie !

Cette voix masculine aux accents autoritaires, je la reconnais sans mal. C'est celle qui résonne systématiquement lorsque je m'apprête à faire une bêtise… Je me tourne vivement dans sa direction, irradiante de colère ; la fureur que je ressens parfois est comme une mer encore calme l'instant d'avant et qui soudain se déchaîne. C'est brutal, impétueux et incontrôlable. Cependant, ce qui flamboie dans le regard métallique de Logan alors qu'il me rejoint n'est pas moins intense.

— Ici, tu n'es pas une Black Angel.

Son eau de toilette a vraiment un effet étrange sur moi. La humer brièvement a instantanément englouti une bonne partie de ma colère. Il s'approche encore, plante les doigts dans l'appui-tête des fauteuils qui bordent l'allée du bus. Il se penche sur moi et je me recule dans mon siège, mais je ne baisse pas les yeux. Jamais.

— Ici, poursuit-il, Ruan n'est pas un Wildings, OK ?

Je me rembrunis.

— Tu déconnes, là !

— Oh que non ! C'est terminé, ces histoires de clubs. Dès que vous avez posé un orteil dans ce car, vous êtes devenus des apprentis cascadeurs et seulement ça ! (Il agite comiquement les doigts devant son visage.) Magie !

Je perçois le regard de Danny et Emily sur moi. Même Ray m'observe du coin de l'œil.

— C'est bon, j'accepte du bout des lèvres tout en m'enfonçant plus profondément dans la banquette.

Logan me scrute un long moment.

— Vraiment ? Aucune baston intergang dès que j'ai le dos tourné ?

— J't'ai dit que c'était bon, donc, c'est cool. Moi aussi, je n'ai qu'une parole, et tu le sais.

— Je compte sur toi, Charlie. Laisse les Anges noirs à Glendale. À partir d'aujourd'hui, tu as une nouvelle vie.

Il hoche la tête, satisfait, puis après avoir jeté un coup d'œil à Ray qui nous regarde toujours fixement, il retourne à sa place en s'aidant des fauteuils pour ne pas perdre l'équilibre. Pendant qu'il regagne sagement sa troupe d'anciens, je ne peux pas m'empêcher de mater ses fesses. Il faut savoir que Logan a un très joli cul. Ce qui aide carrément à oublier son côté « je suis le Grand Manitou ».

— Je vous regarde, tous les deux, et tout ce que je vois, c'est le cirque, lâche brusquement Ray d'un ton acide.

— Le cirque ?

— Qui est le dompteur, qui est la panthère ? On se le demande.

C'est ce genre d'image qu'on renvoie ?!

— Mordre le fouet ou celui qui le tient ? poursuit-il, sourire au vitriol sur les lèvres.

Ray se contente ensuite de relancer son foutu rap, qui s'empresse de s'étaler au-delà de ses écouteurs pour m'agresser le tympan. Ce furent les derniers mots « aimables » de sa part jusqu'à la fin du trajet.

Plus d'une heure de route plus tard, nous arrivons enfin à ce que les gars appellent « La Résidence ». Et qui se trouve être en réalité un vieil hôtel retapé et transformé en camp quasi militaire perdu dans les montagnes. Je farfouille dans les entrailles du car pour mettre la main sur nos bagages, quand soudain Sophia surgit à mes côtés, son visage en forme de cœur éclairé d'un large sourire chaleureux :

— Tu veux de l'aide, Charlie ? Si c'est vraiment lourd, au pire, nous pouvons réquisitionner Joshua, plaisante-t-elle.

— Merci, So, mais ça devrait aller. Je n'ai qu'un gros sac, et celui de Danny ne pèse pas grand-chose.

Une énorme claque dans le dos manque de me faire piquer du nez dans lesdites valises.

— Tu as raison, chérie ! s'exclame joyeusement Lucy. Il faut arrêter d'être assistées par les mecs ! C'est pour cette raison qu'ils nous surnomment le « sexe faible » ! On n'a rien de faible, nous ! Pas vrai, Sophia ?

Cette dernière me lance un regard amusé. L'engagement féministe de Lucy n'est plus à démontrer, il est même plutôt omniprésent, quelle que soit la conversation à laquelle la cascadeuse participe. Ce qui la rend carrément géniale, à mon humble avis.

— Celui qui osera te traiter de sexe faible, j'espère pour lui qu'il a une assurance sociale ! rétorque Sophia en riant.

J'acquiesce avec force. Connaissant les talents de la jeune femme question maîtrise de l'adversaire, je ne peux qu'approuver. À cet instant, sac de sport balancé sur l'épaule, Ray passe devant nous. Les joyeuses mimiques des filles se figent et une lueur désolée ternit aussitôt l'éclat de leurs yeux. Inutile de se prénommer Einstein pour voir le lien, et ça m'intrigue. Je chope la balle au bond :

— C'est quoi, ces têtes d'enterrement, tout d'un coup ?

Elles sursautent de concert, gênées.

— Tu sais, c'est juste que…, commence Sophia.

Pour finalement s'arrêter, ne sachant visiblement pas quoi dire d'autre.

— Ça fait longtemps qu'on le connaît, explique Lucy d'une voix bourrue. On est tristes parce qu'on s'était perdus de vue à cause… à cause du décès d'une personne proche.

— Il est parti à l'étranger après sa mort, complète Sophia.

Elle s'agite et sautille sur place, un peu comme ces gens qui cherchent à se réchauffer lorsqu'il fait un froid de canard. Il est clair qu'elle n'est pas à l'aise avec le sujet. Lucy est un peu plus brute de décoffrage, à la base y aller par quatre chemins, ce n'est pas vraiment son truc. Il n'empêche que là, je viens de découvrir quelque chose.

— Vous êtes tous amis d'enfance, en vrai, c'est ça ?

Nouvel échange étrange ; une brève connexion entre les yeux noisette de Sophia et ceux vert d'eau de Lucy.

— Oui, avoue cette dernière. Jim mis à part, on habitait tous dans le même quartier quand on était gosses. On a gardé le contact et, de fil en aiguille, quand l'occasion de bosser ensemble s'est présentée, on l'a fait.

Soudain, j'ai cette curieuse sensation dans tout le corps, cette impression de mettre le doigt sur une indication importante, une clef capable de débloquer certaines serrures de mon passé sans parvenir à nettement la cerner. *Tous dans le même quartier, hein ?* Ce quartier, c'est aussi le mien. C'est frustrant. Au final, ne rien savoir, c'est juste frustrant.

— Il se passe quoi d'intéressant ici, les meufs ? nous interrompt Joshua, accompagné de Logan.

— On récupère nos affaires, c'est tout ! répond vivement Sophia en se mettant à chercher les siennes.

Débarque également Emily, suivie de près par mon petit frère. D'après les bribes de leur conversation, je comprends qu'ils en sont toujours à discuter jeux vidéo. *Emily... une geek ?* Tiens, je me demande ce qui l'a poussée à choisir ce stage chez *Action Heroes*.

— Danny ! On partage une chambre ? je l'interpelle.

Il s'arrête net et, devant son expression horrifiée, je me doute que sa réponse est négative. *Pourtant, il était si adorable quand il était gosse !* Emily lève une main, les sourcils arqués et le sourire de traviole :

— D'après ce qu'il y a noté sur ma feuille, c'est moi ta colocataire...

Je crois qu'encore une fois elle s'excuse d'une situation dont elle n'est pas responsable. Je tente de la rassurer d'un mouvement désinvolte de la main.

— Ça va ! Il n'y a pas de malaise, Emily ! On pourra s'éclater et se la jouer ados hystériques avec des pyjama-party de fo-lie ! Imagine un peu : à nous les soirées dignes d'une colo pour enfants à problèmes !

Sa drôle de grimace s'étale un peu plus sur son visage. Mince.

— Je n'ai jamais fait l'un ou l'autre.

— Moi non plus, à vrai dire. Ce n'est pas grave, on improvisera.

Je suis tellement optimiste que je m'impressionne moi-même. D'un côté, ça me fait mal au cœur que Danny me rejette sans l'ombre d'une hésitation, mais d'un autre, qu'est-ce que je peux y faire ? Il grandit de jour en jour, et moi, je deviens de plus en plus petite dans son paysage.

Logan se place près de moi et dès que je le vois se pencher pour me prendre mes bagages, je le repousse d'un coup d'épaule. Il riposte par un coup d'œil irrité.

— Non.

— Non quoi ?

Il vient d'user de ce ton paternaliste qui me donne autant envie de lui sauter au cou pour l'embrasser que de lui filer une baffe.

— Laisse mes affaires tranquilles… Et non, je ne fais pas l'enfant !

À son expression clairement dubitative, j'ai les poils qui se dressent.

— Je n'ai rien dit, Charlie.

J'opine.

— C'est exact. Ta bouche est restée close, scellée, murée, hermétiquement bouclée, mais tu l'as pensé tellement fort que le petit pingouin, là-bas, dans l'Arctique, t'a aussi bien entendu que si tu l'avais chanté en *la* majeur dans un mégaphone.

Il s'approche encore plus, me dominant de toute sa satanée hauteur de mâle alpha, mais je ne cède pas un pouce de terrain et continue à l'affronter sans sourciller. Je ne sais pas ce qu'il en est pour lui, mais, à cette seconde précise, j'ai curieusement oublié le bus, les personnes autour de nous, tout, jusqu'à la couleur du ciel. Il n'existe plus rien d'autre que ce bras de fer entre son regard gris obscur et le mien.

— Moquette ! lâche-t-il subitement, le plus sérieusement du monde.

C'est automatique, à ce mot, un rire étranglé s'échappe de ma gorge et il profite de ce moment de distraction pour s'emparer de mon sac. J'essaie bien de l'arrêter, mais c'est trop tard, Logan s'est déjà éloigné pour emprunter le chemin menant vers la bâtisse principale. Pour une raison que j'ignore, je n'aime pas bénéficier de ses bonnes manières de gentleman.

— « Moquette » ? répète Lucy en haussant un sourcil perplexe.

Je secoue la tête. Mieux vaut qu'elle ignore le sens caché de ce mot.

— C'était une bonne feinte, je murmure.

Je jette un regard circulaire, et mes yeux se posent sur Emily. Malgré ses protestations, à mon tour, je lui pique l'un de ses sacs.

— Logan a volé mes bagages, je peux bien te filer un coup de main !

Il fait trente-trois degrés sous le soleil de Tehachapi, et le chemin qui mène à la fameuse Résidence est plutôt caillouteux, désagréable sous la semelle. Heureusement, il n'y en a que pour cinq minutes... Mon esprit divague un instant, puis se focalise sur l'une des créatures humaines qui demeurent un élément constant de mon micro-univers : Logan. Quelque chose ne tourne pas rond chez mon Dieu-Calme. C'est mon voisin depuis si longtemps que je ne me souviens pas de la première fois où nous nous sommes rencontrés, mais je me rends compte soudain que nous sommes à la fois proches – il sait de moi un tas de choses, comme le parfum de ma tarte préférée ou ma marque favorite de shampoing –, mais aussi de parfaits étrangers, dans le sens où nous nous épanchons rarement l'un et l'autre, où nous ne nous confions jamais nos sentiments ou tout ce qui relève de l'intimité. Un pneu de ma moto crève, je lui téléphone et il rapplique illico pour me remorquer avec son pick-up ; à côté de ça, impossible de savoir s'il a une petite copine ou s'il a chopé un rhume la semaine dernière. *Quel genre de relation est-ce ?* Une amitié « pragmatique » ?

Mon regard dévie vers Emily qui marche en silence à mes côtés. Elle est à peu près de ma taille et a de longs cheveux châtain clair noués en une interminable natte. Quelques taches de son parsèment son visage rond et amical. Son tee-shirt bleu et son short en coton assorti semblent un peu trop petits pour ses formes féminines, comme si c'étaient de vieux habits dont la taille ne lui correspondrait plus aujourd'hui. Elle est quand même mignonne, le genre de fille avec qui cela doit être agréable de se lier.

— Emily ? Je peux te poser une question ?

Il faut avouer que je suis dévorée par la curiosité. Lorsque Logan m'affirme que j'ai le profil type des cascadeuses, je sais bien que n'importe qui serait d'accord avec lui, après un simple coup d'œil sur mon CV et ma photo d'identité. Alors que, à première vue, Emily ne semble pas être une accro aux sensations extrêmes. *Enfin, j'peux me tromper*, car on ne doit jamais juger un livre à sa couverture, n'est-ce pas ?

— Oui, bien sûr, répond-elle en hochant la tête.

Je me racle maladroitement la gorge. Je ne veux surtout pas paraître condescendante.

— Cascadeuse, c'est vraiment un métier auquel tu penses… pour ton avenir… ?

La grimace qui lui vient immédiatement est une réponse en soi.

— Je n'ai pas trop la tête de l'emploi, n'est-ce pas ?

J'agite une main.

— Non, ce n'est pas…, je commence, pour aussitôt baisser pitoyablement la tête. Écoute, je suis désolée. Vraiment. C'est moche de juger les gens sur des détails superficiels comme l'allure.

Emily éclate de rire.

— C'est rien, Charlie. On le fait tous. Regarde-moi, j'ai fait exactement pareil lorsque je t'ai vue monter dans le car. Tu as un look… assez affirmé.

C'est mon tour de rire.

— Je suis la troisième fille d'une fratrie de sept enfants, me révèle-t-elle.

— Waouh ! Tes parents avaient perdu la télécommande de la télé ou quoi ? je m'exclame, stupéfaite.

Le rouge lui monte aux joues.

— Ce sont des catholiques pratiquants.

— Très pratiquants, alors.

Elle opine vigoureusement du chef.

— Très.

Elle ne percute absolument pas le sous-entendu, du coup, j'ai un peu honte de moi. Nous échangeons un sourire, puis je l'encourage à poursuivre son histoire.

— Tresha poursuit ses études de médecine à l'Université de Californie à San Francisco ; quant à Todd, l'aîné, il travaille dur à l'Institut de technologie du Massachusetts pour devenir ingénieur, et comme tout ça coûte très cher, je n'ai pas souhaité poursuivre mes études.

Je lâche un juron coloré. Pas évident d'être au milieu dans une fratrie, apparemment.

— Notre famille est modeste mais très économe ! Nous allons y arriver ! tente-t-elle de me rassurer. Néanmoins, il reste encore Louisa et Sam qui sont au collège et les jumeaux Tom et Grant. Et puis…

Nous nous arrêtons sur le chemin et je remarque que les yeux bruns d'Emily se sont mis à briller de mille feux :

— J'ai toujours rêvé de devenir cascadeuse ! s'exclame-t-elle avec passion. Enfant, quand je regardais un film, je m'amusais à décortiquer chaque prouesse physique de ces virtuoses de l'action !

Son regard accroche le mien et, à cet instant, je devine, sens cette force qui l'habite et qui, étrangement, me motive et me pousse en avant à mon tour.

— Je me suis énormément entraînée en secret, sans en parler à personne, Charlie.

— Ça devrait le faire, alors !

Les petites lueurs illuminant ses yeux une seconde plus tôt s'éteignent brusquement.

— J'ai un problème, souffle-t-elle d'une voix à peine audible.

Je me rapproche, toute prête à lui offrir mon soutien. Une main sur l'épaule, je la presse de m'avouer ce qui la mine à ce point.

— C'est quoi ? Ça ne peut pas être aussi terrible que tu le crois…

Emily lève vers moi un visage crispé.

— Je suis une vraie trouillarde ! Tout me fait peur ! La hauteur, le feu, les combats ! Tout !

Je hausse les sourcils, surprise. *Ah. La boulette.*

— Mais à quoi tu t'es entraînée, exactement ?

— J'ai appris la théorie.

Dans un silence, nous nous dévisageons mutuellement pendant un certain temps. *OK. La théorie. On va faire quelque chose avec ça.* Je la saisis par le cou puis m'esclaffe bruyamment.

— Très bien, mademoiselle O'Connor ! Vous venez de trouver votre partenaire !

— Partenaire ? répète-t-elle, étonnée.

Nous nous remettons en route, et je le lui confirme d'un mouvement du menton, mon bras toujours passé autour de ses épaules.

— Ici, on bosse en duo. On va les rétamer, les deux, là, le sale type et le Mexicain !

Je ris encore. L'éventualité de leur mettre la misère tout en aidant Emily vient de faire ma journée !

Règle n° 6

Tu te bats. Même si tu perds, tu te relèves et tu te bats encore.

Me voici dans le bureau de Logan, assise en face de lui, coudes appuyés sur un meuble propre, mais certainement plus âgé que moi.

— À peine arrivée et déjà convoquée en tête à tête… Ça va jaser, Logan ! je plaisante.

En réponse, il se contente de hausser un sourcil. J'insiste pour tenter de le déstabiliser, tout en sachant que je n'y arriverai pas.

— Ils vont croire que nous avons une relation secrète. C'est chaud.

— Arrête de plaisanter, nous devons discuter.

J'en étais sûre. Lorsque nous sommes entrées avec Emily, un seul coup d'œil sur le sac que je portais lui a suffi pour comprendre que j'avais déjà choisi ma camarade d'entraînement, et donc que je ne lui obéirais pas, cette fois. Nous nous défions du regard dans un silence qui s'épaissit au fur et à mesure que les secondes s'égrènent. Je l'observe tandis qu'il prend lentement un stylo dans un pot en céramique vert qui en contient beaucoup d'autres similaires. Sans me quitter des yeux, dans une pose faussement décontractée, Logan commence à jouer avec, tapotant un bout du stylo puis l'autre sur la surface laquée de la table.

— Il y a une raison derrière ma requête.

Je penche la tête sur le côté.

— J'ai bien compris à quel point tu désirais que je sois amie avec Ray.

— C'est important.

— Pour qui ? Toi ? Moi ? Perso, je n'ai pas besoin de ce genre d'ami, Logan.

Il pince les lèvres, qui ne forment plus qu'une fine ligne dure. Ses iris gris prennent une teinte plus obscure.

— Je ne me permettrais pas de choisir tes fréquentations. De toute manière, même si je les réprouvais, tu n'en ferais qu'à ta tête, ai-je tort ?

Je croise les bras sous ma poitrine.

— Ne parle pas comme si ton opinion ne comptait jamais, tu sais que c'est faux. Je ne suis pas si idiote que ça. Seulement, Ray me déteste... Moi, je préfère consacrer mon énergie aux personnes qui m'apprécient.

Avec Logan, je n'ai pas besoin de jouer la comédie de la *bandida*[1]. C'est une partie de ma personnalité, je ne le nie pas. Ce costume de biker n'est pas totalement factice puisque élaboré à partir de ce qu'il y a de plus violent dans ma carcasse. Néanmoins, c'est avant tout une carapace dont l'objectif est de placer un mur entre les autres et moi. Je dois me protéger. Protéger cette fille-à-maman-en-manque-d'affection geignarde qui pleure trop souvent

1. « Bandit » au féminin.

dans un coin de ma tête. Ce qui est inutile ici, face à cet homme pour qui je n'ai pas beaucoup de secrets – il sait même pour ce fichu test de QI ! Et le peu qu'il me reste ne fera certainement pas de vieux os devant son esprit acéré. Autant jouer cartes sur table si nous devons passer deux mois sous le même toit.

— Qu'est-ce que tu veux en échange ?

Sa question me prend au dépourvu. Si je n'étais pas déjà assise sur une chaise, j'en aurais perdu l'équilibre.

— Comment ça, ce que je veux en échange ? En échange de quoi ? J'ai pris ma décision. Ma partenaire sera Emily. Elle mérite davantage mon aide. Mon attention et ma considération, j'ajoute.

Logan cesse de tripoter son stylo, le laissant en suspens dans l'air tandis que ses yeux essaient de me perforer l'âme.

— C'était ta dernière chance.

— Ma dernière chance de quoi ?

Le sourire qui se dessine sur ses lèvres n'a rien de chaleureux ; il me donnerait presque la chair de poule.

— Ça me ferait plaisir que tu l'aides, toi en particulier, poursuit-il en abandonnant définitivement son joujou improvisé. Que tu l'aides à passer ce cap difficile contre lequel il se heurte allégrement depuis des années.

— Quel cap difficile ? Mais explique-toi, bon sang !

Un nouveau silence s'abat entre nous, aussi lourd que du plomb.

— C'est lié à mon amnésie, c'est ça ? je demande d'une voix blanche.

L'absence de réponse de Logan est une confirmation muette de ce que je soupçonne depuis l'épisode du Hangar. Le regard basalte de mon Dieu-Calme me chamboule.

— Si je trouve un autre moyen de l'aider, c'est bon ? je murmure, vaincue.

Je n'ai droit qu'à un minutieux examen de sa part, et je suis obligée de préciser :

— J'ai promis à Emily. Je ne reviendrai pas sur ma parole.

— Très bien, lâche-t-il soudain. Je suis impatient de voir de quelle manière tu vas gérer cette situation, parce que, pour l'aider, tu devras découvrir l'origine de cette histoire, tu en es consciente ?

Logan a gagné. Comme toujours. Pourquoi faut-il que j'accepte de marcher dans sa combine ? Parce que, maintenant, la curiosité me dévore : Ray est-il vraiment lié à mon amnésie ? Je veux ces réponses. Et je ne les veux pas. Mais je les veux tout de même. Ces contradictions m'agacent tellement que je me giflerais volontiers pour me remettre les idées en place. Je me lève brusquement.

— Je peux partir ? J'ai mes affaires à ranger et j'aimerais également prendre une douche avant le dîner.

Il acquiesce, mais lorsque je le vois se lever à son tour, je marmonne, méfiante :

— Je peux le faire toute seule.

J'ai parlé sans réfléchir. Ça m'arrive souvent en sa présence. Pourquoi, lorsqu'il est trop près de moi, mon cerveau cesse-t-il de fonctionner correctement ? Logan s'arrête à deux pas de moi, une expression indéchiffrable sur le visage.

— Tu veux dire te laver ? s'enquit-il. Je n'en doute pas une seconde.

Je n'arrive pas à savoir s'il est sérieux ou non, mais il reprend la parole avant que je n'aie le temps de répliquer :

— Je t'accompagne parce que nos chambres sont côte à côte. On partage le même chemin…

Il ouvre la porte, puis m'invite à sortir du bureau d'un geste élégant de la main.

— … pas le même savon, achève-il avec un sourire froid.

Je n'ai jamais été nerveuse en sa présence – *Alors c'est quoi, ces petits fourmillements le long de ma colonne vertébrale ?* Nos pas sont étouffés par la vieille moquette au sol alors que nous nous dirigeons vers l'escalier. Aux murs tapissés d'un hideux papier de couleur jaune, je remarque quelques cadres photo mettant en scène des cascadeurs en pleine action sur différents lieux de tournage.

— Alors, comme ça, ma piaule est à côté de celle du patron ?

Les mains enfoncées dans les poches de mon jean, je grimpe nonchalamment les marches. Je joue la désinvolture, mais j'ai noté un changement dans l'attitude de Logan. C'est subtil, mais indéniablement là. Il ne répond pas, se contentant de me suivre jusqu'à l'étage supérieur.

— Tu as peur que je foute le bordel ?

À ma façon de m'exprimer, il est facile de comprendre que j'ai repris mon vieux costume de rebelle. C'est agréable de le retrouver, très rassurant, presque comme s'asseoir dans un vieux fauteuil élimé et si confortable.

— Quelque chose dans ce goût-là.

Un sourire en coin déforme l'arc de sa bouche. Je me souviens subitement de lui avoir dit qu'elle était magnifique. Sa bouche. Je tourne vivement la tête de l'autre côté. Ma chambre possède le numéro 23. Une fois devant la porte, je sors machinalement la clef coincée dans la poche arrière de mon pantalon usé jusqu'à la corde. C'est une petite clef triangulaire dont l'ornement en plastique bleu semble avoir été rongé par une souris sous amphétamines. Un rapide coup d'œil sur ma gauche, je constate que Logan occupe bel et bien la chambre d'à côté, la 24. Je secoue la tête.

— J'ai déposé ton sac sur ton lit, précise-t-il, dès qu'il a déverrouillé.

— Merci.

Je prends soudain conscience de ce qu'il vient de dire et pivote.

— Attends… tu as un double de ma clef? je m'insurge, stupéfaite.

Son sourire s'accentue.

— Pire que ça, Charlie. Il y a une porte communicante entre ta chambre et la mienne.

— Hein ? Tu déconnes !

Il appuie une épaule contre le chambranle puis me dévisage, de nouveau flegmatique.

— Non.

— La confiance règne. Sympa. Et Emily ? Je pensais qu'on partageait une chambre… Je ne suis pas certaine que le concept la mette super à l'aise.

— Ce n'est pas une question de confiance, mais de précaution, rectifie Logan. En ce qui concerne Emily, il est évident qu'elle a sa propre chambre.

Un rire acide m'échappe.

— Une nouvelle vie, tu disais ? j'ironise. Quitte à coucher ensemble, autant faire ça bien !

Il m'ignore.

— J'ai promis de garder un œil sur toi.

— Promis à qui ? C'est quoi encore, cette histoire ? À qui est-ce que tu rends des comptes en ce qui me concerne ?

— Au capitaine Bedford. Mais la porte communicante restera close, tu n'as rien à craindre. Je n'ai pas vraiment eu le choix, alors fais avec, Charlie.

Sur ce, sans un mot de plus, il disparaît dans ses appartements. Les bras m'en tombent. Je suis encore plantée là, choquée, lorsque quelqu'un se racle exagérément la gorge derrière moi. Je me tourne pour l'identifier et là...

— J'hallucine ! je m'exclame d'une voix suraiguë.

Planté droit comme un « i » devant la porte de sa chambre – en face de la mienne –, Ray, tout juste vêtu d'un short en coton, une trousse de toilette dans une main, une serviette sur l'épaule, m'observe, les traits vaguement altérés par une moue sarcastique. Il agite sa main libre pour donner un coup de fouet imaginaire, et c'est largement suffisant pour m'énerver – clairement, il a tout entendu de ma conversation avec Logan, et ça l'a amusé ! Je le regarde s'éloigner en songeant que ce camp d'entraînement va être mon enfer personnel sur Terre. Je suis géographiquement coincée entre Ray et Logan. Tu parles d'un purgatoire pour un Ange noir !

Vingt minutes plus tard, je sors de ma triste chambre assassinée par un dégradé de vert olive écœurant. *Il faudrait qu'ils investissent dans un décorateur né après 1980. C'est à faire une dépression, ces vieilles teintes !* Je ne suis pas pudique, donc pour aller à la douche je ne porte que mes sous-vêtements et, dans mes bras, en plus de mes vêtements propres, mon nécessaire de toilette. À la Résidence, les sanitaires sont communs. Comme à l'école : à droite pour les nanas, à gauche pour les mâles. Il y a deux cabines de douche ; j'essaie d'ouvrir la première, mais la porte est verrouillée.

— Occupé ! s'écrie une voix féminine que j'identifie aussitôt.

— Emily ? je demande pour la forme.

— Oui ! C'est toi, Charlie ?

— Ouais. Je suis à côté si t'as besoin ! j'ajoute.

J'entre alors dans la seconde cabine. J'ai bien avancé dans l'étape du savonnage, ayant même construit un casque de mousse autour de mon crâne, quand Emily se met à hurler comme une possédée en pleine crise d'hystérie. Il y a tellement de peur dans son cri que j'en ai les poils dressés. J'agis instinctivement et me rue hors de la douche. À cet instant précis surgit Logan, trempé et avec autant de savon sur le corps que moi. Sauf que lui, il a une serviette nouée autour de la taille. Microscopique, certes, mais ça reste tout de même la suprême feuille de vigne que je n'ai pas. Nos regards écarquillés dopés à l'adrénaline se télescopent. Lui aussi a réagi à l'instinct. La porte de la douche où se trouve Emily s'ouvre à la volée et, quand elle nous aperçoit quasiment nus alors qu'elle-même est en sous-vêtements, elle s'époumone encore plus, referme aussi sec le battant de bois pour le rouvrir une minute et définitivement en sortir, les cheveux mouillés mais habillée de pied en cap. D'un index tremblant, elle désigne l'intérieur de sa cabine. Curieuse de découvrir ce qui a bien pu la mettre dans un tel état, je m'approche doucement et découvre un joli scorpion *Paruroctonus silvestrii* d'environ sept centimètres, sur le mur, non loin de la pomme de douche. C'est une race plutôt commune en Californie. Son corps est gris-noir tandis que ses pattes, ses pinces et sa queue sont d'un beige clair virant au caramel. Sa piqûre n'est pas mortelle, et sûrement moins douloureuse que celle d'une guêpe.

— Tue ce monstre, Charlie ! s'écrie Emily, complètement terrorisée.

Je la regarde, étonnée.

— Ce n'est pas un monstre ! Juste un petit scorpion de rien du tout ! je tente de temporiser.

Elle secoue la tête.

— C'est un monstre venimeux !

Au moment où je m'apprête à essayer de nouveau de la raisonner, je suis coupée dans mon élan par l'atterrissage d'une serviette sur mon visage ; Logan vient de m'en envoyer une – et sans ménagement ! *Ah. Oui. Je suis nue comme un ver.* Après un bref échange de regards, irrité pour ma part, indéchiffrable pour lui, je noue rapidement le carré éponge au-dessus de mes seins. *Il faut plus qu'une*

Charlie nue pour perturber Logan Campbell, je songe avec une bien curieuse amertume. Je cherche du regard un récipient dans lequel je pourrais mettre la bestiole. Au lieu de m'aider, l'unique spectateur masculin présent préfère apparemment me laisser résoudre le problème toute seule. Il reste adossé au mur blanc, bras croisés. Mon regard tombe sur ma paire de bottes. *Non…* Hélas, je n'ai pas d'autre solution.

En soupirant, armée de ma brosse à dents, je saisis une de mes précieuses Gowest Boots, puis m'approche subrepticement de l'imperturbable scorpion qui n'a pas bougé d'un pouce malgré tout ce raffut. Quelques secondes suffisent pour le faire tomber dedans à l'aide du manche de la brosse. Je pince aussitôt le haut de ma botte au cas où il aurait l'idée géniale de grimper pour s'échapper. Je ne mets pas trois heures pour me précipiter hors de la pièce, les yeux rivés sur la coûteuse cage improvisée.

Comme une fusée, je passe devant Ruan et Ray qui bavardent tranquillement dans le couloir et qui, je le sens, me contemplent avec un certain degré d'ahurissement dans les yeux. D'un coup d'épaule, j'ouvre ensuite la petite porte de métal probablement destinée au personnel travaillant dans les cuisines lorsque cet endroit était encore une auberge miteuse. Hors de question que ma voûte plantaire affronte la terre brûlante du sol : je me retrouve donc obligée de libérer le monstre venimeux d'Emily depuis le seuil, en secouant ma botte comme une forcenée.

Toujours pas de monsieur scorpion.

— Putain ! Mais dégage !

Je commence à sérieusement m'énerver, et c'est lui qui va prendre s'il continue à s'entêter à squatter ma chaussure. Soudain, il tombe dans un bruit de cailloux qui s'entrechoquent, et un soupir soulagé franchit instantanément la barrière de mes lèvres. Je le regarde s'éloigner paisiblement avant de fermer la porte. Lorsque j'effectue le chemin inverse dans l'espoir de terminer ma douche le plus rapidement possible, je recroise mes deux futurs rivaux d'entraînement. Ray me hèle. Je feins de ne pas l'avoir entendu, continuant placidement d'avancer. Il réitère, et sans prendre la peine de cacher mon agacement, je finis par m'arrêter pour me tourner vers lui.

— Mange beaucoup et dors bien cette nuit car demain, je t'écrase, Charlene.

Le bon sens me souffle d'agir comme si de rien n'était, mais, forcément, j'écoute plutôt la voix intérieure qui me supplie de lui en mettre plein la tête. Je reviens sur mes pas. Le savon est sec sur ma peau, ça me tiraille partout, c'est franchement désagréable, mais ce n'est rien face à son air arrogant. Je lève l'index à hauteur de son nez.

— C'est toujours les mecs dans ton genre, les grandes gueules trop sûres d'elles qui, au final, lèchent la poussière que j'ai laissée derrière moi en les atomisant.

Ray se rapproche, comme pour me dominer ou me défier. Peut-être les deux à la fois. Son regard planté dans le mien me permet de discerner chaque contour de sa colère dans ses yeux couleur charbon.

— Tu crois que t'es assez forte pour me battre, Parson ?

Maintenant, il m'appelle par mon nom de famille. *OK*. Mon animosité envers lui ne faiblit pas, parce que j'ai en moi une rage tout aussi puissante que la sienne ; une masse au goût d'asphalte, en provenance directe de ce puits sombre composé de mes propres ténèbres.

— Je suis encore en vie. C'est une victoire inégalable. Ma force, elle est là.

À ces mots, Ray devient pâle comme un linge, mais ne réplique pas. En ce qui me concerne, je suis trop énervée par ses constantes provocations pour chercher à comprendre sa réaction. Tout ce que je souhaite, là, c'est me laver, et je me détourne enfin. Devant les sanitaires, Logan, la serviette encore nouée autour de la taille, semble m'attendre.

— Tu en as mis du temps pour libérer un malheureux scorpion, commente-t-il d'un ton paisible.

Je mettrais mes deux mains à couper qu'il a tout vu de la petite scène improvisée dans le couloir.

— Ça va ! j'aboie en pénétrant dans la cabine de douche.

J'ôte le tissu éponge qui me couvre, actionne le robinet, puis me glisse sous le délicieux jet tiède.

— Charlie ? lance Emily d'une voix penaude, de l'autre côté de la porte. Tout va bien ?

Paumes pressées contre la faïence, je laisse l'eau me couler dessus, emportant avec elle la fine pellicule de savon me collant à la peau.

— Tout va bien. Tu peux partir. J'en ai pour dix minutes à tout casser.

— D'accord.

Il ne se consume qu'une seconde dans l'espace-temps avant que je ne l'appelle.

— Logan n'est plus là ?

Elle ne me répond pas immédiatement, ce qui m'incite à lever la tête, la croyant déjà partie.

— Non. Il est allé finir de se doucher, lui aussi, me dit-elle enfin d'un ton étrangement sobre.

Je ferme les yeux. *L'enfer de Dante n'est rien à côté du mien.*

Le réfectoire. J'ai regardé de vieilles photographies du temps de la gloire de cet hôtel et ce qui est désormais le réfectoire de la Résidence, à l'époque, c'était la salle restaurant, ce qui semble plutôt logique. En arrivant, la première chose qui me vient à l'esprit est de chercher Danny. Il y a bien Logan et sa troupe d'anciens attablés au fond de cette gigantesque pièce, ainsi que le Mexicain, Ruan, avec son nouveau meilleur ami, Ray-sale-type, assis à une table plus intimiste – deux places – et près de l'entrée où je me trouve. Pas de trace d'Emily, ce qui signifie qu'elle n'est pas encore descendue, mais je suis certaine que mon frère, lui, oui. Je me dirige illico vers la porte donnant accès aux cuisines, car Danny est sûrement avec Lem, notre chef cuistot.

Comme elle se situe non loin de la grande table autour de laquelle sont assis nos professeurs en cascades, je suis obligée de passer devant eux. Ils sont tellement pris par leur conversation qu'aucun ne me prête attention. Enfin, presque. Logan lève aussitôt les yeux dans ma direction. J'ai envie de le provoquer. C'est une habitude que j'ai prise quand je ne sais pas de quelle façon agir avec lui : j'essaie bêtement de le déstabiliser. C'est puéril, j'en conviens, et ne fais que lui donner un peu plus raison à propos de mon attitude générale, mais je n'y peux rien. J'ai une main sur le battant de la porte ; Logan me fixe toujours. Du coup, je fais un truc obscène avec ma langue, juste pour voir. Sa réaction ne se fait pas attendre, il tente de dissimuler un sourire amusé derrière sa fourchette pleine de lasagnes, et ce même si son regard reste étrangement sérieux. Par contre, lorsque mes yeux tombent sur Joshua, assis à sa droite, je vois qu'il est totalement choqué ; ses yeux sont ronds comme des balles de tennis et sa mâchoire menace de se décrocher. J'éclate de rire puis pousse la porte. J'ai une vague idée du genre de questions que Joshua va tout de suite poser à son ami Logan…

Assis sur un grand tabouret de bar avec une assiette sur les genoux, Danny boit les paroles de Lem. Ce dernier doit sûrement lui raconter l'une des nombreuses anecdotes dont il a le secret.

— Salut ! je lance pour annoncer ma présence.

Ils tournent tous deux la tête vers moi. Lem me sourit, mais son accueil reste légèrement froid. Si quelque chose a changé chez le fils, je dirais que quelque chose a aussi changé chez le père.

— Lem me disait que trois stagiaires sur quatre ont abandonné l'année dernière !

Danny paraît tout excité. J'imagine que l'éventualité que j'en bave un max est particulièrement drôle pour lui. Je hausse les épaules.

— L'abandon, c'est la défaite du pauvre.

— « La plus grande gloire n'est pas de ne jamais tomber, mais de se relever à chaque chute. »

— Confucius ?

— Ouais !

Une fois assez proche, je fais claquer ma paume contre la sienne, notre poignée de main de ralliement.

— Ça, c'est ma petite encyclopédie sur pattes ! je le félicite tout en lui ébouriffant les cheveux.

Ce qui le fait immédiatement râler.

— Ce qui m'étonne, c'est que toi, tu arrives à le reconnaître.

J'arque les sourcils :

— Je dis quasiment la même chose tous les jours. En quoi est-ce si extraordinaire ? Et puis, il n'existe pas un proverbe sur les grands esprits qui se rencontrent, tout ça, tout ça… ?

Mon frère fait la moue, clairement dubitatif.

— Vous n'avez carrément pas le même charisme.

Lem apparaît soudain à mes côtés, une assiette remplie de ce fabuleux mets italien qu'il réussit à merveille. Je sens mon estomac se contracter rien qu'en humant le délicieux parfum.

— Merci, Lem. (Puis, à mon frère.) Tu l'as rencontré personnellement ? J'sais pas, tu compares nos charismes respectifs… Si c'est le cas, t'es bien conservé pour ton âge, frangin.

— N'importe quoi ! s'exclame-t-il, indigné. Tu dis ça exprès pour m'énerver. Je compare juste sa manière et la tienne de formuler une même idée, et…

Lem me pousse gentiment vers la sortie.

— Tu es stagiaire, Charlie. Tu n'as pas le droit de rester en cuisine…

— Je passe ce soir te faire un câlin avant de dormir ! je lance à Danny.

— Fais ça, et tu n'es plus ma sœur ! J'ai douze ans, pas six !

Je l'ignore.

— À ce soir !

Je me fais éjecter sans autre forme de procès. Mon assiette de lasagnes entre les mains, je jette machinalement un coup d'œil en direction de la place de Logan pour remarquer qu'il n'y est plus. Les anciens de la troupe non plus, d'ailleurs. Dès que je tourne la tête…

— Putain ! je m'étrangle.

Il est juste devant moi. *Il m'a surprise.* Un peu plus et je me cognais le nez contre ses pectoraux. Nos regards s'accrochent. Pas un mot ne sort de sa bouche, il reste là, à fouiller mon âme de son regard couleur acier brut, puis il s'écarte pour me laisser passer.

— Couche-toi tôt. Demain, c'est le premier jour des entraînements.

Je réplique par un salut militaire avant de rejoindre Emily à la table juste à côté de celle de nos rivaux.

— Salut !

— Salut, Charlie, répond-elle, un rien nerveuse.

Ray prend soin de m'ignorer, je lui rends la politesse pour me concentrer sur Emily et ma gamelle. J'ai conscience d'avoir promis d'aider ce mec, et je pense avoir visé trop haut, cette fois. Un, il faut que je découvre pour quelle raison c'est un sale type, surtout avec moi, et deux, que je trouve la solution pour qu'il passe à autre chose.

Mais pourquoi ai-je accepté un challenge pareil ?! Je suis débile ou quoi ? J'enfourne aussitôt une monstrueuse portion de lasagnes dans ma bouche. Rien de tel que manger pour se calmer les nerfs. C'est tellement savoureux que je pourrais construire un temple en l'honneur de Lem juste pour avoir cuisiné ce plat.

— Mmm… Charlie ?

Sans cesser de mastiquer lentement mon orgasmique pitance, je me tourne vers Emily.

— Est-ce que je peux te poser une question ? murmure-t-elle le plus bas possible, le corps exagérément penché par-dessus notre table.

Je hoche la tête pour lui faire comprendre que oui, bien sûr – causer la bouche pleine, c'est moche. Mon coup de fourchette a une bonne cadence, j'entame bientôt la seconde moitié de mon assiette. Quant à Emily, elle torture une serviette en papier, l'émiettant consciencieusement sur un coin de son plateau. *D'accord. Qu'est-ce qu'elle va me sortir ?*

— Dans le car… et puis dans les sanitaires, et enfin quand tu es arrivée, j'ai remarqué, que… tu sais, tu n'es pas obligée de me répondre. (Elle rit un peu trop fort.) Tu peux m'envoyer bouler en m'assenant que ce ne sont pas mes affaires.

J'engloutis, un peu mélancolique, la dernière bouchée de lasagnes, puis lui vole l'autre carré de papier pour m'essuyer un reste de sauce tomate aux coins des lèvres. Je me demande bien où elle veut en venir.

— Vas-y, lâche tout, Emily. On fera le tri après ! je plaisante, juste avant de saisir la carafe sur la table pour me servir de l'eau.

Elle se racle la gorge.

— J'ai remarqué que… Logan et toi, vous paraissiez proches.

— Proches ? je répète.

— Vous êtes ensemble ? lâche Emily dans un souffle frêle.

L'eau que j'étais en train d'avaler ressort illico en spray. Je tousse puis, non sans lui avoir jeté un drôle de regard, m'essuie la bouche du dos de la main.

— Quand tu dis « ensemble »… (J'essaie d'inspirer une goulée d'air.)… tu veux dire comme un couple ? Un truc comme ça ?

Elle acquiesce vivement. Je pose soigneusement verre et serviette trempée.

— Oh, bon sang, ça va pas être simple.

J'ai davantage marmonné ces mots pour moi qu'à l'intention d'Emily.

— Nous sommes proches, c'est vrai…, je commence.

Les traits de ma partenaire d'entraînement s'affaissent instantanément. *Merde.* J'agite les doigts devant moi.

— Nous sommes des voisins de longue date ! je débite à toute vitesse, pour qu'elle arrête d'afficher cet air triste. Je traînais toujours chez lui, autour de lui… C'est une sorte de… de…

Grand frère ? Vraiment, Charlie ? Tu considères Logan comme ton frangin ?

— Meilleur ami ? suggère Emily, pleine d'espoir.

J'ai un blanc. Mon esprit a planté – il faudrait le rebooter. J'inspire un grand coup.

— On peut dire… ça, je crois, j'ajoute, bizarrement troublée.

Emily semble avoir retrouvé sa bonne humeur, mais la mienne prend une tournure plutôt étrange. *Il se passe quoi, là ?*

— Je suis tellement soulagée ! J'ai eu le coup de foudre dès que…

Je n'écoute pas le reste de son babillage. Ce que j'éprouve en cet instant, je ne l'ai jamais ressenti. C'est aussi dérangeant que porter un soutien-gorge trop petit : ça serre, étouffe et coupe la circulation du sang.

— … jamais un homme ne m'avait fait un tel effet, c'est pour ça que je préfère te demander, car je t'apprécie énormément, Charlie. Tu comprends mon dilemme ?

— Euh… ouais. Oui. Je comprends.

Je me secoue mentalement. Face à moi se trouve Emily qui m'adresse un resplendissant sourire, tandis que la nuque me brûle, comme si mon pire ennemi me considérait avec une attention haineuse. Je pivote légèrement sur le petit fauteuil en PVC ; effectivement, Ray me dévisage avec l'air réjoui de l'anaconda qui vient de se taper un agneau en gueuleton premium. Il a tout entendu et, forcément, en a tiré ses propres conclusions. Je lui offre mon majeur tendu en guise de dessert.

— Vivement demain ! s'exclame joyeusement Emily.

Je me tourne de nouveau vers elle. *Ah, oui. Le début des festivités*. Mieux vaut changer de sujet de conversation.

— Il nous faut un mantra ! propose ma camarade de souffrance.

— Un mantra ?

Je ne suis pas convaincue. Elle hoche la tête.

— Un slogan. Un leitmotiv qui nous encourage. Une sorte de voie sacrée à suivre durant ces deux mois.

Je réfléchis. Du coin de l'œil, je note que Ray et Ruan se décident à quitter leur table. Je souris.

— Tu te bats. Même si tu perds, tu te relèves et tu te bats encore.

Les yeux d'Emily se mettent à briller d'excitation.

— « Relève-toi après la chute », je conclus.

Elle frappe dans ses mains, heureuse et motivée. Je la regarde, presque intimidée. Je n'ai jamais vraiment eu d'amis, à part Logan et son père. La faute à un gros manque de popularité chez les autres êtres humains me fréquentant de près ou de loin, surtout les filles, en fait. Mais j'aimerais qu'Emily voie en moi une potentielle amie. Je suis certaine que je pourrais convenir pour ce poste.

Règle nº 7

Tu dois y croire. Si tu n'y crois pas, ça devient alors une cause perdue.

Ce cauchemar. Ce foutu cauchemar revient. Encore. Je me regarde planter allégrement un bâton dans l'eau noire qui le compose pour aussitôt en froisser la surface et ainsi démarrer ce mauvais film. Lentement, sûrement, inexorablement.

C'est une magnifique journée ensoleillée, une véritable toile peinte par un temps caniculaire où il fait tellement chaud que, à la sortie de l'école, j'ai ce drôle de sentiment d'être en début d'après-midi, et non en fin, comme c'est pourtant le cas.

J'ai dix ans, je suis assez âgée pour rentrer seule à la maison. Il y a parfois des périodes de paix entre les clubs de bikers – c'en est une, et donc un moment de ma vie où je ne crains rien. Je peux effectuer le trajet sans souci. Je suis consciente d'absolument tout ce qui m'entoure. De toutes ces impressions, ces bruits, le parfum de l'air. Chaque chose qui est là paraît si vraie : la chanson que je fredonne doucement, le chien des Peegrow qui aboie sans arrêt dès que l'on passe trop près du grillage… J'arrive enfin chez moi, la porte de la maison est déverrouillée ; il ne me reste plus qu'à en franchir le seuil pour profiter de la fraîcheur qui règne à l'intérieur. C'est agréable comme sensation après la chaleur étouffante de ce soleil printanier ! Puis je comprends que quelque chose cloche… Le silence. Je n'entends rien. Pas un son. Ni celui de la télé, encore moins celui de la chaîne hi-fi. Je veux n'importe quel bruit, n'importe quoi qui me confirmerait que la vie existe dans cet endroit, que ma mère vaque à une occupation quelconque. Ce qui pourrait sembler étrange, c'est ma réaction, parce que je ne l'appelle pas pour autant. Tous les enfants que je connais font ça : ils passent la porte et crient à tue-tête pour s'annoncer en fanfare… Jamais ça ne me viendrait à l'idée de les imiter, car, lorsque vous avez une mère comme la mienne, moins vous vous faites remarquer, mieux c'est.

N'empêche que ce silence est oppressant, très… anormal. Les prémices d'une violente tempête. Mon cœur se met à battre tel un tambour ; roulant sans discontinuer dans ma poitrine. Ça ne fait pas très longtemps qu'*elle* a donné naissance à mon frère : petit Dan. Danny. Précisément neuf mois après sa visite conjugale dans la prison où mon père est enfermé. Douze semaines que cet être innocent vit parmi nous. Au départ, je n'étais pas très sûre. J'éprouvais une sorte de jalousie, comme si ma place était privilégiée et mise en danger par sa subite intrusion dans mon existence. Mais plus maintenant. J'aime trop l'écouter babiller, ou voir son regard ressemblant au mien chercher mon sourire. Plus que tout, je suis habituée à ses pleurs. J'aurais dû donc entendre quelque chose. N'importe quoi. Un bruit. Un babillage. Un couinement. *Vraiment* n'importe quoi. *Elle fait la sieste avec Dan?* Fol espoir d'un miracle.

Je reste plantée dans le salon, les pieds collés au sol, pétrifiée d'appréhension. Mon esprit fonctionne au ralenti, cherchant désespérément une explication rassurante, parce qu'en amont une espèce d'intuition me souffle l'absolu contraire et m'ordonne d'aller voir, d'aller dans sa chambre. Elle me presse de me dépêcher, de m'y rendre au pas de course!

Seulement, je n'arrive pas à bouger ne serait-ce que d'un fichu millimètre. À croire que le carrelage s'est transformé en sables mouvants. Puis je perçois un son sourd, quasi inaudible. Un pas? Un jouet tombant sur la moquette? Et mon corps remue. Un élan qui en entraîne un autre. Un mouvement suivi d'un deuxième. Je finis par grimper quatre à quatre les marches de l'escalier menant à l'étage, mon cartable toujours sur le dos. Je ne respire qu'une fois sur deux. J'ai parfois encore la sensation du bois de la porte contre ma paume à mon réveil. Je trouve ce contact hideux, lorsque je pousse celle-ci à la volée. C'est fou comme notre être s'imprègne facilement de détails a priori superficiels tels que le toucher ou les éphémères odeurs des lieux… pour ensuite les associer à certains événements marquants de nos vies et les faire resurgir aux moments les plus inattendus.

Tout d'abord, d'*elle*, je ne vois que le dos. Une vision que je ne pourrai jamais effacer de ma mémoire, même si je m'employais avec ardeur à détruire ce souvenir trop persistant. Je ne discerne ni ses mains ni son visage, rien, seulement ce dos largement découvert par l'une de ces robes sexy qu'elle affectionne. Je n'arriverais pas à décrire la couleur, ni la qualité du tissu, mais je pourrais sans problème redessiner la moindre courbe de ce dos. *Elle* est là, légèrement penchée au-dessus du berceau en osier où dort Danny. Il ne dit rien. Du moins, c'est ce que je crois sur le moment. Puis je les entends aussi distinctement que s'il les hurlait : ses cris étouffés. Instinctivement, je sais. Ce genre de certitude que l'on a au fond de soi, celles qui nous chuchotent insidieusement que nous sommes aux prises avec une situation dévoilant toute l'horreur dont est capable l'être humain. Je serai éternellement inapte à mettre des mots dessus, ou même à simplement l'évoquer tant cet acte blesse toujours mon âme.

Je crie très fort. Je cours très vite. *Elle* sursaute telle une enfant surprise en train de commettre une bêtise. Le noir de son maquillage a dégouliné autour de ses yeux et sur ses joues, traçant d'étranges routes jusqu'à son cou pâle. Les résidus de son rouge à lèvres noient le dessin de sa bouche. C'est une sorte de clown à la fois pitoyable et effrayant. *Elle* semble hagarde, furieuse et triste. En me voyant me précipiter en hurlant vers le berceau, elle recule de plusieurs pas. J'avance. *Elle* s'éloigne. J'enlève le coussin du visage de mon frère. Il est rouge, presque bleu. Ses paupières sont fermées et ses cils mouillés de grosses larmes, mais il respire. Enfin non. Il hurle, bouche grande ouverte, puis se tait pendant des secondes qui semblent durer des heures, pour hurler de nouveau. Je le prends dans mes bras. Son corps est raide, un véritable bout de bois. Je le câline comme je peux. C'est difficile d'avoir ces gestes pleins de tendresse lorsque personne ne vous a appris.

— Charlie !

Des doigts qui s'enfoncent dans mes épaules. Je les sens. Et cette voix… cette voix !

— Charlie ! Réveille-toi !

Je hurle. Je me redresse puis quitte le lit si brutalement qu'il n'arrive pas à m'en empêcher ; je l'ai pris de vitesse. Je me rue sur la porte, l'ouvre en grand, traverse le couloir en trois enjambées à peine pour aller frapper du poing celle de Ray.

— Danny ! Danny ! Danny !

Je frappe. Je frappe. Je frappe encore.

— Danny ! Danny ! Réponds !

— Charlie !

C'est Logan. Il m'a rejointe. Il essaie de m'apaiser d'une main entre les omoplates, mais je m'ébroue. Dans l'état dans lequel je suis, je ne supporterai aucun contact physique autre que celui dont j'ai besoin. Il faut que je vérifie que Danny va bien. Il faut que je le serre fort dans mes bras, que je sois certaine qu'il respire et que tout ira mieux. La porte s'ouvre sur le visage ensommeillé mais assurément furieux de Ray, devenu son compagnon de chambrée après qu'on lui a proposé de choisir – être réveillé de la sorte ne le met visiblement pas en joie. Je le bouscule sans même m'excuser.

— Hé… ! commence-t-il, de très mauvais poil.

J'entends vaguement Logan l'interrompre et lui parler à voix basse. Mes yeux ne voient que Danny sagement assis dans son lit, jumeau de celui de Ray. Il se frotte doucement les yeux, l'air perdu, et enfin le poids qui m'écrase la poitrine s'évapore. Je le prends aussitôt contre moi.

— Tu vas bien ? je chuchote.

Oui, il va bien. Son corps est moelleux et tiède ; c'est celui de quelqu'un de vivant, qui se porte comme un charme. L'oxygène vient enfin gonfler mes poumons. Il est tellement surpris par mon air anormalement paniqué qu'il ne songe pas à me repousser comme il le fait d'habitude.

— Ben… ça va, ouais.

J'ai la joue pressée contre son oreille. Je le garde encore un petit peu contre moi. Seulement un peu.

— Bien. Bien. C'est cool, alors. Recouche-toi.

Après cette phrase prononcée d'une voix émotive et tremblante, je m'écarte en espérant qu'il fasse trop sombre pour qu'il puisse remarquer mes yeux trempés de larmes. Je m'éloigne davantage, jusqu'à ce que la lumière éclairant le couloir effleure mon dos.

— Et toi ? me demande-t-il le plus sérieusement du monde.

Je balance mes bras sur le côté de mon corps, pour surjouer une décontraction inexistante.

— C'est OK. Juste un mauvais rêve où toi et moi on se faisait bouffer par un requin ! Tu sais… genre *Les Dents de la mer*, peut-être en plus gore.

Je ris, mais ça sonne faux, même pour moi. *Merde*. Il vaut mieux que je sorte de cette chambre avant de m'enfoncer. Je ne sais pas mentir à mon petit frère. C'est le drame de ma vie. Une *bad girl* de ma trempe incapable de tricher face à un marmot de douze ans… La honte. Je lui adresse un semblant de sourire rassurant auquel il répond en plissant les yeux, soupçonneux. Une fois dans le couloir, je me dirige vers Ray.

— Désolée, je bafouille.

Je me sens diminuée, faible, presque amputée de ma force vitale à me retrouver devant lui les paupières bouffies et le cœur à l'envers. Du coin de l'œil, je vois Logan lui donner une bourrade, comme pour l'obliger à répondre. Ray lui jette un regard noir, et finalement esquisse un mouvement du menton signalant qu'il accepte mes piètres excuses.

— OK.

Court. Simple. Efficace. J'aime bien. Je hoche la tête pour immédiatement prendre la tangente en direction de ma chambre. Au moment même où mes doigts se posent sur la poignée, d'autres m'encerclent l'avant-bras.

— Attends.

J'écrase vite fait l'eau qui stagne encore dans mes yeux.

— Quoi, Logan !

Je déteste cette vulnérabilité dans l'inflexion de ma voix ; comme si j'allais m'effondrer d'un instant à l'autre. Ses doigts glissent doucement pour se mêler aux miens. Je crois bien que c'est la première fois qu'on se tient la main… Quelle est l'expression, déjà ? Main froide pour cœur chaud ? Sa paume est glacée. Mon regard trouve le sien. Je devine qu'il cherche à me réconforter, mais la question qui me vient est : est-ce que je veux vraiment qu'on me tienne la main ? La réponse tombe, claire, concise, et c'est un non définitif. Je me libère. Il ne me retient pas.

— Tu n'arriveras pas à te rendormir dans cet état. Suis-moi dans ma chambre.

— Je te préviens, je ne suis pas d'humeur pour du sexe torride.

Ses épaules s'agitent – Logan rit silencieusement comme lui seul sait le faire. Les blagues graveleuses restent une valeur sûre, peu importe le contexte, ou la situation.

— C'est mieux que le sexe, rétorque-t-il.

— Mieux que le sexe ? Alors là tu m'intéresses.

Je le suis à l'intérieur de son antre, mais juste avant d'en franchir le seuil, j'ai la curieuse impression d'être épiée. C'est à peine si j'ai le temps de repérer Ray qui, de son côté, est en train de fermer la porte de sa chambre. Il est trop loin pour que je puisse décrypter ce qui erre dans ses yeux noirs, mais dix billets que ce n'est ni très élogieux ni très bienveillant à mon égard.

— C'est cosy, chez toi. Un véritable petit nid douillet. Et… oh. C'est bleu. Pas vert olive. Veinard !

Je parle vite. Je meuble la conversation parce que, à l'instant, il s'est passé quelque chose. C'était quoi ? Un mur qui s'écroule ? Une traversée du miroir ? Une porte ouverte sur la quatrième dimension ? Ça me rend nerveuse, voire méfiante. En cette seconde, je préfère me concentrer sur la déco et les objets, mais, dans la chambre de Logan, il n'y a aucun effet personnel. Ni photographie ni vêtement qui traîne. Rien. Tout est rangé au carré, absolument neutre. En même temps, nous sommes arrivés aujourd'hui, alors c'est plutôt logique. Mes yeux glissent par inadvertance sur son lit double, défait d'un seul côté.

Il est toujours près de la porte, mais je ne me retournerais pour rien au monde.

— Assieds-toi où tu veux.

Son ton est calme, un bel exemple de maîtrise de soi. Se retrouver seul avec moi ne semble donc pas le troubler, et, paradoxalement, cela m'aide autant à me détendre que cela me dépite. J'opte pour un vieux fauteuil club en cuir sur lequel gît une couverture patchwork en laine. Une fois confortablement installée, les genoux ramenés contre la poitrine, je m'autorise un bref coup d'œil dans sa direction. Il tient une bouteille de whisky Sonoma County Rye, un pur bijou de la côte Ouest, dans une main et deux larges verres dans l'autre. En le regardant s'avancer, je m'aperçois qu'il ne porte qu'un bermuda en coton, de ceux qu'on utilise pour faire du sport. Quant à moi, je suis en shorty et débardeur, comme toujours quand je dors… *OK*. La plaisanterie bidon sur le sexe torride me revient en pleine figure, tel un boomerang. Je tends vivement une main pour réceptionner le verre qu'il m'offre.

— C'est cool d'avoir l'âge légal pour picoler, je commente avant d'avaler une gorgée du liquide ambré.

Je laisse l'alcool faire son office, savourant ses notes à la fois épicées, florales et fruitées.

— Je ne veux pas te saouler. Je veux seulement que tu arrives à te rendormir, précise-t-il en restant debout. (Il reste un moment silencieux avant de poursuivre.) C'était le fameux cauchemar récurrent ? Celui dont Lem parle ?

Mon verre de whisky semble posséder un fort pouvoir hypnotisant ; dans tous les cas, c'est plus sûr de le scruter lui plutôt que Logan.

— Donc… Lem t'a aussi parlé de ça.

— « Aussi » ? J'imagine que tu fais référence au test de QI.

— Exact.

— Ça t'ennuie ?

Je soupire, puis me masse le front du bout de mes doigts libres.

— Que tu le saches ? Franchement, non. C'est des conneries, de toute façon… Ça faisait des mois que ce psy me cassait les pieds pour que je le fasse, son fichu test. C'est bidon, leurs résultats.

— Je trouve que c'est une bonne chose que tu l'aies passé.

Je lève la tête et note qu'il s'est assis sur le bord du lit, tout près du fauteuil. Nous nous fixons l'un l'autre, et je suis la première à détourner le regard.

— Si tu le dis.

— Ça serait bien que tu découvres ta propre valeur. Enfin, une valeur moins présomptive que celle que tu te donnes.

Le silence reprend ses aises, s'étire dans la pièce pour se replier sur lui-même et se briser.

— Tu veux en discuter avec moi ? me demande-t-il encore.

Je bois une autre gorgée.

— De quoi ?

— De ton cauchemar récurrent.

Je me mets à tapoter la surface froide du verre de mes ongles.

— Nous n'avons jamais eu ce genre de conversation, Logan. Pourquoi ? Mais surtout, pourquoi maintenant ?

Je l'observe tandis qu'il boit quelques gorgées, puis nos regards se percutent comme deux trains lancés à grande vitesse, mais il ne cille même pas sous l'impact ; pour ma part, je ravale discrètement un hoquet.

— Pourquoi pas ? réplique-t-il.

Ça, c'est trop facile. Je ricane en secouant doucement la tête.

— Il y a une date de péremption à certains types discussions, dis-moi, Charlie ?

Du sarcasme dans la voix de Logan Campbell. Visiblement, l'alcool agit aussi bien sur lui que sur moi.

— Ce n'est pas ce que j'ai dit. C'est juste que je n'ai jamais eu l'impression que ce genre de choses t'intéressait…

Il plisse les yeux, ce qui lui donne l'air aussi attentif qu'un fauve humant l'odeur du sang sur son territoire de chasse. Ou bien c'est mon cerveau embrumé par le whisky qui imagine n'importe quoi.

— Tu penses que je ne m'intéresse pas à toi ? s'enquiert-il d'un ton froid.

— Tu me fais encore dire ce que je n'ai pas dit.

Je me sens acculée et c'est très étouffant comme sensation. C'est à ça que ça doit ressembler, d'être pris dans la toile d'une araignée… un bon whisky californien en moins. Un sourire en coin qui n'a rien de réellement amusé incurve l'extrémité de sa bouche.

— Je suis doué pour ça.

— Pour ?

— Tout un tas de choses.

J'arque un sourcil.

— Je rêve ou tu viens de faire une allusion sexuelle ?

Tête renversée en arrière, il rit. Lorsque ses yeux se plantent de nouveau dans les miens, il semble, cette fois, sincèrement égayé. Je le regarde quitter le lit pour poser son verre vide sur la commode et se saisir de la bouteille entamée.

— Pour écouter, précise Logan, une trace d'amusement dans la voix. Je suis également doué pour écouter, pas seulement pour faire parler les gens.

Pendant qu'il se sert une généreuse rasade, je l'observe. Son short ne cache quasiment rien des multiples cicatrices qui partent de son mollet pour remonter jusqu'à ses côtes, ces terribles souvenirs indélébiles causés par son accident lors d'une cascade et qui tatouent sa chair. Se retournant, il suit mon regard. Je n'avais pas vraiment l'intention de me montrer impolie, mais j'ai l'impression que c'est ce que je viens de faire.

— Ce n'est pas très beau, hein ?

Je détecte de l'amertume dans l'inflexion de sa voix. J'ai un haussement d'épaules. Je ne sais pas quoi répondre ; je n'irais pas prétendre que c'est un spectacle délicieux, mais je ne les trouve pas hideuses pour autant, ses cicatrices.

— Tu veux vraiment que nous discutions à cœur ouvert, Logan ? je l'interroge en regardant fixement le sol sans réellement le voir.

— Toi, tu ne veux pas ?

Je termine mon verre d'un trait.

— Arrête de répondre à une question par une autre, c'est chiant.

Il sourit. Logan qui sourit dans une chambre aussi peu éclairée que celle-ci, c'est comme si la lune se mettait à briller aussi fort que le soleil. Trop éblouissant à mon goût. *Oh, bon sang.* Je crois que je suis saoule.

— Qu'est-ce que tu ne sais pas sur moi ? Hein ? je poursuis. Qu'est-ce qui peut bien intéresser le Dieu-Calme ? Ah… le cauchemar, hmm ?

Je me lève et la pièce se met aussitôt à tanguer. Ou bien c'est moi ? Tout est possible. Logan, lui, reste muet comme une tombe, sans me quitter des yeux. J'ai envie de me noyer dans l'eau grise de son regard. Je lui rends mon verre qu'il saisit sans même y jeter un coup d'œil.

— Ce cauchemar, Logan, c'est ma croix. Le poids de l'horreur… le pire de l'humain. Je dois le porter pour qu'une autre vie ait une chance de grandir normalement dans ce monde merdique. L'innocence doit être protégée. Tu comprends ?

Il se lève à son tour, l'air grave.

— Je comprends, répond-il doucement.

Le ton de sa voix ressemble à celui d'un dompteur qui se trouve face à un animal sauvage prêt à lui sauter à la gorge. *Merde, Ray avait donc raison. C'est l'image qu'on renvoie…* Lorsqu'il avance d'un pas dans ma direction, j'ai instinctivement un mouvement de recul, main tendue devant moi :

— Non ! Ne t'approche pas !

Ce serait dangereux. Je ne sais pas exactement en quoi, mais n'étant pas dans mon état normal et Logan étant ce qu'il est… ne perturbons pas plus l'ordre de l'univers. Sur l'instant, il m'obéit, restant là à m'observer durant plusieurs secondes. Puis, sans que son regard quitte le mien, il réduit très lentement la maigre distance qui nous sépare. Logan est tellement près que je peux sentir la chaleur de son haleine sur mon visage. Délicatement, il saisit l'une de mes mèches roses entre le pouce et l'index, comme pour en goûter la texture. Je reste immobile, le cœur battant.

— Cette couleur…, murmure-t-il, pensif.

Je déglutis péniblement.

— Toi non plus, tu ne l'aimes pas ?

Ma voix est affreusement rauque. Je ferme les yeux et, lorsque je les rouvre, c'est pour directement les plonger dans les siens.

— Tu es mûre sur tellement de choses… que je dois avouer que ce choix de teinte m'a toujours surpris.

Je ne réponds pas, alors son doigt libère ma mèche pour venir caresser l'arc de ma joue. Oh, presque rien, à peine un frôlement, mais c'est suffisant pour semer la zizanie dans le rythme des battements de mon cœur. Il règne dans cette pièce une étouffante tension électrique. Un geste de plus… peut-être juste un seul, et j'ai le sentiment que le monde entier basculerait dans une nouvelle ère. Nos regards se nouent et dans mon être apparaît ce troublant désir qu'il me touche davantage. Logan s'éloigne brutalement.

— Va te coucher, Charlie. La journée de demain risque d'être longue.

Bien. J'ai réussi à déjeuner sans vomir aussitôt le contenu de mon estomac. Heureusement, d'ailleurs, sinon je crois qu'Emily m'en aurait voulu d'inaugurer notre première journée officielle d'entraînement de cette manière. D'habitude, je bois plutôt de la tequila, en tout cas rarement du whisky, j'ai du mal avec cet alcool. Depuis le réveil, mon appareil digestif confirme férocement cette hypothèse.

Nous nous tenons les uns à côté des autres, en rang d'oignons, et face à nous se dresse Lem, transformé pour l'occasion en « coach de remise en forme ». De jolis mots qui signifient, en vérité, qu'on va joyeusement accepter l'enfer et que c'est nos muscles qui vont trinquer.

— Ceci… ! s'écrie Lem d'une voix de stentor tout en désignant du doigt le terrain derrière lui. Ceci est une piste d'athlétisme. Le revêtement rouge que vous voyez est spécialement conçu pour ménager vos articulations lors des séances de running. Si vous courez lentement, utilisez de préférence les deux couloirs extérieurs, si vous êtes plutôt rapide, les deux couloirs intérieurs.

À ces mots, c'est automatique, Ray, à l'extrémité opposée de la rangée, me lance un bref regard plein de défi. Il est évident qu'aucun de nous deux ne laisse réellement le choix à l'autre concernant les couloirs nommés.

— La distance est de quatre cents mètres. Le quatre cents, c'est l'école de la souffrance. Voici ce qui vous attend : rythme cardiaque élevé, jambes tétanisées par l'acide lactique… Alors comprenez-moi bien, je ne vous demande pas de devenir un sprinteur en une demi-heure ! gronde Lem avec un regard exagérément appuyé à Ray et à moi. Cet exercice a pour principal objectif de vous rendre plus rapides et endurants. Alors, oui, peut-être qu'avant la fin du stage vous parviendrez à faire trente tours de piste les doigts dans le nez, mais, aujourd'hui, je veux juste voir où se situe votre seuil de tolérance, OK ? L'ordre du jour : dix tours avec une récupération d'une minute entre chaque. En route pour l'échauffement !

Lem s'écarte, puis appelle quelqu'un à l'extérieur de la piste. Sur le moment, je n'y prête pas attention, puis reconnaître Logan me déstabilise un brin sachant que c'est précisément lui que je m'évertue à éviter depuis l'aube.

— Prête à te prendre une raclée ? s'enquit Ray que je vois se placer à côté de son partenaire, Ruan.

— Petite bite ! je lui rétorque, un large sourire sur les lèvres.

Ray s'arrête net, puis pivote dans ma direction.

— T'as dit quoi, là ?

J'ouvre la bouche pour répéter l'insulte, mais Emily intervient avec une vélocité drôlement surprenante :

— Elle a dit qu'elle avait la frite ! s'écrie-t-elle en bondissant comme un diable hors de sa boîte.

Face à ses yeux exorbités et ses joues rosies, je m'esclaffe joyeusement. Quant à Ray, il reste suspicieux, nous examinant alternativement l'une et l'autre. Je me rapproche de ma camarade, lui octroie ma fameuse poignée de main de ralliement – qu'elle rate lamentablement, néanmoins, son effort pour la réaliser est louable.

— La taille est la même… bien vu ! je la félicite, toujours secouée par mon fou rire.

— Charlie ! s'offusque Emily.

Elle semble profondément choquée. *Catholique, hein ?* Afin d'attirer notre attention, Lem se racle ostensiblement la gorge. Logan se trouve désormais à sa gauche, vêtu d'un tee-shirt beige arborant le nom de son ancienne université et d'un bas de survêtement d'un gris presque aussi foncé que celui de ses yeux. Logan embrasse du regard notre petit groupe, sans s'arrêter sur un membre en particulier. J'en éprouve encore une fois ce sentiment contradictoire de soulagement et de frustration mêlés.

— Les règles à suivre pour un bon échauffement – et sachez que c'est obligatoire avant le tournage de chaque scène afin d'éviter les blessures – sont les suivantes : un, plus l'effort va être intense, plus l'échauffement doit être long et minutieux. Deux, de préférence progressif et adapté à la météo, mais également au moment de la journée. Par exemple, un échauffement pratiqué en hiver par temps froid va vous demander plus de temps, tout comme le matin, car vos muscles seront raides et aussi mal réveillés que vous. Compris ?

Nous le lui confirmons en chœur. Logan frappe dans ses mains.

— Bien. Commençons.

Jambes légèrement écartées et pieds plantés au sol, il nous apprend comment réaliser un bon échauffement ; tout y passe, les articulations en remuant les épaules, les hanches avec quelques rotations, les genoux avec des flexions… Nous concluons le tout par une série d'exercices d'étirements. Dès que nous en avons terminé, nous rejoignons nos places.

— Comment tu te sens ? Ça va ?

Ce n'est pas comme si je pouvais éternellement me dérober. En effectuant quelques étirements supplémentaires, je ferme les yeux un instant, inspire profondément, puis esquisse un sourire crâneur :

— Ce n'est pas un peu de whisky qui va me mettre sur le carreau.

— Je m'en doute.

J'attrape l'extrémité de ma basket pour terminer mon mouvement.

— C'était peut-être ton objectif secret… me saouler pour que ton pote gagne le premier challenge ! je plaisante mi-figue, mi-raisin.

Soudain, sa bouche frôle mon oreille et me murmure :

— Peut-être que mon objectif était largement moins noble que ça.

Je me fige.

— Eh ! Charlie !

C'est Danny.

— Eh ! je répète d'un ton forcé, l'esprit troublé.

Je lève les yeux pour le regarder s'approcher. Logan profite de cette interruption pour tranquillement s'installer sur l'un des bancs bordant la piste d'athlétisme, non loin de Lem posté là pour nous chronométrer.

— Que la force soit avec toi ! m'encourage Danny.

— Merci, c'est gentil.

Ah ! Il est si mignon !

— Mais je pense que c'est Ray qui va gagner, achève-t-il d'un mouvement d'épaules fataliste.

Sale petite raclure imberbe !

— Sympa. Je peux te jeter des cailloux ? Ah non. C'est vrai. On n'a plus le droit de lyncher les gens, j'avais oublié.

— Ça ne changera rien au résultat.

— Peut-être. Mais ça me soulagera, Edgar Gayce[1] junior.

Son sourire de renard me donne juste envie de refourguer sa console de jeux à la Croix-Rouge. Sur cette charitable pensée, je vais me placer dans mon couloir alors que, dans celui d'à côté, Ray m'attend en s'assouplissant la nuque par de lents mouvements circulaires de la tête. Nos regards se harponnent ; le sien est toujours aussi opaque.

— Prête à connaître tes limites ?

— C'est ça. Enseigne-moi, grand chef.

Tout, absolument tout en lui dégage cette aura féline, rapide et agile. Clairement, ce n'est pas un adversaire à prendre à la légère. Il n'y a pas de starting-blocks puisque ce n'est pas une course de sprint mais d'endurance, ce qui ne nous empêche nullement de nous accroupir, Ray et moi, nos doigts tendus pressés contre le revêtement de cette couleur rougeâtre qu'on ne voit que dans les stades.

— À vos marques…, commence Lem. Prêts ? Partez !

Lem appuie sur la gâchette de son pistolet starter et, dès que le « bang » explose dans l'air, nous décollons tels des avions de chasse. Au départ, je suis galvanisée d'être devant lui. Mes foulées sont souples, bien cadencées. Puis, du coin de l'œil, je le vois revenir à ma hauteur et mon cœur se met à battre plus vite. C'est immédiat, une sensation d'asphyxie me submerge, comme si un serpent

1. Célèbre mystique américain devenu médium professionnel durant la Seconde Guerre mondiale.

aux anneaux invisibles s'enroulait autour de moi. Une main sur la hanche, je persiste malgré un terrible point de côté rendant ma respiration encore plus irrégulière – comme si c'était possible ! Je ne peux que le regarder me distancer, le front baigné de sueur. Il franchit les derniers mètres sans aucune difficulté, mais vraiment aucune, en pleine forme pendant que moi, les jambes flageolantes, je m'écroule sur la piste. Et dire qu'il reste neuf tours… Je vais mourir.

— J'avais dit de ne pas sprinter ! s'égosille Lem.

Alors que je suis encore allongée sur le dos à tenter d'inspirer un maximum d'oxygène, le visage parfaitement sec et ultra-souriant de Ray apparaît au-dessus du mien :

— Alors ? C'est qui la petite bite ?

Je suis trop essoufflée pour lui répondre – mon organe cardiaque a migré dans ma bouche – donc, je me contente de lui offrir un majeur tendu. Danny avait raison. Voilà. Première leçon : le sport, c'est du travail.

Résolution n° 4

Ignorer la violente morsure du désir.

Tout le monde doit dormir à cette heure. Pour ma part, j'étudie encore la proposition de mon ami Harold Bishop qui va participer à la production d'un film indépendant. Harold a réussi à percer dans le métier ultra-fermé du cinéma. En le voyant si blond et si respectable aujourd'hui, personne ne le soupçonnerait d'avoir été une véritable terreur au lycée. Et puis, je le suspecte de craquer pour Laurette. Franchement, le projet sur lequel je planche depuis des heures est du sur-mesure pour elle. Détail non négligeable qui renforce mon intime conviction.

Même si les lettres dansent devant mes yeux, je retarde au maximum l'instant où je devrai aller me coucher. Dès que je suis dans ma chambre, l'idée d'ouvrir la porte qui nous sépare pour la rejoindre dans son lit m'envahit. Plus qu'un fantasme, c'est devenu une véritable obsession. Quelqu'un frappe à celle de mon bureau et entre sans attendre d'y être invité.

— J'ai vu de la lumière…

C'est Ray. Je lâche mon dossier.

— Salut.

Il me répond par un hochement de tête, pour ensuite s'installer sur l'une des chaises libres. Si j'en juge par ses cheveux encore humides, il sort à peine de la douche.

— Ce soir, les antalgiques semblent calmer les douleurs de ton père.

— Tant mieux. Merci d'être allé le voir.

Tandis qu'il contemple résolument le mur d'en face, moi, je le regarde lui.

— Tu n'as pas à me remercier. C'est normal. (Il garde le silence durant quelques secondes.) Il m'en a parlé, tu sais.

Cette fois, c'est mon tour de rester muet un instant.

— De quoi ?

— De l'hypothèque que tu vas bientôt signer chez l'autre crevard, mais aussi du fait que tu bois trop depuis quelque temps.

— Ces deux choses ne te concernent pas, Ray.

— Je suis ton ami, merde !

— Oui, mais je suis un grand garçon, et je n'ai donc aucun compte à te rendre. Pour ce qui est de l'hypothèque, si tu veux absolument savoir de quoi il retourne, ma mère m'a légué la maison de crainte que mon père ne la perde dans une dette de jeu. Techniquement, j'ai le droit d'en faire ce que j'en veux… (Je soupire.) Rassure-toi, c'est juste le temps de décrocher quelques contrats pour *Action Heroes*. Pour ce qui est de mon léger penchant actuel pour la bouteille…

… je dois bien chasser un besoin par un autre.

— … je m'en occuperai si cela prend des proportions démesurées, je termine d'un ton neutre.

Enfin il tourne les yeux vers moi et nous nous mesurons du regard.

— C'est le cas. Si ton père m'en parle, c'est forcément le cas.

Un silence aussi brutal qu'opaque s'abat subitement sur la pièce.

— Je pourrais essayer, lâche-t-il soudain d'une voix mal assurée.

Je n'ose y croire, alors je retiens mon souffle avant de lui demander.

— Qu'est-ce que tu as dit… ?

— J'ai dit que je pourrais faire des efforts. Je ne te promets rien, c'est sûr, mais je pourrais faire des efforts en ce qui la concerne.

Je croise les mains pour que Ray ne voie pas le tremblement qui les agite. Après m'être raclé machinalement la gorge, et tout en espérant paraître le plus pondéré possible, je me lance :

— Je suis heureux de l'entendre, parce que…

— Arrête ton baratin, Logan. Je ne veux pas que tu deviennes une épave parce que je t'aurai empêché de l'aimer.

Pour la première fois depuis des années, je fuis temporairement le regard de Ray.

— Tu l'as dans la peau, c'est évident. Seulement…

Je fouille ses yeux des miens.

— Seulement ? je répète.

— Je serai du côté de ton père.

— Comment ça ?

— S'il ne l'accepte pas, ne compte pas sur mon soutien.

Je recule brutalement au fond de mon siège.

— C'était stupide de me faire espérer, dans ce cas.

Du coin de l'œil, je note qu'il se lève sans pour autant sembler pressé de partir.

— Je ne te fais pas espérer, rétorque Ray. Je t'annonce que je veux bien faire des efforts en ce qui concerne cette gamine, et uniquement au nom de notre amitié. Et aussi pour Wendy.

— Ce n'est pas une gamine.

C'était instinctif. Ce à quoi il répond par un grand éclat de rire sonore.

— Ouais, j'avais cru comprendre que tu ne la considérais pas de cette façon. J'ai réfléchi. Je l'ai observée, aussi. Elle ne me semble pas être autant de la mauvaise graine que je l'avais pensé. Cela dit, j'attends encore de voir.

— Tu attends de voir quoi ? S'il ne lui pousse pas des ailes arc-en-ciel dans le dos, tandis qu'un donut lumineux léviterait au-dessus de sa tête ?

— Sympa, ton image.

— Je t'emmerde, Ray.

— Calme-toi…

Je quitte brusquement mon fauteuil.

— Ta gueule. Vraiment, c'est un conseil que je te donne : ferme-la.

Il se fige illico, crispé de la tête aux pieds. Cela n'apaise en rien ma colère, bien au contraire.

— Des années que je vous fais passer, mon père et toi, avant tout le reste, et en particulier moi, ou ce que je souhaiterais pour moi, dans cette chienne de vie, alors ne viens pas me casser les couilles avec tes leçons de morale à la con ! Ne viens pas briser ma volonté avec de l'espoir, compris ? C'est suffisamment infernal de la désirer, *elle*. De n'avoir qu'*elle* en tête, au point de sentir mon crâne tomber en morceaux !

Le silence qui s'abat après mon accès de fureur est d'une nature très différente du précédent : il a la froideur du tranchant d'une épée en acier.

— Dégage.

Ma voix n'est plus qu'un terrifiant grondement. L'expression de Ray m'assure qu'il est remué jusqu'aux tripes. Laurette a raison : il supporte mal nos disputes. Je m'en fous. C'est horrible de constater à quel point je me fiche éperdument de le blesser. J'écouterais presque cette petite voix qui me chuchote de tous les envoyer définitivement bouler afin d'assouvir mon véritable besoin en ce monde : celui d'être avec Charlie. J'ai peut-être atteint mes limites.

— Logan…

— Dégage.

Mon corps entier frémit sous la puissance de cette rage qui cherche à s'emparer de moi. Je la laisse filer. Elle n'est que du sable qui me glisse entre les doigts. Juste du sable.

— Logan, insiste-t-il d'un ton malheureux.

— Dégage, Ray. Fous le camp d'ici.

Finalement, il obtempère, mais, dès qu'il a fermé la porte derrière lui, je saisis le verre posé sur mon bureau et, dans un fracas, mets fin à sa piètre existence en le jetant contre le mur.

Ce n'est que lorsque j'ai entièrement retrouvé mon calme que je m'autorise enfin à regagner ma chambre. Inconsciemment, pendant que je retire mes chaussures et déboucle ma ceinture, je suis à l'affût, guettant le moindre mouvement, le moindre bruit provenant de la pièce voisine. Mais je n'entends rien d'autre que l'interminable râle d'agonie de la climatisation. Je m'approche ensuite de la fenêtre, celle où se superpose mon reflet à celui du paysage nocturne un peu sauvage du dehors. Je l'ouvre, savoure la fraîcheur de l'air et allume une cigarette. Les détecteurs de fumée ne sont pas très sensibles à l'étage, néanmoins, il vaut mieux aérer, juste au cas où. J'aspire une longue bouffée, la laisse rouler sur ma langue pour en goûter les arômes, avant de l'exhaler lentement. *Qu'est-ce que je dois faire, maintenant ?* Même si j'essaie désespérément de couper Charlie de ses racines, car il est évident que je n'ai aucun scrupule à l'éloigner des Anges noirs, j'ai la désagréable impression que mes tentatives sont dérisoires. *Est-ce suffisant pour la sauver ? Pour la garder près de moi ?* Je l'ignore. Charlie possède ce besoin avide de liberté qui me fait défaut, que je ne comprends pas. Si elle habite encore la maison d'en face, c'est uniquement parce que Danny est trop jeune pour la suivre ou survivre seul ; toutefois, le jour où il quittera le nid, elle pourrait tout aussi bien disparaître en un claquement de doigts. Mon cœur rate un battement. Cette éventualité m'est insupportable.

Soudain, son cri me tire de mes réflexions. Les yeux écarquillés, je doute et j'attends en manquant d'oublier de respirer une fois sur deux. Une autre plainte retentit, et cette fois mon corps réagit de son propre chef. Je déverrouille rapidement cette satanée porte. Sa chambre est noyée dans la pénombre, néanmoins, je réussis sans trop de difficulté à discerner Charlie : elle est entortillée dans le drap dont la blancheur virginale l'éclaire presque autant qu'une lampe torche. Sans me poser de questions, je me précipite à son chevet, m'assieds sur le lit et la serre dans mes bras. Elle ne répond pas à l'étreinte. J'ai l'horrible impression de serrer un corps dénué de vie, comme celui d'une poupée. Je panique et son prénom sort de plus en plus fort hors de mes lèvres. Heureusement, elle gémit… ou pleure, sinon, je crois que je serais devenu fou pour de bon. La possibilité de la perdre me casse de l'intérieur. C'est insupportable. Je l'éloigne de moi, les doigts plantés dans ses épaules, puis la secoue avec précaution. Elle ouvre les yeux, mais son regard reste étrangement absent ; je ne suis pas certain qu'elle me voie. Ce n'est tout de même pas le noir complet dans cette pièce, et mon visage ne se trouve qu'à quelques centimètres du sien… Qu'est-ce qu'il se passe ? Est-elle coincée dans une sorte de demi-conscience ?

— Charlie ! Réveille-toi !

Son hurlement me prend par surprise, tout comme le bond qu'elle exécute. Je lâche un juron et la suis jusque dans le couloir. Quand elle se met à frapper du poing la porte de Ray en hurlant le prénom de son frère, tout s'éclaire dans mon esprit. C'est limpide : c'est ce fameux cauchemar récurrent évoqué par Lem lors d'une conversation avec le père Stefan. J'essaie de m'approcher d'elle, l'interpellant d'une voix douce, mais sans succès. La porte s'ouvre sur Ray dont le visage reflète sans ambiguïté ce qu'il pense d'être tiré de son lit à cette heure et de cette manière. Je le tire vivement vers moi pour lui expliquer la situation en concluant par :

— N'est-ce pas toi qui prétendais vouloir faire des efforts ? Prouve-le en commençant tout de suite.

Je déchiffre la capitulation dans son regard. Maintenant, il sait. Il sait combien Charlie compte pour moi. Elle a toujours compté. J'ignore de quelle façon elle s'y est prise, et je serais bien incapable de coller une date ou une heure sur la naissance de mes sentiments pour elle, mais les faits sont là : ils parlent d'eux-mêmes. Elle s'est faufilée jusqu'à mon cœur, a tracé ce chemin de flammes vers mon âme. Maintenant, depuis un trône d'argile, elle est devenue cet arbre de vie qui me gouverne, cette part d'improbable humanité que je suis dans le creux de sa main.

Règle nº 8

L'avenir se construit avec des possibilités, non le passé.

Je suis fourbue. Une loque humaine. Un microscopique déchet bipède noyé dans l'immensité du Grand Tout qu'est l'univers. *Merde*. Emily s'en est étonnamment bien sortie, révélant une très bonne endurance ; quant à Ruan, contrairement à moi, il n'a pas cherché à être le plus rapide. Ray, lui, m'a rétamée dans chacune des disciplines où nous nous sommes affrontés aujourd'hui. Tout d'abord, à la course d'endurance, transmutée en sprint par nos esprits dopés à la compétition, ensuite la simulation de combat… Bon sang ! J'ai pourtant d'excellentes bases en boxe, et c'est Lem qui m'a tout appris, alors pourquoi ? Comment est-ce possible ? Tête enfouie dans le coussin vert olive de mon lit, je pousse un cri de frustration afin de libérer un peu de toute cette colère inutile qui m'agite de l'intérieur. Réaction vaine absorbant le peu d'énergie qu'il me reste, car je n'ai même pas la force de me lever lorsqu'on frappe à la porte.

— Ce n'est pas la discipline, mais le combattant qui fait la différence.

Je reconnais la voix de Lucy. *Elle est sûrement venue me consoler de m'être fait laminer.* Je parviens difficilement à rouler sur le côté pour la voir, adossée au chambranle, les mains enfoncées dans les poches de son jean délavé. Elle m'adresse un sourire compatissant, quoiqu'un peu triste.

— Tu lis dans mes pensées ! je soupire. Je boxe un peu, mais lui semble sorti tout droit d'un film de karaté… Ray est plus fort. C'est évident.

Le dire à haute voix finit de m'achever. Lucy me répond par la négative en secouant doucement la tête.

— Il n'est pas plus fort que toi. Il est mieux préparé, physiquement et mentalement. C'est ça, cette fameuse différence. Ray est un sportif accompli qui travaille tous les jours, Charlie. Ton entraînement à toi se résume à quoi ? Une à trois bastons par semaine ? Tu pensais sérieusement pouvoir le battre d'entrée de jeu ? Voyons !

J'ai terriblement honte, car c'est la vérité. Pire que ça : Logan a raison sur toute la ligne, en fait. J'ai beau être une grande gueule, au fond, je reste une gamine turbulente à l'ego démesuré. Lucy me jette un objet qui atterrit près de ma main ; je le saisis mollement et l'examine : c'est un flacon de crème de massage musculaire aux huiles essentielles. Je lui lance un regard interrogateur auquel elle répond par un sourire amical.

— Si tu veux arriver à marcher demain sans ressembler à une vieille dame qui a besoin d'un déambulateur, je te conseille de te masser les jambes avec ça.

— Merci.

Ma voix n'est qu'un murmure étranglé : je suis tellement déçue de mon propre comportement que j'aimerais me terrer dans la grotte la plus proche.

— De rien.

Un court silence s'étale, semblable à un voile transparent mais perceptible.

— C'est quoi, le mantra de votre équipe, déjà ? demande Lucy.

Au moment où je prononce ces mots, je comprends où elle veut en venir :

— « Relève-toi après la chute. »

Son sourire s'élargit.

— C'était une sacrée chute, non ?

Je souris également.

— La gamelle du siècle.

— Je compte sur toi pour te relever et mettre une branlée à ce mâle imbu de lui-même ! s'exclame-t-elle en accompagnant ses paroles d'un clin d'œil.

Sur ce, elle s'éclipse discrètement. Il ne me faut pas moins de cinq minutes pour réussir à quitter le lit et rejoindre le seuil, ma trousse de toilette sous le bras – et en gémissant ma douleur. Mes muscles sont tellement durs qu'on les croirait taillés dans la pierre. *Une douche brûlante pour détendre tout ça ! Vite !* Je me traîne avec l'élégance d'un zombie en direction des douches.

Une fois à l'intérieur, je me contente de pousser la porte d'un léger coup de pied puis ôte très doucement mon débardeur, puis mon short. Une chose est sûre : il n'y a rien de sexy dans ce strip-tease improvisé, aux gestes exagérément lents ! *Je dois ressembler à Wall-E…*

en moins mignon. Il me reste encore mon soutien-gorge. *Sainte mère du petit Jésus ! Je ne vais jamais y arriver.* Peut-être qu'il va falloir que je me frotte le dos contre le portemanteau jusqu'à ce que les agrafes cèdent. L'idée est encore en train de faire son chemin, lorsque je suis soudainement sauvée par…

— Tu me fais de la peine, s'amuse une voix masculine, avant que je sente des doigts dans mon dos.

Hop ! En un dixième de seconde, mon sous-vêtement s'affaisse, me laissant désormais libre comme une rivière[1]. D'une paume pressée contre mes seins, je le tiens un minimum en place sur le devant.

— Merci, ô grande divinité. C'est incroyable… Aurais-tu pris « superhéros » comme option à l'université ?

— Pourquoi ? J'ai un air de ressemblance avec Superman ?

Je me tourne vers Logan et le découvre en train d'arquer les sourcils. Nous nous dévisageons mutuellement.

— Physiquement ? Plutôt Captain America, je dirais. En un peu plus brun. Non, c'est seulement ton sens du timing. Tu apparais toujours pile-poil quand j'ai besoin de toi. T'es un putain de miracle sur deux jambes.

— Tout ça pour un soutien-gorge ? Eh ben.

Quelque chose d'étrange flotte dans l'air, mais je n'arrive pas à mettre le doigt dessus. Logan s'empresse de le briser :

— File prendre ta douche, m'ordonne-t-il subitement.

1. Référence aux paroles de la chanson de Stevie Wonder « Free » : « *I'm free! Like a river…* »

Son ton autoritaire me hérisse, pourtant je ne bronche pas. N'importe qui d'autre tenterait de me diriger comme ça, je lui filerais direct un bon coup de genou bien placé... Alors, pourquoi ? Pourquoi, lorsqu'il s'agit de Logan, ça m'agace, mais je finis par obéir ? Qu'est-ce qui cloche chez moi ? Je le regarde s'apprêter à sortir de la pièce, mais l'interpelle avant qu'il ne le fasse pour de bon. Mes doigts libres sur la hanche, ma pose devient faussement suggestive :

— C'est tout ? Tu ne m'aides pas avec ma petite culotte ?

C'est plus fort que moi, mais je ne peux pas m'empêcher d'essayer de le provoquer sans réussir à savoir ce que j'espère en retour. Il pivote vers moi et un éclair vif traverse le gris de son regard ; toutefois, c'est trop bref pour que je puisse en identifier clairement la nature. Puis, lentement, un sourire moqueur déforme l'arc parfait de sa bouche.

— Dans quel but ? s'enquit-il de ce timbre indifférent que je lui connais bien.

Je roule comiquement des yeux.

— Utiliser le prétexte de m'aider pour mater, enfin ! Quelle question, vraiment ! Il faut tout te dire !

— Quel intérêt ? Je t'ai déjà vu nue un millier de fois, petite exhibitionniste.

Bizarrement, sa réponse me vexe. Je ne faisais que plaisanter, après tout.

— Sérieux ! Tu pourrais au moins faire semblant d'être excité ! je m'écrie.

— C'est ce que tu aimerais ?

Sa réponse tombe avec froideur. Mon cœur explose dans ma poitrine.

— Quoi ?

Il reste parfaitement immobile, et j'ai ce sentiment étrange que s'il avançait ne serait-ce que d'un seul pas, je le laisserais faire ce qu'il veut de moi.

— Que je sois excité par toi. C'est réellement ce que tu aimerais, Charlie ?

Est-ce que c'est ce que tu aimerais, Charlie ? Est-ce que tu le veux, Charlie ? Je ne sais pas. Elle sort d'où, cette trouille qui me tétanise à cette simple question ? Il répond à mon silence par un sourire énigmatique, puis franchit le seuil tout en agitant la main comme pour me dire au revoir. Là, à son tour, surgit Joshua dans le couloir, manquant de peu de le percuter. *C'est l'heure de pointe, on dirait*. En m'apercevant en sous-vêtements au milieu des sanitaires, le cascadeur s'immobilise à ses côtés, le visage mangé par des yeux écarquillés de stupeur. Logan le saisit immédiatement par le col de son tee-shirt pour l'inciter à le suivre – au lieu de continuer à me reluquer en petite tenue. Je n'ai le temps que de l'entendre s'écrier :

— Logan ! Faut vraiment qu'on parle, toi et moi. Je suis sérieux, ça ne va pas du tout ! C'est mal ! C'est très mal, ce que tu fais…

Le reste de sa phrase se perd, tout comme la réponse du Dieu-Calme, car les deux sont désormais trop éloignés pour que j'arrive à les comprendre. Je m'esclaffe. Mais mon rire meurt instantanément sur mes lèvres quand mon regard croise celui, étrange, d'Emily. Je ne sais comment réagir lorsqu'elle s'enfuit précipitamment, mais lui courir après à poil à la vitesse d'un paresseux neurasthénique est exclu.

Sa chambre se situe au bout du couloir, complètement à l'opposé de la mienne. M'y rendre est la première chose que je fais après avoir fini ma douche. Je frappe trois petits coups à sa porte ; Emily m'invite à entrer. Je ne connais pas les règles de l'amitié entre filles, mais j'imagine que me surprendre à moitié nue avec le mec qu'elle kiffe fait probablement partie des trucs à éviter. D'abord, je passe la tête, ma bouche habillée d'un sourire jovial et innocent fabriqué de toutes pièces. Je la repère sur son lit en train de renifler et triturer un mouchoir en tissu. *OK.* J'entre, aussi à l'aise qu'un saumon doit l'être en franchissant le seuil d'un restaurant de sushis.

J'inspire, puis me lance :

— Emily, je…

— Je suis tellement désolée ! s'écrie-t-elle en se jetant dans mes bras.

En réalité, on ne lui veut pas de mal au saumon, on lui paie même un petit tequila sunrise. Là, elle se met à pleurer de plus belle. *OK. Visiblement, ce n'était pas ce que j'imaginais.*

— Tu avais besoin d'aide après tous ces efforts et moi qui suis censée être ta partenaire, je t'ai laissée tomber ! Je ne suis pas une amie ! Je suis la pire coéquipière du monde ! Je suis une crapule !

Ne sachant pas quoi faire d'autre pour la consoler, je lui tapote gentiment le dos, totalement dépassée.

— Ça va, euh… aller ?

Emily recule un peu, le nez et les yeux dégoulinants.

— Est-ce que tu me pardonnes ? bégaie-t-elle entre deux sanglots.

Est-ce qu'elle est sérieuse ? Je souris. *Elle est assez « extrême », non ?*

— Je ne sais pas. Si tu me masses les jambes, alors je te pardonnerai… peut-être.

Je plaisante. C'est seulement que cette situation est incongrue, du genre furieusement inédit pour moi. Emily acquiesce plusieurs fois, très résolue.

— Ce n'est que justice, après tout. Tu as été obligée de demander de l'aide à des hommes par ma faute.

Hein ? D'autorité, elle me saisit par le bras, puis me traîne hors de la pièce. Je la suis, intriguée. Bien sûr que j'ai les jambes en compote, et d'ailleurs je compte bien utiliser la crème que m'a offerte Lucy. Disons que je ne trouve pas nécessaire qu'elle aille jusqu'à me servir de masseuse en pénitence. De plus, en ce qui concerne le soutien-gorge, je n'ai pas quémandé l'aide de Logan, il a agi de son propre chef. Et si je n'avais pas laissé la porte entrouverte, il n'aurait même pas su que j'étais en difficulté. *Toutefois, je ne suis pas sûre que ça la rende plus heureuse d'apprendre la vérité.* Est-ce que c'est toujours comme ça quand on a des amis ? On est perpétuellement inquiets à l'idée de les blesser ? Franchement usant, comme concept.

— Ta chambre, c'est bien la 23 ? s'enquiert-elle sans cesser de me tirer.

— … oui.

Elle ouvre grand la porte avec un peu trop de force.

— Elle est comme la mienne.

Cette phrase sonne comme un affreux constat. *Elle s'attendait à quoi, au juste ?*

— J'imagine qu'elles sont toutes pareilles, oui. C'était un hôtel, avant.

Dès que nous sommes à l'intérieur, Emily me désigne le lit d'un geste vif. J'obtempère sans réel enthousiasme.

— Si c'est un ancien hôtel, ça signifie qu'il doit y avoir des tas de fantômes, chuchote ma coéquipière tout en s'asseyant sur un coin du matelas.

Je lui passe le tube de crème.

— Tu déconnes ? je murmure, la bouche sèche.

Des frissons fleurissent sur la peau de mes bras. *Bon sang, je déteste ces histoires de revenants !* Il n'y a rien qui ne me file autant la trouille que l'hypothèse de l'existence de ces entités invisibles. Je trouve ça carrément flippant : comment veux-tu te défendre d'une chose contre laquelle tu ne peux pas lutter physiquement ? Ces trucs te transforment en victime sans que tu puisses rien y faire… Alors, non. Je ne supporte pas les fantômes. Emily secoue négativement la tête.

— Les statistiques le prouvent. Les hôtels et les auberges sont les endroits les plus hantés… Bon, j'ai lu les recommandations écrites sur le flacon, je pense pouvoir y arriver.

— Tu penses ? Comment ça, « tu penses » ? Tu sais, je peux très bien me débrouiller toute seule.

Il y a tellement d'hésitation dans sa voix que j'ai l'impression qu'elle va, tel un très mauvais mécanicien, me démonter les mollets pour ensuite les réinstaller à l'envers. Ridicule. Lorsque Emily lève son visage vers moi, je découvre à quel point elle est sérieuse.

— Tu t'es battue pour notre équipe. Moi, je n'ai rien fait d'autre que maintenir mon rythme, alors… c'est ma façon de t'aider. De contribuer à la réussite de notre stage. Et surtout ne me remercie pas.

Le tout premier contact de la crème est froid, me mettant encore plus mal à l'aise que je ne l'étais déjà, pour rapidement commencer à chauffer. *Waouh !* Quand elle se lance pour de bon, je ne retiens pas le cri de souffrance qu'expulse ma gorge. Les doigts accrochés à la fine couette sur laquelle je suis assise, je supporte mal le calvaire. Je crois que ses mains se sont transformées en minuscules pics à glace et qu'elles essaient de terminer le boulot que Ray a commencé sur la piste de course. *Te remercier ? Aucune chance !* je songe en la regardant faire avec entrain. *Elle met tellement de cœur à l'ouvrage… Je devrais au moins encourager ses efforts, non ?* Voilà. Je me sens un brin coupable.

— Tu vas finir par lui froisser un muscle, intervient une voix au fort accent hispanique.

Je tourne la tête. Mendez, le Wilding, accompagné de Ray, sont tous deux plantés sur le seuil de ma chambre, un téléphone dans les mains. Leurs expressions faciales hésitent entre l'amusement et la consternation. Un peu de pitié, aussi.

— On a frappé, m'explique Ray, goguenard. Mais tes hurlements couvraient le bruit. Du coup, on s'est permis d'ouvrir. Tu ne nous en veux pas, j'espère ?

Je lui offre un regard noir et mon majeur tendu en réponse.

— Emily ? C'est ton frère au téléphone, poursuit Mendez en lui tendant le combiné.

Ma coéquipière m'abandonne illico et j'ai presque envie d'en remercier celui qui est censé être mon pire ennemi. Après un bref regard d'excuse, Emily sort de ma chambre pour s'isoler. J'imagine que, étant donné les circonstances de son départ pour ce stage, sa situation doit être pas mal compliquée…

— J'aimerais bien t'aider. J'ai des connaissances en matière de massage sportif, indique Mendez. Mais, entre nous, j'ai peur que tu me bouffes les doigts…

Un drôle de sourire incurve mes lèvres.

— Qui sait ? je susurre, mauvaise à souhait.

Il s'agite aussitôt, prenant Ray à témoin :

— Tu vois ? *Esta chica es uno perro ! Uno perro de pelea*[1] !

Ray lève les yeux au ciel, semble réfléchir puis déplie lentement ses bras qu'il avait croisés sur son torse.

— C'est ma faute.

— Totalement, j'acquiesce. Et alors ?

Je me méfie. Ce qui élargit sa grimace.

— C'est moi qui vais t'aider.

— Plutôt crever.

Tout en prononçant ces mots, tel un sabre laser, je brandis le tube de crème au camphre vers lui. Une main surgit pour le saisir. Ma vision s'ajuste à ce nouvel intervenant : Logan.

1. « Cette nana, c'est un chien ! Un chien de combat ! »

— Je vais m'en charger. Vous pouvez partir, annonce-t-il, le regard indéchiffrable.

Ray réplique par une mimique moqueuse qui ressemble à un « je savais que tu dirais ça ». Ni lui ni Mendez ne se font prier pour disparaître. Logan continue de regarder fixement l'entrée de ma chambre, même après leur départ. Ses cheveux sont humides, il a revêtu un simple tee-shirt noir sur un jean large. *Il ne porte pas de chaussures…* En bref, il sort tout juste de la douche.

— Je peux vraiment m'en occuper moi-même.

Il pivote légèrement et, d'un mouvement souple, limite gracieux, il me rend la crème de Lucy. Celle-ci atterrit, pour rebondir une seule et unique fois sur la couverture.

— Je n'en doute pas, rétorque-t-il. Tiens. Insiste bien sur la voûte plantaire. Elle a été très sollicitée.

Perplexe, je le suis des yeux tandis qu'il repart vers la porte qui communique entre nos deux chambres. *Alors pourquoi est-ce que tu leur as dit ça ?* je m'interroge. La main sur la poignée, il se fige et se tourne, comme s'il avait entendu ma question.

— Vas-y, demande.

J'ai un curieux mouvement de recul.

— Quoi ?

Ses prunelles deviennent plus incisives. C'est dingue. Elles possèdent cet éclat mystérieux qui m'hypnotise. Ce qui survient ensuite est inévitable : je finis par m'oublier et me perdre dans leur immensité.

— Tu as une question. Tu as… (Il se tait le temps de désigner mon visage en agitant l'index.) Tu as cette expression. Celle qui dit « Je veux savoir ! ».

Je souris malgré moi.

— J'ai ce genre d'expression ? Moi ?

— Oui. Depuis toujours. Alors Charlie, que veux-tu demander, cette fois ?

Ma bouche s'ouvre, j'inspire une belle goulée d'air pour l'expulser aussitôt. Sophia m'a fait la leçon de morale un peu plus tôt dans la journée : je ne sais pas respirer. Diable ! Depuis quand l'être humain ne sait-il pas respirer ? Il le fait pourtant depuis des milliers d'années. Eh bien, non. Apparemment, pour la grande majorité, nous le faisons mal, car au lieu d'inspirer par le nez, puis souffler par la bouche, nous utilisons exclusivement l'un ou l'autre.

— Je ne comprends pas pourquoi tu les as envoyés bouler en leur affirmant que tu allais le faire, si ce n'est pas réellement le cas.

Un éphémère silence passe discrètement entre nous.

— Tu veux que je le fasse ? Que je te masse ? demande-t-il de cette inflexion incroyablement calme qui le caractérise.

— Je n'ai pas dit ça. J'ai seulement dit que je ne comprenais pas pourquoi tu étais intervenu.

J'avoue que mon cœur a eu raté. Mais un seul battement a manqué à l'appel. Ma fierté est sauve.

— Tu aurais préféré que je n'intervienne pas et que Ray te masse ?

Rien. Ni son visage ni sa voix ne trahissent la moindre émotion, néanmoins, je la sens. Je devine cette colère qu'il essaie de me cacher.

— Sûrement pas.

— Où est le problème, alors ?

— Il n'y a pas de problème, Logan. Il n'y en a jamais eu… J'essaie seulement de te comprendre. De comprendre ton attitude.

En guise de repartie, très lentement, un sourire se dessine sur ses lèvres, puis, sans répondre, il regagne ses appartements. C'est frustrant. L'espace de quelques secondes, mon esprit est comme rongé de questions à son sujet. Un jour, peut-être, je résoudrai la grande énigme que représente Logan Campbell.

Cette fois encore, « le » terrible cauchemar enterre ma nuit au cimetière des rêves. De toute façon, tant que je ne me serais pas habituée à mon nouvel environnement, je vais y avoir droit… Je me réveille brutalement, le corps en sueur et les yeux grands ouverts sur la pénombre régnant dans ma chambre. Cette fois encore, Logan est près de moi. Quelque chose pourtant a changé par rapport à la nuit précédente : j'ai repris conscience alors qu'il me serrait dans ses bras. Bien sûr, je ne peux pas discerner l'expression de son visage, ni décrypter ce qui erre dans ses yeux, puisqu'il fait trop sombre. Se contente-t-il de faire ce qui est « juste » d'un point de vue amical ? Consoler une vieille amie ? Ou bien me signifie-t-il que, même s'il n'est pas du genre démonstratif, il est tout de même là aux moments où j'ai le plus besoin de lui ? Je pencherais pour la seconde hypothèse, parce que oui, Logan est toujours là. J'ai honte de tant aimer sa chaleur. Le contact de sa peau sous mes doigts tandis que je l'étreins en retour. Qu'il est bon, apaisant, de se laisser bercer ainsi. J'ai honte de céder à la tentation que je combats depuis tant d'années : le toucher.

Le lendemain matin, il était évident qu'il allait se comporter comme si de rien n'était. J'aurais dû parier quelques billets dessus, question de pimenter ce séjour. Il se comporte vraiment comme s'il n'était pas venu dans ma chambre cette nuit pour me chuchoter des mots rassurants à l'oreille et presser son corps contre le mien, lequel a curieusement gardé ce contact en mémoire, un peu comme ces animaux qui emmagasinent de la nourriture en prévision des jours de vache maigre… J'ai un drôle de frisson à cette pensée. Les paupières lourdes de sommeil, je suis assise devant mon grand bol de café et je l'observe. À l'autre bout de la salle, il discute avec Jim, Joshua et Sophia. Lucy brille par son absence, n'étant vraisemblablement pas du matin. Malgré moi, je le détaille. Il porte un tee-shirt à col « v » kaki sur un pantalon de treillis de la même teinte. Un style tout en décontraction pour notre baroudeur aventurier… Je soupire, puis secoue la tête pour m'éclaircir les idées. Lorsque mon téléphone sonne, je sursaute sur ma chaise. Je le récupère dans mon sac à dos et vérifie qui cherche à me contacter à cette heure matinale. Je note mentalement les trois appels manqués de ma mère – illico, une crampe étrangle mon estomac – et, avec étonnement, je constate qu'en réalité c'est Law qui essaie de me joindre à tout prix. Je réponds.

— Ouais, frangin ?

— 'lut.

— Comment va ?

— On fait aller. Et toi ?

Je soupire.

— Je ne vais pas me plaindre. Tu appelles, pour… ?

— Mmm… C'était quoi ce texto de Logan que j'ai reçu hier ?

— Hein ?

Je suis la première intriguée. Automatiquement, je lève les yeux dans sa direction, et, comme s'il avait senti le poids de mon regard sur lui, il en fait de même de son côté. Nous nous retrouvons à nous scruter l'un l'autre durant une pincée de secondes. Je baisse rapidement le mien.

— Ouais, ouais ! Comme quoi je pourrais te rendre visite lors des « journées portes ouvertes aux familles » ! Sur le coup, j'ai cru que tu étais en taule.

Le sourire de Law s'entend si bien à travers la ligne que je pourrais presque le voir danser devant mes yeux.

— Je n'étais pas au courant pour cette histoire de visite. Si tu n'as pas envie de venir, rien ne t'y oblige.

— Non ! Ça va. Je viendrai à ta sauterie de cascadeurs. Ah, ah, ah ! « Saut-erie de cascadeurs ». Elle est bonne, non ? Ah, ah !

Je me retiens de justesse de me frapper le front de la paume.

— Au fait, comment va le morveux ? s'enquiert-il subitement.

— Danny ? Je crois qu'il aime la vie dans la cambrousse. Je ne le vois pratiquement pas.

— Tu m'étonnes. Moi aussi je préférerais jouer les Tarzan dans la jungle plutôt que de me coltiner ma frangine. Et puis, il doit y avoir plein de trucs intéressants à faire, là-bas.

J'acquiesce instinctivement, même s'il ne peut me voir.

— Et… toi ?

Un court silence s'étire d'un point invisible à un autre, puis j'écoute mon frère soupirer, à l'autre bout.

— Quoi ? Tu demandes après le vieux, c'est ça ? Il fait ses trucs. Il fait toujours ses trucs, de toute façon. Là, le numéro un sur sa liste, c'est reconquérir son territoire et donc virer le cul parfumé du ruskov.

— C'est la merde.

— À qui le dis-tu ? Ces types de l'Est… Waouh ! Ils ont tous des têtes de tueurs à gages. Flippant, sans déc' !

— Il est fou ! Il va se faire buter, et vous avec ! je m'énerve à voix basse, tout en surveillant du coin de l'œil que personne ne m'entende. Glendale ne lui suffit pas ? Fait chier !

— Arrête de te biler, Charlie. On n'y est pas encore. Il faut d'abord qu'il récupère du monde. Des nouveaux membres. Ce n'est pas avec deux pelés et un tondu qu'il va réussir à mener sa guérilla. P't-être cet hiver… Ouais. Probablement avant le printemps prochain.

— Ne t'en mêle pas, Law.

C'est sorti tout seul. Il rit.

— Je suis un peu obligé. Ce n'est pas comme si je savais faire autre chose de mes dix doigts.

Mon cœur se met à battre à cent à l'heure. J'aimerais vraiment pouvoir protéger ma famille.

— Tu peux. Tu peux faire autre chose. Livreur de pizzas ou n'importe quel autre truc du même genre, bordel. Les sous-métiers, ça n'existe pas !

J'ai le cœur coincé dans l'œsophage et j'étouffe car il pulse de plus en plus vite.

— Non, je ne peux pas, Frangine.

Le ton de sa voix est affreusement calme, sérieux, et c'est terrifiant.

— Toi, oui. Tout ça… toute cette merde, c'est du passé maintenant, pour toi. Construis quelque chose de neuf, Charlie. Change le destin de notre putain de nom.

— C'est quoi cette demande à la…

— Salut ! m'interrompt Emily en s'asseyant à ma table.

Je me fige, très mal à l'aise. J'ai de l'eau dans les yeux et une boule au fond de la gorge.

— Je… je dois raccrocher, Law. J'te rappelle, hein.

— Ouais. Pas de problème. *Tchüss* !

J'éteins mon portable, puis le pose à côté de mon plateau, sans toutefois lever immédiatement la tête. Juste le temps de me recomposer une expression moins tragique.

— C'était qui ? Ton petit copain ? demande ma coéquipière, un sourire enjoué dans la voix.

— C'était mon frère.

Elle fronce les sourcils, perplexe.

— J'ai deux frères. Danny est le plus jeune, et Law l'aîné.

Ses lèvres forment le son avant même qu'elle le prononce :

— Oh… je vois. Il s'appelle Law, donc. OK. Vous vous êtes disputés ?

Je secoue la tête puis décide de liquider mon reste de café.

— Non, c'est juste que… (Je me rends soudain compte qu'il y a quelque chose de changé chez Emily.) Tu n'es pas comme d'habitude. Un truc nouveau ?

Ma réflexion me vaut un sourire éclatant.

— Je me suis maquillée.

Là-dessus, elle bat des cils. Oui, effectivement. Je lui souris aussi.

— Ça te va vachement bien.

Notre conversation ne va pas plus loin car Danny surgit près de nous tel un diable hors de sa boîte. Il a les joues rouges, le regard étrangement brillant d'excitation. Et, fait assez rare pour que je le note, il n'a pas sa console portable dans les mains. Parfois, c'est à croire que cet engin est le prolongement de ses membres supérieurs.

— Dis, j'peux aller avec Lem en ville ?

— Pour quoi faire ?

Je n'aime pas des masses qu'il s'éloigne trop de moi. Il lève les yeux au ciel, agacé.

— Je vais faire un casse. T'inquiète, juste une ou deux bijouteries, histoire d'avoir un peu de liquidités sur moi.

J'opine plusieurs fois d'affilée, entrant dans son jeu.

— OK. Je t'accompagne. J'ai également besoin de me renflouer.

Emily nous écoute, bouche bée. Je me penche légèrement par-dessus la table en Formica qui nous sépare l'une de l'autre, puis, une grimace sur les lèvres, je lui murmure :

— On plaisante, Emily.

L'information semble monter dans son cerveau en deux temps, puis, finalement, elle éclate d'un rire bruyant qui nous vaut l'attention de Ray et de son compagnon mexicain.

— Oh ! D'accord ! Mince ! Sur le moment, j'ai cru que vous étiez sérieux !

Je me demande si je dois en rire ou en pleurer. Je reporte mon attention sur Danny :

— Écoute, je ne suis pas certaine que ce soit une bonne idée. Si jamais des membres du club traînent dans les environs…

— C'est Tehachapi, Charlie. Pas Los Angeles.

Un bras de fer mental s'exerce entre son regard et le mien, et je finis par céder en soupirant.

— D'accord. Mais au moindre problème, tu m'appelles.

— Oui.

— Je suis sérieuse !

— Oui, oui, là ! Je t'ai dit oui, qu'est-ce qu'il te faut de plus ? Une promesse écrite avec mon sang ?

— Attends, je dois avoir du papier sur moi…

— Tu déconnes ! s'exclame mon petit frère.

Il paraît tellement outré que ça me fait rire.

— J'y vais, à plus ! dit-il très vite avant de se précipiter hors du réfectoire pour rejoindre Lem.

— Il est trop mignon ! s'extasie Emily.

Je vais pour lui répondre quand mes yeux croisent ceux de Ruan Mendez. Il se tient près de moi, droit comme un piquet de bois attendant l'inévitable coup de maillet.

— Parson…, commence-t-il avec moult précautions.

Mon nom sonne vraiment bizarre dans sa bouche.

— Il faut que je te parle, achève-t-il d'un air extrêmement sérieux.

Nous nous observons mutuellement pendant une interminable minute, puis j'accepte d'un hochement de tête, assez curieuse de savoir ce qu'il a à me dire.

Règle nº 9

Vois en ton ennemi un ami et en ton ami un ennemi.

Sous le regard attentif de Logan, Mendez et moi prenons la direction de la sortie. Il fait coulisser sans effort la baie vitrée ouvrant vers l'extérieur, et je le suis dehors. Là, on se prend une bouffée d'air chaud. Il est encore tôt, néanmoins le soleil matinal nous intime de rester sur nos gardes. Et dire qu'à un peu moins de trois cents kilomètres de là se trouve la vallée de la Mort… Étrange pensée que celle-ci pendant que mes yeux suivent attentivement Ruan. Il sort nerveusement un paquet de cigarettes de la poche arrière de son jean, puis me le tend poliment ; je décline d'un geste de la main.

— Tu ne fumes pas ? s'étonne-t-il.

Je souris. Son accent typiquement mexicain le rend presque sympathique. Voilà qui est de plus en plus bizarre. Un Wildings sympa ? Rien que l'idée me colle des frissons.

— Plus.

Apparemment, cette réponse assez succincte de ma part excite sa curiosité. J'inspire un grand coup.

— J'ai promis à mon petit frère d'arrêter. Plus précisément : que dès que nous serions dans ce fichu bus, je ne toucherai plus une clope.

Ses sourcils dessinent un accent circonflexe.

— Et… tu y arrives ?

— Non. Pas totalement. Je fume en douce à la fenêtre de ma chambre… le soir.

Il rit et je l'accompagne tout en m'asseyant sur un vieux banc dont la peinture verte s'écaille à plusieurs endroits. Ruan, lui, opte pour rester debout.

— J'ai essayé d'arrêter, commence-t-il. Plein de fois… (Il agite les mains, même celle qui tient sa cigarette.) Ça n'a jamais marché. Je crois que je n'ai pas la volonté.

Je l'observe sans rien dire. Je l'écoute également. Il meuble la conversation avant de se lancer. J'imagine que le sujet qu'il souhaite aborder n'est pas simple, et qu'il va devoir mouiller la chemise de son ego.

— … Tout ça pour dire que Logan a raison.

Cette fois, ce sont mes sourcils qui forment une figure géométrique.

— Logan a raison ?

J'ai instinctivement répété sa phrase, comme si ça allait miraculeusement m'aider à en saisir le sens – à quel moment est-on passé de ses tentatives avortées d'arrêter la clope à Logan ? Il acquiesce.

— *Sí*.

Subitement, j'ai comme une envie de fumer.

— Mais… à quel sujet ?

Ruan se racle la gorge avant de me répondre.

— Ici, je ne suis plus un Wildings, Charlie.

OK. On s'appelle donc par nos petits noms maintenant? Il sursaute, s'en apercevant lui-même avec un temps de retard :

— Désolé ! Je peux t'appeler Charlene si tu préfères ?

Charlene ? Tu en as déjà marre de la vie ? Son débit est ultra rapide. *Plus nerveux que nous, tu meurs.* En même temps, avoir une conversation, ce n'est pas ce que les membres de nos clubs font le mieux lorsqu'ils sont ensemble.

— Charlie, c'est bien.

— OK. Moi, c'est Ruan.

— Ruan, oui, je le savais.

— C'est cool.

Un silence de plomb nous tombe dessus sans prévenir. Cette situation me paraît surréaliste... tout en me donnant envie d'en comprendre les raisons – les raisons de ce malaise qui flotte autour de nous. Peut-être parce que nous sommes loin de Glendale, ou que ni lui ni moi n'avons sur nous les uniformes de nos clubs respectifs, à savoir nos écussons, nos gilets de cuir, nos motos, nos armes ou bien nos comparses. Peut-être, je dis bien peut-être que ça nous aide à franchir ces barrières invisibles, celles qui nous conditionnent d'habitude. Je ne sais pas. Par contre, une chose est sûre, j'ai dépassé le cap du féroce besoin de lui cogner dessus seulement parce qu'il fait partie d'un club ennemi du mien.

— J'ai promis à mon grand frère de ne plus tremper dans les deals, lâche-t-il subitement, son regard brun planté dans le mien.

Comme ses compatriotes qui portent tous une barbe plus ou moins bien taillée, Ruan a le son menton couvert d'une barbiche taillée à la Johnny Depp. Je ne l'avais pas remarqué, mais il est séduisant. C'est une beauté exotique qui ne m'excite pas des masses, toutefois, je reconnais honnêtement qu'il est bien foutu. Tandis qu'il gigote, nerveux, je choisis le mutisme, préférant dans un premier temps me contenter de l'écouter, et me retenant de fouiller les poches de mon veston sans manches afin d'y dénicher une clope écrasée. Mes narines frémissent à chaque volute de fumée qu'il expédie dans les airs ; ça devient difficile d'endiguer l'envie de nicotine.

— À la mort de Rodrigo, notre petit frère… qui était à peine plus âgé que le tien, Miguel a décidé d'être le seul à se sacrifier pour l'honneur de notre père et du club.

J'ai un pincement au cœur. Ça pourrait très bien être le destin de Danny… J'opine tout en frottant consciencieusement le bout de ma basket contre la terre sèche et poussiéreuse du sol. Ce geste m'aide à me concentrer sur cette discussion, au lieu de partir dans d'hypothétiques scénarios catastrophes où mon frère aurait le rôle principal.

— Je veux tenir cette promesse, Charlie. C'est pour cette raison que je suis ici. Le père Stefan m'a donné cette chance, et je l'ai saisi. Sans hésiter. Pour tenir parole. *Entiendes, verdad*[1] ?

— *Sí. Comprendo.*

Je lui ai répondu en espagnol, en signe de bonne volonté. Sur ce point, ce terrible besoin de protéger les

1. « Tu comprends, non ? »

siens, on est visiblement pareils, lui et moi. En réponse, un large sourire sur les lèvres, il m'offre une main amicale :

— Pas d'embrouilles ?

J'accepte d'un hochement de tête.

— Ouais. Pas d'embrouilles. Y a pas de BAMCHA ni de Wildings ici.

J'accepte de lui rendre sa poignée de main, découvrant la texture rude de sa paume, sûrement à cause de quelques callosités naissantes – tout comme les miennes – jouer de l'accélérateur, ça laisse des traces. Ce qui me surprend réellement, c'est sa chaleur. Rien à voir avec le contact glacé de Logan. *Ah... fait chier. Pourquoi est-il toujours dans ma caboche, celui-là ? Merde !*

— Je croyais que tu avais arrêté de fumer, Charlie ?

Cet accent calme qui flirte avec la nonchalance ne peut évidemment que lui appartenir. *Quand on pense au loup, on aperçoit forcément le bout de son museau...*

— J'fume pas. Tu vois bien ! (Je désigne vivement Ruan.) C'est Mendez qui clope, pas moi !

Ce dernier en profite pour filer à l'anglaise, comme si la soudaine présence de Logan était le signal qu'il attendait pour couper court à cette conversation. Je ne le regarde pas s'approcher, non, je continue juste à m'acharner sur ce bout de terre à la couleur ocre, le frappant de l'extrémité de ma chaussure. *Bon sang ! C'est mauvais, ça ! Je suis nerveuse... Arrête, ça, Charlie ! Arrête d'être nerveuse comme si tu voulais...*

Mon cerveau grille quelques neurones. Il vient de saisir mon menton entre son pouce et l'index, pour m'obliger à lever le visage vers lui.

— Ouvre la bouche, Charlie, m'ordonne Logan d'une voix étrangement douce.

— Si c'est pour me rouler une pelle, c'est sympa de demander avant.

Je fais la maligne mais mon cœur, lui, ne suit pas les règles ; il bat si vite dans ma poitrine que j'ai le sentiment de démarrer une autre crise de panique. C'est pourtant facile de deviner qu'il ne souhaite que vérifier mon haleine. Pour quelle autre raison se pencherait-il sur moi que celle de s'assurer que je n'ai pas fumé… ? La pression de ses doigts s'accentue. Juste par curiosité, j'obtempère, mais lorsqu'il devient dangereusement proche, je perds la tête. C'est immédiat, radical et, au fond, très prévisible : je m'oublie. Je m'évade dans l'eau grise de ses yeux, dans son souffle sur mes lèvres, dans le contact m'emprisonnant encore la mâchoire. Il existe des secondes qui parviennent à durer plus longtemps que des heures. Vous êtes là, puis, l'instant suivant, vous avez traversé le miroir pour atterrir dans cette autre dimension où le temps s'écoule différemment, peut-être même en sens inverse. Je l'embrasse ; ma bouche est sur la sienne. Je crois que l'univers entier se fige, pétrifié par l'audace de mon acte, et moi également, à vrai dire, parce que je suis la première surprise. *Je le veux tellement.* La lumière aveuglante de cette pensée fait voler ma raison en éclats, comme une boule de bowling renversant un misérable jeu de quilles déjà branlant. Logan bondit violemment en arrière, réagissant comme si je venais de lui jeter des cendres brûlantes sur la peau. Il émane de lui quelque chose d'indéfinissable, d'assurément nouveau alors qu'il est là, près de moi, le dos collé au mur du bâtiment, celui qui nous offre cette ombre salutaire. Mes idées se bousculent de façon totalement anarchique. *Il a un goût de sel. J'aime sa saveur. Bordel, je l'ai embrassé ?! Sérieux ?*

— Tu ne m'avais pas menti.

Il essaie de se recomposer une attitude stoïque, néanmoins, je vois qu'il a du mal. Une drôle de lueur illumine ses prunelles basalte.

— Pour quelle raison l'aurais-je fait ?

La tessiture de ma voix est rauque sans que je m'en sois grillée une petite : ce qui signifie que je suis troublée à un niveau jamais égalé par un simple baiser. Ses paupières se plissent instantanément.

— Pourquoi est-ce que tu l'as fait ? m'interroge Logan d'un ton brutal.

— Je ne l'ai pas fait, justement.

— Ne joue pas les idiotes.

— Mais de quoi tu parles, à la fin ?!

Du baiser. Tu le sais très bien. Nous voilà tous deux très énervés alors que le silence tente de répondre à toutes ces questions qui chamboulent mon cerveau shooté aux phéromones ; un lourd silence entrecoupé par nos respirations étonnement bruyantes. J'entends la porte vitrée s'ouvrir sans avoir le courage de me retourner vers celui qui se risque à nous rejoindre à cet instant électrique. Les rideaux étaient à moitié tirés, protégeant l'intérieur du restaurant des quelques rayons matinaux d'un soleil estival ; il est peu probable que quelqu'un nous ait surpris en fâcheuse posture, malgré cela, j'imagine que notre absence a commencé à se faire remarquer. Hypothèse qui se confirme rapidement avec les paroles de Lucy :

— Eh ! On s'apprêtait à lancer un avis de recherche ! plaisante-t-elle depuis le seuil.

Seulement, ni Logan ni moi ne pipons mot, trop occupés à nous regarder fixement dans le blanc de l'œil, passablement immergés dans une sorte de duel plus visuel que mental. Il affiche de nouveau son expression favorite, celle de l'impassibilité. Quant à moi, j'ai toujours le cœur en déroute, l'esprit largué en pays inconnu. Soudain, Logan sourit ; sa bouche et ses yeux sont affublés de ce mensonge niant manifestement tout en bloc. Le genre de signature de fin d'acte tout aussi agréable que du sel jeté sur une blessure ouverte. Voilà ce que ressent l'autre personne quand on n'est pas sur la même longueur d'onde… Après un dernier échange de regards au cours duquel je l'insulte en silence pour se défiler de la sorte, d'un mouvement gracieux digne d'un seigneur et maître, il quitte son appui de brique pour regagner la salle commune d'un pas flegmatique.

— Inutile, Lucy. Nous en avons terminé.

— Eh ben, bonjour l'ambiance… Vous vous êtes disputés ? demande la jeune femme, visiblement intriguée.

Logan éclate d'un rire forcé qui sonne faux.

— Comment as-tu deviné ? Quoique… Il est vrai que les disputes entre nous, c'est devenu quelque chose de récurrent, ces derniers temps.

— En fait, je ne savais pas, j'ai balancé ça au hasard, murmure-t-elle en réponse.

Une fois certaine qu'il est à l'intérieur, je pivote pour l'imiter. Ce faisant, je tombe sur Lucy qui n'a pas bougé d'un pouce, bras croisés, épaule pressée contre l'encadrement de métal.

— Que s'est-il passé exactement, avant que j'arrive ?

L'intonation de sa voix est amicale et je n'y décèle aucune curiosité malsaine.

— Si j'en juge par son comportement, rien, apparemment.

Feindre la décontraction devant elle est plus facile que je ne l'aurais cru. Je dois avouer m'en sortir comme une chef, question nonchalance. Au moment où, tout comme Logan un instant plus tôt, je m'apprête à franchir le seuil, les mots de Lucy me coupent net dans mon élan :

— Moi qui le connais par cœur, j'affirmerais le contraire, Charlie. C'était même assez inédit, ce qu'il y avait sur son visage…

Une bonne partie de la journée se déroule à l'identique de la précédente : courir-combattre-courir-combattre. Sauf que là, plus question de me mesurer à Ray : je me contente d'être le pilier fort de mon duo avec Emily. Tant que je ne serai pas satisfaite de mon niveau technique, je ne tenterai plus de me frotter à ce sale type. *Je veux absolument le rétamer lors de notre prochaine confrontation*. Nous terminons la journée sur une leçon au doux titre évocateur : « Comment bien tomber », autrement dit le High Fall. Tandis que, en apprentis soldats de la cascade que nous sommes, nous suivons Joshua jusqu'à la tour infernale – soit une nacelle pouvant monter jusqu'à trente mètres de hauteur –, je ne peux m'empêcher de scruter les alentours en quête de Logan, mais voilà, il est toujours porté disparu… *Faut-il pour autant en déduire qu'il m'évite ? Bonne question.* Si c'est le cas, je ne parviens pas à me décider si cette éventualité vaut mieux que celle de l'affronter directement après ce baiser volé. Je pourrais probablement lui sortir une ânerie expliquant mon geste pour rapidement enchaîner sur une comédie du déni similaire à celle qu'il nous a servie en présence de Lucy.

— Comme vous le savez déjà, je me prénomme Joshua Night. Durant votre stage, je serai votre instructeur des cascades classiques. Ce que vous voyez, là, derrière moi… (Il désigne d'un pouce jeté par-dessus son épaule une sorte de matelas d'air jaune version XXL.)… c'est ce que nous appelons dans le jargon un « airbag ». Il est réalisé à partir de toile PVC ultra résistante… et croyez-moi, pour éviter de vous retrouver en bouillie à l'arrivée, il vaut mieux qu'elle le soit. Sa structure est spécialement conçue pour que la personne qui saute y atterrisse en restant au centre. Celui-ci permet des sauts d'à peu près vingt-cinq mètres, mais nous en avons un autre qui autorise des sauts jusqu'à quarante ou cinquante mètres. Pour vous faire une idée, un immeuble de six étages peut faire approximativement trente-cinq mètres de hauteur.

Quelques exclamations stupéfaites accueillent ces informations. Ray paraît passablement excité par la perspective de sauter du toit d'un immeuble, mais un coup d'œil vers Emily et Ruan est suffisant pour comprendre que ce n'est absolument pas leur cas. Moi… moi, je pense que ça peut être fun. L'idée de voler, ne serait-ce que le temps d'atterrir sur un matelas gonflable, réveille ce sentiment comateux niché au fond de mes entrailles. *Je veux connaître ces sensations...* Une main agrippe soudain mon bras : c'est Emily. Pendant que Joshua, coincé dans un débardeur blanc trop étroit pour ses muscles, continue de nous exposer les détails techniques du fameux airbag, ma partenaire me demande de me baisser légèrement pour que je puisse l'entendre :

— Charlie ! Je ne vais pas pouvoir le faire !

Même si elle chuchote, sa panique est perceptible.

— Tu n'es pas seule, je suis là, je vais t'aider.

J'essaie de la rassurer, et apparemment ça ne fonctionne pas très bien. Elle secoue vivement la tête de droite à gauche.

— J'ai le vertige sur une chaise ! Comment veux-tu que je réussisse à sauter d'une telle hauteur ?!

J'ouvre la bouche, prête à débiter un tas d'arguments indiscutables, mais lorsque mes yeux sont harponnés par d'autres dont la teinte rappelle celle de l'acier brut, ma langue oublie de quelle manière fonctionner. Logan est enfin des nôtres. Sa soudaine apparition entraîne chez moi un effet secondaire proche de celui du curare ; me voici réduite à le suivre uniquement des yeux tandis qu'il rejoint Joshua pour échanger quelques mots avec lui.

— Charlie ! s'impatiente mon amie.

Mon regard bifurque brièvement sur elle avant de choisir de repartir vers celui qui porte désormais un tee-shirt beige faussement usé au col « v » outrageusement flatteur. *Il s'est changé... Il a pris une douche ?* Je ne peux réfréner mon esprit qui s'emballe pour trop réfléchir, même sur un détail aussi insignifiant que ses fringues. Logan n'a pas la même tenue que ce matin et il n'est pas du genre à prendre inutilement des douches durant la journée. L'eau n'est pas un jouet pour lui. Mes hypothèses galvaudent joyeusement dans la jungle de ma tête, sautant d'idée en idée jusqu'à ce que la réponse surgisse en personne devant mes yeux…

— Eh, oh ! s'écrie une voix féminine qui m'est drôlement familière.

Laurette Milles, vêtue d'un jean clair skinny et d'un chemisier rouge sang au décolleté vertigineux. Je la regarde s'approcher de nous, sûrement aussi fascinée que les autres par son aura. Je crois même que la mâchoire de Joshua joue du yo-yo face au charme latin de cette invitée surprise. *L'amie artiste de Logan*. D'accord, tout s'explique, sauf peut-être ce qu'elle fiche ici, la Madone sexy. *Peut-être qu'elle abandonne l'art urbain pour se recycler dans le freejump*[1] *?* Ma supposition me fait ricaner toute seule, ce qui me vaut aussitôt l'attention de Ray, non loin de moi. Il a toujours cet air perpétuellement en colère quand il me regarde, mais je pense y déceler également un peu de curiosité, cette fois.

— C'est qui ? m'interroge Emily dans un murmure.

Je ne lui réponds pas tout de suite car j'attends que la dénommée Laurette me reconnaisse. Quand elle arrive à mon niveau, ses yeux s'écarquillent :

— Charlie ! Je suis tellement heureuse de te revoir !

---

1. Activité consistant à se jeter dans le vide de différentes hauteurs pour atterrir sur un matelas d'air.

La seconde suivante, je me retrouve dans ses bras pour un câlin somme toute amical, mais résolument déstabilisant. *Eh… doucement, Miss Tactile.*

— C'est… ouais moi aussi, Laurette.

Elle s'écarte, et c'est avec soulagement que j'ai de nouveau accès à tout l'oxygène dont mes poumons ont besoin. Les doigts d'Emily sont toujours sur mon bras et, à présent, ils me broient presque les os.

— Laurette ? Je vous présente Emily O'Connor. Emily, voici Laurette Milles, une amie de Logan.

Je retiens mal une grimace d'inconfort. Je ne soupçonnais pas ma partenaire d'avoir autant de force. Un délicieux sourire sur sa bouche peinte d'un rouge aussi vif que celui de son haut, Laurette se tourne instantanément vers Emily :

— Enchantée de vous rencontrer, mademoiselle O'Connor. L'entraînement n'est pas trop dur ?

— Un peu, répond celle-ci d'une voix morne.

— Eh bien, Laurette, qu'est-ce qui vous amène à Tehachapi ? je poursuis le plus normalement possible.

Ce qui n'est pas évident, car je dois feindre d'ignorer les ondes noires provenant de celle qui confond mon bras avec de la pâte à modeler.

— J'ai promis de m'occuper des décors du prochain film dans lequel *Action Heroes* va participer. C'est un projet à petit budget dont le réalisateur est un proche ami de Logan. Harold Bishop en est aussi le producteur principal, ce qui explique pourquoi les Campbell soutiennent ce film.

Mon attention se porte immédiatement sur Logan qui reste sagement à l'écart. C'est automatique, nos regards s'affrontent durement ; je tiens bon et il finit par abandonner la partie en détournant le sien le premier.

— Le tournage débute quand ? intervient Ray.

Ce dernier s'est ostensiblement rapproché, visiblement très intéressé.

— Dans trois semaines, lui confie Laurette sans cesser de sourire. Peut-être aurez-vous la chance d'y prendre part ?

À cette suggestion, Ray et moi échangeons un long regard aiguisé par l'envie. D'un mouvement parfaitement synchrone, nous fonçons vers la seule personne ayant un pouvoir décisionnaire sur la question. Une fois plantés devant lui, pour la forme, nous nous donnons mutuellement un petit coup d'épaule pour bousculer l'autre.

— Je veux faire…

— … ce film ! je termine à la place de mon rival d'une voix essoufflée.

Pourtant, j'ai ralenti la clope, bon sang ! En réaction, Logan hausse tout d'abord un sourcil, puis croise les bras. Quant à nous, les bleus de la cascade, indubitablement accros à l'adrénaline, nous piaffons, gigotant sur place tels des mômes impatients de faire un tour d'autos tamponneuses.

— Vous n'êtes que des stagiaires, nous rappelle-t-il d'un ton paisible.

— C'est dans trois semaines, objecte Ray. On aura progressé d'ici là.

Logan incline légèrement la tête en avant :

— « On » ? Qui ça, « on » ?

— Tes meilleures recrues ! j'argue à mon tour.

C'est immédiat, il éclate de rire comme un père amusé par la vantardise de ses rejetons. C'est assez humiliant.

— Quoi ? Vous deux ? Ça serait vous mes… « meilleures recrues » ?

Il rit de plus belle. Je ne sais pas ce qu'il en est pour Ray, mais personnellement l'attitude de Logan me tape prodigieusement sur les nerfs.

— Vous avez tendance à nous oublier, intervient Ruan, un rien teigneux.

Avec un aplomb nimbé d'arrogance, mon concurrent direct pivote sur lui-même ; c'est fou comme l'insolence exsude de lui, pareille à une brume à la fois invisible et tangible. Mon étonnement grandit quand, de son côté, Emily se poste près du Mexicain.

— Pas une seule seconde, cela vous a traversé l'esprit qu'on pourrait être également intéressés pour jouer dans ce film ? ajoute-t-elle.

Hein ?

— Minute…

… papillon. Qui, il n'y a pas trente secondes, était accrochée à moi telle une moule à son rocher parce qu'elle flippait de sauter sur l'airbag ? Mais je n'ai pas le temps de finir ma phrase que Ray prend les devants en lâchant, dédaigneux à souhait :

— Putain, mais c'est évident que vous ne tenez pas la distance.

Je le fixe, les yeux ronds comme des soucoupes. *Ah ouais. Quand même. T'es aussi diplomate que moi.* Je veux tenter de désamorcer cette atmosphère subitement explosive et agite les mains en signe d'apaisement :

— Écoutez, je pense que ce que Ray a voulu dire, c'est que…

— J'ai déjà dit ce que je voulais dire, Parson ! me coupe-t-il d'un ton aigre.

Je me tourne aussitôt vers lui, les yeux armés façon mitraillettes.

— Mais ferme-la, bordel ! Tu ne piges pas que j'essaie de leur expliquer ?

Un rire corrosif s'échappe d'entre ses lèvres. Mon regard croise le sien et, instantanément, deux dagues taillées dans l'onyx essaient de me perforer l'âme.

— Je suis mieux placé que toi pour défendre mon propre point de vue, je te signale.

— Bah, ouais, j'vois ça… On t'a filé le Prix Nobel de la paix, c'est sûr.

— Ça suffit ! intervient froidement Logan. Aucun d'entre vous n'est prêt, suis-je clair ? Aucun. Vous venez à peine de commencer votre apprentissage, alors arrêtez ce stupide jeu de qui pissera le plus loin. Je vous le dirai lorsque vous pourrez quitter le nid, mais avant ça vous fermez bien gentiment vos grandes gueules pour ouvrir davantage vos oreilles et apprendre quelque chose de ce que les professionnels du métier ont à vous enseigner, *compris* ?

Pour ramener l'attention sur lui, Joshua frappe fort dans ses mains.

— OK. Le chef a parlé, alors concentrez-vous : l'important c'est de réussir votre objectif du jour avant de vous projeter dans les possibles victoires du futur. Maintenant, échauffez-vous comme on vous l'a montré, puis grimpez dans la nacelle ! Je vais me faire un plaisir de partager mon savoir avec vous, achève-t-il avec un sourire sadique.

L'ambiance demeure sacrément bizarre. Ruan et Emily s'avancent les premiers en discutant à voix basse, nous laissant derrière.

— T'es content de toi, Ray-Manta ? je lance, énervée. T'as bien foutu ta merde, et voilà le résultat : nos partenaires veulent jouer aux fléchettes avec nos portraits.

Il s'immobilise, un index colérique tendu dans ma direction.

— Fais pas chier, Parson ! Toi aussi, tu l'as foutue, ta merde ! Et n'agis pas comme si tu n'étais pas d'accord avec moi !

Je hausse les épaules, narquoise.

— Ouais, mais il se trouve que moi, je suis assez intelligente pour ne pas fanfaronner à tout bout de champ !

Son doigt se baisse lentement, et l'expression de son visage perd un peu de sa superbe. *Eh oui, tu comprends qu'on va sûrement être obligés de faire équipe, désormais ?* Vu la tête qu'il tire, il est évident qu'il vient de comprendre les conséquences de son comportement.

— Merde…, souffle Ray.

Je le dépasse lentement, sans oublier de lui octroyer une petite tape faussement amicale sur l'épaule.

— Tu crois qu'ils vont vouloir changer de partenaires ? s'enquiert-il, horrifié.

Pour toute réponse, d'un mouvement de la main, je lui désigne la nacelle où Emily et Ruan sont toujours en grande conversation.

— Tu veux parier combien ?

Dans un silence calculateur, nous échangeons un bref regard.

— Vingt billets, indique-t-il, l'air sérieux.

— Dix.

— Dix ?

— Ouais, mec. Je suis pauvre et j'ai un enfant à charge.

Ray secoue la tête avant de repartir vers l'airbag.

— C'est ton frangin, pas ton gosse, objecte-t-il.

— Bienvenue dans ma vie !

Il s'écoule une poignée de secondes avant que je l'entende grommeler :

— Va pour dix billets, *Cinderella*.

Après avoir effectué et réussi le saut d'essai qui se situait à sept mètres du sol, nous nous élevons à onze de plus ; une fois que nous sommes parvenus à la hauteur désirée, la nacelle s'immobilise brusquement. Je jette un rapide regard à Ray, puis mes yeux glissent sur les mains d'Emily, accrochées aux tubes de métal de la rambarde comme si la vie de leur propriétaire en dépendait. Je trouve que pour quelqu'un qui a le vertige sur une chaise, elle s'en est sortie comme une reine au sept mètres… J'imagine qu'elle a un bel esprit de compétition et que l'éventualité que Ray ou moi la distancions trop lui a donné des ailes. Ensuite vient le tour de Ruan dont le teint habituellement hâlé s'est transformé en celui, pâlot, d'un gringo… Les seuls qui semblent aussi excités que des mioches devant un camion de glaces, c'est Ray et moi. Il ne voulait peut-être pas les rabaisser, juste indiquer que, contrairement à eux, nous manquions d'instinct de survie au point d'adorer ce genre de pression. Ses prunelles obscures trouvent les miennes et je devine ce qu'il ressent en cet instant précis, tout simplement parce que j'éprouve à peu près la même chose. Je suis devenue son miroir, et lui ce double, ce *doppelgänger* qu'on est tous censés posséder sur Terre.

— Bien ! Nous y voilà ! Les vrais défis commencent ! annonce Joshua, le visage fendu d'une grimace un rien vicieuse. Moins les quatre mètres de hauteur de l'airbag, il vous en reste quand même quatorze, mes petits loups !

Son ton joyeux lui vaut plusieurs paires d'yeux simultanément braquées sur lui. Joshua élabore illico une expression plus neutre et sérieuse.

— Surtout, pas de tête la première pour votre plongeon. Vous devez lever les jambes, comme si vous alliez vous laisser choir dans un fauteuil. Atterrir les jambes droites est proscrit, hein ! Je ne plaisante pas, c'est sur le dos que vous devez finir la chute. Ah. Interdiction de prendre son élan, on « jumpe » depuis le bord, et…

Ray et moi, nous y sommes déjà, irrémédiablement attirés par tout cet espace qui nous sépare du matelas d'air. Le pont de la nacelle est bien assez large pour nous accueillir tous les deux, du coup, on ne se gêne pas pour pousser notre rivalité jusque-là. Je fais volte-face : je veux exécuter mon second saut en arrière. Mon regard plonge dans celui d'Emily dont les traits sont figés en une curieuse expression. Peut-être qu'elle reflète une sorte de fascination légèrement morbide pour le spectacle que nous leur proposons. *« Oyez, oyez, braves gens, contemplez ces deux créatures complètement dénuées de peur… »*

— … Trois ! s'écrie mon adversaire.

Et je tombe. Les bras ouverts en croix, les prunelles rivées sur ce qui se trouve au-dessus de moi, c'est-à-dire l'immensité du ciel que je perçois subitement avec une acuité presque surnaturelle. J'aime le sifflement du vent que je provoque avec ma chute et, pour la première fois de mon existence, je goûte à une expérience inédite réellement incroyable ! Mon esprit s'est dispersé en un millier d'atomes, il ne dirige plus les actions, ne contrôle plus rien, encore moins son environnement ; il ne peut que subir cette action se déroulant brutalement contre son gré. Voilà donc à quoi elle ressemble, cette enfant chérie par tellement de gens : l'indocile liberté. Je la découvre, émerveillée, elle et son essence, mais surtout son inégalable puissance addictive. *J'en veux encore.* Le cœur palpitant dans ma poitrine fébrile, je m'enfonce dans l'airbag, entièrement galvanisée par cette nouvelle sensation. *J'en veux encore… j'en veux plus.*

Règle n° 10

Toute erreur est pardonnable. Le pardon est signe de force.

Il ne faut jamais écouter aux portes. Les rares fois où je m'étais laissée aller à pareille indiscrétion, ça m'était systématiquement retombé dessus, alors pour quelle raison je remettais le couvert aujourd'hui ? *Je suis stupide ou quoi ?* D'ailleurs, Lem disait toujours qu'il fallait impérativement apprendre par cœur chacune des grandes leçons de la vie, même celles qui ne nous plaisaient pas ou qui malmenaient notre ego, car tout enseignement permet de grandir. *Je suis une mauvaise élève, c'est clair.*

Tout ce que je voulais à la base, c'était voir Logan et lui parler de cette journée des familles, mais aussi de ce fameux film… Mais comme il restait introuvable, et ce malgré mes textos ou mes recherches dans toute la Résidence, j'avais foncé mettre la main sur le seul individu toujours au courant de tout, soit Jim qui, dans le garage prévu à cet effet, devait bricoler l'une de ses bagnoles censée s'enflammer sur demande. *Les flammes…* Je secoue violemment la tête. *N'y pense pas. N'y pense pas, bon sang !*

Voilà ce qui m'a donc conduite jusqu'à cette porte légèrement entrebâillée par laquelle j'entends discuter un trio infernal composé de Logan, Ray et Laurette. C'est curieux, ce pincement au cœur à l'idée qu'ils se connaissent tous depuis des lustres... Dans l'obscurité de ce couloir donnant sur la grande salle de réception, je retiens mon souffle, écoutant religieusement :

— Et si finalement le monde n'était qu'argent et ambitions ? murmure Logan d'un ton étrangement mélancolique.

Laurette éclate de rire – un son doux, féminin et perlé. *Moi, quand je ris, c'est juste bruyant.*

— Laisse alors l'amour faire battre le cœur de ton monde capitaliste, Logan chéri !

Logan chéri ? Le soupir résigné que j'entends doit probablement appartenir à ce dernier.

— Tu me demandes de céder à un concept compliqué bourré de paradoxes. Par exemple, les gens amoureux s'évertuent à protéger coûte que coûte l'être aimé sans rien attendre en retour. Vraiment, ça me laisse totalement admiratif, cet élan désintéressé. Sauf que...

— Sauf que quoi ? demande Ray d'une voix morne.

Je peux presque voir Logan hausser des épaules à cet instant.

— Il est évident que la première transformation s'opérant chez ledit amoureux, c'est ce terrible besoin de posséder l'autre, de contrôler ce qui l'entoure, de *le* contrôler, lui. Il veut inévitablement savoir où l'autre va, ce qu'il fait, avec qui... interférer dans son travail, ses amis, sa façon d'être. Le changer afin qu'il corresponde davantage à ce qu'il attend du partenaire idéal… un tableau de perfection complètement inaccessible pour le commun des mortels. N'est-ce pas un peu contradictoire ?

Un long silence s'abat de l'autre côté du battant de bois, m'obligeant à rester vigilante pour ne pas signaler ma présence.

— Tu as l'alcool déprimant.

Laurette vient de le rembarrer. Ray, lui, s'esclaffe exagérément. *OK. Ils ont picolé… Bon, il est tard, ils ont bien le droit à leur petit moment de détente.* C'est vrai, mais alors pourquoi ça m'énerve autant ? *Parce que tu n'as jamais vu Logan bourré et que tu crèves d'envie de découvrir cette facette de lui qui t'est inconnue, voilà pourquoi.*

— Pour quelqu'un qui est censé s'en foutre, je vois que t'as vachement réfléchi à la question ! poursuit Ray.

— C'est parce que je suis un philosophe dans l'âme, réplique Logan avec nonchalance.

— Dis plutôt que c'est ta relation avec la gamine qui te travaille ! le provoque Laurette.

La gamine ? C'est qui, ça ? Moi ? J'ai la drôle d'impression que le temps décide de s'octroyer une courte pause sur son échelle, très curieux de connaître la suite de l'histoire.

— Qu'est-ce que tu veux dire par là ?

Laurette ménage son suspense avant de lui répondre :

— De ce que j'en ai vu, tu cherches pas mal à la contrôler…, commence la jeune femme.

Ses mots possèdent une certaine inflexion glacée.

— Si je me fie à ta théorie, c'est un signe, achève-t-elle, bizarrement neutre.

— Un signe de quoi ? s'enquiert Logan, un sourire dans la voix.

Et ce même sourire m'atteint tout aussi facilement que si je m'étais trouvée avec eux, dans la pièce. Je reste immobile, saisie tandis que mon cœur roule sans cesse dans ma poitrine, affreusement malmené par un ressac d'émotions. Durant quelques secondes, aucun des trois ne pipe mot, trop occupés à contempler le fond de leurs verres…

— D'amour, précise froidement Laurette.

— C'est de quoi j'ai l'air ? réplique enfin Logan. « Amoureux » ?

Le rire de Laurette résonne derrière la porte, évoquant une sorte de mélodie à laquelle il manquerait un ou deux accords sincères.

— Ne fais pas l'étonné ! Seul un aveugle pourrait manquer les sous-entendus dans ta façon de te comporter avec elle.

— Tu dis cela parce que tu es jalouse, Laurette, intervient Ray.

À sa voix un rien pâteuse, il semblerait que Ray soit pas mal imbibé.

— Peut-être…, murmure-t-elle. Le cœur de Logan est le genre de pierre qu'aimerait porter une femme à son doigt devant l'autel.

— Alors c'est donc ça ? Tu me veux juste à titre… décoratif ? Je suis tellement déçu, ma *chérie*, rétorque Logan, manifestement amusé par la prose de son amie.

— Vanité des vanités ! Tout n'est que vanité ! s'exclame-t-elle avec emphase.

— Viens dans ma chambre cette nuit, et je te montrerai à quel point ce qui est éphémère peut se révéler extrêmement jouissif.

Quoi ?! Même s'il ne fait que plaisanter, le ton de Logan était terriblement sexy. *Il ne me parle jamais de cette façon, à moi !* La jeune femme éclate encore une fois de ce rire agaçant. J'ai le sentiment d'écouter parler un Logan que je ne connais pas et cette constatation me grignote l'âme comme de l'acide chlorhydrique. *Ils couchent vraiment ensemble, alors !*

— Quelle proposition indécente ! s'écrie-t-elle. Tu n'as pas assez de problèmes avec tes baises d'un soir ? Tu veux en rajouter ?

— Ce n'est pas comme si je leur promettais la lune pour les attirer dans mon lit.

En cet instant, je regarde défiler leur échange de sourires complices dans mon esprit fertile et cette image m'insupporte.

— Tu n'en as pas besoin. Un sourire et un mot gentil de ta part, c'est largement suffisant, crois-moi.

Logan éclate de rire.

— Tu vas me faire rougir, Laurette !

— Vaurien, grommelle-t-elle. Et toi, Ray ? lance-t-elle ensuite. Comment ça se passe de ton côté ? Est-ce que tu lui as enfin pardonné ?

Putain. Elle est brutale dans ses questions ! Je ne respire plus qu'une fois sur deux. *Mais peut-être vais-je enfin savoir pour quelle raison Ray me déteste ?* À cette pensée, mes doigts viennent se poser sur la porte et ce contact provoque aussitôt en moi une sensation proche de la nausée ; je retire vivement ma main.

— Comment pourrais-je lui pardonner aussi facilement, même si je sais que, au fond, elle n'y est pour rien ? Notre première nuit ici, lorsqu'elle a déboulé dans ma chambre pour voir son petit frère, j'ai tout de suite compris qu'elle avait son propre enfer nocturne et, quelque part, j'étais content, je veux dire, qu'elle souffre autant. Parce que moi aussi, j'ai mal et je suis hanté. Chaque saloperie de nuit, je me revois… je revis chaque moment de bonheur comme une malédiction… plus encore ! Dans ce passé, Wendy et moi, on aura éternellement quatorze ans. Elle aura toujours un sourire à tomber, de longs cheveux blonds soyeux. Je déteste ça, rêver d'elle… de nous. Me revoir à cet âge où j'étais persuadé de tout savoir, de tout maîtriser. Alors, avec ce que je sais aujourd'hui, c'est juste insupportable…

— Tu n'étais pas le seul, Ray. À cette époque, nous étions tous persuadés de pouvoir tout contrôler. Quand on voit où notre arrogance nous a menés, toute cette arrogance… Nous étions trop sûrs de nous, voilà le problème. Du moins, jusqu'à ce que tout bascule, que tout s'écroule, que tous ces beaux projets soient compromis. Cet incendie nous a montré à quel point nous étions vaniteux. Nous avons parfaitement reçu le message : un long courrier écrit dans le sang.

— L'incendie de 2001, murmure Ray d'une voix sourde.

— L'incendie de 2001, confirme Logan.

Un incendie… des flammes. Je crois presque entendre les hurlements de supplice des victimes. *Merde.* Une atroce douleur me comprime immédiatement la cage thoracique, donnant au col de mon simple tee-shirt des allures de collier étrangleur. Je tire instinctivement dessus, comme si ce geste pouvait me libérer de cette sensation d'étouffement. *Pars, Charlie. Ne les écoute plus… Barre-toi, merde !* D'où elle sort, cette curiosité morbide ? Celle qui me pousse à rester là, dans cet endroit vide, noir, à les espionner, à les écouter disséquer avec tristesse cet événement du passé ? Je devrais courir, m'enfuir, me jeter dans la fraîcheur de la nuit pour m'efforcer d'oublier les bribes de cette dérangeante conversation. J'ai de plus en plus de mal à respirer. *Je vais mourir.* C'est ça, la mort. Je suis sûre que c'est ça : on n'arrive plus à oxygéner son corps tout en restant parfaitement conscient de la situation, nous, microscopiques spécimens à l'échelle de l'univers, spectateurs impuissants de l'inéluctable fin qui sera un jour la nôtre. *Inspire par le nez pendant quatre secondes. Bloque deux secondes. Expire par la bouche durant cinq secondes. Recommence.* Cet ordre que je viens de me donner a une inflexion similaire à celle de Logan. J'obéis, allongée sur le carrelage froid de ce couloir désert. *Inspire par le nez. Bloque. Expire. Encore. Je vais mourir.* Au fur et à mesure, je reprends enfin le contrôle de ma carcasse terrassée par la crise d'angoisse. *Non. Je ne vais pas mourir, ça va aller. Inspire par le nez. Bloque. Expire.* Chaque muscle se relâche doucement, la tension s'efface progressivement. Après m'être relevée lentement à cause de mes jambes flageolantes, je m'éloigne le plus silencieusement possible, les yeux rivés sur l'entrée du bâtiment.

J'attends Logan, assise contre sa porte, le menton posé sur mes genoux pliés. Mon regard se perd sur le revêtement du sol propre, mais tellement usé que certaines traces ne partiront plus au nettoyage. *Il faut que je sache ce qu'il s'est passé… ce qui me lie à Ray. Ce qui me lie à Logan. Ce qui me lie aux flammes au point que je n'arrive plus à respirer.* Toutes ces années durant lesquelles j'ai refusé avec obstination qu'on y fasse la moindre allusion viennent de se briser sur cette conversation écoutée à la sauvette. Il n'y a pas un bruit à l'étage; il est possible que tout le monde dorme à cette heure. Emily s'est assoupie en écoutant l'album des Raveonettes, un groupe danois de rock indépendant… *Jamais je n'aurais pensé qu'elle aimait ce genre de musique.* Leur dernier titre résonnait partout, jusque dans le couloir. *C'est classe d'écouter du rock étranger.* Ce qui l'est moins par contre, ce sont les ronflements provenant de sa chambre. Danny pionce également. Avec mon accord, Lem l'a emmené mater un film au Philip Marx Central Park de Tehachapi. Il est revenu avec des gyrophares dans les yeux d'avoir regardé *Avengers: L'Ère d'Ultron* sur un écran géant gonflable. N'ayant pas croisé Ray en revenant des sanitaires, je ne sais pas s'il est retourné dans sa chambre, ou bien s'il se trouve encore avec Logan et Laurette dans la salle de réception. Je préférerais qu'il soit allé se coucher pendant que je me rafraîchissais: je n'arriverais pas à m'adresser normalement à lui ou à faire semblant de ne rien savoir. Soudain, j'entends une voix grave venant de la cage d'escalier: elle chantonne une mélodie familière à mes oreilles, c'est un titre du King : « Love Me Tender ». Pas de doute, Logan rentre au bercail. C'est involontaire, mais mon corps entier se tend, comme si j'allais me lancer sur le ring pour un combat contre le boss final. Nous n'avons pas vraiment discuté depuis que je l'ai embrassé, alors j'ai la pression. De toute manière, il n'y a aucun moyen d'y échapper, nous devons absolument avoir cette très sérieuse conversation que je redoute… Il ne me reste qu'à enterrer cette stupide inquiétude de le perdre. Perdre le seul adulte en qui j'ai réellement confiance dans ce monde merdique. À travers le mince espace offert par mes paupières abaissées, mes yeux guettent l'endroit même où il devrait apparaître d'une seconde à l'autre. À cette idée, mon cœur se met à pulser dans ma poitrine. Sa cadence est étrange… une sorte de rythme douloureux, aussi pesant que la mélopée tribale d'un instrument de percussion.

Enfin, il est là ! Il ne m'a pas encore repérée. Je les vois parfaitement, lui et ses cheveux en bataille ; il a dû glisser mille fois les doigts dans leur masse pour obtenir ce résultat. Tout comme je distingue nettement l'expression sur son visage, mélangeant tristesse et ironie. C'est bizarre, ça. *Il se moque peut-être de lui-même ? D'éprouver de la peine ?* Ses lèvres sont closes, et pourtant il continue à fredonner cette chanson. *Qui es-tu, Logan ? Vance ou Clint*[1] *? À qui demandes-tu d'être aimé pour toujours ?* Soudain, il tangue légèrement. Ça a été très bref, presque imperceptible,

1. Référence au film *Le Cavalier du crépuscule* (1956) : trois frères d'armes rentrent de la guerre de Sécession et l'un d'eux, Vance Reno, découvre que sa bien-aimée, Cathy, s'est mariée avec son frère, Clint, pendant son absence (joué par Elvis Presley), cadet qui ignorait tout de la relation de son aîné avec la jeune femme. « Love Me Tender » est un titre phare du film.

néanmoins j'ai clairement capté ce manque d'équilibre. *Il a vraiment trop bu!* Est-ce que je peux avoir avec lui une vraie discussion s'il a trop picolé? *Merde.* Logan lève la tête et nos regards se nouent. Il s'arrête net. *C'est mort. C'est trop tard pour filer en douce.*

— Charlie...

Je ne bouge pas, rester immobile me semble la meilleure option alors que j'hésite entre me rouler en boule ou bien détaler jusqu'à mon lit à quatre pattes.

— Tu devrais déjà dormir. Tu as entraînement, demain.

Son ton est paresseux, du moins plus que d'habitude. Il a terminé sa phrase par un drôle de soupir résigné.

— Je voulais te parler.

Par contre, le mien, on dirait celui d'une petite fille qui redoute une réprimande. *Du nerf, Charlie! Tu n'es pas une chiffe molle, bordel!* Je le regarde s'avancer d'une démarche qu'il feint sûre, pourtant, quelque chose en lui ne l'est pas. Doucement, je me redresse, et lorsque sa main surgit devant mes yeux, je l'accepte. Je triche, j'en ai parfaitement conscience, mais ça me donne l'excuse de le toucher. Il m'aide à me remettre sur mes pieds. Nous sommes désormais tellement près l'un de l'autre que sa chaleur m'atteint, déclenchant une vague de picotements électriques qui me parcourent tout le corps.

— Pas ce soir, Charlie. Je ne suis pas en état. Va te coucher.

Logan me lâche finalement la main, puis me fait signe de me pousser afin de pouvoir déverrouiller sa porte, mais je résiste. Je n'ose pas le regarder ouvertement, du coup, je fixe obstinément le sol.

— Je sais bien que t'as bu…

— Oui, j'ai bu ce soir. Donc ce que tu as à me dire attendra demain. OK?

Le ton de sa voix est brutal, totalement dénué de cette patience à laquelle je me suis habituée ces dernières années, et qui me manque sérieusement depuis quelque temps. *Il me quitterait là, comme ça ?* Je serre les poings, subitement en colère contre lui. Je le laisse ouvrir et entrer avant de m'exclamer :

— J'ai tout entendu !

Du coin de l'œil, je capte son expression choquée. Un silence s'abat pour aussitôt se désintégrer.

— Quoi donc ? demande-t-il, impassible. Qu'as-tu entendu ?

Malgré l'alcool, malgré ce qu'insinue ma déclaration, Logan reste stoïque, parce qu'au fond Logan restera toujours Logan, même si, cette fois, je le sens un peu ébranlé.

— Je te cherchais et… je me suis retrouvée là, dans ce couloir, à vous écouter parler de ce qui s'était passé en 2001. De cet incendie.

Le silence s'installe de nouveau, grignotant la distance entre nous. Je me tourne vers lui pour finalement le découvrir, les yeux fermés et adossé à l'une des portes du placard mural à l'entrée de sa chambre.

— Je vois.

Il se laisse glisser jusqu'au sol ; ses vêtements frottent la surface du meuble en bois, créant un bruissement agréable à l'oreille.

— Vas-tu m'expliquer en quoi je suis liée à tout ça ? Qui est Wendy ? De quelle façon les flammes de cet incendie nous rattachent-elles les uns aux autres ?

Logan tend subitement un bras dans ma direction, et plus rien ne compte à mes yeux que ses longs doigts dignes d'un pianiste qui se déplient et s'écartent, un peu comme si j'étais devenue soudain trop lumineuse pour lui. Il ouvre un seul œil ; une prunelle dont la teinte gris sombre me scrute avec intensité. À cet instant précis, je ne saurais dire s'il m'aime ou me déteste. L'ambiance a carrément changé, devenant aussi étouffante que l'air humide des tropiques.

— Une fois la boîte de Pandore ouverte, les maux ne peuvent plus y être emprisonnés, Charlie. Je te rappelle que c'est toi qui n'as jamais voulu savoir quoi que ce soit à propos de ce passé que tu as oublié.

Il suffit d'une fraction de seconde pour me retrouver près de lui, mêlant mes doigts fébriles aux siens. Il les serre avec une telle force que le fer de sa chevalière me pince méchamment la peau.

— De plus, ton psychiatre nous avait plus ou moins interdit d'évoquer l'événement à l'origine de ton amnésie. Il vaudrait mieux que tu te souviennes par toi-même, et là nous pourrions davantage en discuter. C'est difficile pour tout le monde, tu sais… faire comme si cette période de notre vie n'avait jamais existé. Mets-toi à notre place !

— On s'en fout, de ce psy à la con ! Putain ! Dis-moi ! Parle-moi, Logan ! Je veux savoir, maintenant !

La fureur s'empare immédiatement de ses iris obscurs.

— Tu veux savoir maintenant ? Alors quoi ? Tout doit arriver quand ça t'arrange, c'est ça ? Un caprice de plus sur ta liste ?

— Non ! Ce n'est pas un caprice !

— Que tu dis, Charlie, rétorque-t-il d'un ton amer.

— Qui est Wendy, Logan ? Est-ce à cause d'elle que tu me détestes ?

Visiblement étonné, il plante son regard dans le mien. Je crois qu'il ne s'est même pas rendu compte qu'instinctivement, par le biais de nos mains jointes, il m'a rapprochée de lui. Nous sommes à la fois si près et tellement éloignés l'un de l'autre…

— Je ne te déteste plus, Charlie.

— « Plus » ? C'est donc bien que tu m'as détestée, alors !

Ma voix vole dans les aigus et, d'une pression des doigts, Logan m'intime de baisser d'un ton.

— C'était il y a longtemps, avant que… même si certains jours, il m'arrive encore de t'en vouloir, mais je reconnais que les raisons sont devenues un peu floues avec le temps, murmure-t-il.

Ses yeux dévient un très bref instant sur mes lèvres, juste avant qu'il détourne plus franchement le regard.

— Je dois être sacrément saoul pour t'avouer un truc pareil ! enchaîne-t-il avant de rire à sa manière, sans bruit.

J'aurais très bien pu ne rien voir, surtout dans cette chambre si peu éclairée, ou seulement par la lumière du couloir, cependant… j'ai surpris son hésitation, puis ses yeux sur ma bouche. C'est quoi la bonne attitude à avoir dans ce genre de situation ? *Faire l'autruche ?* Le pire étant que je n'arrive plus à réfléchir correctement ; tout se bouscule dans ma tête. *Merde.* Sa main cherche subitement à libérer la mienne, comme pour me repousser, mais je tiens bon. Je m'agrippe plus fort.

— Va te coucher, Charlie. Pars… Pars, bon Dieu ! J'ai trop bu… Je risque de faire des choses… ou de parler à tort et à travers. Casse-toi.

— Je veux savoir ! je m'exclame d'une voix brisée.

Il essaie de nouveau de me chasser, ce qui renforce ma volonté de me cramponner à lui. Ça doit avoir l'air d'un combat dont on passerait le film au ralenti. Plus il me repousse, plus je cherche à le saisir partout où mes doigts se posent. Logan finit sur le dos, un bras sur la figure, geste qui soustrait son regard au mien. Placée à cheval au-dessus de lui mais sans le toucher, je suis possédée par la furieuse envie de le secouer, alors pour compenser, j'autorise mes ongles à s'ancrer dans le fin tissu de son tee-shirt.

— Dis-moi juste qui est Wendy, après je te foutrai la paix, promis !

Je sais qu'elle est importante. Pour Ray. Pour Logan, mais également pour moi. Le haut du visage toujours caché derrière son avant-bras, il le tourne légèrement sur le côté.

— Je ne suis pas en état de parler. S'il te plaît, Charlie. Un autre jour… quand je serai moins saoul… moins triste, moins en colère.

Je baisse lentement la tête, jusqu'à ce que mon front touche son torse et là, immédiatement, je suis apaisée par ce contact tiède, qui, tout comme son parfum, désamorce souvent ce qu'il y a de pire en moi. Combien de temps restons-nous ainsi ? Lui sous moi, moi sur lui… Une, deux, peut-être plus de cinq minutes ? Puis je l'ai sentie, sa main sur mes cheveux, qui me caresse doucement.

— Arrête de poser des questions.

Au lieu de m'inciter à me taire, sa demande redouble ma volonté d'avoir des réponses. *Je ne me reconnais plus quand il s'agit de lui.* Un interminable soupir se faufile hors de ses lèvres.

— Dis-moi…

— Arrête, Charlie.

— J'en ai marre ! Je ne supporte pas la possibilité de t'avoir fait du mal ! Putain ! Je voudrais ne jamais te faire de mal ! Tu comprends ? Jamais ! (Je me tais à peine une seconde.) C'était qui ? Ta copine ?

J'essaie de m'écarter, mais cette fois c'est Logan qui m'en empêche en me retenant tout contre lui. Le lourd silence qui s'ensuit est terrible. Je tremble d'angoisse, suspendue à un fil dont la résistance précaire est menacée par ma propre respiration. Et puis, la première réponse d'une très longue liste d'interrogations surgit telle une lumière aveuglante dans la noirceur d'un épais brouillard :

— Ce n'était pas ma copine, mais celle de Ray.

Mes yeux s'agrandissent d'horreur. Je n'arrive pas à imaginer de quelle façon je suis responsable de quoi que ce soit, mais ça reste une effroyable vérité que celle d'être à l'origine de son malheur.

— Wendy était son premier grand amour et, même à ce jour, il demeure le seul, poursuit-il avec cette inflexion bizarrement détachée et lointaine.

— C'est pour cette raison qu'il me hait autant ?

— Il croit te haïr parce qu'il ne te connaît pas vraiment. Ça le rassure d'entretenir ta culpabilité… Et je trouve que c'est une manière bien cruelle de garder vivant son souvenir. Néanmoins, je suis également passé par cette étape, alors ça ira.

— Le souvenir de Wendy ?

— Oui.

— Tu l'aimais, toi aussi ?

Logan ne répond pas tout de suite et l'emprise de ses bras sur ma nuque se relâche. Je m'éloigne suffisamment pour tenter de décrypter le peu que je vois de lui.

— Oui. Oui, je l'aimais et elle me manque tous les jours. C'était ma sœur, Charlie. Ma sœur jumelle.

— Je l'ai tuée.

Il y a tellement de tristesse dans les yeux de Logan quand celui-ci ose enfin croiser mon regard. *Je l'ai tuée. Je l'ai vraiment tuée, bordel !*

— Pas de la façon que tu le penses. Ne crois pas cette connerie, celle que tu es en train d'imaginer !

Mais sa voix n'est plus qu'un souffle ébréché, un filet de vie anéanti. Mon cœur se retrouve instantanément compressé dans un étau invisible, annonçant l'implacable arrivée d'une crise de panique – et visiblement plutôt pressée de m'asphyxier.

— Je… je…

Je suis désolée. Hélas, mes mots ne vont pas plus loin ; ils restent coincés dans ma gorge. C'est le trou noir. Le gouffre abyssal de la douleur m'engloutit. *C'était donc ça, mon crime. Un vrai, un meurtre.* D'une façon ou d'une autre, on peut me blâmer pour la disparation d'une amoureuse… et d'une sœur. Une sœur qui se prénommait Wendy. *Je suis un monstre.* Les paroles sibyllines de ma mère lors de notre dernière conversation téléphonique remontent subitement à la surface de mon esprit. *Les monstres ne peuvent qu'engendrer des monstres.* C'est évident. Sans parvenir à totalement me relever, et en respirant par à-coups, je recule. L'image que j'ai de Logan se trouble tandis qu'il se redresse à son tour, et je recule encore. En fait, je recule jusqu'à ce que mon dos percute le mur, que le choc disperse le peu d'air emmagasiné dans mes poumons.

— Charlie, m'appelle-t-il avec cette insupportable douceur. Calme-toi.

Non, Logan. Je ne mérite pas ton aide. Ignore-moi ! Mes doigts griffent mon tee-shirt au niveau de la poitrine car je ne réussis plus du tout à respirer normalement. J'aurais passé ma nuit à étouffer. *Quelle créature pathétique je suis.*

— Charlie…

Je ferme les yeux. *Respire.* Mes oreilles s'emplissent du son crépitant des flammes. *Respire !* Le feu. Les cris. Et au milieu de cette atroce cacophonie, des paroles douces et rassurantes murmurées dans le creux de mon oreille. L'odeur reconnaissable entre toutes du plastique brûlé. *Quelle horreur. Je vais vomir.* Des bras autour de moi qui me serrent tellement fort. Je m'y accroche avec la force du désir de survivre à ce cauchemar. Elle avait le parfum de la pomme… *Respire, Charlie!*

— RESPIRE!

Logan. Je sens ses mains sur mes épaules, mais soulever les paupières me réclame trop d'efforts, et je suis tellement fatiguée de cet enfer que les ténèbres m'apparaissent comme le meilleur choix; elles ont quelque chose de rassurant, cette fois. Elles ôtent une à une mes craintes, ma douleur, m'accueillent gentiment, moi, le monstre. *Comment ai-je pu tuer un être humain? J'avais quoi… sept ans? Et puis, comment ai-je pu oublier l'avoir fait?* Brusquement, une bouche se presse sur la mienne pour m'insuffler tout cet air qui me manque. M'insuffler la vie. Ses lèvres ont un goût de whisky. Lorsque j'ouvre enfin les yeux, mon univers se résume au visage de Logan. Il écarte légèrement la tête, me scrutant, l'air inquiet.

— Je t'ai pardonnée depuis longtemps, Charlie… pardonnée d'avoir eu besoin de Wendy pour rester vivante. Je lui ai également pardonné à elle d'avoir donné sa vie pour sauver la tienne. Tout va bien. Aie confiance en moi.

Non. Non, tout ne va pas bien. Il ment. Et je pleure. Pour la première fois depuis très longtemps, bercée par la chaleur de son étreinte, je pleure toutes ces larmes que j'ai oublié de verser au-delà de ce mur que j'ai patiemment construit, brique par brique. Je pleure la mort de cette fille blonde qui sentait la pomme verte. Je pleure pour le chagrin inconsolable de Ray. Je pleure pour cette précieuse sœur que j'ai prise à Logan. Je pleure d'être ce monstre que j'espérais tant ne pas être.

Règle n° 11

TROUVER LA VÉRITÉ ET L'ACCEPTER.

Deux jours. Deux jours que j'explore Tehachapi. Sobre, j'apprécie à peine sa beauté un peu sauvage, mais alors une fois saoule, tout devient carrément génial. Surtout ce bar, le *Dog House Saloon*. Mon nouveau meilleur ami. *Une fugue à mon âge, bordel… ça craint !* Néanmoins, les barmans sont canon, ce qui aide à passer le temps. Pour la énième fois en moins de quarante-huit heures, je suis accoudée à la surface brillante du comptoir, une bouteille de Corona Extra bien entamée à la main. Mon regard est étrangement attiré par les résultats du Hot Spot[1] affichés sur le moniteur, petit frère de la TV format XL à sa gauche. Surtout le nombre « 32 », en réalité, qui se trouve au centre de la fameuse « Bulls-Eye » rouge, autrement dit le tirage de la chance supplémentaire. *Est-ce que je pourrais en avoir une, moi aussi, de Bulls-Eye ? Je ne suis pas gourmande, une seule me suffirait…* Mon téléphone,

1. Loterie californienne dont un tirage s'effectue toutes les quatre minutes. De nombreux bars possèdent un moniteur qui affiche les résultats vingt-quatre heures sur vingt-quatre.

coincé dans la poche de mon gilet en jean, ne me sert plus à rien ; il est complètement déchargé. Nul besoin de vérifier qui a cherché à me joindre de toute façon, je devine facilement l'identité de ceux qui s'y sont essayés. *Je n'aurais pas dû me barrer comme ça, sans explications. Et Danny... Il doit être super angoissé, bordel ! Je déconne !* Mais qu'aurais-je pu faire d'autre ? Leur sourire ? Envoyer chier Ray ? Taquiner Logan ? Gratter de l'affection auprès de Lem ? Et tout ça en faisant semblant de ne pas être au courant du drame ? Désormais, même me regarder dans un fichu miroir est au-dessus de mes forces. *J'ai tué un être humain, putain !* Leur cogner dessus est une chose moyennement acceptable, voire carrément encouragée dans mon milieu quand c'est un Wilding, mais j'ai toujours refusé d'ôter la vie à qui que ce soit. Tous les membres du club le savent assez pour ne m'avoir jamais collé ce genre de boulot. Deal de marijuana, trafic de matos volé, n'importe quoi... mais buter quelqu'un ? Pas moyen. Je ne voulais surtout pas ce genre de culpabilité. *Trop tard.* Ma bière me brûle les lèvres.

— Sympas, tes tatouages.

Jolie voix grave, indubitablement masculine, avec ce petit truc sexy qui doit rendre les nanas complètement folles. Mes yeux refusent de quitter l'écran du Hot Spot. Je l'ignore volontairement pour qu'il comprenne que je ne suis pas d'humeur à la bagatelle. Une gorgée de plus. Encore une ? *Quand vais-je être enfin saoule ?* Tout avait si bien commencé avec la tequila... J'aurai peut-être dû continuer avec cet alcool-là.

— C'est quoi la signification de celui-ci ?

Je ne dis rien, mais lorsque je sens un contact sur mon bras nu, je serre la mâchoire et pivote suffisamment sur mon tabouret pour lui faire face.

— Touche-moi encore sans ma permission et je te brise tes putains de phalanges, c'est clair ?

Il éclate de rire. Ce type blond aux lunettes de soleil ne semble pas du tout effrayé par la possibilité que je lui explose la main.

— Tu en serais vraiment capable ? Tu peux me montrer ? s'enquiert-il.

Ça me gave, les types comme lui. Je le chope avec une rapidité désarmante. C'est le B.A.-BA : que ton adversaire soit costaud ou maigrichon, les doigts restent le point faible par excellence. J'ai visé l'auriculaire car c'est le plus facile à briser. Un seul. Avec force. En sélectionner plusieurs aurait trop réparti la force de traction. En un clin d'œil, je l'ai tiré vers moi au-delà de son point de pliage – ce qui est déjà très douloureux, pour ensuite le tourner violemment latéralement. Au moment même où je le sens répliquer parce que son doigt atteint sa limite, je le libère. Il se frotte machinalement la main. Le tout n'a duré que quelques secondes ; et, heureusement pour nous, on s'est à peine fait remarquer par les autres clients ou les employés.

— OK, j'ai pigé, souffle-t-il. Désolé de m'être foutu de toi… Merde ! Tu aurais pu me le péter !

Cette éventualité semble plus l'enthousiasmer que l'énerver. Je hausse les épaules puis retourne à ma bière. *Tous des malades.*

— J'aurais pu, effectivement.

Le ton de ma voix est un peu trop arrogant à mon goût. *Arrête de te la jouer, Charlie, c'est bon.*

— Excuses acceptées, j'ajoute, pour la forme.

Il s'assied sur le siège libre à ma gauche.

— Juste le temps de me rafraîchir le gosier, tu permets ?

Le goulot de ma bouteille pressé contre mes lèvres, j'acquiesce pour lui signifier que je suis d'accord. *De toute manière, il a déjà son cul dessus…*

— Au fait, j'étais vraiment curieux à propos des poissons que tu as sur le bras.

— Ce sont des poissons rouges.

À son silence, je devine qu'il attend que je développe. En soupirant, je pose ma Corona sur le sous-bock prévu à cet effet, puis l'affronte de nouveau.

— Avec le temps, c'est devenu un symbole de chance, mais, dans la culture japonaise, c'étaient surtout les animaux de compagnie des samouraïs.

— Sérieux ? Et tu te considères comme l'un d'eux ? demande-t-il avec une grimace amusée, avant de se commander à boire.

Tandis que je fournis cette anecdote à mon nouveau meilleur copain de picole, Danny fait son apparition dans mon esprit un rien embrumé. C'est efficace et efface dans l'instant mon sourire naissant. Là, mon cœur commence à trembler. *Concentre-toi sur ta bière.* Il n'y a pas de lieu plus sûr pour lui que la Résidence.

— Si je me considère comme un samouraï ?

Répéter sa question m'aide à ne pas perdre le fil de cette conversation. Je finis l'ultime gorgée. Cette Corona est morte sur le champ d'honneur qu'est le joyeux bordel émotionnel dans lequel je m'asphyxie depuis bientôt quarante-huit heures. Il me reste quoi ? Moins de douze heures pour atteindre le seuil critique de disparue grâce auquel les flics pourront me sauter à la gorge ?

— Écoute, j'sais pas… Quoique. En ce qui concerne le code d'honneur et l'asservissement à un maître auto-désigné tout-puissant, j'y suis presque. Entre nous, il ne me manque pas grand-chose pour cocher les dernières cases. Par contre, pour ce qui est du maniement du sabre, katana et assimilés, alors là… j'avoue qu'il y a un peu de route à faire : je n'en suis qu'au niveau couteau à beurre.

Il éclate de rire pour ensuite tapoter en rythme la surface du comptoir.

— J'aime ton sens de l'humour, Cheveux roses ! (Il désigne du doigt ma bouteille de bière vide.) En plus, tu apprécies cette bière !

— Mon prénom, c'est Charlie. Pas « Cheveux roses ».

Du bout de l'index, il baisse enfin légèrement ses Ray-Ban sur l'arête de son nez, me dévoilant deux iris d'un bleu charmant.

— J'n'osais pas te le demander.

Son air séducteur ne laisse aucun doute quant à l'idée qui traîne derrière sa tête.

— Ah ouais ?

J'ai articulé exagérément pour lui signifier que son petit numéro était loin d'être subtil.

— Et la fleur ? C'est quoi, sa signification ? C'est une rose, c'est bien ça ?

Logan. Ma propre réponse me déconcerte. *La rose, c'est pour Logan ?* Je n'avais jamais vraiment réfléchi à la symbolique de cette fleur tatouée sur ma peau et qui monte tout près de mon oreille. Alors pourquoi le faire maintenant, face à ce type ?

— Une allégorie, je murmure.

Perdue dans mes pensées, je ne lui prête plus attention. *J'ai besoin de fumer une cigarette.* Je me lève, commande une autre bière au barman, puis balance à l'intention de mon voisin à la crinière hirsute :

— Je vais m'en griller une.

Lorsque je le vois m'imiter et sortir deux billets de son portefeuille, j'ai un mauvais pressentiment. Je dresse aussitôt une main entre nous pour le couper dans son élan.

— Toute seule.

Une moue déçue se dessine sur sa bouche. Il a compris qu'il ne se passerait rien entre nous, et surtout pas sur la banquette arrière de sa bagnole.

— Laisse-moi régler ta bière, au moins. Pour le dérangement.

— Non, mec. Je ne suis pas le genre de fille à qui on paie un verre. Et puis, tu ne m'as pas tant dérangée que ça.

Nous restons silencieux un long moment durant lequel il paraît se faire une raison. Il soupire. L'entrée tinte pour annoncer un nouveau client. C'est un brun à la peau mate qui regarde dans notre direction.

— Eh ! Jo ! On est arrivés ! Jamais tu réponds à ton putain de téléphone ? s'écrie-t-il.

Puis il semble percuter que son pote discute avec quelqu'un ; son visage se fend immédiatement d'un sourire égrillard.

— Jo ? je marmonne.

Il hausse les épaules.

— C'est banal, hein ?

— À pleurer si ton nom de famille est Smith.

Jo rit une nouvelle fois, et légèrement plus fort que la précédente.

— J'aurais pu me présenter, mais je craignais que tu me rembarres aussi sec avec une entrée en matière ordinaire comme : « Salut, moi, c'est Jo, et toi, c'est quoi ton petit nom ? »

En réaction, un sourire un brin amusé effleure mes lèvres.

— Je te souhaite bonne route, Jo.

— Ouais, toi aussi.

Sur ce, il s'éloigne en sifflotant, les mains dans les poches. Histoire de ne pas le croiser dehors, je laisse plusieurs secondes s'égrener. Peut-être que, dans d'autres circonstances, j'aurais adoré me détendre avec lui, et de la façon dont il l'aurait voulu lui aussi ; je reconnais qu'il est séduisant, mais là, mon esprit est parasité par trop de choses. Dès que j'estime avoir assez attendu, accompagnée de ma Corona, je prends la direction de la sortie. L'air est doux, agréable. Pour pouvoir allumer ma cigarette sans être hors la loi, je m'éloigne rapidement des fenêtres et des portes du bar. Le parking est moyennement rempli. J'allume ma clope, aspire une longue bouffée puis la recrache par les narines tandis que mes yeux tombent sur une affiche collée sur un panneau d'événements – « The Red Eagles » : un groupe de rock qui joue apparemment ce soir au *Dog House*. La chanteuse, une brune dont les cheveux noirs s'arrêtent aux épaules en une coupe un peu sauvageonne, est entourée par deux gars. Le tout donne à leur groupe un air faussement décontracté, blasé, mais assez captivant. *Je me demande comment est leur son…*

— Charlie.

Seulement ça. Seulement mon prénom dans sa bouche et mon cœur s'arrête de battre. *C'est de la sorcellerie, bordel.* Je lève la tête et le vois, là, adossé à la portière de son pick-up. Nous nous examinons l'un l'autre dans un silence tendu. Lui aussi fume. *Merde. Je ne l'ai jamais vu fumer une seule clope depuis que je le connais.* Qu'est-ce que ça signifie ? Il est super furieux ? Super inquiet ? Les deux ?

— J'aurais plutôt pensé que c'étaient les flics qui m'épingleraient.

L'inflexion de ma voix est rauque ; elle a quelque chose de cassé.

— Un jour de plus sans te mettre la main dessus et j'appelais Bedford, oui. Il aurait contacté en personne la police locale.

C'est tellement difficile de le regarder maintenant, sachant ce que je lui ai fait. D'une pichenette, il propulse son mégot au loin.

— Tu ne veux pas me laisser picoler encore un peu ? je lui demande d'une voix essoufflée.

Je m'accroupis aussitôt, me concentrant sur le goudron noir du sol. En cet instant, j'aimerais vraiment être quelqu'un d'autre. Une parfaite inconnue qui ne lui aurait jamais pris ce qu'il avait sûrement de plus précieux au monde.

— Tu te sentirais mieux ?

Il s'est approché de moi et, à son ton glacé, je devine qu'il est indéniablement furieux. *Il se retient de me crier dessus, c'est clair.*

— Mieux ? Non. (Je me tais un bref moment.) Non, je ne me sentirais pas mieux, mais peut-être que j'aurais un peu plus de courage. C'est bien connu… une fois saouls, les ivrognes n'ont conscience de rien. Et dans l'état dans lequel je suis, j'crois bien que je prendrais toute l'aide qui se présente.

Logan reste muet à son tour, et soudain sa main tendue apparaît devant mon visage. C'est un symbole intéressant, cette main vers moi. Notre relation a toujours eu ce genre de dynamique. Un jour, peut-être, ce sera enfin à moi de l'aider à se relever d'une chute, au lieu de le précipiter du haut d'une falaise.

— Dès que nous serons rentrés, je prendrai rendez-vous chez un psy de Tehachapi. Il faut que tu extériorises tout ça et, finalement, on dirait que je ne suis pas la meilleure personne pour t'écouter.

J'accepte sa main. Il m'aide à me relever et, lorsque je suis debout, il me serre fort dans ses bras.

— Espèce d'idiote ! murmure-t-il tout contre mon oreille.

Moi ? Moi, je ne pense qu'à respirer son odeur. Mes doigts relâchent ma cigarette tandis que l'autre main oublie ma bière qui tombe dans un bruit de verre. Je pleure. Je pleure même si mes yeux restent secs et grands ouverts sur cette nuit étoilée.

— Ne me cause plus jamais une telle inquiétude ! C'est certainement le coup le plus foireux que tu m'aies jamais fait, Charlie... Deux jours que je ratisse ce bled, bon sang ! Je te voyais déjà morte dans un fossé !

Il me serre un peu plus fort et, à travers tout ce brouillard qui me noie de l'intérieur, il y a subitement ce rai de lumière qui me réchauffe entièrement. *Du bonheur.* Je l'étreins en retour, la joue pressée contre la sienne, mal rasée. Penché, le corps de Logan m'enveloppe complètement, me procurant un merveilleux sentiment de sécurité. *Dans ses bras, je suis chez moi.*

Logan a pris une chambre pour la nuit dans un hôtel qui se situe non loin du *Dog House*. Mon téléphone est branché sur une batterie de secours, celle qu'il a toujours avec lui. La chambre est relativement petite et contient le minimum, dont un grand lit double, avec un extra dans la salle de bains, à savoir une baignoire. Les meubles sont vieillots mais il n'y a rien à redire sur la propreté des lieux. Pendant que Logan me fait couler un bain – parce que je pue, selon ses propres termes –, je suis assise sur le rebord du lit, zappant sans y penser devant la télévision installée sur une commode.

— Tu m'as retrouvée comment ? je demande, plus pour entendre le son de sa voix que par réelle curiosité.

Il me répond depuis la salle de bains.

— En fait, je suis passé au *Dog House* ce matin, mais tu n'y étais pas. J'ai montré une photo de toi au patron, ainsi qu'aux employés, ils t'ont reconnue et je leur ai demandé de m'appeler au cas où tu te pointerais de nouveau dans leur bar.

— Je suis majeure, bordel. Ils auraient dû se mêler de leurs oignons !

Logan apparaît sur le seuil, s'essuyant les mains sur une petite serviette verte. Un sourire dénué de joie étire ses lèvres.

— J'ai prétendu que tu étais ma petite sœur et que tu avais fugué.

Nos regards se trouvent. Mes doigts se crispent autour de la télécommande.

— J'aurais pu être ta copine.

Logan s'abstient de commenter mon objection, mais je vois son corps se raidir de là où je suis.

— C'est comme ça que tu me vois ? je continue. Comme une frangine ?

C'est étrange d'éprouver tout ce calme alors que, habituellement, ce genre de question soulève en moi de véritables tempêtes. Logan ne détourne pas les yeux, mais son silence en dit long sur son désir de changer de sujet. Je quitte le lit en y abandonnant la télécommande.

— C'est peut-être comme ça que tu me vois, après tout, je murmure avant d'ôter mon tee-shirt.

Au moment où je m'apprête à m'attaquer aux boutons de mon jean, il m'interrompt d'une phrase qui gifle l'air :

— Dans la salle de bains, s'il te plaît.

Je me redresse, interloquée par toute cette colère perceptible à travers ces mots.

— N'est-ce pas toi qui me considères seulement comme un frère ? s'enquiert-il sur le même ton, les yeux brillants de fureur.

— Quoi ?

Il s'avance à pas lents, serrant la serviette comme s'il cherchait à l'étrangler.

— Tu te déshabilles si facilement en ma présence… Je pense plutôt que c'est toi qui as oublié que j'étais un homme, Charlie.

Hein ?

— Mais… tu ne réagis jamais ! je rétorque d'une voix étrangement aiguë.

Il s'immobilise brutalement ; sa colère semble quadrupler d'intensité.

— J'aurais dû réagir, selon toi ? Comment ? En te sautant dessus ? C'est ça ?

Machinalement, je recule, troublée et perdue.

— Non…

Ma réponse est à peine audible.

— Nous sommes d'accord, alors. Va prendre ton bain tant que l'eau est encore chaude.

Il s'écarte pour me laisser passer. Tête basse, je m'exécute. Brusquement, j'ai le sentiment d'être dans la peau d'une de ces gamines qui testent sans cesse leur pouvoir de séduction sur les mâles de leur entourage. *Je suis trop stupide.* Une vingtaine de minutes plus tard, je sors de la salle de bains emmitouflée dans un peignoir à la texture rêche. Si j'en juge par la bouteille de whisky posée sur la table de nuit, Logan est sorti faire des emplettes. Lorsque je m'approche de lui, il m'offre un sandwich au poulet accompagné d'un verre d'alcool.

— Tu pourras bientôt appeler Danny, dit-il en désignant mon téléphone portable du menton.

Il y a un beau reste d'énervement sur son visage. Je m'assieds sur le lit, face au fauteuil dans lequel il s'est installé.

— Merci.

Merci pour le sandwich. Merci pour le verre. Merci pour mon téléphone. Merci d'être toujours là pour moi.

— De rien.

Nous nous contemplons.

— Pourquoi tu ne me détestes plus ?

Il inspire bruyamment, scrutant le fond de son verre et, sans lever les yeux vers moi, me répond d'un ton usé :

— Je te l'ai dit. J'ai appris à te connaître, tout simplement. Tu n'es pas le monstre que tu crois être.

— C'est tout ? j'insiste, le cœur battant.

Cette fois, il redresse la tête pour m'affronter plus directement. Une moue que je trouve dangereusement sexy déforme le pli de sa bouche.

— Ce n'est pas ce que tu voulais entendre ?

Je préfère ne rien dire et attendre la suite. L'air s'épaissit.

— Non. Il est évident que ce n'est pas ce que tu voulais entendre, conclut-il de lui-même d'un ton moqueur.

Il reste un instant silencieux avant de continuer.

— La première fois que je t'ai vue, tu avais sept ans et c'était sur l'écran de ma télévision. Tu étais assise sur le brancard d'une des ambulances, et les lumières des véhicules de police jetaient de curieux reflets sur tes cheveux blonds. J'avoue, si Wendy avait souvent pris le temps de jouer avec notre petite voisine, moi, avant l'accident, je ne savais même pas qui tu étais, ni à quoi tu ressemblais. Je t'ai tellement haïe, par la suite. J'y ai consacré chaque minute de mon temps. Je bâtissais un temple dédié à tout ce ressentiment que j'éprouvais à ton égard. Et puis, environ quatre ans après l'incendie, alors que j'étais sur la terrasse de notre maison à boire une bière, je t'ai vue débarquer avec une bande de mioches sur les talons. L'un d'eux t'a frappée et tu es tombée. Il n'y était pas allé de main morte… Tu sais ce qu'il s'est passé, Charlie ?

J'imagine qu'il m'interroge pour la forme ; mes lèvres restent closes et son regard s'enfonce davantage dans mon âme.

— Tu t'es relevée et tu lui en as collé également une. T'étais seule face à une dizaine de marmots, mais ça ne t'a pas effrayée ou empêchée de te battre. Tu aurais pu appeler Law, ton père, ou bien l'un des membres du club traînant constamment chez toi, mais tu ne l'as pas fait. Tu t'es contentée de lui cogner dessus jusqu'à ce qu'ils abandonnent tous la partie. C'est là que j'ai compris. J'ai compris pourquoi ma sœur avait voulu à tout prix te sauver. Puis, plus le temps passait, plus je t'observais grandir, plus cette colère en moi changeait jusqu'à devenir ce sentiment…

Une boule m'obstrue la gorge. Même si je le voulais, je serais bien incapable de prononcer un traître mot.

— … De l'admiration.

Un horrible fourmillement s'empare de mes mains et j'ai de plus en plus de mal à tenir mon verre de whisky, sans parler de ce sandwich que je n'ai pas touché.

— Tu sais, c'est révoltant, Charlie. Parce qu'il est foncièrement impossible de détester une personne que l'on admire.

Doucement, sans geste brusque, Logan dépose sa bouteille quasiment vide sur la table de nuit et quitte son fauteuil pour se placer devant moi. Je lève le visage pour ne pas perdre de vue son hypnotisant regard gris sombre. Ses doigts viennent caresser mes cheveux encore humides dont il saisit brièvement une mèche entre le pouce et l'index.

— Mes sentiments pour toi ne peuvent être exprimés aussi simplement, chuchote-t-il. Tu réveilles inlassablement mon humanité. C'est troublant. Le pire étant que, lorsque je me vois dans tes yeux, la personne que je croyais être disparaît, meurt pour renaître différemment.

Le temps devient flou au point que je ne saurais différencier les secondes des heures.

— Eh bien ? continue-t-il, son regard ancré dans le mien. C'est quoi, la suite ? On devient amants ? C'est ça que tu veux ?

Je déglutis péniblement et, pendant que je me débarrasse de mon verre et de mon en-cas, j'essaie de rassembler mes pensées. Je n'ose pas croire ce qui se cache derrière sa déclaration.

— Toi… C'est toi que je veux.

Ma voix vient définitivement de s'éteindre avec cette réponse expulsée comme un dernier souffle. *La vérité. Je l'ai toujours voulu. Je l'ai toujours désiré.* Lui, la rose à la signification amoureuse et passionnée inscrite dans ma chair. Le silence rebondit brutalement, puis se brise sur tous les murs de la pièce. Logan éclate subitement d'un rire incontrôlable, rempli d'autant de détresse nerveuse que la chanson désespérée d'un rockeur sur le déclin. Son accès d'hilarité enfle de plus en plus quand il essaie de s'éloigner de moi ; je le retiens d'une main et il se laisse faire.

— Ça tuerait mon père, Charlie. Il m'a dit que ça le tuerait.

Quoi ?! Il détache lentement ses doigts des miens. Pendant que son sourire démuni m'étreint dans un étau, sa paume vient effleurer la rondeur de ma joue. *Dans quelle dimension ai-je atterri ? Il se passe quoi, là ?*

— Il n'existe qu'un seul interdit dans les quelques lois édictées par Lem Campbell et c'est celui-ci : tu ne baiseras point Charlie Parson, pour qui ma fille unique est morte.

Cette fois, toute la pression autour de nous éclate en mille morceaux, provoquant des débris aussi coupants que des lames ; ils s'enfoncent cruellement dans mon cœur.

— Mon père est toute la famille qui me reste. Si je lui désobéissais, si je lui faisais du mal… ça me détruirait. Ça détruirait absolument tout. Plus rien ni personne ne pourrait sauver ce qui reste.

Les mains dans les poches de son pantalon cargo, il me quitte pour se poster face à la fenêtre derrière laquelle brillent les quelques lumières de la ville.

— Je ne veux plus jamais te haïr, achève-t-il, atone.

Qu'est-ce que je suis censée répondre à ça ? Mon regard se perd et tout ce que je peux voir, c'est combien son dos est raide sous le fin tissu de sa chemise.

— Je vais avoir besoin de ton aide, Charlie.

Je sursaute. *Et moi, j'ai besoin de fumer une clope.* Mes yeux cherchent machinalement mon veston.

— Mon aide ?

Je ne reconnais pas le timbre de ma propre voix. Mon être a bougé de lui-même en quête de nicotine. Lorsque nos regards se lient de nouveau, je suis en train de crapahuter sur le lit, essayant d'attraper mon paquet écrasé. En cette seconde précise, tout se fige autour de nous. Le monde entier pétrifié par le pouvoir des yeux de Méduse. Il lâche un juron, puis se passe une main sur le visage.

— C'est exactement de ça que je voulais te parler. Arrête.

Je m'assieds vivement en tailleur sur le lit au sommier grinçant.

— Que j'arrête quoi ?

— D'être aussi impudique. Pourquoi t'es nue là-dessous ? Tu aurais pu au moins t'habiller !

Je me rebiffe ; c'est instinctif.

— Ça n'a jamais eu l'air de te troubler plus que ça, avant ! Ce n'est pas toi qui es entré dans les sanitaires pour dégrafer mon soutien-gorge ? Je suis nue en dessous parce que j'ai lavé mes fringues et que j'attends qu'elles sèchent ! Satisfait ?

La colère assombrit instantanément ses iris ; j'ai l'impression qu'ils sont aussi noirs que l'ébène.

— « Ça n'a jamais eu l'air de te troubler plus que ça, avant ! » ? Qu'est-ce que t'en sais ? De nous deux, je crois que je suis le mieux placé pour savoir quel effet tu me fais ! réplique-t-il d'un ton agressif.

Il se dirige à grandes enjambées vers la table de nuit pour récupérer son verre et le vider cul sec.

— Ce n'est pas parce que je ne me laisse pas emporter par mes pulsions qu'elles n'existent pas, Charlie. Mais sur quelle planète tu vis, sérieusement ?

Merde. Je ne sais plus comment réagir, soudain, car le Logan qui se tient devant moi n'est pas celui que je connais.

— Je croyais…

Mes excuses pitoyables meurent misérablement sur mes lèvres, alors je me contente de le regarder se resservir, hésitante.

— Arrête de croire, d'imaginer, de spéculer sur ce que je ressens ou non. Parce qu'il y a de grandes chances que tu te plantes en beauté, crache Logan en posant brutalement son verre plein sur la surface en bois du meuble.

— Si tu me le disais clairement, je n'imaginerais rien du tout ! je m'écrie.

— Je ne peux pas te le dire !

— Pourquoi ?

Désormais, nous hurlons tous les deux. Il fait volte-face et me semble tellement sauvage en cette seconde, tellement éloigné de ce que j'ai l'habitude de voir de lui que j'en ai le souffle coupé.

— Parce que chaque fois que j'essaie, une catastrophe survient ! Est-ce que tu te souviens de cet été-là, celui durant lequel nous nous sommes beaucoup rapprochés ? commence-t-il d'une voix plus calme, le genre de calme annonçant une tempête.

Je me contente d'acquiescer en silence. Cette énergie qui se dégage de lui me donne des frissons.

— Tu avais quoi ? Dix-sept ans ? Peut-être même dix-huit. Il faisait une chaleur à crever, une saison caniculaire.

Les températures atteignaient facile les quarante-deux degrés à l'ombre, c'est pour dire… Tu es venue à la maison emprunter de la glace car vous n'en aviez plus chez toi. La sueur perlait sur ta peau nue. Tu ne portais qu'un minuscule short et un haut de bikini qui ne cachait pratiquement rien de tes seins. Il n'y avait que la moitié de tes tatouages, mais ça faisait tout de même son petit effet… Très sexe, l'effet.

Ses derniers mots sont brûlants. Nous nous scrutons l'un l'autre tandis que je me remémore la scène. Je me rappelle. Je pose une main sur ma bouche, j'ai tellement honte de moi. J'étais déjà attirée par Logan, à l'époque. De toute manière, depuis la première fois que mes yeux ont croisé les siens, il ne s'est pas passé un seul jour sans que je le désire d'une façon ou d'une autre.

— Je suis désolée, je souffle contre ma paume.

J'ai deviné ce à quoi il fait référence. Pourquoi faut-il que les conséquences de nos actes, les siens ou les miens, soient toujours aussi dramatiques ? Le sourire sur ses lèvres est terrifiant.

— C'est bien. Tu te souviens, donc.

Il vient de s'exprimer avec une curieuse lenteur qui me donne l'impression que si j'avais l'idée saugrenue de craquer une allumette, la chambre exploserait.

— C'était… c'était à cause de ça… ton père ?

Logan opine.

— Oui.

Le jour où Lem a fait sa première attaque. *Merde.*

— Tu voulais juste tester ton pouvoir de séduction, probablement. Je l'avais déjà compris, à l'époque. Seulement…

Il rit un peu, amer, se moquant de lui-même dans la foulée.

— Ça fonctionne un peu trop bien lorsque c'est toi… Je crois que je n'ai jamais eu autant la trique de toute ma vie. (Il rit encore.) Mon père s'en est évidemment rendu compte. Il n'y a que toi pour ne rien voir. Bon sang ! Je te matais comme un animal en rut. Quand je pense que j'ai même essayé de cacher mon érection derrière l'un des coussins du canapé… sans rire.

Je détourne la tête. Je voulais tant que Logan me désire comme une femme, qu'il me considère comme telle. C'était puéril comme comportement, et en même temps… Il faisait vraiment chaud, cet été-là. Et ça faisait des jours qu'il s'entraînait sous mon nez, torse nu ; je craignais qu'une des nanas des BAMCHA finisse par lui mettre le grappin dessus…

— J'avais remarqué, je murmure d'une toute petite voix.

Un silence s'incruste dans notre conversation et, face à son mutisme, je précise :

— Ta manière de me reluquer. J'avais remarqué, ce jour-là.

J'ose enfin croiser de nouveau son regard, tellement intense que la salive déserte instantanément ma bouche.

— Tu te rends compte que… s'il n'y avait pas eu mon père, j'aurais tenté quelque chose ?

Sans ciller sous son regard brûlant, je hoche la tête en deux temps.

— Tu m'aurais accepté ? s'enquit-il de ce ton bizarrement posé.

Tandis que j'essaie de trouver la meilleure manière de formuler ma réponse, je regarde Logan boire une gorgée de whisky.

— Je crois que oui. Je ne voulais pas juste t'allumer, si c'est ça que tu me demandes.

Il inspire longuement. C'est d'ailleurs le seul bruit froissant le silence qui nous oppresse pendant quelques minutes. Puis il se déleste de son verre, l'oubliant sur le meuble sans même le finir.

— J'ai besoin de prendre l'air, Charlie. Je sors, lâche-t-il brusquement en attrapant sa veste en jean posée sur le lit.

Je me redresse immédiatement. Il y a une telle urgence dans sa voix.

— Attends !

Il s'arrête net devant la porte, la main sur la poignée, puis se tourne légèrement dans ma direction.

— Dis-moi. Dis-moi ce qu'il s'est passé ensuite avec ton père.

Logan hésite une seconde, mais finit par se lancer d'une voix hachée :

— Dès que t'es partie, nous nous sommes engueulés, mon père et moi. J'ai essayé…

Il se tait subitement, perdu dans ses souvenirs.

— Tu as essayé quoi ?

— Rien.

— Logan !

Un soupir las lui échappe.

— J'ai essayé de lui expliquer ce que tu représentais pour moi, mais je n'ai pas pu. On s'est disputés. Violemment. Il a fait un infarctus et nous sommes partis dans l'ambulance.

Sur ce, il sort et claque la porte derrière lui, me laissant seule et complètement bouleversée par ces révélations. Je suppose qu'il ne reviendra qu'une fois sûr que je me suis endormie… En attendant, je repense à ce jour qu'il a évoqué. Je me souviens parfaitement d'être ressortie de chez moi en apercevant les lumières des gyrophares. Je me souviens également du regard empreint de colère que Logan m'a adressé juste avant de monter dans le véhicule. Comment avais-je pu oublier ces détails ? Pourquoi les événements du passé disparaissent-ils quand ça leur chante, nous faisant croire qu'ils n'ont jamais existé, pour ressurgir d'un seul coup et nous blesser, nous rendre la situation encore plus compliquée qu'elle ne l'était déjà ?

Je suis sûrement la femme sur Terre qui mérite le moins Logan, la seule à ne pas avoir le droit d'espérer quoi que ce soit de sa part, et encore moins une relation. Il a toujours été trop haut, trop brillant, pour que je parvienne ne serait-ce qu'à le toucher en rêve, et aujourd'hui il vient à la fois de réduire à néant cette distance et de démultiplier ce vide qui nous sépare. *Combien Lem doit me détester. Combien simplement me regarder doit lui être insupportable… Et pourtant. Pourtant, il a toujours agi pour le mieux en ce qui me concerne, bien plus que mon véritable père… Pourquoi ? Pour Logan ? C'est Logan qui l'a obligé ?*

Mon téléphone enfin chargé se met à vibrer. Je l'attrape et le déverrouille sans réfléchir, juste par automatisme. C'est un message de Don, le larbin de mon père. Il m'a envoyé une photo de lui en train de faire un geste obscène avec ses doigts et sa langue, un truc censé m'exciter. *C'est juste dégueu, Don.* La légende qui accompagne ce mémorable cliché est la suivante : « Mimi-Charlie me manque ! J'te lèche ! » – au lieu de « Je t'embrasse ». *En plus, j'ai le mauvais pedigree,* je songe en reposant mon portable. J'avais enterré si profondément tous ces sentiments pour Logan que j'avais fini par me convaincre de leur non-existence. Je devrais juste continuer comme ça. *Il ne s'est rien passé.* C'est faux. Logan a essayé de me dire qu'il tenait à moi plus qu'il ne devrait. Comment pourrais-je ignorer un tel aveu ? *J'ai seulement encore plus envie qu'il m'appartienne.*

Résolution n° 5

Ne rien lui dire. La faire parler.

Une fugue. Elle m'a fait une putain de fugue. Sûr. Je tourne désormais dans un quartier résidentiel sur Mulberry Street. Le style des maisons diffère d'une demeure à l'autre, mais, bizarrement, la taille de leurs jardins reste identique ; même le gazon est visiblement tondu selon un cahier des charges précis. Avec sa crinière rose, si Charlie traînait dans le coin, je la repérerais facilement. Je prends à gauche, West Valley Boulevard. J'essaie encore de la joindre sur son portable. Un jour et une nuit qu'elle ne répond pas, j'imagine qu'il est déchargé. Je frappe violemment le volant de la main. *Oui, c'est son portable qui doit avoir la batterie à zéro, Logan. Calme-toi. Elle n'est pas en train de se vider de son sang, quelque part, dans un fossé…* Me rendre à l'hôpital de Tehachapi a été la première chose que j'ai faite, et j'ai cru mourir de soulagement lorsqu'ils m'ont certifié n'avoir aucune patiente qui correspondait à sa description. Soudain, « Jailhouse Rock » d'Elvis retentit dans l'habitacle. Sans vérifier le nom, j'appuie sur l'écran tactile de mon téléphone, aimanté par le support collé au tableau de bord, pour décrocher en mode haut-parleur.

— Oui ?

— Logan ?

Cette voix ! C'est celle de… Je me racle la gorge. Un tic nerveux.

— Madame Parson. Comment allez-vous ?

— Appelle-moi Shawna. Je vais bien, merci.

Je ne l'appellerai jamais par son prénom. Elle m'a déjà encouragé à le faire la dernière fois. Ça fait même un moment que j'ai repéré son manège. J'ai deviné la complexité de leur relation, mais il n'y a pas moyen que je prenne son parti à elle contre Charlie.

— Que puis-je pour vous ?

Mon regard navigue de la chaussée aux nombreuses collines qui occupent le panorama. Les champs qui bordent le bitume fendu de la route sont secs, et l'herbe a cet aspect de paille cassante. Comment a-t-elle eu mon numéro ? Ce n'est sûrement pas Charlie qui le lui a donné.

— Danny m'a appelée.

À son ton, on pourrait jurer qu'elle sourit. Danny ? C'est Danny qui le lui a filé ?

— Ah.

Je ne vois pas quoi dire d'autre, parce que je sais qu'elle sait.

— Tu ne l'as pas encore retrouvée, n'est-ce pas ? articule-t-elle avec flegme.

Derrière chaque homme puissant se trouve une femme redoutable. Ce qui vaut en politique vaut également pour les clubs. La First Old Lady, soit la femme du président, n'est jamais à prendre à la légère. Je soupire.

— C'est exact.

— Peux-tu venir me chercher au *K-Mart*[1], celui de Mul… Attends, je ne vois rien sans mes lunettes. Ah. Mulberry Station ?

Sur l'instant, je ne réagis pas, trop choqué.

— Madame Parson… Vous parlez bien du *K-Mart* de Tehachapi ?

Je cherche confirmation. Gagner du temps. N'importe quoi. La mère de Charlie… ici ?!

— Non, celui de Los Angeles. (Elle enchaîne.) Bien sûr, celui de Tehachapi.

Je m'éclaircis de nouveau la voix.

— Disons que c'était une manière détournée de vous demander pour quelle raison vous avez fait le déplacement. Danny vous a informée de sa fugue, soit, mais Charlie est majeure, donc…

— J'ai fait le trajet en taxi, m'interrompt-elle. Danny paraissait très inquiet. Alors j'ai cru bon de venir en personne évaluer la situation.

En taxi !

— Danny est en sécurité avec mon père. Ce qui se passe concerne Charlie, en l'occurrence.

— Je le sais très bien. Je ne veux pas en discuter au téléphone. Peux-tu venir me chercher, oui ou non ?

J'hésite puis soupire.

— Oui.

— Je t'attends.

Elle met fin à la conversation. Je ne veux pas voir cette femme. Je n'ai pas de temps à lui consacrer ; que ce soit à elle ou bien à ses lubies maternelles qui ne l'ont pourtant

1. Chaîne de grands magasins.

jamais titillée les années précédentes. Mais quinze minutes plus tard, je me gare sur le parking, puis la rappelle.

— C'est Logan. Où êtes-vous ?

— Dans le bar en face du *K-Mart*. Le *Dog House Saloon*. Il fait trop chaud pour se priver d'une bière.

— J'arrive.

Je redémarre mon pick-up pour emprunter le carrefour qui précède le fameux magasin, celui servant également d'arrêt de bus. Lorsque j'entre enfin dans l'établissement, il n'est pas difficile de la repérer car Shawna Parson a les mêmes cheveux blond platine que sa fille, Charlie. Je m'installe à ses côtés au bar et la serveuse, une grande brune plutôt jolie, m'adresse aussitôt un sourire chaleureux auquel je réponds par politesse.

— Une Corona Extra, s'il vous plaît.

Elle acquiesce et m'apporte rapidement ma commande.

— Bonjour, madame Parson.

Je la salue sans la regarder, même si je sens qu'elle ne se prive pas de me détailler.

— Shawna, insiste-t-elle.

Une brève moue ironique déforme mes lèvres. J'avale une gorgée amère et fraîche de bière.

— Madame Parson.

Elle soupire mais semble se résigner.

— Tu es bien le seul mec du quartier à ne pas mater constamment mon décolleté, alors pourquoi suis-je étonnée par ton entêtement à m'appeler « madame » ?

— C'est faire tout ce que vous dites qui serait étonnant.

— Je déteste ça. Je me sens vieille quand on me sert du « madame », et je déteste ça, me sentir vieille.

— Vos états d'âme m'importent peu. Venons-en aux faits, voulez-vous ? Qu'est-ce qui vous a poussée à faire deux heures de route, et en taxi qui plus est ?

Finalement, je lui accorde mon attention. Elle joue avec son paquet de cigarettes, le tapotant régulièrement de son Zippo argenté décoré d'un aigle royal.

— Nous sommes le premier producteur mondial de tabac, et pourtant il n'existe plus un seul endroit où fumer est autorisé, s'agace-t-elle.

Un sourire froid apparaît sur ma bouche tandis que je la contemple, frustrée de ne pas pouvoir s'en griller une.

— Ce sont les Chinois.

Shawna sursaute sur son tabouret et m'adresse un regard irrité.

— Quoi donc ?

— Ce sont eux qui ont le monopole du tabac. Nous ne venons qu'en quatrième position derrière l'Inde et le Brésil.

— Nous l'étions probablement à une époque. Bref, on s'en fout, rétorque-t-elle.

L'espace d'un instant, nous nous perdons l'un et l'autre dans la contemplation des dizaines de bouteilles d'alcool alignées face à nous.

— Elle sait pour l'incendie. C'est pour cette raison qu'elle s'est barrée.

C'était totalement involontaire, mais mon corps s'est raidi. Son commentaire a sonné comme un reproche. Je me sens moi-même terriblement coupable de l'état dans lequel Charlie se trouve.

— Elle ne sait pas tout.

Shawna s'esclaffe, le timbre sarcastique.

— Elle sait le principal. Le reste n'est que détails, non ?

Mon silence sert d'aveu : je pense la même chose qu'elle, alors pourquoi mentir ?

— Tu l'aimes ? me demande-t-elle brutalement.

Avant de répondre, j'avale plusieurs gorgées salvatrices.

— Bien sûr.

Ses doigts aux longs ongles parfaitement vernis et dont le rouge vif est assorti à celui de son débardeur serrent immédiatement mon avant-bras. Elle plante son regard dans le mien.

— Non. Je ne t'ai pas demandé si tu l'aimais comme on aime une putain de glace à la vanille, mais si tu étais prêt à tout pour elle. Si elle passait avant ton père, avant les horreurs du passé, avant le reste du monde, Logan.

Nous nous scrutons l'un l'autre dans un silence uniquement entrecoupé par les éclats de voix des quelques clients présents.

— Pourquoi ? C'est quoi, cette question ? J'ai même envie de vous dire que ça ne vous concerne en rien.

Elle détourne les yeux, et pour la première fois depuis que je la connais, je l'observe minutieusement. Son profil ressemble trop à celui de Charlie.

— Son père part en guerre contre la mafia russe. C'est du sérieux.

— Quel est le rapport avec Charlie ?

— Il faut que tu la gardes ici… avec Danny.

— Je croyais que vous vouliez que votre fils rentre à Glendale avant la fin du mois.

Shawna pouffe dans sa main libre. Elle a cette attitude insupportable de femme-enfant. Certains hommes doivent aimer. Quand elle lève son visage vers le mien, ses iris au bleu moins intense que ceux de Charlie me fixent, brillantes d'amusement.

— Tu n'étais pas au courant ? lance-t-elle, rieuse.

Je fronce les sourcils.

— Au courant de quoi ?

— Le meilleur moyen d'obtenir quelque chose de Charlie, c'est de prétendre vouloir le contraire. (Elle reste silencieuse une seconde, puis poursuit.) Kurt va l'embarquer dans toute cette merde. Parce qu'il est comme ça : fondamentalement égoïste. Et elle, elle acceptera de le suivre, parce que c'est Charlie et qu'elle est une BAMCHA. Law est pareil. Ils ont ça dans le sang. Le problème est que si Charlie tombe, Danny tombe. Et je veux que mon fils reste loin de tout ça.

Mes doigts se crispent sur ma bouteille et mes yeux ont sûrement pris une teinte plus sombre.

— Et Charlie ? Ce n'est pas important qu'elle aussi reste loin de tout ça ?

Shawna hausse négligemment les épaules, le regard de nouveau rivé sur son verre.

— Law et elle sont de la même espèce. Des durs à cuire capables de retomber sur leurs pattes, peu importent les problèmes ou la situation. Danny… Danny c'est autre chose. Il est plus fragile. Ce n'est pas un BAMCHA.

La colère me submerge instantanément. Je dois serrer les dents pour parvenir à l'endiguer.

— Vous êtes ignoble, madame Parson. Vous utilisez vos deux autres enfants pour sauver celui-ci. Alors quoi ?

Ils ont moins de valeur à vos yeux que Danny parce que Kurt est leur père, et pas le sien ?

Le teint de Shawna devient livide. Je savoure cette panique que je lis sur elle.

— Co… comment le sais-tu ? Qui d'autre est au courant ?

C'est avec une nonchalance cruelle que je la contemple, puis descends lentement le fond de ma bouteille, juste pour prolonger son angoisse.

— Nous. Mon père. Ray. Les parents de Ray. Je crois qu'il n'y a que le principal intéressé qui ne voit pas que le petit dernier ressemble étrangement au capitaine Bedford.

Du coin de l'œil, je remarque la main que la mère de Charlie porte à son cœur.

— Je pensais que ça passerait…, murmure-t-elle.

Je ricane méchamment.

— Quoi ? Parce qu'ils sont tous les deux bruns, c'est ça ? Que vous êtes naïve !

Ses lèvres se pincent si durement que sa bouche n'est plus qu'une mince ligne. Ses yeux paraissent m'accuser de tous les maux de la Terre, mais je m'en fiche éperdument. Pour moi, seule Charlie compte.

— Tu vas le lui dire ?

C'est mon tour de hausser les épaules.

— À qui ? À Charlie ? Non. Je ne veux pas la faire souffrir inutilement. Je crois qu'elle a eu son compte de révélations abominables ces dernières heures. (Je m'accoude au comptoir.) Vous avez fait le déplacement juste pour ça ? Un coup de fil aurait suffi.

— Je suis venue voir Danny.

Sa voix prend un drôle de timbre, plus rocailleux. J'inspire un grand coup pour m'exhorter au calme.

— Danny, Danny, Danny…, je murmure comme une litanie. Vous n'avez que lui en tête. Je vous trouve odieuse. (Après un bref silence.) Je ne vous donnerai pas l'adresse de la Résidence.

— Je l'ai déjà !

Son ton plein de défi m'incite à l'affronter plus ouvertement.

— Lem m'a filé ton numéro, mais également l'adresse. Je n'ai pas besoin de ton accord.

Mes doigts se ferment sur eux-mêmes. Un poing furieux qui adorerait cogner dans n'importe quoi… ou n'importe qui.

— Alors pourquoi cette rencontre ? je demande, abruptement.

— Je voulais être certaine que tu aimais assez Charlie pour la garder ici, c'est tout.

— Et alors ? Satisfaite ? je siffle, le regard noir.

Tout en descendant de son tabouret, Shawna m'adresse un sourire suffisant.

— Complètement.

Au moment même où elle s'apprête à s'éloigner pour de bon, je l'interpelle :

— Évitez Charlie. Si elle est rentrée, évitez-la. Allez voir Danny et demandez-lui de garder votre visite secrète. Elle n'a pas besoin que vous veniez foutre le merdier dans sa tête, c'est déjà assez le bordel comme ça.

Elle hoche la tête.

— Prends soin d'elle.

L'expression de mon visage doit être sacrément effrayante pour que Shawna esquisse ce mouvement de recul involontaire.

— Je n'ai pas besoin de vous pour le faire. Je n'ai jamais eu besoin de vous.

Je ne quitte l'entrée des yeux qu'une fois la mère de Charlie partie.

— Ah, les femmes…, commente l'un des serveurs.

Je lui adresse un sourire d'excuse.

— Désolé pour…

Il agite la main dans les airs tandis qu'une grimace sympathique déforme brièvement ses traits.

— Non ! Ce n'est rien. Ça a pimenté la journée, achève-t-il avec humour. Par contre, c'est vraiment bizarre…

— Quoi donc ?

J'ai posé la question sans vraiment le regarder, palpant mes poches à la recherche de mon portefeuille.

— Hier soir et ce matin très tôt, y avait une gamine qui lui ressemblait drôlement.

Je me pétrifie une seconde, puis lève la tête pour le dévisager plus attentivement.

— Qu'est-ce que vous dites ?

Du calme, Logan. Il faut être sûr avant tout. Le serveur, un grand gaillard barbu du genre fullback[1], pose les doigts sur les différentes parties de son visage pour illustrer son propos.

— La même forme des yeux, du nez et de la bouche. Les yeux plus clairs et les cheveux… roses. Mais ça lui va pas trop mal, remarquez.

---

1. Position d'attaque au football américain : centre arrière.

Les cheveux roses ? Les mêmes traits que Shawna ? Je manque de m'écrouler devant lui. Je suis tellement soulagé que je le remercie sans même m'en rendre compte. Je ne m'en aperçois que lorsque, gêné, il m'assure que ce n'est rien. J'attrape une serviette en papier, puis le stylo traînant dans l'une des poches de ma veste pour noter mes coordonnées dessus.

— Je vous donne mon numéro de téléphone. Si jamais elle revient… ou si l'un de vos employés la voit, pouvez-vous m'appeler ? C'est très important. Surtout, pas un mot à propos de la femme qui m'accompagnait… Ça risquerait de l'inciter à faire une bêtise, vous comprenez ?

— Oui, bien sûr. Pas de souci.

Mon regard dans le sien, je lui tends le bout de papier griffonné qu'il accepte.

— Merci. Merci à vous. N'hésitez pas. Je vais rester dans le coin.

Je règle ma consommation, ainsi que celle de la mère de Charlie. Mon cœur. Mon cœur bat de nouveau dans ma poitrine.

Règle n° 12

Garder le contrôle – tout est sous contrôle.

Mi-août. Trois semaines de stage. J'ai progressé, même si j'ai encore du chemin à faire. Ce matin, c'est entraînement de boxe. J'entre dans la salle, mon sac de sport sur l'épaule. Il y a du monde autour, mais également sur le ring. J'y jette à peine un coup d'œil, pressée d'aller me préparer… mais mon regard est soudainement attiré par un mouvement non loin des cordes : c'est Emily qui agite la main dans ma direction. J'amorce un geste pour lui répondre, mais lorsque je constate *qui* se trouve dans l'espace de combat, je me fige et j'oublie de finir de la saluer. C'est Logan contre Ray. Ils semblent bien s'amuser tous les deux, à « danser » sur le plancher. Mes yeux n'arrivent pas à se détacher du spectacle de Logan torse nu et trempé de sueur. De ses cicatrices qui sont exposées à la vue de tous. Je ne suis pas dégoûtée ; je ne l'ai jamais été de toute façon. Je dirais même qu'en cet instant elles me fascinent davantage. L'envie de le toucher me déclenche des picotements tout le long des bras. Je regarde pensivement ma main, faisant jouer mes doigts pour faire disparaître cette étrange sensation de besoin. Je l'ai évité. Plus de quinze jours que je m'ingénie à l'éviter. Pas une seule fois il n'a ouvert cette porte séparant sa chambre de la mienne. *J'aurais aimé qu'il le fasse*. Le mur se dressant entre nous s'est fissuré de toutes parts et je ne sais pas de quelle manière réagir. *Il était saoul*. C'est vrai. *N'empêche que...*

— Oh, mon Dieu ! s'exclame Emily en se précipitant vers moi.

Je détourne brièvement la tête. Je sais bien trop ce dont elle va me parler.

— Mais ça te va trop bien, ce blond platine !

— Je me suis arrêtée chez le coiffeur. Envie de changement..., j'explique, un rien nerveuse tandis qu'ils s'approchent tous.

Ce n'est qu'une putain de couleur, merde. Pas une révolution !

— Retour aux sources ? lance Logan d'un ton traînant.

Je me hérisse et lui jette un regard en coin.

— Retour aux sources ? répète Ruan, visiblement intrigué.

Sans me quitter des yeux, Logan vide consciencieusement l'eau de sa gourde. Lorsqu'il en a terminé, il s'essuie rapidement la bouche sur l'une des petites serviettes en éponge que Lem lui tend. C'est ce dernier qui, sans m'accorder la moindre attention, vend la mèche :

— Charlie a toujours été blonde. Comme sa mère et son frère. Il n'y a que Danny qui soit brun.

Ruan hausse les épaules.

— Et alors, on s'en fout, non ? Je suis le seul qui savait que Charlie n'était pas née avec la crinière d'un Petit Poney ? s'exclame-t-il avec son accent. C'est quoi votre problème ? *Pendejos*[1] !

Tout en continuant de maugréer en espagnol, il roule des mécaniques, faisant rouler ostensiblement les muscles de son buste. À sa manière, il a pris ma défense et ça me touche. Graduellement, lui et moi, nous parvenons à dépasser notre antagonisme mutuel. Nous échangeons un regard ; il hoche brièvement la tête et j'en fais autant pour le remercier.

— Sur le ring, lâche Logan dans mon dos.

Mon corps frémit. *Bordel.*

— OK.

J'accepte, la voix un peu trop rauque. Direction les vestiaires pour me changer. J'ôte mon jean. Ma peau devient moite, ce qui me rend la tâche difficile. Je ne me suis jamais entraînée à la frappe avec Logan. *Pourquoi maintenant ? Il est furieux que je l'évite ? Je vais payer la facture ?* Je passe une brassière et un short. Depuis que j'ai rejoint le programme d'*Action Heroes*, je sens que mes muscles se développent : abdominaux, jambes, et même certains dont je ne soupçonnais pas l'existence. Bon, le culturisme n'est pas encore à ma portée, et franchement ce n'est absolument pas le but recherché. *Je veux juste devenir plus forte.* Je commence à enfiler la bande de boxe en coton autour de ma main gauche ; elle est censée apporter un support additionnel aux mouvements de mon poignet, tout en protégeant les tendons. Je fais attention à ne pas trop

1. Se dit d'un individu stupide.

la tendre au risque de me couper la circulation sanguine. Une fois cette besogne accomplie, je saisis ma paire de gants. Mon corps entier est noué : de l'autre côté de la porte m'attend Logan. J'inspire pour ensuite doucement expirer tout cet air emmagasiné. Ce n'est pas vraiment le moment de me taper une crise de panique. Je me jette dans l'arène. *Tu te considères comme un samouraï ?* Je souris pauvrement. *Non. Un putain de gladiateur, à la rigueur…*

Des cibles de précision sur les mains, il m'attend dans l'enceinte. L'expression de son visage est désespérément neutre ; une ode au sang-froid. Je monte les deux marches, soulève une corde, puis passe en dessous afin de le rejoindre. Les cibles anglaises – pour une séance de boxe dans cette spécialité – qu'il me présente servent généralement à l'entraînement du poing ou du pied. Leur forme incurvée évite aux gants de glisser hors de la zone d'impact. Lorsque je commence mon échauffement, j'aperçois une grimace amusée sur ses lèvres. Il ne s'est pas rasé depuis au moins deux jours, ce qui lui donne un petit côté sauvage. Mon cœur rate un battement. *Déconne pas, Charlie. Ce n'est pas le timing idéal pour être troublée.* J'assouplis mes cervicales d'un mouvement rotatif de la tête. Je m'approche. Il se place. *Merde. Il est plus grand que Lem. Je vais devoir frapper plus haut.*

— Pourquoi c'est toi qui t'y colles ? je lui demande à voix basse tout en secouant mes jambes pour en chasser les tremblements nerveux.

Sa mimique s'élargit.

— Pourquoi pas ?

Répondre à une question par une question… Il me gonfle. Très bien. Maintenant, je suis énervée. Eh bien, c'est ce qui pouvait m'arriver de mieux dans ce contexte. Je commence l'entraînement.

— Ton droit est toujours le plus fort.

C'est une simple constatation de sa part. Logan avance la cible chaque fois que je lance mon uppercut.

— Ton gauche. Il est plus rapide.

Dans sa bouche, c'est clairement un ordre : je dois frapper du gauche. J'essaie.

— Le gauche !

Mon regard traverse le sien, impitoyable, de la dureté du métal. *J'essaie, bordel !* Mais j'ai tendance à envoyer le droit. Sa proximité me déstabilise. C'est au tour des esquives : il vise mes épaules et j'évite adroitement. Il débute la série durant laquelle les frappes succèdent aux feintes. Je sens la sueur dévaler le long de ma colonne vertébrale.

— Reviens en garde quand tu mets à gauche.

Je m'exécute.

— Voilà ! me félicite-t-il.

J'étouffe illico dans l'œuf ce sentiment de bonheur qui m'envahit juste parce que j'ai réussi ce qu'il me demandait. C'est terrible, cette influence qu'il a sur mes émotions… Je me giflerais volontiers. Et puis, lentement, quelque chose commence à se créer entre nous. Ça nous absorbe, nous entoure, demeure invisible mais curieusement palpable. Je suis subitement consciente de tout ce qui se dégage de Logan ; de toute cette énergie qui irradie de lui et qui me court sur l'épiderme.

— Gauche.

J'envoie de la gauche.

— Droite.

J'envoie de la droite. Il tente de m'atteindre. Je réussis encore mon esquive. Je suis en nage et un rapide coup d'œil sur lui m'indique qu'il est dans le même état que moi. Nos corps moites sont trop proches, et nos souffles bien trop bruyants. Ses yeux s'égarent brusquement ; ils dévient d'abord sur ma bouche, puis caressent ma gorge pour finir sur mes seins. Les battements de mon cœur s'accélèrent déraisonnablement. Soudain il s'arrête, se redresse sans rien dire, pour venir près des cordes. Je lui jette un regard interrogateur auquel il ne répond pas, occupé à ôter les cibles de ses mains.

— Ruan et Ray. Sur le ring. Emily ?

— Oui ! s'écrie cette dernière, comme survoltée.

— Lem va t'enseigner de quelle façon on s'exerce sur un sac de frappe.

Il quitte l'enceinte et je le regarde s'éloigner, les bras ballants. *N'empêche qu'il possède les muscles dorsaux les plus canons de tout l'État de Californie…* Je me secoue. Ce n'est pas le moment de baver sur lui.

— Charlie !

Mon prénom explose brutalement dans l'air. Je sursaute. *Qu'est-ce qu'il se passe, encore ?*

— Quoi ! j'aboie, sur la défensive.

Sans se tourner, et encore moins s'arrêter, il me fait signe de le suivre jusqu'aux vestiaires. Je flaire l'embrouille, néanmoins j'obtempère. Aujourd'hui, c'est mon coach, après tout. À peine le seuil franchi, je me prends une nouvelle vague de cette tension électrique, identique à celle que j'ai identifiée un peu plus tôt, sur les planches. Il est adossé à l'un des casiers, bras croisés.

— Il fallait que je te parle.

J'essaie de dénouer seule les liens de mes gants. Devant l'inefficacité de ma tentative, Logan m'invite d'un mouvement de tête à m'avancer vers lui. J'accepte, même si je reste suspicieuse.

— Me parler de quoi ? je le questionne, tandis qu'il défait mes lacets.

— De la raison pour laquelle tu m'évites. Je tenais à te prier de m'excuser de m'être comporté de la sorte… à l'hôtel.

— Tu n'as rien fait dont tu doives t'excuser…

Il lève brusquement le visage puis plante son regard dans le mien. Je le soutiens sans ciller. Il s'attaque à l'autre gant.

— Bien sûr que si. J'étais saoul et en colère. Je me suis défoulé sur toi. La situation a dérapé.

— Mais… de quel dérapage parles-tu ?

J'ai du mal à le suivre. Logan s'attelle à la bande de boxe dont il défait le Velcro d'un geste agile. Nous sommes si près l'un de l'autre que sa chaleur déteint sur la mienne. Soudain, ses épaules sont agitées par ce rire silencieux qui est devenu, en quelque sorte, sa signature.

— Ah, putain…, chuchote-t-il. Je suis misérable.

Je le regarde changer de position sans pour autant s'écarter du casier. Ses paupières sont plissées et je devine qu'il m'observe sous la barrière de ses cils, tel le prédateur jaugeant sa proie.

— Pourquoi ? me demande-t-il d'une voix extrêmement douce.

Je recule d'un pas ; l'atmosphère devient carrément étouffante.

— Pourquoi quoi ?

Il saisit brièvement une mèche de mes cheveux entre ses doigts avant de les éloigner très lentement.

— Je n'ai jamais réellement compris la raison qui t'avait poussée à te teindre les cheveux en rose. Mais là, je m'interroge sur celle qui t'a incitée à redevenir l'ange blond, Charlie.

L'ange blond ?

— Je ne sais pas… C'était juste comme ça.

D'un mouvement gracieux, il s'écarte de l'armoire de métal.

— Tu as compris ce que je t'ai dit, ce soir-là ? s'enquiert-il avec une inflexion sexy qu'il n'a jamais utilisée auparavant avec moi.

Mon cœur s'emballe dans une danse effrénée. Ses pulsations résonnent jusque dans ma tête.

— Je crois que oui.

Ma voix incertaine n'est qu'un murmure à l'agonie. Je commence à sérieusement manquer d'air.

— J'en doute.

Un silence de briques incandescentes se construit tout autour de nous. Il ne bouge pas d'un iota, et subitement l'intense besoin de l'embrasser me fait perdre la raison. En une seconde, je réduis en poussière la maigre distance nous séparant l'un de l'autre. Mes lèvres sur les siennes, ma langue dans sa bouche, je ne suis qu'avidité. Il laisse mes doigts fébriles s'accrocher à sa nuque. Submergée, je tombe dans un gouffre sans fin. En réponse, Logan me saisit brutalement par les hanches et je noue immédiatement mes jambes autour de sa taille. L'instant suivant, je me retrouve prise en sandwich entre le mur et lui. Je me consume entièrement. C'est le plus enivrant des combats auxquels nous nous soyons jamais livrés. Ce baiser. Il est sauvage, déchaîné, étourdissant. Une chose est sûre, tout le monde se trompe sur son compte. Logan me révèle sa véritable nature : du feu sous la glace.

— Logan !

Ce cri rageur, nous en identifions immédiatement la provenance. Je sens son corps se raidir. Tout en maintenant la position pour me soustraire à la fureur de son père, il met délicatement un terme à notre baiser. Je suis étourdie. Il doit s'en rendre compte alors que ses yeux explorent les miens ; je me sens groggy. Ivre.

— J'arrive, indique-t-il à Lem d'un ton glacial.

— Je t'avais prévenu… ! continue Lem en s'étranglant de colère.

Logan tourne vivement la tête vers lui.

— J'ai dit : j'arrive, gronde-t-il.

Dès que la porte des vestiaires a claqué violemment, il me libère. Je ressens son éloignement comme un vent polaire qui s'infiltre jusque dans ma chair.

— Si tu t'excuses, je t'en colle une ! je le menace dans un murmure.

Un curieux sourire incurve l'extrémité de sa bouche.

— Je ne vais pas m'excuser alors que c'est toi qui m'as carrément sauté dessus, rétorque-t-il calmement.

Je l'observe partir en quête de son tee-shirt.

—Tu n'as pas eu l'air mécontent de mon initiative.

Il rit à sa façon, puis enfile un haut en coton gris en passant d'abord ses bras dans les manches.

—J'ai même tout fait pour la provoquer, j'avoue.

—Ah! Sale manipulateur!

Un drôle de silence s'instaure, brisant le restant d'intimité qui stagnait dans l'atmosphère.

—C'est ta faute, dit-il soudain.

Je le dévisage, stupéfaite, pendant qu'il ferme le cadenas de son casier.

—Hein?

Lorsqu'il me fait face, son visage s'est déjà paré d'une parfaite neutralité qui me donne envie de le frapper. De sa main libre, car l'autre porte son sac, il attrape une nouvelle fois une mèche courte de mes cheveux. Je lève les yeux vers celle-ci.

—Tu es redevenue blonde.

Quoi?! C'est quoi cette excuse bidon?

—Reste ici le temps que j'aille voir mon père. Nous en discuterons ce soir.

Sur ce, il prend la direction de la sortie des vestiaires. Je me tourne vivement:

—Nous discuterons de quoi? Et pour quelle raison je t'obéirais? J'fais ce que j'veux!

Les doigts sur la poignée en plastique de la porte, il m'affronte une dernière fois:

—Tu as la tête de la nana qui a pris son pied. Si tu veux répondre aux questions que tes petits camarades te poseront sûrement en voyant ça, c'est ton problème.

Il a le culot de me dédier un sourire arrogant. J'ai défait ma basket mais il a été plus rapide et a refermé la porte avant que cette dernière ne l'atteigne. *Il m'en faut plus pour afficher ce genre d'air !*

Je ne l'ai pas écouté. D'accord, ça devient peut-être une sale habitude, mais concrètement je n'ai pas d'autre moyen d'essayer de découvrir la vérité. Discrètement, j'ai suivi Logan jusqu'à son bureau, là où l'attend évidemment son père. Par chance, la porte est restée entrouverte, et en me plaçant d'une certaine façon, je parviens à apercevoir soit l'un, soit l'autre. Lem fait peur à voir. Des éclairs de colère embrasent ses yeux ; quant à son fils, il reste égal à lui-même : d'un calme olympien. C'est Lem qui démarre les hostilités :

— Tu m'avais promis de garder tes distances ! s'écrie-t-il, les joues rouges. J'ai accepté qu'elle fasse partie du stage à cette seule condition ! Tu te fous de qui ? Hein ? J'aurais dû comprendre tes vraies motivations quand tu as changé la distribution des chambres ! Je t'avais interdit de poser un putain de doigt sur cette gamine ! poursuit-il dans un hurlement qui le mène au bord de la crise d'apoplexie. Et qu'est-ce qu'il se passe ? Je vous chope en train de vous bécoter dans les vestiaires ! Bordel, Logan ! Ne souris pas ou j'te fous une branlée ! Tu trouves ça drôle ?

— Non, du tout. C'est juste le terme « se bécoter », ça fait très… Bref. Arrête de t'énerver, tu vas me faire un infarctus. La distribution des chambres, ça n'a rien à voir. Je suis obligé de garder un œil sur elle depuis ses derniers ennuis avec la justice.

Le regard qu'adresse Lem à son fils est carrément incendiaire.

— Tu crois que je vais gober un truc pareil ? Tu sais à qui tu parles, fiston ? Je ne suis pas cet abruti de Bedford !

Cette fois, Logan ne réplique pas. Lem finit par se laisser choir sur l'une des chaises en soupirant.

— Ça fait un bail que tu la vois comme une femme, alors arrête de me prendre pour un con.

Mon cœur oublie instantanément d'exécuter sa principale fonction. C'est involontaire, mais je ne respire plus normalement. L'anarchie règne dans ma poitrine. Au son qui me parvient, je devine que Logan s'allume une cigarette. Ce qui ne plaît pas du tout à son géniteur.

— Depuis quand t'es-tu remis à fumer ?

— Depuis que ma chambre est juste à côté de la sienne.

Dans l'inflexion de sa voix, je capte la trace d'un amusement sincère, néanmoins teinté de tristesse.

— Arrête ça tout de suite.

— La clope ? suggère Logan.

Lem frappe son bureau du plat de la main.

— Tout ! rugit-il.

Dès que le vieil homme se lève, je me dépêche d'abandonner mon poste d'observation et me cache dans un renfoncement du mur. Une fois sur le seuil, il réitère d'une voix autoritaire :

— Tout ! Tu m'entends ? Si tu continues à n'en faire qu'à ta tête, je la jette à la rue ! Elle ira finir sa vie comme sa chienne de mère ! Rien à foutre ! C'est terminé ton chantage à deux balles comme quoi je dois bien ça à ma fille chérie qui a donné sa vie pour elle !

Ma douleur se coince méchamment dans ma gorge. *Donc, Lem me hait vraiment. Il a fait semblant d'en avoir quelque chose à faire tout ce temps.* J'ai les mains collantes et une nausée de classe mondiale me tord l'estomac. Je ferme les yeux. *Putain*. Faute de pouvoir descendre, la salive envahit ma cavité buccale.

— Je sais que tu es là. Sors.

C'est Logan. Je m'avance de quelques pas pour le découvrir appuyé contre l'encadrement de la porte. Il termine paisiblement sa cigarette, comme si de rien n'était. La même marque que les miennes, si j'en juge par les couleurs du paquet qui dépasse de la poche arrière de son bas de survêtement. Pendant un temps qui me semble interminable, il se contente de tirer sur sa clope, et moi de le regarder faire. Ses propos dans la chambre d'hôtel sont beaucoup plus limpides après avoir assisté à l'altercation entre Lem et lui.

— Ton père a raison.

Logan jette un coup d'œil à sa cigarette.

— Fumer est l'ennemi de tous les sportifs en général. Ça vaut donc pour toi aussi.

Je secoue la tête.

— Je ne parlais pas de ça.

Enfin, ses yeux croisent les miens. Leur lumière est distante, dénuée de sentiments. Ou bien est-ce là le jeu de cet extraordinaire acteur que, désormais, je le soupçonne d'être ?

— C'est évident. (Il reste muet une seconde.) Va rejoindre les autres. Cascade en milieu aquatique cet après-midi, sois en forme.

— Logan !

Mais je n'ai le temps que de l'entendre verrouiller sa porte. *Ce soir. Il a dit que nous en parlerions ce soir.*

Afin de nous emmener à la piscine publique *Dye Natatorium* de Tehachapi, Joshua nous trimballe dans un combi Volkswagen jaune poussin tout droit sorti des années soixante. C'est la honte. Nous avons tous rabattu nos capuches sur nos têtes préalablement couvertes d'une casquette, et nos visages sont cachés derrière des lunettes de soleil. Pour ce cours, c'est Sophia qui va être notre instructrice, car la cascade aquatique est sa spécialité. Ray s'est immédiatement installé à côté de moi, sur la banquette du fond.

— Il s'est passé quoi dans les vestiaires, ce matin ?

Une attaque rapide et directe. Je me rembrunis.

— Rien.

— Logan a filé comme une flèche. T'as aussi décampé comme une fusée. C'est quoi le problème ?

— Pas tes oignons.

— Si.

« Ce n'était pas ma copine, mais celle de Ray. » Bon, c'est un peu ses affaires quand même. Je baisse la tête pour contempler mes chaussures. Au bout d'un certain temps, mon mutisme semble l'énerver.

— Tu crois que je ne le sais pas ? marmonne-t-il subitement, irrité.

— Alors pourquoi tu demandes ? je réplique.

— T'es trop con ! me balance Ray en quittant brusquement sa place.

Pour toute réponse, je lui montre mon majeur tendu.

— J'en ai autant à ton service ! conclut-il, hargneux à souhait.

Avec lui, c'est un pas en avant, dix en arrière. Si ce n'est pas lui qui recule, c'est moi. Je n'arriverai jamais à tenir ma promesse à Logan, celle faite le premier jour de notre arrivée. J'extirpe mon portable de la poche de ma veste. Après vérification : je n'ai aucun appel, ni même un seul message de sa part. J'inspire puis soupire comme une âme en peine. Quand je crois tenir quelque chose d'important à propos de Logan, enfin une vérité dans tout ce marasme mensonger, tout s'évapore et il ne me reste plus rien, ou bien seulement du vent. Je me décide à prendre l'initiative :

MOI : Pourquoi tu n'es pas venu avec nous ?

J'attends la réponse, tapotant nerveusement la coque de mon téléphone du bout des doigts. Lorsque le « bip » spécifique à la réception d'un message résonne, mon cœur, ce sale traître, exécute un triple salto dans ma poitrine.

LUI : Une allergie subite et spontanée au monoxyde de dihydrogène.

MOI : Putain. T'es presque drôle. Alors, sérieusement ?

LUI : Rendez-vous à la banque.

MOI : Des ennuis ?

LUI : Pense juste à ne pas te noyer durant le cours.

De frustration, j'en jetterais presque mon téléphone. Comment pourrais-je un jour l'aider s'il ne me dit rien de ses problèmes ?

MOI : Tu t'es réconcilié avec Lem ?
LUI : J'allais oublier : il est formellement interdit de noyer Ray et/ou Ruan. Même si t'en crèves d'envie...
MOI : Va te faire foutre.

Cette fois, sa réponse se fait désirer, mais, lorsqu'elle arrive, mon sang se solidifie illico dans mes veines.

LUI : ... C'est une proposition, Charlie ?

Mes doigts tremblent, mon cœur est victime d'un violent séisme, et mon cerveau est réduit à l'état de gelée.

MOI : Et si je te disais que c'est le cas ?
LUI : Law va venir à la journée des familles. Essaie de revenir entière de ton cours.

Je pousse un petit cri agacé. Il va me rendre complètement cinglée ! Emily me lance un drôle de regard auquel je réponds par un sourire en coin.

Action Heroes a loué cette piscine publique couverte pour tout l'après-midi. Pendant que j'en examine les murs sur lesquels est peinte une pseudo-plage exotique bordée de palmiers, Ruan me rejoint pour, à son tour, contempler l'œuvre d'art.

— Dans mon quartier, je connais un *wey*[1] qui passe son temps à faire des graffitis dans les chiottes, et je te jure que ses dessins valent mieux que ce truc, commente-t-il.

On échange un regard avant d'éclater de rire tous les deux.

— J'ai entendu dire que tu connaissais déjà Logan avant le stage…, commence-t-il.

J'enfonce les mains dans les poches de ma veste à capuche. Le temps est pluvieux depuis le déjeuner.

— Ouais.

— Si t'as pas envie d'en parler, je comprends.

Je hausse les épaules, les yeux braqués sur cette fausse plage de sable fin.

— Ça va.

Ruan se racle la gorge, apparemment, il ne sait pas de quelle manière engager la conversation sur ce sujet qui le travaille.

— Vous êtes ensemble ?

Étonnée, je me tourne vers lui.

— Pourquoi tu me demandes ça ?

— Pour rien… Mais un conseil, Charlie, méfie-toi de la *manipuladora*[2].

Je pivote pour regarder la seule autre stagiaire féminine, et officiellement désignée par le regard sombre du Mexicain.

— Emily ?

Ruan me le confirme d'un hochement de tête.

1. « Mec ».
2. « Manipulatrice ».

— Elle passe son temps à faire… Comment ça se dit ? *Chingaderas*[1].

— Hein ?

— Ce ne sont pas mes affaires, mais toi et moi, on vient du même endroit, alors…

Sur ces derniers mots, il m'octroie une petite tape amicale dans le dos et s'en va.

— Attends !

J'essaie de le retenir, mais il est déjà parti rejoindre le groupe. Sophia me repère et m'invite d'un geste de la main à en faire autant. Dans un soupir vaincu, je m'exécute.

— Avant que vous alliez vous changer, je tenais à vous dire quelques mots. Je suis Sophia Carrera et ma spécialité au sein d'*Action Heroes* est la cascade aquatique – les scènes en apnée, par exemple, qu'elles relèvent de la simple nage ou bien du combat… Je vous rappelle notre credo des trois S : Sécurité, Sérieux et Sincérité. Cela vaut aussi pour les cascades dans l'eau.

Puis elle se tourne vers Emily qui s'avance d'un pas :

— Et c'est avec plaisir que je vous présente Emily O'Connor, championne nationale 2015 de natation synchronisée, catégorie masters. C'est une chance et un honneur pour nous de l'accueillir au stage cette année !

Sur cette annonce, Sophia applaudit et, sous le choc, nous l'imitons mollement tout en considérant Emily les yeux ronds et la mâchoire pendante. Un sourire radieux illumine son visage aux traits doux. *Elle cache bien son jeu.*

1. « Conneries », « saloperies ».

Un quart d'heure plus tard, nous sommes en maillot de bain, à compter les longueurs de bassin que réalise Emily sans même revenir à la surface pour respirer.

— C'est un putain de poisson. Les gros gris, là, qui chantent et sifflent, commente Ruan, mal à l'aise dans son slip de bain noir au logo d'*Action Heroes*.

— Ce n'est pas un poisson, mais un mammifère, rectifie Ray, debout à ma gauche, lui aussi occupé à la jauger.

Ruan, à ma droite, se penche légèrement en avant pour mieux le voir.

— *Un mamífero ?* Comme quoi ?

— Un dauphin. C'est un dauphin, ce à quoi tu fais référence.

J'ai répondu à la place de Ray. Les mains de Ruan font aussitôt des moulinets dans les airs.

— Un dauphin, ça vit dans l'eau, *sí* ? *No chingues*[1], c'est un poisson !

Je lui lance un regard stupéfait :

— Tu déconnes ! Mais tu faisais quoi pendant les cours de biologie ? je m'exclame.

Il se vexe.

— La prof, moi, je la baisais… *No la estaba escuchando*[2] !

Ce qui fait forcément rire l'autre mâle de notre trio. Je ne parviens pas à détacher les yeux du corps d'Emily qui ne cesse de fendre l'eau aux reflets bleutés.

— Et dire qu'elle flippait de tout et de rien, je murmure, toujours étonnée de cette révélation à son sujet.

1. « Fais pas chier. »

2. « Je ne l'écoutais pas. »

— Alors ! Qui ne sait pas nager de vous trois ?

C'est Sophia qui vient de surgir de derrière nous, nous prenant carrément par surprise. Seul Ruan lève un peu la main, visiblement honteux.

— Mon élément, c'est *el fuego*, pas la flotte ! précise-t-il, le menton dressé, comme s'il la défiait de l'obliger à faire trempette.

Le sourire de Sophia s'accentue et, pour le coup, je trouve l'expression de son visage vraiment sadique.

— Il va falloir apprendre, Ruan. Le maître mot des cascadeurs est POLYVALENCE.

— Pourtant, ça ne commence pas par un « s »…

Ma réflexion me vaut un regard noir de notre instructrice.

— Mais quoi ! C'est vrai, non ?

— Charlie ?

— Oui ?

— Vingt longueurs, pour toi.

— Hein !

— *Go !* m'ordonne-t-elle, un index tendu en direction du bassin où nage toujours Emily.

J'ai beau râler, Sophia reste inflexible. Je m'avance donc à contrecœur, et suffisamment près du bord pour vérifier la température de l'eau du bout du pied.

— Putain ! Elle est super froide !

Observation qui déclenche sur-le-champ un bruyant fou rire chez mes comparses masculins. Désormais, les yeux de Sophia me lancent de violents éclairs.

— Elle est à vingt-sept degrés, Charlie !

Le ton de sa voix est grondant.

— Ouais, bah, mon corps en fait dix de plus. Pour moi, là, elle est gelée.

— Charlie ! Va dans ce bassin faire tes longueurs ! s'écrie-t-elle, furieuse.

Un sourire hilare sur les lèvres, et dans une pose mélodramatique, je me laisse tomber dans cette eau tiède au goût de chlore. Aujourd'hui, nous avons découvert le talent caché d'Emily. Cependant, mon petit doigt me dit qu'elle nous en dissimule d'autres… de secrets.

Règle nº 13

Sauver quelqu'un quand tu peux le sauver.

Ces heures passées à apprendre à respirer correctement dans un tuba ou bien à nager avec des palmes ont eu raison de nos dernières forces. Enfin, ce n'est pas le cas de tout le monde dans le minibus, puisque Emily est en pleine forme. Son extraordinaire compétence trop bien dissimulée a été accueillie froidement et sa mise à l'écart était donc prévisible. Créer un bon esprit d'équipe n'est pas chose facile, surtout quand les membres d'un même groupe proviennent de milieux sociaux aussi différents que les nôtres. Ça se voit rien que dans ce qui me lie à Ruan : alors qu'à Glendale nous nous serions joyeusement mis sur la tronche, dans ce contexte, nous devenons instinctivement alliés en cas de comportement douteux de la part de ceux qui ne viennent pas du même environnement que nous.

— On est arrivés, la bleusaille ! prévient Joshua en garant le véhicule.

Nous sortons du combi en gémissant de fatigue, et l'idée d'être obligée de finir le trajet à pied jusqu'à la Résidence me donne presque envie de pleurer. Ray et Ruan partent les premiers, s'envoyant vanne sur vanne, visiblement chacun dans l'espoir d'avoir le dernier mot. Moi, je traîne un peu parce que j'ai bien envie de papoter avec notre dauphin cachottier. Emily affronte mon regard scrutateur sans ciller.

— Championne de nage synchronisée, hein ? Tu as dû bien te marrer lorsque je t'ai présenté le palmarès de Sophia, dans le car, le premier jour.

Emily hausse les épaules. Elle marche d'un pas déterminé ; le mien est plus flegmatique.

— Ce n'était pas contre toi, Charlie. Du moins, de la façon dont on pourrait le croire. Simplement, tu étais une concurrente à ne pas prendre à la légère.

— C'est tout ? Et ta peur des scorpions, du vide, d'à peu près tout ce qui se termine par « phobie », c'était également du pipeau ?

Elle frissonne.

— Bien sûr que non… Je déteste les bestioles, surtout les insectes, et oui, j'ai réellement peur du vide, mais dans l'univers sportif d'où je viens, se battre avec les armes dont on dispose est une absolue nécessité. J'ai des qualités, c'est indéniable, que ce soit ma puissance, mon endurance, ou bien ma créativité et ma souplesse. Mais le problème se situe ailleurs, dans les limites de mon champ d'action qu'est l'eau. Toi, tu maîtrises le combat, la moto, la voiture, le High Falls… Tu possèdes également une excellente endurance… Enfin, maintenant. Le premier jour, ce n'était pas franchement génial. Mais si, en cette minute précise, *Action Heroes* devait embaucher une seule personne, ça se jouerait uniquement entre Ray et toi. C'est énervant. On a beau faire des efforts avec Ruan, ça reste insuffisant… Vous êtes de la même espèce, Ray et toi. Vraiment agaçant.

Je l'examine tout en réfléchissant à ses propos.

— Je vois. Du moins, je comprends. Et le truc avec ta famille ? Mensonge ?

— Tout est vrai. La seule chose sur laquelle j'ai un peu menti, c'est notre rang social. Nous ne sommes pas de la classe moyenne. Plutôt de la petite bourgeoisie, je dirais.

— Logan ? je demande encore.

Emily s'arrête net, un curieux sourire aux lèvres.

— Pas mon genre de mec.

Je pile à mon tour pour la dévisager, ébahie.

— Ça faisait partie de ma stratégie pour te déstabiliser, précise-t-elle.

— Tu te fous de moi ?

Emily éclate de rire, puis se remet à marcher à mes côtés.

— Il m'a fallu cinq minutes pour capter que tu en pinçais pour lui.

Ma dignité vient d'être annihilée en une seule phrase. Pouf!

— De son côté, c'est moins évident. Il est plus doué que toi pour cacher ce qu'il ressent. Quoique… ce matin, sur le ring…

Je l'attrape direct par le bras.

— Que s'est-il passé sur le ring ? De quoi tu parles ?

Emily fait la moue, et quelque chose ressemblant à du dédain illumine son regard.

— Ne fais pas l'innocente. Je suis quasi certaine qu'il t'a sauté dessus dans les vestiaires. Vous vous mangiez des yeux. C'était flagrant.

Je m'accroupis aussitôt, le visage dans les mains.

— Putain ! je souffle.

Pas étonnant que Lem ait débarqué pour exploser cet instant d'intimité comme une boule de bowling fonçant dans un jeu de quilles. *Lui aussi a dû deviner ce qui allait se passer…* Je ferme les yeux un court moment en songeant à la question que Ruan m'a posée à la piscine. Ainsi qu'à la petite réflexion de Ray à l'aller dans le combi. *Ils savent tous.*

— Pourquoi tu fais cette tête ? Ce n'est pas comme si j'avais menti sur tout ou comme si tu n'avais aucune capacité. (Emily garde le silence une seconde.) Ou comme si tu étais à ce stage uniquement par piston… Tiens, comme ce Mexicain.

J'éclate d'un rire sans gaieté, puis tâte les poches de ma veste en quête de mon paquet de cigarettes. Autant en profiter avant que Danny ne puisse m'en empêcher.

— C'est un peu plus compliqué que ça.

Ma réponse est acide. Lorsqu'il se met à bruiner, je me relève, agacée de ne pas réussir à mettre la main sur ma salutaire dose de nicotine. Je remarque qu'Emily se frotte les bras ; son sweat est sans manches. En soupirant, je me défais du mien pour le lui donner. Elle me renvoie un regard soupçonneux.

— T'es pas obligée.

Je lève les yeux au ciel.

— Je suis le genre de nana à qui il faut plus d'une goutte d'eau pour qu'elle frissonne.

Emily hausse de nouveau les épaules, puis finit par l'accepter.

— Qu'est-ce qui t'a poussée à faire tomber le masque ? je l'interroge, curieuse.

Tandis que nous continuons à avancer sur le chemin caillouteux, la nuit commence à prendre ses aises dans le ciel de Tehachapi.

— Sophia. Elle m'a reconnue. Au début, elle avait un doute, puis elle est allée sur Google…

— Ah ouais ?

— Ouais.

— Google fout toujours la merde.

Elle acquiesce. Nous poursuivons tranquillement notre discussion et j'ai subitement la curieuse impression de rencontrer Emily O'Connor pour la toute première fois.

La douche a eu des effets bénéfiques sur mes muscles noués. Je suis tellement détendue que je frôle la somnolence. Après avoir soigneusement évité Lem, j'ai préféré frapper à la porte de la chambre de Ray et de Danny. Lorsque je les entends s'esclaffer joyeusement de l'autre côté du battant de bois, ce sale pincement de jalousie galope aussitôt en moi. Un bruit sourd, puis ceux plus lourds des pas d'un adulte m'indiquent que c'est probablement Ray qui vient m'ouvrir. Et c'est avec une certaine nonchalance qu'il le fait.

— Tiens. Cette chère voisine.

Je lui offre un bel échantillon du sourire le plus hypocrite de l'année.

— Cher voisin. Je suis venue en paix. En fait, juste pour…

Ses yeux s'écarquillent, puis, sans me laisser le temps de terminer ma phrase, il me saisit par le col de mon tee-shirt à la gloire du groupe AC/DC pour m'obliger à entrer dans sa chambre.

— Qu'est-ce que… !

Sans me relâcher, Ray m'intime de me taire d'un index appuyé contre sa bouche.

— Je veux vérifier ma théorie, chuchote-t-il en guise d'explication.

Je lance un regard interrogateur à mon frère, confortablement installé devant une console de jeux… carrément branchée à la télé ? Danny me répond par un mouvement d'épaules signifiant qu'il n'en sait pas davantage que moi.

— Une théorie à propos de quoi ?

L'air sérieux, Ray me dévisage longuement avant de se lancer :

— Logan m'a vu t'attirer dans ma chambre. Normalement, si j'ai vu juste, il devrait se pointer d'ici cinq secondes.

D'accord. J'ai compris.

— Ça n'arrivera pas.

— 1… 2…

— Ce n'est pas parce qu'il nous a vus qu'il…

— 3… 4…

— … va venir.

— … 5, achève Ray, un rictus narquois sur les lèvres.

Soudain, la porte vibre sous des coups. *Ce n'est pas possible.* Nous avons juste le temps de nous écarter avant qu'elle s'ouvre à la volée sur… Joshua. J'adresse un regard moqueur à Ray, très contrarié que sa pseudo-théorie parte en fumée.

— Je suis sûr que c'est lui qui l'envoie, grommelle-t-il avant de sortir dans le couloir.

— C'est ça !

En réponse, il me jette un coup d'œil assassin.

— Arrêtez de nous prendre pour des cons, tous les deux ! balance-t-il avant de s'en aller.

— Barbecue ! chantonne celui qui n'était qu'un émissaire. Tout le monde en bas !

J'attends patiemment que Danny arrive à ma portée pour l'étreindre. Sa réaction est instantanée :

— Ah, non ! Lâche-moi !

— On ne se voit plus ! Câlin ! J'ai besoin de ma dose de Danny !

Mes bras l'entourent avec force, de véritables menottes à l'échelle humaine.

— Lâche-moi ! À l'aide ! Au secours !

C'est en riant et accompagnée de mon frère à moitié étouffé par mon amour fraternel que je débarque dans la salle à manger. Rire qui meurt assez rapidement sur mes lèvres devant le spectacle de Logan discutant plutôt collé-serré avec Laurette. Je libère machinalement Danny qui en profite pour se précipiter dehors où règne Jim, maître absolu de la viande. Logan tourne la tête dans ma direction et, dans la seconde, nos regards se percutent.

L'air dégagé, je m'avance vers eux avec une décontraction un peu factice.

— Salut.

Seule Laurette me répond. Logan, lui, choisit plutôt de me détailler de la tête aux pieds… et en prenant son temps.

— Je vais filer un coup de main à Jim, annonce hâtivement son amie, gênée, juste avant de s'éclipser.

Excuse bidon pour prendre la tangente. Mais je préfère ça, j'avoue.

— Mignon ton pyjama, articule-t-il avec exagération.

— AC/DC.

— Oui. J'avais cru comprendre. Tu as faim ?

D'une main, Logan saisit un biscuit salé dans une assiette posée sur le bar, l'autre emprisonnant un verre de whisky sans glace pour l'approcher de mes lèvres. Je le repousse doucement.

— Je peux très bien me nourrir toute seule.

Un sourire sexy inédit se dessine sur sa bouche. *Bon sang !*

— Je le sais très bien. L'un n'empêche pas l'autre, Charlie.

Mes paupières se plissent.

— C'est quoi, ce plan drague ?

Indubitablement amusé, il me dédie un second sourire séducteur puis place la nourriture qu'il me destinait dans sa propre bouche. Logan semble bizarrement… relax. Pas du tout dans son état normal. Je m'approche brusquement de lui, assez, du moins, pour pouvoir attentivement examiner ses yeux : bingo ! Ses pupilles sont extrêmement dilatées.

Il me laisse faire. Et en tirer les conclusions qui s'imposent. *Qu'est-ce qu'il a pris ? Ecstasy ? Marijuana ? Autre chose ?*

— Je dois prendre une douche, mais je ne suis pas certain d'y arriver tout seul. Tu peux m'aider, Charlie ? me demande-t-il en posant son verre encore plein.

Je ne l'avais encore jamais vu défoncé. Dans cet état, il pourrait lui arriver tout et n'importe quoi. C'est évident que j'accepte de le suivre dans l'escalier. Il ne manquerait plus qu'il se mette en danger ! Dès que nous sommes suffisamment loin des autres, je lui demande sans ambages :

— Tu as pris quoi ?

Mon cœur bat la chamade. La cocaïne et l'héroïne sont vraiment les deux drogues que j'abhorre le plus au monde.

— Ne panique pas. J'ai juste fumé un joint avec Laurette.

OK. Maintenant, je comprends mieux sa nervosité, à l'autre artiste. D'un pas tranquille, Logan se dirige vers les sanitaires, puis, brusquement, il se tourne vers moi pour me filer les clefs de sa chambre.

— Peux-tu me rapporter mes affaires de toilette et une serviette, s'il te plaît ?

— Oui. Mais à une condition : arrête de me regarder de cette façon.

— Comment ça ? De quelle façon je te regarde ? s'enquiert-il avec lenteur.

— Comme si tu matais un film porno.

Logan éclate de rire. Un vrai rire qui résonne partout dans le couloir. Je crois qu'il est vraiment à l'envers à un niveau jamais égalé chez lui… enfin, à ma connaissance.

Un quart d'heure plus tard, je me retrouve à l'aider à ôter sa chemise de costard pour qu'il puisse prendre une douche. *Rendez-vous chez le banquier, hein ?*

— Pourquoi t'as fumé ? je lui demande en défaisant le dernier bouton.

— Pour oublier… un tas de trucs.

— Quel genre de trucs ?

J'essaie de me concentrer sur ma tâche consistant à le déshabiller, le problème majeur étant que je ne cesse de dévoiler un peu plus de son corps à mesure que je lui ôte ses habits.

— Des soucis financiers ? j'insiste avant de m'atteler au pantalon.

— Je te préviens… si tu me touches *là*, je ne réponds plus de rien, m'indique-t-il d'un ton étrangement tranquille.

Ma réaction est immédiate, je croise les bras et le laisse se débrouiller tout seul.

— Je ne voudrais pas abuser de toi alors que tu n'es pas en état.

En réponse à ma boutade, il m'adresse un regard amusé.

— Parle-moi, Logan. J'peux être quelqu'un qui sait écouter.

Mais il demeure silencieux, achevant sagement de se dévêtir, non sans une certaine méticulosité. L'instant suivant, il est totalement nu devant moi. *Putain*. J'ai la bouche sèche. Je voudrais détourner les yeux, mais mes globes oculaires refusent d'obéir. Avec une étonnante délicatesse, il me saisit le poignet pour ensuite presser ma main contre sa poitrine, à l'endroit même qui abrite son cœur. Sentir chaque pulsation rapide de l'organe vital me trouble à un point qu'il m'est difficile de décrire avec des mots. J'essaie de retirer mes doigts de sa peau chaude, mais il les retient. Doucement, mon regard remonte vers son visage.

— Tout ce que tu as besoin de savoir est là. Que veux-tu de plus, Charlie Parson ?

Je plante mes yeux dans les siens.

— Je pense que tu mens. Je sais qu'il y a davantage à connaître de toi.

Un sourire énigmatique relève brièvement la commissure de ses lèvres. Gentiment, il me libère de l'emprise de sa main pour se glisser sous le jet d'eau brûlant.

— Ta perception de moi est trop romantique, dit-il en se savonnant.

— J'en doute. Pourquoi est-ce que tu as fumé, ce soir, Logan ?

Je l'entends pousser un soupir las.

— Parce que je dois respecter la promesse faite à mon père…

Un tel aveu de sa part ressemble à l'impact d'une balle. Je recule de quelques pas pour m'adosser à la faïence murale. *Ce n'est pas le moment de m'effondrer comme un pantin auquel on a coupé les fils.*

— Ouais, j'crois que ça, je l'avais compris.

— … et c'est parfois tellement dur que cela en devient insupportable.

Je n'arrive plus à respirer. *Il faut que tu te calmes, Charlie.* C'est la drogue qui parle. Je suis hypnotisée, car je ne vois de lui que son dos, mais c'est un dos magnifique. Une vision terriblement apaisante. Si je ne devais demander qu'une seule chose pour moi dans cette vie, ce serait lui. Les êtres humains ne vous appartiennent pas, c'est sûr, néanmoins, exceptionnellement, nous pourrions trouver un compromis moralement acceptable, Dieu et moi, j'en suis sûre.

— La clope. L'alcool. Et maintenant la marijuana…, soupire-t-il.

Je le regarde secouer lentement la tête, un peu comme s'il cherchait à se remettre les idées en place. Il poursuit :

— Pourquoi je n'arrive pas à me faire une raison lorsqu'il s'agit de toi ? Pourquoi rien ne m'aide ? Pourquoi rien ne comble ce manque que tu crées ?

Il pivote sans hâte et pour la toute première fois depuis que je le connais, dans son regard, je parviens à distinguer chacune de ses blessures. Elles reflètent bizarrement les miennes.

— Dis-moi, Charlie.

Je n'arrive pas à expulser un foutu son de ma bouche, alors, en désespoir de cause, je garde mes yeux rivés aux siens. *C'est la drogue qui parle. Ne réponds pas !*

— Dis-moi… Comment fais-tu pour être en même temps le poison et l'antidote ? me questionne-t-il d'une voix éteinte.

Mes paupières s'abaissent sur mes yeux brûlants. *Je me pose continuellement cette question à propos de toi.*

Nous sommes dans sa chambre et, aussi rigide qu'un arc prêt à décocher sa flèche, j'attends patiemment qu'il descende de cet endroit habituellement inaccessible au commun des mortels – sauf si vous avez pris un vol direct chez *DrugsAir*. Ce qui ne m'aide pas à garder mon calme, c'est que, en guise de vêtement, il ne porte qu'une serviette nouée autour des hanches. Le seuil franchi, il s'est allongé sur son lit pour ensuite fumer clope sur clope, et j'ai beau avoir ouvert sa fenêtre, il reste un bel effet aquarium qui pique les yeux.

— On pourrait baiser. J'aimerais avoir l'excuse de la dope pour enfin céder à toutes ces pulsions que tu m'inspires.

Je m'étire, mouvement qui ne soulage que brièvement mon dos en compote. Bientôt une heure que je suis assise sur cette chaise inconfortable parce que le fauteuil est surchargé de matos d'escalade. Joshua est venu aux nouvelles et, désormais, il croit dur comme fer que Logan a chopé une gastro.

— J'ai pour règle de ne jamais baiser avec des mecs défoncés. Désolée.

Une cigarette rougeoyante coincée entre les lèvres, les yeux sur le plafond, Logan sourit faiblement.

— Menteuse. Je suis certain que tu t'es tapé Don. Et Don est toujours perché.

— Je ne me suis jamais tapé Don. Il y a des limites à ma curiosité, je rétorque, passablement agacée. Je lui ai peut-être roulé une pelle quand j'avais quinze ans, mais ça s'arrête là.

Il se redresse légèrement sur les coudes, ce qui a pour effet d'écarter un peu plus les pans de ce microscopique morceau de tissu éponge lui servant de pagne.

— Vraiment ? J'étais persuadé que tu avais perdu ta virginité avec lui, me confie-t-il, l'air pensif.

— Eh ben, non.

Je pressens que cette conversation va être sacrément bizarre. Logan incontrôlable qui sort tout ce qui lui passe par la tête, c'est assez perturbant. *Tu craqueras plus tard. Quand tu seras seule. Tiens le coup, Charlie.*

— C'était qui ? me lance-t-il en plantant son regard dans le mien.

— Qui donc ?

— Le premier.

Je flaire l'embrouille et détourne les yeux, feignant une envie subite et irrépressible de défroisser mon short en coton en tirant dessus.

— Crois-moi, tu ne veux pas le savoir.

Un long silence s'amène dans la pièce jusqu'à se fissurer de toutes parts.

— Ça veut dire que je le connais.

Les battements de mon cœur s'affolent.

— Possible. Mais pas sûr.

— Qui, Charlie ? Donne-moi le nom de cet enculé.

Oh, bon sang. Un Logan vulgaire, c'est un Logan très, très énervé. *Un Logan vulgaire… c'est sexy.*

— Y a prescription. C'était nul, en plus. Un boulet… sans déconner. Je voulais uniquement me débarrasser de ma virginité, un peu comme d'autres de leurs kilos en trop.

— Qui ? réitère-t-il d'un ton doucereux absolument flippant.

Je me gratte nerveusement le front du bout des doigts, puis dans un marmonnement quasi incompréhensible, même à mes propres oreilles, je lâche le nom du coupable :

— Mmm… Ted.

Cette fois, le silence qui se dresse entre nous est aussi épais qu'un mur de béton armé.

— Ted… comme Ted Lawrence ?

Il a l'air de plutôt bien le prendre…

— *Le* Ted qui venait chez moi ? *Mon* pote ?

… ou pas. La salive déserte ma bouche, et j'ai l'impression d'avoir du gravier sur la langue. Il se lève pour se mettre à furieusement fouiller dans sa chambre. Ses fringues. Son sac.

— Allons bon. Tu fais quoi, là ?

— Je cherche mon portable pour l'appeler et lui dire deux mots. Mieux encore, je vais le sortir de son putain de lit pour lui exploser la gueule ! Bordel ! Charlie !

Déconcertée, je le suis des yeux tandis qu'il s'agite comme un lion en cage, faisant d'inutiles allers et retours entre son lit et moi.

— Ce blaireau ! Tu ne pouvais pas choisir quelqu'un d'autre ? s'écrie-t-il en s'immobilisant brutalement près de ma chaise.

— Ben, tu sais, c'était la… euh, facilité ? Il était disponible, c'est tout.

— Quoi ! C'était juste pour cette raison ? T'es sérieuse ?

— Il y a prescription, j'ai dit, Logan ! Pourquoi tu t'énerves ?

À la tête qu'il fait, je crois que je viens de lui porter involontairement le coup de grâce. En voulant minimiser la chose, il semblerait je n'aie fait que l'empirer.

— J'étais disponible, lâche-t-il d'une voix blanche.

Je percute enfin ce qui le blesse réellement dans cette histoire. *Je n'arrive plus à respirer !*

— Logan, on ne peut rien y changer, c'est du passé. Arrête.

Je suffoque.

— Moi aussi, j'étais là, complètement… entièrement disponible. Merde, c'est de la folie ! (Il se cache le visage dans les mains.) J'aurais fait attention, poursuit-il de ce timbre mort qui me brise l'âme. Je t'aurais traitée avec respect. J'aurais fait passer ton plaisir avant le mien… J'aurais tout fait pour que tu ne voies que moi, Charlie. Que tu ne veuilles que moi dans cette part de toi.

Je ne parviens plus à contenir toutes ces émotions qui me submergent. Dans l'espoir de calmer un peu sa peine, mais aussi la mienne, je me lève pour le serrer dans mes bras. Il m'étreint aussitôt en retour. Je le crois enfin, j'ai enfin compris et accepté que mes sentiments n'étaient pas à sens unique, que Logan, à sa façon, souffrait autant que moi de les refouler. Où est ce courage qui nous manque pour mettre des mots sur ce tumulte incandescent ?

— Ça m'écorche vif, Charlie.

Je perçois sa bouche et son souffle sur la peau sensible de mon oreille.

— Quoi donc ?

— J'ai besoin que tu me touches. J'ai besoin de te sentir.

Cette supplique attise violemment mon désir. *Ça dérape.* Ça va forcément déraper.

— T'es défoncé…

— Tu crois qu'un seul petit joint peut me mettre KO ?

Il y a un éclat d'un rire dans sa voix. Ses mains descendent plus bas sur mes reins.

— Salaud de manipulateur.

— Non, j'avoue avoir été un peu *stone*…

Logan embrasse avec douceur et application le contour de ma mâchoire.

— … mais pas suffisamment pour perdre les pédales, Charlie. J'ai juste profité de ta tendance altruiste, j'avoue.

— Abus de confiance…

— Totalement.

La situation échappe à notre contrôle, alors que je comprends qu'il a exagéré son état pour qu'on se prête tous les deux au jeu des confidences, et qu'il n'est pas si défoncé que je le croyais. Le meilleur moyen de se jeter dans le vide, n'est-ce pas de s'abandonner à la situation ? *Voilà pourquoi le High Falls me plaît tant.*

— J'ai envie de toi. Tu me veux, Charlie ?

— Oui…

… *Logan.* Mais son prénom meurt, brisé par la passion brutale de notre baiser. Sa bouche. Le contact de sa langue contre la mienne. C'est vorace, affamé. Terriblement intense. Plus rien d'autre ne compte en cet instant. Ses doigts cherchent à me découvrir, se faufilant subrepticement sous mon tee-shirt, effleurant chaque centimètre de ma peau pour y laisser leur empreinte brûlante. Mon amour pour lui est une tragédie. Mon désir pour lui… un interdit. Même si le temps est comme une rivière, toujours en mouvement, nettoyant les douleurs du passé en les emportant dans son flux. Contrairement à la culpabilité, qui, elle, cette garce, garde une copie de l'acte pour finir par t'obliger à payer ton dû en larmes.

Pendant que nous titubons vers son lit, pas un instant Logan ne cesse de m'embrasser. Il quitte parfois mes lèvres pour déposer un baiser aussi léger qu'une plume dans mon cou, sur mon épaule ou sur mes seins… et lorsque la pointe de sa langue en taquine le bout, ça m'envoie directement des décharges électriques dans tout le corps. Je l'entends respirer plus fort. Son souffle me prend, m'enveloppe furtivement dans son ressac, et je me mets à respirer au même rythme. Il m'ôte progressivement mon short ; cette lenteur me torture autant que l'entrave en elle-même. Je ne cesse de me liquéfier contre lui pour mieux me tendre de nouveau. C'est là le pouvoir de l'impatience, celle qui fait trembler de l'intérieur. *Je veux le toucher.* Logan se redresse doucement pour envoyer le bas de mon pyjama dans un coin de la pièce. Il est entre mes cuisses, et par provocation je lui emprisonne la taille de mes jambes. Que son regard est brûlant dans toute cette pénombre… D'une pression au bas de ses reins, je lui indique où je veux qu'il soit. Il sourit. Il le sait très bien. *Pas encore*, refusent ses yeux. Il se penche au-dessus de moi, assez pour que mes doigts, serviteurs insatiables, me nourrissent enfin de son contact. Il est chaud. Ses muscles se contractent et roulent délicieusement contre ma paume. Son ventre, ses abdominaux. Lorsque je caresse ses cicatrices, Logan se raidit mais ne me repousse pas. Une lame de fond s'enfonce loin dans mon âme : la douleur est triste, mais galvanise mes sentiments. C'est exactement ici que je veux l'embrasser, le vénérer. Peu à peu, comme si nos mouvements étaient ralentis par un changement radical d'apesanteur, nos positions s'inversent. Un rapide regard sur sa virilité m'indique que la serviette éponge n'a pas résisté à son érection. Je ne peux contenir la naissance d'un sourire, mais ce dernier ne va pas au bout de sa course car Logan me saisit gentiment le menton entre ses doigts. *Embrasse-moi*, réclame son geste. J'obéis. C'est doux. Sensuel. Moins empressé qu'un peu plus tôt. La bouche entrouverte, il accepte tout ce que je lui donne et le plaisir que j'en retire est incroyable. Puis, lentement, je m'éloigne pour mieux l'observer. Surtout quand ma main s'aventure jusqu'à cet endroit de lui qui palpite tel un second cœur. Sa réaction est immédiate : Logan oublie de respirer. Son corps se contracte, un peu comme le mien lorsque je suis sur le ring, à cet instant précis où l'adversaire bouge enfin. Il s'accroche au drap froissé sous lui, et l'expression de son visage devient celle de l'homme qui se perd, s'abandonne au désir. Mes doigts lui procurent cette caresse constituée de longs mouvements de va-et-vient. Ses paupières se plissent, et cet espace de souffle qui s'accroît entre ses lèvres appelle inévitablement les miennes. Je l'embrasse. À la façon dont il presse ses paumes contre mes joues, je devine qu'il voudrait reprendre le contrôle de nos ébats, mais qu'il se retient péniblement de le faire. Sa langue s'enroule durement autour de la mienne ; je sens son corps tendu à l'extrême sous moi. Quelques gémissements lui échappent lorsque mes effleurements sensuels changent de rythme. J'aime ce pouvoir que j'ai sur lui. Je l'absorbe. Je le bois à la source dès que ses traits se figent, même brièvement. Soudain, je devine qu'il atteint ses limites, et je m'arrête immédiatement. Son cri de frustration est celui de l'homme à l'agonie. C'est un son plaisant à mes oreilles. Ses yeux fouillent les miens. Dans leur couleur presque noire, j'y distingue le clair-obscur abyssal de la passion.

— Tu as des…

— Portefeuille, m'interrompt-il brutalement, le regard brûlant.

Pourtant il reste parfaitement immobile, ne montrant aucune intention de m'aider activement. Il préfère me scruter, détaillant méticuleusement les courbes de mon corps offert à son avidité. Je trouve rapidement ledit portefeuille, négligemment posé sur un coin de la table de chevet. Les doigts fébriles – trop pressés de retourner au corps de Logan – je l'ouvre, un instant troublée par son parfum de cuir. Les préservatifs. Deux. Récents, si j'en juge par l'aspect lisse de l'emballage. *Il a donc bien une vie sexuelle…*, je songe avec une certaine amertume. Le Saint-Graal entre le pouce et l'index, je me place au-dessus de lui. Son membre est dur, son désir de moi toujours aussi intense. Alors que j'accomplis ma troublante besogne, je remarque qu'il émane de nouveau de lui cette tension typique. Je m'avance sur lui, pressant mes cuisses contre ses hanches. Il porte instinctivement les mains à ma taille : pour me soutenir ou pour, encore une fois, s'empêcher de reprendre le contrôle. Nos regards se capturent. Le filet qui retient le mien me désintègre en un millier de particules. La seconde suivante, je l'accepte en moi puis, à mon tour, j'oublie de respirer. Lui aussi goûte ce moment. Cette première fois entre nous. Je le vois sur son visage, il chavire et perd pied. Je le ressens comme une certitude éblouissante : Logan est cette moitié qui me manque. Lui en moi, je suis enfin complète comme jamais auparavant. C'est électrisant. C'est effrayant.

— Je m'empare de toi, je souffle avant de cambrer le dos et d'entamer cette chorégraphie de savantes ondulations.

L'une de ses mains cherche mes seins, mais, faute de pouvoir les atteindre, il la glisse entre nous, dans cette moiteur où nous sommes unis l'un à l'autre.

— Et moi de toi, réplique-t-il d'une voix méconnaissable.

Elle possède un timbre rauque quasi animal qui m'envoie d'interminables frissons le long de la colonne vertébrale. Dès qu'il frôle, puis taquine du pouce ce petit bouton érectile niché au creux de mon intimité, mes pensées s'éparpillent. J'ai l'impression de le sentir partout... Mon esprit devient l'univers, illuminé par des centaines d'étoiles, et mon corps un instrument en accord avec sa musique ; qu'elle est magnifique cette ancestrale partition jouée depuis la nuit des temps ! J'accélère le tempo, bercée par les mots sans suite que Logan chuchote comme une litanie, encore plus à chaque ondoiement de mon bassin. Je veux l'atteindre avec lui. Cette rupture, cette urgence montant crescendo depuis mon ventre. Subitement, Logan cède à ses pulsions primales et donne son propre rythme. De ses doigts plantés dans ma peau, il me bloque au-dessus de lui pour, avec une certaine force, s'enfoncer au plus profond de moi ; c'est si bon que ça m'engloutit. Nos corps sont recouverts d'une fine pellicule de sueur. Nous nous déchaînons sans plus retenir nos cris, ni cette brutalité qui nous anime. Nos mains entrelacées, mes lèvres sur ses lèvres, nous laissons nos langues ardemment se goûter, comme si, d'une seconde à l'autre, le temps allait nous fuir ou nous séparer. Les vagues de plaisir deviennent de plus en plus puissantes ; elles nous emportent pour nous briser en morceaux, tel du verre fragile tombant sur le rocher de l'indécence. Cette impétueuse, inéluctable ultime jouissance. Sous la volonté de mon corps terrassé par l'orgasme, mon regard se repaît de l'exquise image qu'est Logan prisonnier de toute cette sensualité érotique. À bout de souffle, je m'écroule sur lui. Ses bras frissonnants m'entourent pour aussitôt me serrer avec force. Alanguie, j'essaie de lutter contre l'étrange pouvoir d'un sommeil lascif. Les mots ne viennent pas ; ils restent coincés quelque part dans ma gorge. *Est-ce pareil pour Logan ?* Son silence semble confirmer mon hypothèse. L'un contre l'autre, la somme de nos êtres forme une sorte de tout qui me comble au-delà du possible. *Je ne veux pas perdre ça*. Jamais.

Règle n° 14

Affronter une tempête sur un bateau vaut mieux que se noyer dans un verre d'eau.

Lorsque j'ouvre les yeux, il n'y a que l'obscurité pour m'accueillir. Logan n'est plus à mes côtés. Du bout des doigts, je frôle l'empreinte laissée par son corps sur le lit : elle est froide. Lentement, je quitte la tiédeur de ce cocon pour partir à la recherche de mon pyjama. C'est le genre de truc qui fonctionne à l'instinct, surtout quand les vêtements ont volé un peu partout. Je récupère le short sur la commode et le tee-shirt par terre, près de mes tongs. Une fois habillée, c'est en quête de mon téléphone portable que je pars. Il doit encore être dans ma chambre. Quand mes yeux glissent sur la porte séparant l'antre de Logan du mien, j'ai la sensation de regarder l'ouverture d'un passage secret. Je tourne doucement la poignée ; c'est fermé. Je suis à la fois soulagée et déçue. Je la déverrouille puis me dirige silencieusement vers ma table de chevet sur laquelle mon téléphone charge. Une fois cette extension de moi-même entre les mains, je m'empresse d'en activer l'écran tactile pour illico soupirer en trouvant trois appels manqués de Law et une autre photo envoyée par Don. Je décide d'expédier un texto à Logan :

MOI : T'es où ?

Je reconnais la sonnerie qui retentit aussitôt depuis sa chambre, signalant la réception d'un message sur l'air de « Jailhouse Rock ». Il est donc parti sans prendre son téléphone. S'il avait été aux sanitaires, il en serait déjà revenu. Je ne vois que les cuisines. Ni lui ni moi n'avons mangé ce soir, donc, ça me paraît logique, surtout sachant qu'il a fumé de l'herbe. Le cannabis donne toujours de sacrées fringales. Tout en descendant l'escalier, je jette un coup d'œil à la photo de Don et manque de me casser la gueule : ce sont ses fesses. Aussi blanches que celles d'un nouveau-né – et apparemment il a reçu une balle dans celle de gauche. Je grimace de compassion, franchement j'ai mal pour lui. Je lis le texte qui accompagne l'image : « Le jour où on m'a fait un deuxième trou du cul est arrivé… Viens me soigner d'un bisou magique. » Dégueu. Je grimace une nouvelle fois, mais pas pour la même raison. Je pousse les portes des cuisines de la salle à manger et bingo, j'y retrouve Logan, seulement habillé d'un bas de survêtement et visiblement très occupé à se préparer le casse-croûte du siècle.

— Une petite faim ?

— Salami ou jambon dans ton sandwich ? m'interroge-t-il en guise de réponse, et sans se tourner vers moi.

Il y a quelque chose de sexy dans le tableau d'un Logan à moitié nu, jonglant avec du pain de mie dans une grande cuisine au matos en inox.

— Jambon. Avec du fromage. De la moutarde. Des cornichons. De…

— C'est bon. De la tomate, oui, je sais.

Je souris.

— Alors pourquoi tu demandes ?

J'entraperçois son profil et devine qu'il sourit aussi.

— Pour faire la conversation.

J'éclate de rire. Bras croisés et adossée au mur où est affiché le planning des repas, je l'épie en savourant le spectacle de ses muscles roulant sous sa peau.

— T'es du genre embarrassé « après » ? Pour éprouver le besoin de faire la conversation ?

Il pivote enfin vers moi, appuyant son délicieux postérieur contre le plan de travail.

— Peut-être.

Je hausse un sourcil.

— Peut-être ? je répète.

Le sourire qui se dessine sur sa magnifique bouche grignotée par une barbe naissante est probablement la principale cause de la fonte des calottes glaciaires.

— Tu m'as baisé. J'ai de quoi faire mon timide.

J'ai chaud. J'ai froid. Mon cœur s'emballe. D'un mouvement du menton, il me désigne mon en-cas qui m'attend sagement sur du papier essuie-tout, mais j'ai du mal à mettre un pied devant l'autre, là, tout de suite.

— Tu n'as pas aimé ? j'ose lui demander en essayant de prendre un air dégagé.

Ses paupières se plissent légèrement, et il y a un tel taux d'amour dans son regard sur moi que j'en ai le cœur qui explose. Mon organe vital est un 4 Juillet à lui tout seul.

— Est-ce qu'il existe un verbe plus fort qu'aimer ou… adorer ? s'enquit-il juste avant de mordre dans sa création culinaire.

Je n'arrive plus à garder cette pseudo-attitude décontractée dont je me suis habillée avant de le rejoindre. Après une mastication consciencieuse, il avale tranquillement sa bouchée, visiblement très satisfait. De lui ? Du pain ? Du salami ? De notre première fois ?

— Je crois… Oui, je crois que ça résume bien l'effet que tu me fais, achève-t-il.

Tout cet espace – et la cuisine de la Résidence est plutôt grande – se réduit soudainement à un mètre quatre-vingt-huit de muscles et de cheveux bruns aux reflets d'automne.

— Baise-moi.

J'ai parlé à voix haute, alors qu'en réalité je ne faisais que le penser. En entendant ça, Logan s'étouffe sur-le-champ avec son morceau de sandwich. Je me précipite pour l'aider, mais d'une main il m'empêche de m'avancer plus près. Il me faut bien plusieurs secondes pour comprendre qu'il est en train de s'étouffer *et* de rire en même temps. Je regarde autour de moi, pour finalement foncer vers le frigo, en sortir une bouteille d'eau minérale, l'ouvrir et la lui proposer. Il l'accepte, les yeux brillants d'hilarité. Tandis qu'il en descend la moitié, mes doigts s'avancent seuls, mus par le besoin de le toucher. Je peux presque caresser son abdomen mais il me saisit vivement le poignet.

— Tu veux me tuer ? s'enquiert-il de cet accent doucereux qui est tellement lui.

Je fronce les sourcils. Il me libère délicatement.

— Quoi ? T'as besoin de plus de temps pour récupérer ?

Il affiche aussitôt la tête du mâle attaqué dans sa virilité.

— Tu plaisantes ? Bien sûr que non ! Ce n'est pas ça ! Mais quand tu me le demandes de cette façon… avec cette tête-là…

Il s'arrête brusquement et détourne les yeux.

— Qu'est-ce qu'elle a, ma tête ? j'insiste.

Logan me jette un bref coup d'œil.

— Rien. (Il agite sa main libre dans les airs.) C'est juste que…

Le reste se perd dans une série de grommellements.

— Juste que quoi ?

— C'était trop excitant.

— Quoi ?

— Excitant. Toi. Trop. Tes cheveux qui partent dans tous les sens. Tes yeux qui deviennent bleu marine quand tu as envie. Ta bouche naturellement rouge, encore gonflée. Ton short qui ne cache rien. Et ta voix rauque qui dit « baise-moi ». Mon cœur s'est arrêté de battre. J'ai failli mourir.

Un drôle de silence s'installe. Je ne sais pas quoi répondre pour le briser, alors je dis la première chose qui me passe par la tête :

— Tu dis ça pour me troubler ?

Tout en se rapprochant de moi, Logan rit.

— Non. C'est la stricte vérité. Je n'étais pas prêt psychologiquement à entendre ta requête.

Tandis qu'il me serre tout contre lui et que ma joue repose sur son torse chaud, je me laisse bercer.

— S'il ne s'est rien passé entre nous avant, c'était uniquement à cause de ton père ?

Logan ne répond pas tout de suite à ma question. J'écoute son cœur battre la chamade.

— En partie, oui, mais pas seulement. Et puis, plutôt que risquer de te perdre, j'ai longtemps préféré choisir la douleur de ne pas t'avoir.

La raison de sa retenue, avouée avec une telle inflexion éraillée, me noue de l'intérieur. *Et la mienne, de raison… quelle est-elle ?*

Mon problème actuel est que mes yeux n'essaient pas assez. Malgré mes ordres, ils refusent de se détacher de Logan, alors qu'il discute avec Jim qui va nous apprendre quelques techniques du SWAT. Je tente de me concentrer sur notre environnement, de regarder autre chose, en vain, ils retournent inlassablement se poser sur lui. À croire qu'il est l'unique phare dans l'obscurité d'une nuit sans lune. Ray se place à mes côtés.

— Ça va ? Vous vous êtes bien amusés, cette nuit ?

OK, aucun doute, il est au courant.

— T'écoutes aux portes, maintenant ? je rétorque sans pour autant quitter Logan des yeux.

— Je n'en ai pas eu besoin. Ma chambre est en face de la sienne, et apparemment être discrets n'était pas votre priorité.

C'est sarcastique à souhait, mais il a entièrement raison, je ne peux pas le nier, même avec la pire mauvaise foi au monde. Il se penche davantage pour me souffler à l'oreille :

— Imagine si ça avait été Lem… Ça aurait pu le tuer !

Je me pétrifie instantanément. Cette possibilité m'écrase dans son étau. *Tu as tué la fille, et maintenant tu veux détruire le père ? Tu ne penses qu'à toi. Monstre.*

— Je n'y avais pas pensé.

Ray se redresse. Il est furieux, bien plus que d'habitude.

— Logan non plus, visiblement. Mais ça, on le sait tous ! Quand tu es dans les environs, Logan ne pense plus.

J'encaisse tellement mal l'attaque que j'en perds l'équilibre et vacille.

— Qu'est-ce ça veut dire ?

Instinctivement, mes doigts s'agrippent à son bras, et ce contact me vaut illico un regard noir de la part de Ray. J'éloigne vivement ma main. Il poursuit :

— Dès qu'il s'agit de toi, il devient irrationnel, ingérable. Il perd tout sens commun. Tu veux connaître la raison qui le pousse à être obsédé par le fait que nous devenions amis, toi et moi, Parson ? C'est seulement parce qu'il veut vivre quelque chose avec toi… ce qui n'arrivera pas si Lem et moi continuons à te détester.

Soudain, je ressens une douleur au niveau du plexus. La pression remonte le long de mon œsophage, me donnant l'impression d'étouffer sans même empêcher l'air d'entrer dans mes poumons.

— C'est quoi, ces messes basses ? intervient Emily.

— Rien ! fait Ray d'un ton coupant.

Sur ce, il s'écarte au moment où Logan surgit devant nous.

— Un problème ? demande paisiblement celui-ci.

Mais une ombre dans son regard contredit ce calme apparent.

— Aucun, répond encore Ray.

— Aucun, je confirme.

Mon manque de conviction est flagrant, et je détourne les yeux, feignant de me concentrer sur Jim présentant son étalage de joujoux pour adultes : toute une gamme de fusils d'assaut. Ruan s'avance jusqu'à moi, me sauvant la mise en changeant de sujet :

— Tu mets combien de temps pour démonter et remonter un M16 ?

Je réfléchis et me souviens de l'époque où je m'amusais à faire ça, en gros lorsque j'avais une dizaine d'années.

— Moins d'une minute.

Ruan pousse un juron dans sa langue natale.

— Tu te fous de ma gueule ?!

Je secoue la tête en signe de négation.

— Je mets moins d'une minute pour un M16, je répète, les yeux rivés sur Logan qui s'est de nouveau éloigné pour parler à Jim.

— Tu te fous de ma gueule ? réitère-t-il, abasourdi et clairement suspicieux. Je mets une minute vingt-huit secondes !

— Tu veux qu'on s'affronte ? je propose, un sourire malicieux aux lèvres.

Nous nous défions du regard, puis il accepte. L'instant suivant, il est en train de demander à Jim de nous chronométrer. Logan lève les yeux au ciel comme si nous faisions un caprice. Une fois devant la table, je jette un rapide coup d'œil vers la gauche, là où Ruan est en train de s'assouplir les épaules. Ce qui me fait rire, forcément. Durant le compte à rebours réalisé par Jim, je me ferme à tout ce qui n'est pas le célèbre fusil d'assaut. Zéro. Je me lance. Avec une vive agilité qui ne laisse aucun doute quant au nombre de fois où j'ai effectué cet exercice, je détache le magasin, tire sur la poignée de charge et vérifie que la chambre est vide, ôte les deux coques du garde-main qui protège le canon… Vingt secondes plus tard, j'ai terminé. Pour l'assemblage, dès que je finis de remettre en place la dernière pièce, Jim arrête le chrono à 56 secondes. J'adresse aussitôt un regard moqueur à Ruan qui s'énerve et me balance plusieurs insultes en espagnol.

— Non mais tu croyais quoi ? je le taquine. Quand j'étais gosse, mon jouet préféré était un Mk.12 Special Purpose Rifle[1]… Impressionné ?

— *Pinche cabrón*[2], grommelle Ruan.

— T'es un monstre, en fait, murmure à son tour Emily en s'approchant.

Je tique un peu, mais Logan ne me laisse pas le temps de leur répondre : il me chope par le col de mon veston pour me tirer vers l'arrière, près de lui. Seul Ray reste à l'écart, nous observant de loin, sans rien dire.

— Jim, je t'emprunte Charlie pour trier les affaires dans l'entrepôt ! s'écrie-t-il tout en m'entraînant à sa suite. Je crois qu'elle peut passer l'étape des flingues.

---

1. Fusil de précision utilisé par la marine de guerre américaine.
2. « Putain de trou du cul ».

Je me laisse faire, admirant bêtement son dos et les muscles que je devine sous le fin tissu de son tee-shirt. J'adore les mater. Il y a des hommes bizarrement foutus à cause d'un abus de salle de sport, et d'autres qui sont idéalement bâtis par les vrais efforts. Logan est de ceux-là. Je passerais des heures à le regarder bouger, seulement pour le plaisir de mes yeux. Même quand il mange de la soupe il est sexy.

— T'étais obligée de leur en mettre plein la vue ?

À l'inflexion de sa voix, je n'arrive pas à savoir s'il est amusé ou bien agacé.

— Je suis une Black Angel. Démonter et remonter un fusil d'assaut, c'est une sorte de Bat Mitsvah chez nous.

J'ai répondu d'un ton faussement égal, la bouche sèche. C'est désormais l'effet qu'a Logan sur moi. La nuit dernière, je l'ai senti dans chacune de mes molécules et cela a suffi à mon corps pour s'imprégner de lui jusqu'à décider de le vouloir encore. Et encore. Et encore. Jusqu'à ce qu'il s'estime rassasié. Me voici condamnée à souffrir de cet obsédant désir dont il est l'instigateur, capable d'allumer à sa guise ce point central se trouvant entre mes cuisses.

— C'est ici, m'annonce-t-il en désignant du doigt un grand bâtiment légèrement éloigné du principal.

— Waouh ! C'est grand !

— C'était une écurie avant d'être un entrepôt. En fait, jusqu'en 1848, peu après la défaite mexicaine, la Résidence était un *rancho*. Ensuite, il y a eu la ruée vers l'or, alors les *vaqueros*[1] n'étaient plus très intéressés par l'élevage de

1. « Cow-boy ».

Longhorns[1]. C'est à cette époque que l'endroit est devenu un hôtel.

— Je vois. Ça explique la taille indécente de cette annexe.

Logan hoche de la tête.

— Entrons, propose-t-il en déverrouillant l'entrée.

Je franchis le seuil, puis m'avance de quelques pas tout en clignant plusieurs fois des yeux pour les aider à s'habituer à la pénombre ambiante.

— Dis-moi, il est où l'interrupt…

Je n'ai pas le temps de terminer ma phrase : Logan me plaque contre le mur. Sa bouche est sur la mienne. Ses mains sur mes hanches se faufilent hâtivement sous mon débardeur. Je ne porte pas de soutien-gorge et, visiblement, ça lui plaît. Les extrémités érectiles de mes seins durcissent au contact de ses paumes froides. Son baiser est brutal, comme affamé. Les caresses de sa langue sont fougueuses. Je me laisse emporter car je suis dans un état de besoin similaire. Tandis que nous nous embrassons, mes doigts s'accrochent légèrement à ses cheveux pour l'attirer encore plus près. En cet instant, je voudrais que nos corps fusionnent. Logan répond à mon élan en glissant une jambe entre les miennes. Il joue un instant avec mon désir en frottant brièvement sa cuisse contre ce point sensible niché au cœur de mon intimité. Je halète ; j'ai l'impression que ma respiration est aussi bruyante que le chant d'une tornade. Ses lèvres abandonnent ma bouche pour papillonner sur la peau sensible de mon cou, de ma clavicule. Il soulève brutalement mon haut d'une

1. Vaches américaines dotées de longues cornes.

main, le maintient ainsi afin que sa bouche se pose sur ma poitrine. Elle est douce, très chaude. Il lèche délicatement un mamelon puis souffle immédiatement dessus pour créer une sensation de chaud et de froid. Ma réaction est rapide : j'en tremble. Je crois même avoir gémi. Il opère la même torture sur l'autre sein, pour ensuite revenir au premier. Son petit jeu me rend folle.

Dès que je baisse la tête, il éloigne imperceptiblement la sienne et nos regards se nouent. Je comprends en cet instant que Logan m'observe attentivement. Dans l'expression de son visage, il y a cette aura animale absolument sexuelle, mais ce n'est pas tout. Il me cherche, m'étudie, me découvre tel le musicien désirant apprendre à jouer d'un instrument qu'il ne connaît pas. Soudain, il lâche mon débardeur, s'écarte le temps de déboutonner mon jean, et je retiens ma respiration lorsque ses doigts s'insinuent sous l'élastique de ma culotte. D'un bras, il prend appui sur le mur, et plonge son regard dans le mien. Cet échange silencieux entre nous est sacrément intense. Je sens sa main comme si elle prenait entièrement possession de moi. Quand il commence à stimuler du bout du doigt cet endroit sensible, je dois faire un effort inimaginable pour ne pas me laisser choir. Mon bassin finit par accompagner le mouvement, rendant le port du jean inconfortable. Je ne parviens plus à soutenir son regard. Mon esprit s'éparpille, saisi par le plaisir. Logan retire soudain sa main et je pourrais en pleurer de frustration. Je n'étais pas loin d'atteindre l'orgasme et, à sa façon de sourire, je crois qu'il l'a deviné. Je le regarde ôter son tee-shirt, déboucler sa ceinture sans pour autant libérer son érection.

Il me dévore des yeux. Durant un instant perdu sur le fil du temps, je reste là, adossée au mur à me rassasier de lui parce qu'il est incroyablement sexy ainsi, torse nu et nimbé de désir brut. Il s'approche de nouveau de moi, entremêle nos mains puis m'embrasse. C'est langoureux, possessif, et me révèle un côté de sa personnalité dont j'ignorais l'existence. Sans interrompre notre baiser, il m'entraîne plus loin dans l'entrepôt. J'entends bien des objets tomber, mais je suis distraite par la danse voluptueuse de sa langue. Ce n'est que lorsqu'il m'incite à m'asseoir dessus que je comprends qu'il vient de faire du vide sur un vieux bureau. Mon pantalon a toute son attention ; je dois m'agripper aux bords du meuble quand il décide de l'enlever, et ma culotte suit un chemin similaire. Logan me caresse les jambes, un peu comme s'il les voyait pour la première fois. Les chevilles, les mollets, les genoux… Finalement, sa main droite s'arrête près de mon sexe. Son regard brûlant capte le mien tandis qu'un lent sourire fauve se dessine sur sa bouche. *Bon sang!*

— Ici, tu peux crier tout ton saoul sans déranger personne.

Le timbre de sa voix est rauque de désir ; j'en ai des frissons. Il a donc parfaitement entendu la réflexion assassine de Ray.

— Tu es tellement magnifique, Charlie. Je me demande vraiment comment j'ai pu me retenir jusqu'à aujourd'hui.

Il se penche sur moi et, une paume pressée contre ma joue, m'embrasse avec encore plus de douceur que les fois précédentes. Je sens ses doigts qui m'effleurent lentement, plus bas, là s'imprégnant de cette moiteur éloquente. Les miens s'agrippent à lui, sa nuque, frôlent son dos et voudraient descendre bien plus loin. Il me pénètre d'un doigt, lui faisant effectuer de délicats va-et-vient, comme pour m'habituer à sa présence, et très vite l'accompagne d'un deuxième. La caresse se concentre sur un endroit précis qu'il frotte régulièrement, jouant sur la pression d'un mouvement plein de délicatesse. Cette partie de moi gonfle, puis se contracte brutalement sous l'attouchement. Je suis dévastée par un incroyable plaisir. Plus ce point durcit sous la caresse savante, plus Logan accélère le rythme. Quand, avec ce sourire machiavélique, il m'a affirmé un peu plus tôt que je pouvais crier, j'ai eu un sursaut de fierté m'incitant à ne pas lui donner satisfaction, sauf que là… une telle volonté serait hors de portée de n'importe qui. Je gémis de plus en plus fort dans sa bouche, et m'offre de façon totalement impudique, écartant davantage les cuisses. Je voudrais qu'il ne s'arrête jamais. Quoi qu'il fasse, ça vaut tous les péchés du monde. Il est bel et bien ce musicien expérimenté qui joue de mon corps comme d'un instrument. J'oublie tout, même de répondre à son baiser. Je suis perdue dans un gouffre de jouissance. Pendant que sa langue trace des sillons de feu sur mes seins, il me mène là où il désire m'emmener et je me laisse porter. J'exulte. J'explose. J'ai l'impression de mourir. Je suis incapable de prononcer le moindre mot. Logan vient de m'offrir l'orgasme le plus puissant de mon existence. Il se penche davantage, jusqu'à ce que sa bouche touche mon oreille :

— Je n'ai pas terminé de m'emparer de toi.

Sa menace sonne comme une promesse. Allongée sur un meuble plus vieux que moi, je ne suis plus qu'une créature lascive qui le guette entre ses cils. Logan déchire précautionneusement la protection du préservatif qu'il vient d'extraire de sa poche, puis le déroule sur son membre raide. Se faisant, il se penche au-dessus de moi :

— Tu en veux plus, Charlie ? chuchote-t-il avec une délicieuse intonation. Dis-le-moi. Dis-moi ce que tu veux…

Je lui souris. C'est sensuel et ça dit : « Oui, j'en veux plus, Logan. J'en veux toujours plus. » J'ai peut-être réussi à prononcer à voix haute ma réponse car il me sourit également. Tout en douceur, il me tourne sur le ventre, et là je me rends compte qu'il a déposé sous moi, sur la surface dure du bureau, son tee-shirt, mais aussi un plaid. *Quand est-ce qu'il a fait ça ?* Penché sur moi, mains sur mon bassin, il presse son érection contre mes fesses.

— Je n'ai pas arrêté de penser à la nuit dernière. Toi sur moi… Je n'ai jamais rien vu de plus sexy de toute ma vie.

Il s'appuie davantage, lentement, pour ne s'arrêter que lorsque son gland frôle mon intimité.

— Tu sens à quel point je suis dur ? Tu sens à quel point tu prends le contrôle ?

L'attente me paralyse, crée une exquise tension dans mon bas-ventre et je retiens mon souffle. D'habitude, je n'aime pas qu'un homme me domine, même dans la baise, seulement, avec Logan, c'est différent. *Le dompteur et sa panthère, hein…* Il utilise l'extrémité de son sexe pour me torturer. Je suis là, exposée et consentante. Je le veux en moi. Je le veux plus que tout. Je me perds dans ce violent besoin de lui, qui est au-delà de toute raison. Je gémis son prénom. Non. Je l'implore. Il feinte. Plusieurs fois d'affilée. J'en ai la tête qui tourne et lâche un sanglot de frustration. Il me cajole le dos, suivant la ligne de ma colonne vertébrale du bout du doigt.

— J'ai tellement rêvé de cet instant… celui où je te ferais l'amour.

En un seul coup de reins. Un seul. Le plaisir est brutal. Logan est là où aucun autre n'a été avant lui. Il joue avec maîtrise sur les accords ; tour à tour rapide et lent, délicat et déchaîné, la constante restant la profondeur dans laquelle il me rejoint. Mes cris de plaisir sont indécents, même à mes propres oreilles. Ma jouissance ressemble aux montagnes russes dont les sommets sont toujours plus vertigineux que les précédents. Les orgasmes se succèdent, interminables. Logan jouit à son tour dans une ultime pénétration. Je le sens palpiter à l'intérieur de moi avec une sorte de ravissement étourdi. Il s'allonge sur moi et la sueur qui ruisselle de son torse se mélange à la mienne. Nos cœurs battent si vite… Il embrasse tendrement ma nuque, là où mes cheveux me chatouillent.

— Je t'aime, Charlie.

Il a soufflé ces mots sur ma peau. Je crois que j'ai un nouveau tatouage. Je lui ai répondu que je l'aimais aussi… pas avec les lèvres. Pas dans mon état actuel, car je suis incapable de parler. Avec autre chose. Mon âme.

Je déteste m'endormir « après », pourtant, quand j'ouvre les yeux, je devine l'avoir fait. Encore. Je suis emmitouflée dans un mélange de couvertures et de vêtements. Je me redresse légèrement, puis aperçois Logan assis à même le sol, dos appuyé contre le mur, en train de fumer une cigarette et de m'observer. Il est torse nu et porte son jean dont la ceinture est toujours défaite. Je ne sais pas quoi dire. Je viens de vivre une expérience aussi inédite qu'incroyable avec l'homme dont je suis secrètement amoureuse depuis l'âge de quatorze ans. Qu'est-ce qu'on dit dans ce cas-là ? « Oh, c'était génial… On remet ça » ?

— Pourquoi est-ce que tu es redevenue blonde, Charlie ?

Ça vient sûrement de moi, mais, désormais, je trouve sa voix atrocement sensuelle. Avant, elle avait juste un accent flegmatique un peu mystérieux, mais maintenant j'y décèle un fort pouvoir érotique.

— C'est quoi, cette question ? je marmonne en cachant mon trouble.

Tu n'as jamais baisé avant lui. Ce n'est pas possible. Les autres mecs, c'était l'apéro ? Je me lève et m'avance vers lui. Je suis nue. J'ai conscience qu'il ne me quitte pas des yeux, et j'en joue en lui adressant un sourire de félin repu.

— Tu sais très bien pourquoi, je balance ensuite, juste avant de m'accroupir, impudique, pour lui voler sa clope et tirer dessus.

La couleur gris foncé de ses yeux est vraiment atypique. Nos regards restent accrochés l'un à l'autre pendant que je lui souffle la fumée chargée de nicotine dans la figure. Ses paupières ne frémissent même pas : il continue à me fixer avec intensité. Je souris.

— Quoi ? Tu veux que je t'ouvre mon cœur, c'est ça ? je le provoque en haussant un sourcil.

Je soupire, lui rends sa cigarette et pars en quête de mes vêtements.

— Je lui ressemble trop. J'ai toujours eu peur que ça me contamine au-delà de l'apparence physique. Il fallait que j'efface tout lien avec cette créature. Il n'y avait pas trente-six solutions pour me protéger de ce monstre.

J'ai donc construit un mur imprenable qui ne laisse rien filtrer. Tandis que j'enfile mon jean, mon esprit est subitement brouillé par les souvenirs ; ils ont la saveur de l'orange amère. Ce mur imprenable que j'ai construit brique par brique, il a commencé dans notre salle de bains, alors que Danny babillait à mes pieds, tranquillement allongé dans son transat. Une paire de ciseaux dans une main, face à un miroir recrachant froidement mon reflet. Qu'était-il ? Un visage en forme de cœur et de longs cheveux blond clair. Si blonds, d'ailleurs, que mon cuir chevelu vire facilement au rose sous les rayons du soleil. J'ai tout coupé. Alors que les mèches tombaient en pluie sur la faïence du lavabo, je me suis sentie fébrile, ivre de liberté. Kurt en prison, la tignasse hirsute, je n'ai eu qu'à affronter les réactions de mon frère aîné et de ma mère. Le premier s'est simplement moqué de moi, à en pleurer de rire. Ma mère, par contre, m'a fait subir un interminable examen, et lorsqu'un sourire écœuré, un rien cruel, a déformé le pli de sa bouche maquillée avec soin, je me suis durement pincé la cuisse à travers l'épaisseur de mon jean pour étouffer cette douleur qui menaçait d'éclater en moi.

J'ai réussi un peu plus chaque jour. Graduellement, je me suis rapprochée de cet objectif consistant à leur faire oublier de qui j'étais la fille. Il n'y avait plus que cet épouvantail, crayonné avec persistance. Je ne devais plus être jolie, ni même mignonne, car *elle* était magnifique. Hommes ou femmes, sa beauté ne laisse personne indifférent, c'est même l'unique point sur lequel tous s'accordent. Ce qui rend Kurt, mon père, aussi fier qu'extrêmement jaloux. Voilà quelle était donc la toute première étape, mais assurément la plus importante. Travailler mon apparence. J'ai alors changé la couleur de mes cheveux ; de blonde, je suis passée à « framboise ». Cette étape de ma vie a mis huit ans à se peaufiner. Huit ans pour gagner un physique n'ayant plus rien de séduisant aux yeux de certains. Les garçons « bien », en l'occurrence, n'aiment pas ce style vestimentaire trop rude, bizarrement coloré. Tant mieux, je n'ai jamais voulu me caser avec un gentil petit gars. Quant aux filles, elles ne me considèrent pas comme une rivale en règle générale, me croyant souvent gay.

Pour les tatouages, j'ai passé le pas à quatorze ans, accompagnée de Law. Sur l'épaule, afin de tester mon endurance à la douleur. Une tête de mort qui fut suivie de beaucoup d'autres, comme les poissons rouges. J'ai longtemps jubilé. J'ai le net souvenir d'avoir intérieurement explosé chaque fois que j'en rajoutais un. Autant de victoires invisibles, mais sacrément satisfaisantes. Aujourd'hui, l'allure est rodée et je suis habituée à ce déguisement qui n'en est plus vraiment un. Du genre de ces mensonges qui, à force d'être inlassablement répétés, deviennent une sorte de vérité mal fagotée. Je suscitais souvent le dégoût, la crainte, ou les deux, néanmoins l'essentiel était que personne n'ose plus m'associer à ma mère.

— Tu ne lui ressembles pas du tout.

J'éclate de rire. Un son sec qui me râpe la gorge.

— Qu'est-ce que t'en sais ? je l'attaque d'un ton agressif.

— On est quand même voisins, je l'ai vue plus d'une fois, dit-il tranquillement tout en écrasant sa cigarette.

Je le scrute, attentive, le cœur battant la chamade.

— Mais je crois que *toi*, tu l'as compris, non ? C'est pour ça que tu assumes enfin ta couleur de cheveux. Celle que tu tiens d'elle, poursuit-il en allumant une deuxième clope. Tu as enfin compris que… ce qui fait d'elle une personne mauvaise n'a rien à voir avec l'apparence physique.

Je vais faire une crise de panique. Je le sens. Je commence à éprouver une sensation d'étau dans la poitrine. Je remets mon débardeur.

— J'crois qu'on devrait y retourner. Ils doivent se demander où nous sommes passés. Ton père…

— Mon père fait les courses avec Danny. Dors avec moi ce soir, ajoute-t-il d'une voix plus douce.

Je me fige, puis, dans un mouvement exagérément lent, je pivote dans sa direction. Je reste muette, pas très sûre de ce qu'il exprime réellement derrière cette requête.

Il sourit et pose négligemment sa main libre sur son entrejambe. C'est instinctif, mes yeux ont suivi son geste et sont restés un peu trop longtemps sur l'objet de mon désir. Il l'a fait exprès, comme pour me dire « j'ai envie de toi » sans le faire avec des mots. Je détourne vivement la tête.

— Dors avec moi cette nuit, répète-t-il.

Il y a un truc qui ne tourne pas rond. Je m'approche de nouveau de Logan, et cette fois je sens l'odeur typique de la marijuana. Je chope sa clope artisanale puis l'écrase brutalement, furieuse. Ma colère lui provoque un fou rire. *Dans un tube vide.* Il s'est fait un joint passant facilement pour une vraie cigarette. *Dans un tube vide, putain !*

— Faut que tu arrêtes avec ça, Logan.

Je suis si près de lui qu'il peut dorénavant m'embrasser dans le cou ou ailleurs, et il ne s'en prive pas.

— Quoi ?

Un baiser sur la jugulaire.

— Les joints. C'en était un, non ?

Un autre.

— Ah.

À l'intérieur, je vacille et gémis. De l'extérieur, j'essaie de garder un ton ferme.

— J'ai vu des mecs vite tomber dans une nouvelle routine, à passer leurs journées à se défoncer à cette merde. T'as plus l'âge de… Ce n'est pas toi, ça ! T'es un adulte, bordel. C'est quoi le problème ? C'est quoi *ton* problème ?

Je sens sa main remonter le long de ma cuisse. Il veut m'exciter pour que je lui cède. Je m'éloigne brusquement.

— Dors avec moi cette nuit.

— C'est quoi, ce caprice ! je m'exclame d'une voix aiguë. Et tu ne m'as pas répondu !

Il farfouille patiemment dans un paquet de cigarettes, probablement elles aussi fabriquées à partir de tubes vides, de cannabis et de tabac à rouler. Comme pour répondre à mon interrogation, il saisit un second paquet dont je reconnais le design.

— C'est sur une de celles-ci que tu as tiré, m'indique-t-il, sarcastique, en me le lançant. J'aimerais que tu dormes avec moi, parce que j'ai besoin de te sentir nue contre moi. Je ne me contenterai pas de baise à la sauvette pour ensuite faire semblant de rien devant les autres. J'en viens même à être jaloux de Ray, car lui peut passer du temps avec toi durant ce foutu stage !

Il s'allume un nouveau joint.

— Tu es enfin à moi, lâche-t-il d'un ton posé en expirant lentement.

— Quoi ?! je me hérisse.

— Ordonne-moi d'arrêter la marijuana. De boire. De partir en morceaux. Et je le ferai. Tu sais pourquoi ?

Il sourit. Ce sourire super sexy à tomber raide qu'il ne m'avait jamais servi auparavant. J'ai la bouche sèche. J'ai mal aux yeux. Il m'aveugle trop quand il me sourit de cette manière. Il penche la tête sur le côté et m'étudie entre ses cils.

— Parce que je suis également à toi. C'est ça, le deal, Charlie. C'est ça qui est beau. Tu peux faire ce que tu veux de moi.

— Tu déconnes, je murmure.

Il secoue doucement la tête, abaisse les paupières et tire longuement sur sa clope qui n'en est pas vraiment une.

— Je veux que tout le monde le sache. J'en peux plus. Je parlerai à mon père…

Logan s'interrompt brutalement puis se redresse, comme s'il venait de penser à quelque chose d'effrayant. Il pointe un index vers moi :

— Mais ne fais plus rien d'idiot, Charlie. Quoi qu'il se passe, parle-moi d'abord. S'il te plaît.

À cet instant, lorsqu'il prononce ces mots, j'éprouve cette détestable impression de rater encore une information. *Qu'est-ce qu'il me cache ?*

Règle nº 15

Sauver une vie, c'est aussi sauver un peu de soi.

C'était prévisible que je lui cède. Quand il m'a ouvert cette fichue porte le soir venu, celle qui sépare ma chambre de la sienne, il y avait de nouveau dans son regard cette chaleur capable de me ramener à la vie. Puis, une fois dans la tiédeur de ses draps imprégnés de son odeur, sans chercher à me faire l'amour, il m'a serrée très fort dans ses bras. Le cœur battant la chamade, j'ai su à ce moment précis. J'ai su ce que Logan était devenu au fil de ces années… Un besoin. Une absolue nécessité. L'air que je respire. Un organe vital dans le corps mécanique de ma destinée. Une telle réalité, c'est effrayant, et je dois désormais composer avec. Toute la peur que je ressens prend sa source dans la crainte de le perdre. Cette simple idée provoque chez moi une terreur incontrôlable similaire à mes crises de panique. *Dois-je lutter contre ça? Ai-je les bonnes armes?* Je n'ai pas réussi à repousser cet étau me comprimant la gorge. J'ai fermé les yeux, les paupières lourdes de ces larmes gardées dans leur écrin. *Que Logan me tienne éternellement de cette manière…* Pour lui, j'affronterai tout.

C'est inhabituel, mais depuis que je me suis réveillée au petit matin, mes gestes ressemblent à ceux d'un automate rouillé ; je me sens particulièrement tendue.

— C'est aujourd'hui, lâche subitement Logan.

Je lève les yeux et mon regard rencontre aussitôt le sien. Il m'étudie avec la minutie d'un chat voulant jouer avec une souris.

— Quoi donc ?

— La journée des familles, précise-t-il, un demi-sourire aux lèvres.

Mon sang se fait direct la malle de mon visage, direction mes pieds. Je dois avoir l'air aussi vivante qu'un fantôme.

— Merde. Law ! Law vient ! Il faut que j'avertisse Danny !

Alors que je m'apprête à bondir hors du lit dans lequel il se prélasse intégralement nu, Logan saisit mon poignet, ce qui me freine dans mon élan. Je l'interroge du regard, il y répond par une moue amusée.

— Il n'est que 5 h 30 du mat'. Laisse-le dormir. Je sais que le stage est chronophage et que ça te manque de ne plus passer du temps avec ton petit frère, mais ce n'est pas une raison pour lui sauter dessus avant même qu'il ait mangé son bol de céréales, si ?

Je me rassieds et attends qu'il me libère. Ce qu'il ne semble pas vouloir faire.

— Je vais parler à mon père, Charlie.

Un lourd silence s'installe et nous nous dévisageons.

— Quand ? je l'interroge d'un ton neutre.

Il me lâche enfin, les traits crispés. Avec ce genre de conversation, je marche sur des œufs.

— Ce soir.

— Logan !

— Quoi !

Son ton est agressif et son regard sombre. Je soupire. Je ferme les yeux le temps de me masser le front du bout des doigts, ce qui, je l'espère, chassera les prémices de cette migraine qui arrive. J'ai l'impression que la pièce tourne sur elle-même, m'entraînant allégrement dans une force centrifuge imaginaire.

— Rien ne presse. Je ne comprends pas pourquoi tu te précipites, surtout que toi et moi savons qu'il sera contre…

— Ça fait plus de cinq ans que je me retiens, Charlie. Je me suis retenu pour mon père. Pour Ray. Pour tout un tas de personnes qui auraient trouvé ça horrible que nous soyons ensemble, toi et moi. C'est fini. J'ai atteint mes limites.

— Qu'est-ce que tu veux dire ?

— Tu as très bien compris ce que je veux dire.

— Et s'il pète les plombs ? Si ton père fait une syncope ? S'il t'éjecte de sa vie ? Tu le supporteras ?

Le visage de Logan se transforme instantanément en pierre. Du marbre en guise de peau, et du granit en guise d'yeux. L'espace d'une seconde, il devient l'une de ces statues qu'on admire dans les musées. *Il faut que je remue le couteau dans la plaie.* Un de nous deux doit le faire, sinon nous ne parviendrons jamais à changer ce qui nous lie, ce qui est né dans les cendres, pour peut-être un jour devenir un phénix habillé de flammes.

— Je vais… lui parler… lui expliquer.

Les mots butent contre ses lèvres. Mes doigts partent à la recherche des siens. Nos mains s'entrelacent, se serrent, se communiquent leur fièvre. Surtout les miennes – ce sont les plus chaudes.

— Il ne t'écoutera pas.

Sa mâchoire se contracte à l'instar de ses doigts mêlés aux miens.

— Il n'a pas le choix. Il n'a plus que moi et je ne vais pas bien, Charlie.

C'est évident. Mes yeux trouvent les siens et j'y décèle enfin quelque chose qui réussit à traverser le mur qu'il dresse entre le monde et lui, surtout quand on évoque ce sujet-là. *Est-ce qu'il voit plus loin que l'enchevêtrement de pierres que j'ai moi aussi dressé, et qui fait écho au sien ?*

— Viens près de moi.

Sa requête est à peine murmurée, un souffle que le moindre bruit pourrait briser. Je vacille. Je suis assise là, au bord du lit, mais à l'intérieur je titube de faiblesse. Je serai toujours faible face à Logan. J'essaie chaque fois de résister, mais c'est totalement vain. Je m'approche de lui, rampe comme si l'intégralité de mon corps était alourdie de paresse. Je ferme de nouveau les yeux et savoure. Je goûte son odeur, le contact de sa peau nue sous mes doigts. Cet épiderme typiquement masculin, à la fois doux et robuste.

— Pourquoi c'est comme ça ? Pourquoi nos sentiments nous rendent si misérables, Logan ? Chez les gens normaux, l'amour rend capable de soulever des montagnes, non ?

Il me serre davantage contre lui, puis se met à lentement caresser mon épaule de sa paume fraîche, comme pour me réconforter alors que c'est lui qui en a vraiment besoin. Bercée par les sourdes pulsations régulières provenant de son torse, j'attends sagement sa réponse, mais il reste curieusement silencieux. Le temps défile, pressé de s'enfuir hors de cette chambre. *Quelle heure est-il ? Nous devrions peut-être descendre. Lui le premier. Moi en dernier… après cinq minutes d'attente ? Pour ne pas éveiller les soupçons. Oui. Cinq minutes, c'est bien.*

— Je ne sais pas.

— Tu ne sais pas quoi ? je demande en levant un peu la tête pour que son regard croise le mien.

— Je n'ai pas matière à comparaison, précise Logan de la voix détachée qu'il emploie parfois lorsqu'on évoque un sujet qui lui déplaît.

— Explique-toi.

Je le sens se raidir, puis il s'écarte pour partir à la recherche de son paquet de cigarettes. Les vraies. Il n'a pas allumé un seul joint depuis la veille. *J'imagine qu'il fait attention en ma présence, mais cela ne signifie pas qu'il a vraiment arrêté.* Soudain, il plisse les yeux, visiblement irrité.

— Je n'ai jamais été… amoureux, OK ?

Je reste silencieuse un bref instant.

— Tu plaisantes ?

— Non.

— En vingt-neuf ans, tu n'es pas tombé amoureux ? Du tout ? Pas eu un seul petit béguin ?

Il m'adresse un regard noir.

— Bien sûr que si.

Un large sourire se dessine sur mes lèvres.

— Ah !

— Mon « petit béguin » se trouve juste devant moi, susurre-t-il.

J'ai un blanc.

— Avant… ?

— Jamais.

Sa voix m'a coupée net dans mon élan ; tranchante et froide. Je ne sais pas trop quoi faire de cette information. Je n'ai pas le souvenir d'avoir été la « première » de qui que ce soit. Encore moins d'avoir été un grand amour.

— Et Laurette ?

Son prénom a surgi du néant pour percer cette purée de pois nébuleuse régnant en maîtresse absolue dans ma boîte crânienne. Logan se rembrunit et, pour la première depuis le début de cette discussion, il tourne franchement la tête sur le côté pour échapper à mon regard.

— C'est une amie. Rien de plus.

— Tu as couché avec elle ?

L'expression de son visage s'assombrit davantage. Il me lance un rapide coup d'œil avant de répondre :

— Nous sommes sortis ensemble, oui. Mais je n'ai pas réussi à lui retourner ses sentiments.

De nouveau, le silence prend ses aises tandis que je le regarde s'allumer une cigarette. Il quitte le lit pour aller ouvrir la fenêtre. Je l'observe debout là, nu, beau, auréolé de mystère et d'une certaine fragilité. Il inspire doucement la fumée, la recrachant tout aussi lentement par les narines, les yeux rivés sur le ciel teinté des couleurs chaudes du lever de soleil.

— Tu as eu plusieurs aventures ?

Il pousse une sorte de grognement contrarié, puis se penche pour attraper son caleçon tombé sur le sol.

— Je déteste ce genre de conversation, Charlie. Je t'en ai parlé parce que de toute façon je n'ai rien à cacher, et quelque part je… Mais là… ça ne me plaît pas.

J'ai un haussement d'épaules lui signifiant que c'est juste de la curiosité. Ce n'est pas comme si j'allais lui faire une scène.

— Entre nous, c'est plutôt si tu n'avais jamais baisé que ça aurait été bizarre.

Le regard qu'il me lance est voilé de colère.

— Je déteste cette partie de moi.

Je me raidis.

— De quoi tu parles ?

Il se détourne, préférant affronter l'azur marbré de rose du ciel.

— Je parle de ma façon de traiter les autres, et plus particulièrement les femmes avec qui j'ai eu une aventure. Je suis ignoble, Charlie.

— J'ai du mal à t'imaginer en salaud.

Logan part d'un rire sonore, tête renversée en arrière. Lorsque l'éclat meurt enfin sur ses lèvres, il l'achève d'un soupir las. Il tire encore une bouffée de sa cigarette, la dernière avant qu'il soit obligé de l'éteindre.

— Bon sang, Charlie. Je le suis. Et, crois-moi, je n'en tire aucune fierté.

Mes jambes commencent à s'engourdir, alors je décide de m'allonger davantage sur les draps défaits. Je croise les bras sous ma nuque, les yeux perdus sur la peinture ancestrale d'un blanc relativement douteux couvrant le plafond.

— Raconte. Logan Campbell en parfait connard, j'ai envie de savoir.

— Je ne veux pas. Je ne veux pas abîmer l'image que tu as de moi.

Quelque chose dans sa manière de m'avouer ça me fait bêtement sourire. On dirait un petit garçon sur le point de bouder car il sent qu'on va le priver de dessert.

— Impossible.

Je suis sûre de moi, mais j'ai d'excellentes raisons de l'être. Mes sentiments pour lui ne peuvent pas disparaître juste parce qu'il s'est conduit comme un goujat.

— Je les avertissais, commence-t-il, hésitant.

Je tourne la tête pour pouvoir l'observer à loisir. C'est rare de discerner cette forme de gêne chez lui.

— Tu les avertissais de quoi ? Que tu étais un enfoiré ?

L'éventualité me ferait presque rire. Il s'en aperçoit et me jette un regard courroucé.

— Pas comme ça. Si je le leur avais balancé de cette manière, je serais encore puceau à l'heure qu'il est. Je les avertissais qu'il n'y aurait qu'une seule fois.

Je hausse un sourcil surpris.

— Jamais deux ?

— Jamais.

Nous nous jaugeons l'un l'autre en silence pendant ce qui semble une éternité, puis je lâche ma petite bombe :

— Je parie que Laurette a eu droit à plus de deux coups.

Mon attaque porte, car il se crispe aussitôt. Mes paupières se baissent un peu, me laissant juste ce qu'il faut de visibilité pour le scruter avec attention entre mes cils.

— C'était une exception, maugrée-t-il.

— Les béguins en sont toujours une.

— Je n'ai pas eu le béguin pour elle ! Dans quelle langue dois-je te dire ? D'accord, j'avoue avoir essayé. J'ai essayé de te sortir de ma tête, de mon cœur… de mes tripes même, et ce en utilisant la seule femme de mon entourage qui éprouvait autre chose que de la simple attirance pour moi, mais ça s'arrête là.

Les battements de mon cœur s'emballent. Je la sens, cette ardeur inhabituelle, cette flamme qui m'est dédiée et qui illumine ce regard empli de ténèbres.

— Je te crois.

— Ce que je vais te dire est terriblement cliché, mais ce n'est pas un mensonge pour autant. Je ne cherche pas à justifier mon comportement, je reste seulement un être humain avec des pulsions et des besoins. En ce qui me concerne, je ne suis pas mieux loti qu'un autre à ce niveau-là, alors, j'ai tenté la carte de l'honnêteté, de la relation mûre entre adultes consentants. Un plaisir mutuel. Seulement…

— Seulement ? je répète pour l'inciter à poursuivre.

Logan se passe une main sur le visage, comme pour s'aider à chasser quelque mauvais souvenir surgi dans son esprit.

— Certaines ont espéré plus. Ont voulu plus.

Il s'accroupit, soustrayant son regard au mien et, lorsqu'il reprend la parole, son timbre est haché, aussi désincarné que celui d'un robot :

— J'étais irrité par leur obstination. Indisposé par leurs déclarations d'amour. Elles me contraignaient à les prendre en compte alors qu'elles n'étaient déjà plus qu'un instant éphémère égaré dans l'espace de mes souvenirs. Malgré leurs cris, leurs pleurs ou leurs insultes, je n'éprouvais ni pitié ni doute… rien. Le néant. Pire, je serais incapable d'en reconnaître une si demain je la croisais dans la rue. Je ne voulais pas que tu découvres cette partie de moi. Je la déteste. Elle est immonde. Égoïste… en un mot : abominable. J'ai utilisé ces femmes. Elles n'avaient pas de visage, pas de parfum, et je n'ai rien retenu de leur style vestimentaire, et encore moins de leurs désirs, de leurs aspirations ou leurs espérances.

Doucement, sans le quitter des yeux alors qu'il reste ainsi, tassé sur lui-même, tête baissée, je descends du lit pour le rejoindre et l'entourer de mes bras. Étonnamment, il se laisse faire, cherche même ma chaleur. Il est gelé. Étrange.

— Je suis un monstre, Charlie.

Sa voix n'est qu'un son étranglé. Les yeux mouillés de larmes, je le serre un peu plus fort contre moi.

— Ça tombe bien, parce qu'il se trouve que j'en suis un aussi.

Oui. Nous sommes tous les deux des monstres. Des monstres affamés d'amour qui ne savent ni comment le donner ni comment le recevoir. Depuis que j'ai admis mes sentiments pour Logan, je ne cesse de découvrir des facettes de ma personnalité dont j'ignorais l'existence. Des facettes que je n'aime pas. Jalousie. Envie. Je suppose que ce doit être pareil pour lui… C'est sûrement ça, « être amoureux ». Être obligé d'affronter ce qu'il y a chez l'autre, le pire comme le meilleur.

Je frappe discrètement à la porte de la chambre de Ray et Danny. C'est Ray qui m'ouvre. Il a les cheveux hirsutes, les yeux lourds de sommeil et ne porte sur lui qu'un vieux bas de jogging usé.

— T'as encore fait un cauchemar… ?

— Non.

Nous nous regardons silencieusement l'un l'autre durant plusieurs secondes, puis, avec un soupir résigné, il s'efface pour me laisser entrer. Je le remercie du bout des lèvres.

— C'est la journée des familles.

J'ai expliqué ma présence dans son antre à voix basse, le regard rivé sur Danny qui dort paisiblement, une jambe hors des draps. Lorsque Ray pousse un juron, je souris. Il avait visiblement oublié, tout comme moi.

— J'avais complètement zappé, confirme-t-il en grommelant, juste derrière moi.

— Je m'en doutais. Qui va venir ?

— Comment ça ?

— Te rendre visite, je précise en m'approchant de mon petit frère.

— Sûrement mes deux frangines.

— Elles ont quel âge ?

Son silence m'incite à me tourner vers lui. Il n'a pas bougé, se tenant juste à côté de la porte.

— Tu sors de la chambre de Logan, hein ? s'enquit-il d'un ton étrange.

C'est mon tour de rester silencieuse. Lentement, avec précaution, je m'assieds sur le bord du lit de Danny, toujours profondément endormi.

— C'est gênant ?

— Oui et non.

Je ne sais pas si je dois en rire ou en pleurer. Je n'ai absolument pas envie de me farcir une conversation similaire à celle que je viens d'avoir avec Logan.

— Je ne parlais pas de Lem. Je te demandais à toi, si ça te gênait.

— Je ne parlais pas de Lem non plus.

La seconde suivante, on pourrait entendre une mouche voler. Le visage de Ray est noyé dans la pénombre ambiante ; je n'ai aucun moyen de suivre le cheminement de ses pensées.

— Je sais pour Wendy.

Mon aveu provoque un phénomène des plus prévisibles : il plombe l'air de tension.

— Tu ne sais pas tout.

Il a dit cela comme une évidence.

— Probablement.

Dans son sommeil, Danny marmonne quelques paroles inintelligibles, attirant subitement notre attention.

— Ma sœur cadette Jon a vingt-quatre ans, et Ashley est un peu plus jeune que ton frère. Elle a neuf ans, finit par dire Ray.

Je souris pour le remercier d'avoir bien voulu répondre.

— Jon ? Ta sœur s'appelle réellement Jon ?

— Joanne, en fait. Mais elle préfère qu'on l'appelle Jon. C'est son pseudo dans son groupe de rock-punk.

— Un groupe de rock ? Classe !

Je distingue son haussement d'épaules.

— C'est leur chanteuse.

— Et ça marche ? C'est quoi le nom du groupe ?

— Les Red Eagles. Ça roule pas trop mal, je dirais. Ils ont leurs fans.

Un bref silence s'installe entre nous, puis, sous une impulsion, je lance :

— J'espère pour tes frangines qu'elles ne te ressemblent pas.

— Pourquoi ?

— Parce que tu es vraiment laid.

Le corps de Ray s'agite, un peu comme s'il venait de recevoir l'équivalent d'une décharge électrique.

— Va te faire foutre, Parson ! Tu crois que t'es canon, p't-être ?

J'éclate de rire, ce qui sort enfin mon frère des bras de Morphée. Mes doigts cherchent aussitôt le réconfort de la douceur de ses cheveux. Il y a toujours des moments durant lesquels la magie me jette de la poudre aux yeux et je ne le vois plus comme l'adolescent pénible qu'il sait être, mais comme l'adorable bambin âgé de deux ans à peine qui me contemplait constamment avec une touchante adoration.

— Salut, je chuchote lorsque son regard endormi rencontre le mien.

Il grogne, se frotte le nez contre son oreiller pour ensuite me jeter un coup d'œil agacé.

— Si j'ai choisi la chambre de ton pire ennemi, c'est parce que j'espérais éviter les câlins matinaux.

— Ray n'est pas mon pire ennemi.

Mon ton affirmatif titille la curiosité de mon frère qui se redresse un peu.

— C'est vrai, puisqu'il t'a aidée ce jour-là, à la maison, ajoute-t-il, pensif.

Je grimace.

— Je crois qu'à la base, il était davantage venu donner un coup de main à Logan qu'à moi, mais c'est un argument en sa faveur, ouais.

— Hé ! s'offusque l'intéressé en s'approchant de nous. Je te rappelle que je l'ai envoyé valser, ton « Don ».

— Tu l'as eu par surprise, j'objecte. Il ne s'attendait sûrement pas à ce que tu sautes partout comme un chimpanzé.

— Hé ! s'écrie-t-il un peu plus fort.

L'instant suivant, il me frappe l'épaule du poing, mais en retenant clairement son coup.

— Ray n'est pas mon pire ennemi, je poursuis le plus sérieusement du monde – tout en l'ignorant. Nous ne nous entendons pas parce qu'il est moche. Je suis superficielle, et je n'aime pas les gens repoussants. Je t'interdis de prendre exemple sur ce type, car même si on oublie son immonde laideur, il a un goût de chiotte pour les fringues !

— OK. Là, c'est bon, je vais t'exploser la tête.

Ray me fonce dessus dans l'espoir de me mettre la raclée de ma vie. Toutefois, grâce à mes réflexes de chat de gouttière, je l'esquive de justesse pour me servir lâchement de mon frère comme d'un bouclier humain.

— Tu ne vas pas ajouter ça à ta liste de méfaits, vilain ! je m'exclame. Tabasser un enfant innocent ! C'est criminel, bordel !

— Arrête de te planquer derrière ce môme ! gronde-t-il.

Il tente de me choper par la droite, Danny râle d'être secoué dans tous les sens, mais s'esclaffe joyeusement quand je l'entraîne avec moi vers la gauche. Le jeu dure pas loin d'une dizaine de minutes, et nous finissons tous les trois allongés sur le sol, morts de rire, complètement essoufflés. Soudain, Danny se lève :

— Il faut que j'aille aux toilettes, annonce-t-il avec bonne humeur.

C'est tellement rare de le voir aussi détendu... D'habitude, Danny s'efforce d'avoir l'air adulte. J'ai bien compris que derrière cette attitude factice se cachait un réel besoin de me protéger, surtout en évitant que je m'inquiète pour lui.

Il ressemble enfin à un ado. Cet été est pour lui celui de la normalité. Il n'entend pas parler de drogues, de prostitution, de trafic d'armes. Il n'est pas le spectateur de bagarres entre membres des BAMCHA. Il passe juste ses journées à la piscine, ou avec Lem à s'occuper des repas et des courses, à se lier aux autres gamins en ville, ou bien à lire et jouer sur sa console. Tout ce qu'il y a de plus banal pour un gosse de son âge. *Ah. Je voudrais arrêter le temps, qu'il puisse continuer de vivre, tout simplement.*

Ce silence entrecoupé par nos respirations anarchiques a le parfum de la paix. Ray profite du départ de Danny pour reprendre le fil de notre discussion laissée en suspens.

— Je ne te déteste plus.

De l'eau salée envahit instantanément mes yeux, mais je la repousse vivement avec une volonté sans faille. Ne sachant pas quoi répondre, je reste muette.

— Ça ne veut pas dire que je t'apprécie pour autant !

Tant de véhémence me tire un sourire. Je me redresse sur les coudes pour l'observer malgré la pénombre qui règne à cause des volets fermés.

— Oh ! Bon sang ! J'ai eu la frousse de ma vie !

Je feins d'être secouée d'incontrôlables frissons. À son tour, il se relève et nous parvenons un peu à nous dévisager l'un l'autre.

— Pourquoi ?

Je me retiens de rire. Son ton est terriblement sérieux, mais, personnellement, j'ai besoin de dédramatiser la situation, sinon je sens que je vais disjoncter pour de bon.

— J'ai cru que tu allais tout me déballer.

Ray s'assied carrément cette fois ; je devine qu'il n'a pas capté la plaisanterie, ce qui rend cette conversation encore plus savoureuse.

— Tout te déballer ? répète-t-il, perdu.

J'exécute des moulinets dans l'air d'une main.

— Tu sais… tes sentiments.

— Quoi ?!

— Je comprends, je ne t'en veux pas.

— Tu te drogues et t'es en plein délire, non… ?

— Je suis sérieuse, Ray, c'est ma faute. Je suis trop sexy.

Je me désigne moi-même.

— C'est grave difficile de vivre avec tant de perfection. Tu n'as pas idée… Ah ben non, vu que t'es hideux. Désolée. Je ne voulais pas remuer le couteau dans la plaie.

Je ne parviens plus à me retenir davantage et éclate de rire.

— Non mais, j'hallucine ! Mes… quoi ? Je vais t'en coller, moi, des sentiments ! Toi ? Sexy ? Mais tu te fous de la gueule de qui ? T'es à l'autre pôle de ce qui est sexy. Des années-lumière, même ! s'énerve Ray.

C'est tellement drôle de le voir frôler l'apoplexie que je me roule littéralement par terre. Néanmoins, cette blague mise à part, j'ai compris ce qu'il a tenté de me dire. C'est le principal. Il va de l'avant en ce qui me concerne. Rien n'est oublié, rien n'est totalement pardonné, mais on avance, petit à petit, un pas après l'autre. *J'aimerais lui demander*. À lui en particulier, parce que je devine qu'il ne m'épargnera pas comme le fait continuellement Logan. J'aimerais vraiment lui demander ce qui s'est passé cet été-là, le jour où l'incendie a tout détruit dans nos vies. J'aimerais lui demander qui était Wendy, celle qui m'a sauvée, ce qu'elle aimait, ce qu'elle détestait, de quelle façon elle rêvait son futur, mais surtout pourquoi elle l'a fait. Je n'ai rien d'exceptionnel ; de mon point de vue, sa vie valait autant que la mienne, alors… pourquoi ? J'inspire profondément. *Je pense être prête à entendre les réponses à toutes ces questions*. Est-ce égoïste de ma part de l'imaginer prêt à me les dire ?

Nous descendons tous l'escalier en direction du hall d'entrée. Emily nous a rejoints en cours de route et, du coin de l'œil, je note qu'elle ne cesse de bâiller. *Elle n'est pas du matin, c'est clair.*

— Les membres de ta famille viennent, aujourd'hui ?

Elle me jette un regard noir et je me rends compte que j'ai fait une boulette.

— Bien sûr que non ! Ceux qui ont le permis sont trop occupés, et les autres n'ont pas encore le droit de conduire un véhicule. Et puis mes parents sont contre de toute manière ; ils ne risquent pas de venir me soutenir.

— Ils ne veulent pas que tu deviennes cascadeuse ?

Emily pousse un soupir résigné.

— Ils me voyaient déjà gagner une médaille d'or en natation synchronisée lors des prochains JO, pas en train de sauter sur un airbag depuis une fenêtre brisée à six mètres de hauteur.

Il ne nous reste que quelques marches, et j'ai terriblement envie de savoir :

— Pourquoi as-tu arrêté la compétition ?

Emily ralentit et s'immobilise, visiblement gênée de me révéler une faiblesse.

— La pression. Les autres filles qui me haïssaient. Je n'arrivais pas à perdre suffisamment de poids, et puis il y a eu cette blessure… rien d'irrémédiable, un problème de ligament au genou. Lorsque j'ai commencé à détester la natation, à cause de toute cette souffrance, qu'elle soit physique ou mentale, j'ai préféré choisir un autre métier, un autre avenir.

J'agis instinctivement et lui passe un bras autour du cou pour l'attirer contre moi et la réconforter. Sa réaction est immédiate, et très similaire à celle de Danny.

— Mais qu'est-ce que tu fais ! s'écrie-t-elle, aussi hérissée qu'un chaton sauvage.

Elle se débat, mais je la retiens contre moi.

— Ça va aller…, je chantonne d'un ton bourré d'empathie. Je te console avec amour.

— C'est écœurant !

C'est en riant que je cède et la relâche finalement.

— Je préférais quand tu faisais semblant d'être toute mignonne et fragile !

— C'était pour te battre à plate couture, et je reconnais que mon jeu d'actrice est bluffant, contrairement au tien. De toute façon, tu es trop naïve !

Je ris de plus belle. Bizarrement, je trouve le mauvais caractère d'Emily plus adorable que l'ancienne version. J'acquiesce :

— C'est une bonne chose que tu sois capable de si bien jouer la comédie… étant donné la voie professionnelle que tu as choisie.

Ray et Danny sont déjà dans le hall quand nous les rejoignons enfin. L'expression qu'arbore mon petit frère en dit long : Law n'est toujours pas arrivé. Le visage de Ruan ne vaut guère mieux ; adossé au mur, il contemple son smartphone comme s'il s'agissait du Saint-Graal. Finalement, il n'y a que Ray qui se retrouve assailli par les membres de sa famille. Une enfant se pend à son cou, tandis qu'une jeune femme plutôt grande se tient à l'écart. Elle a les cheveux mi-longs noir corbeau, dont la franche coupée droit cache en partie ses sourcils. Ses lèvres peintes en rouge vif attirent l'œil, tout comme son look qui hésite entre le gothique et le punk. Mes yeux s'arrêtent un instant sur son kilt, puis glissent sur son tee-shirt des Sex Pistols, ainsi que ses bas résille faussement déchirés de part et d'autre. *Ah. La chanteuse. Ce doit être elle. C'est quoi son nom, déjà ? Oui ! Jon !* Soudain, elle se rend compte que je l'observe ; la surprise déforme brièvement ses traits fins et elle m'adresse un grand sourire amical qui dément son allure un peu sinistre. La petite, elle, a également une chevelure de jais, coiffée en deux tresses qui s'agitent joyeusement à chacun de ses mouvements.

Brusquement, mon téléphone se met à biper et je le sors de la poche de mon veston. C'est un texto de Law : « On sera là dans dix minutes » On ? Qui ça « on » ? Un mauvais pressentiment me serre aussitôt la gorge. Machinalement, je cherche Logan du regard, puis je me rappelle qu'il n'est pas là. Il devait apporter du matériel à réparer en ville à la première heure. *Comment va se passer cette journée ?* Mon instinct tire la sonnette d'alarme. Je voudrais remonter le temps, retourner à cet instant où je me suis allongée près de Logan dans la tiédeur des draps de son lit. Des draps qui avaient son odeur rassurante.

Résolution n° 6

L'ACCEPTER, ELLE, SANS FUIR.

— Tu dois faire quoi, déjà ?

Les mains sur le volant et les yeux rivés sur la circulation, je réponds à Laurette :

— Entretien du matériel d'escalade. Ils ont entraînement, demain.

Elle soupire, puis s'allume une cigarette. J'ouvre le cendrier pour lui signifier de ne pas jeter ses cendres ou son mégot par la fenêtre.

— Pourquoi tous ces essais ? Si encore vous leur appreniez une discipline en profondeur, mais non, vous ne faites que la survoler, puis passez à une autre. Ils ne vont rien retenir, c'est sûr.

Je lui jette un bref regard, puis souris.

— Nous n'avons que peu de temps pour dégager les talents. Une séance suffit pour discerner leurs points forts. Nous les travaillerons plus en détail après la signature du contrat. Là, il s'agit de renforcer leur mental, leur inculquer la rigueur et créer une unité entre eux.

Laurette reste silencieuse un long moment, puis finit par se lancer :

— On sait, pour vous deux.

Sur l'instant, j'éprouve un fort sentiment de culpabilité. Je me suis tant conditionné au fait que Charlie et moi, c'était « mal », que cette émotion survient comme un réflexe. Je la chasse, furieux contre moi-même.

— Bien. Je ne comptais pas m'en cacher, de toute façon.

Tendu, je l'écoute souffler bruyamment la volute de fumée aspirée.

— Tu es sûr de toi, Logan ?

Curieusement, l'inflexion de sa voix semble plus amusée qu'attristée. Par quel tour de force l'habitacle de mon pick-up est-il devenu si exigu ?

— Je n'ai pas le choix.

Du coin de l'œil, je la vois se tourner vivement vers moi.

— Qu'est-ce que tu racontes ? Nous avons toujours le choix. C'est bien pour ça que le libre arbitre existe : pour que nous ayons ce foutu choix.

J'éclate de rire, mais sans aucune trace de joie, je dirais même que c'est plutôt douloureux.

— Non. Je ne l'ai pas. J'ai besoin d'elle. Au même titre que l'oxygène. C'est comme ça.

Dans un mouvement d'humeur, Laurette écrase brutalement sa cigarette dans le petit cendrier recouvert de plastique.

— C'est un peu extrême, non ? Je veux dire… T'es obligé d'être aussi *drama queen* en ce qui la concerne ?

Je devine au ton de sa voix que mes propos l'irritent.

— Je pensais que tu me connaissais suffisamment pour savoir à quel point je peux me révéler extrême.

Elle reste muette pendant quelques secondes, puis lâche d'un ton sec :

— Je ne comprends pas ce que tu lui trouves. Ce qui t'obsède tant chez elle. Vraiment, elle n'a aucune classe, se conduit comme un mec, joue des poings comme un mec, parle comme un mec. Sérieusement ! Tu l'as vu s'asseoir sur une chaise ? Jambes écartées comme si elle en avait une paire !

L'image peu reluisante que me sert mon amie me tire un sourire.

— Tu n'as pas à comprendre, parce que cela ne te concerne pas.

Laurette me contemple un moment avant d'expulser un petit cri empreint de frustration en levant les mains en l'air :

— OK, mais efface-moi ce sourire idiot de ton visage, s'il te plaît ! Sois charitable envers celle qui fut ta copine.

C'est sa façon à elle de me dire qu'elle me soutient et qu'elle accepte ma relation avec Charlie. La méthode est moins directe que celle de Ray, néanmoins, je peux compter sur sa loyauté. J'acquiesce.

— D'accord. Tu as raison, excuse-moi. Nous y sommes, je déclare ensuite en désignant la devanture d'une petite boutique.

Cette dernière n'est pas très connue du grand public, mais le propriétaire est devenu un ami depuis le temps. J'apprécie le sérieux avec lequel il s'investit dans sa passion, et puis il me semble bien qu'il a même été champion d'escalade de vitesse.

— Logan…, commence Laurette d'un ton incertain.

Je gare la voiture, arrête le moteur puis détache ma ceinture.

— Quoi ?

— T'es sûr que tu vas bien ?

— J'ai l'air d'aller mal ?

Elle me pince méchamment l'épaule.

— Tu réponds à une question par une autre. Tu esquives.

Ah, je vois. C'était donc ça. Je souris, feignant l'innocence :

— Tu crois ?

— Ce matin, quand tu es passé me chercher, j'ai cru que…

Je sors illico de la voiture, puis me dirige vers le coffre afin d'en sortir le matériel.

— Logan ! m'interpelle mon amie en quittant le siège passager pour me rejoindre. Tu avais vraiment une sale tête !

Je lui tends un sac contenant les harnais et elle le prend à contrecœur. Je ne veux pas discuter de ce qui s'est passé dans ma chambre avec Charlie. Je ne veux pas étaler cet aspect de ma personnalité que je trouve pathétique. Cette fragilité qui me fait horreur, née de l'amputation de mon âme, le jour de l'incendie. Depuis cet événement, j'ai désespérément essayé de colmater le gouffre, cette blessure ouverte, hélas, c'est l'inverse qui s'est produit. Ce sont les ténèbres qui, morceau par morceau, ont commencé à lentement dévorer ce qui restait de vivant en moi, ce qui respirait une fois sur deux.

— J'ai les descendeurs, les freins et les mousquetons de sécurité… C'est bon. Donne-moi le sac de cordes, s'il te plaît.

Laurette obtempère, même si elle est furieuse que j'évite de répondre à ses questions. Je récupère agilement son chargement en la remerciant.

— Tu ne m'en parleras pas, c'est ça ? s'écrie-t-elle dans mon dos, tandis que je me rapproche de l'entrée.

Je continue d'avancer, la laissant derrière moi. Bien que j'apprécie et respecte Laurette, elle n'est pas Charlie. C'est peut-être aussi ça, être amoureux : réussir à se dévoiler à l'être aimé sans avoir l'impression d'y perdre une partie de soi. Être accepté pour ce que l'on est, et non ce que l'on paraît être.

Lorsque nous sortons enfin de la boutique, elle boude encore, mais son silence me soulage. Mon téléphone sonne, et quand je remarque l'heure qui s'affiche sur l'écran tactile, je me rends compte que ça fait un bout de temps qu'on est partis. *Ça craint. Le jour des familles, en plus… Bon sang, je déraille !* Après un coup d'œil rapide en direction de Laurette qui s'installe sur le siège côté passager avec l'air réjoui d'une gardienne de prison, je réponds à l'appel de Ruan.

— Oui ?

— Logan ? Mon frère ne viendra pas, *amigo*. Je ne sais pas encore ce qu'il s'est passé, mais personne n'arrive à le joindre.

— Je suis désolé de l'entendre. Si je peux faire quelque chose…

— *Gracias*. Je suis coincé, obligé d'attendre qu'on me donne des nouvelles. Si jamais les BAMCHA sont impliqués, c'est mauvais, *amigo*. Très mauvais.

À mon tour, sous le regard scrutateur de Laurette, je m'installe dans le pick-up et boucle ma ceinture de sécurité.

— Écoute, je vais essayer de me renseigner, mais franchement, entre nous, j'en doute. Je l'aurais su par le frère de Charlie. Il m'en aurait parlé.

— *Crees*[1] ?

— C'est évident.

Ruan reste silencieux un certain temps, puis lâche un long soupir à la fois résigné et anxieux.

— OK. Je vais attendre un peu, mais s'il reste introuvable, je vais devoir quitter le stage… Comprendes ?

— Il n'y a pas de souci. Je comprends. La famille d'abord, Ruan.

— Sí.

Il met fin à la discussion. Tout en rangeant mon téléphone dans la poche latérale de mon pantalon, j'essaie de trouver une explication logique à l'absence de Miguel aujourd'hui. Il m'a tellement mis la pression pour intégrer son petit frère que je doute sérieusement qu'il puisse lui faire faux bond lors de cette journée spéciale pour autre chose qu'une urgence.

— Un problème ? demande Laurette, subitement conciliante.

Je secoue la tête et démarre la voiture.

---

1. « Tu crois ? »

— Non, rien de grave. Je te dépose à la bibliothèque, c'est ça ?

— S'il te plaît… Hé ! On boit un coup au *Famous*, ce soir ?

J'exécute une marche arrière pour sortir du parking, le bras derrière son appui-tête.

— Je ne peux pas. Demande tout de même à Ray. Il a besoin de changer d'air, je pense.

Elle laisse échapper une sorte de ricanement.

— Rencard avec ta dulcinée ? suggère-t-elle, sarcastique.

— Non. Mon père.

Une fois de retour à la Résidence, je décide de m'accorder le réconfort d'un café dans mon bureau. *Je pourrais consulter mes mails et voir si j'en ai un d'Harold.* Quelques jours plus tôt, je lui ai envoyé plusieurs propositions de cascades pour des scènes de son film, il se pourrait qu'il ait arrêté son choix… Alors que j'emprunte le hall, un mug de café à la main, je tombe nez à nez avec Charlie. À croire qu'elle m'attendait pour surgir comme un diable de sa boîte. Sur l'instant, je me fige, étonné.

— Tu n'es pas en ville avec Law et Danny ?

— Danny s'est fait une copine et me snobe. Law n'a pas encore daigné débarquer.

Mon regard plonge dans le sien. Les yeux de Charlie. Des morceaux de ciel enfermés dans un écrin de velours.

— Une copine ?

En réalité, j'alimente la conversation pour éviter à mon propre esprit de divaguer. Désormais, je connais la saveur de ses lèvres, le goût de sa peau et l'enivrante sensation de me perdre en elle. En cette seconde, je suis un junkie en manque de sa dose.

— La sœur de Ray… Oh. Ashley ?

Elle fait claquer son majeur sur son pouce pour aussitôt tendre l'index dans ma direction :

— Bingo.

— Et… tu as rencontré Jon ? je demande en déverrouillant mon bureau et la laissant passer en premier.

— La rockeuse ? Oui.

— Tu la trouves comment ?

Charlie soulève un presse-papiers en verre et le repose, comme pour s'occuper les mains.

— Classe, me répond-elle en haussant les épaules. Son look rock est un peu *old school*, mais ça le fait quand même.

— Je vois. À quelle heure débarque Law ?

Les mots franchissent mes lèvres, mais mes yeux, eux, n'ont de cesse de dévorer les jambes fuselées allégrement dévoilées par le short microscopique de Charlie. Il fait sacrément chaud aujourd'hui, de quoi se liquéfier, donc rien d'anormal à cette tenue. Je ne peux qu'approuver ses choix vestimentaires, même. La seconde suivante, mon regard remonte lentement jusqu'à sa sublime chute de reins pour en admirer les courbes, mais également nourrir cette délicieuse tension électrique que je sens parcourir mon corps. Elle se tourne vivement vers moi et calcule immédiatement où mes yeux se trouvent, ce qui la fait sourire : le genre de sourire félin me donnant envie de l'embrasser. Sa bouche est peinte en un rouge vif qui attire irrémédiablement l'œil. Un rouge sanguin qui pourrait faire vulgaire sur pas mal de femmes, mais pas sur Charlie ; sur elle, c'est juste sexy. Je suis hypnotisé. Une partie de mon cerveau capte qu'elle me parle, mais l'autre commence à être absorbée par le désir.

— Mmm ?

Je voulais seulement l'inciter à répéter, mais visiblement le timbre rauque de ma voix raconte autre chose. Charlie m'observe silencieusement durant un instant, puis répète avec une certaine lenteur :

— Je te disais qu'il ne devrait pas tarder à arriver.

— Qui ?

— Law. Mon frère.

Je me dépêche d'aller m'asseoir dans mon fauteuil. D'ici une poignée de secondes, je ne pourrai plus dissimuler cette érection qui menace de tendre exagérément mon pantalon. *J'ai envie d'elle. Je veux embrasser sa magnifique bouche.* Nous nous dévisageons. Je sais qu'elle a probablement deviné dans quel état je suis. Je porte le mug de café à mes lèvres et en bois une gorgée en espérant que l'amertume de ce nectar noir calmera mes ardeurs. Il est froid. Imbuvable. Je l'abandonne sur mon bureau. Du mieux que je peux alors qu'elle reste muette, je tente de repousser cette faim d'elle qui me rend fou.

— Tu veux… (Je me racle la gorge.)… boire quelque chose ?

Son sourire a le parfum de la provocation. La gorge sèche, je la regarde s'avancer jusqu'à mon bureau, lentement, tel le félin insaisissable qu'elle demeure en toute situation. Il fait chaud, surtout avec cette climatisation au fonctionnement aléatoire. Une fine pellicule de transpiration couvre sa peau dorée par le soleil pour la rendre luisante… attirante de sel. *Je veux en lécher chaque centimètre.* Les exercices en plein air ont eu un effet sexy sur son bronzage, mais également sur le dessin de ses muscles. *Ah. Je suis tellement dur que cela en devient douloureux.* Je déglutis péniblement. J'ai possédé ce corps. Je l'ai eu sous – et sur – moi gémissant de plaisir. J'ai eu le bonheur de voir la jouissance assombrir son regard azuré. D'habitude, ça me suffit pour me désintéresser de ma partenaire, mais pas avec Charlie : avec elle, ça multiplie tout à l'infini. J'en veux encore. Davantage. Tout le temps.

Elle fait pivoter mon siège de manière à ce que nous nous retrouvions face à face, puis, sans précipitation, appuie les mains sur mes cuisses. À ce contact, mes muscles se raidissent instinctivement. Sans un mot, nous nous scrutons un long moment avant qu'elle prenne l'initiative de doucement pencher la tête vers moi. Dès que je perçois la chaleur de son souffle sur mes lèvres, je plisse les paupières, juste pour pouvoir savourer au maximum notre baiser. Car les baisers de Charlie sont à son image : à la fois sauvages et hésitants, tendres et possessifs. En un mot, enivrants. Sa langue s'immisce à l'intérieur de ma bouche pour ensuite voluptueusement s'enrouler autour de la mienne. Je presse aussitôt sa nuque pour approfondir notre échange. Ses doigts se faufilent jusqu'à mon entrejambe et, lorsqu'ils se mettent à le caresser, je gémis contre ses lèvres. Je m'éparpille ; elle s'amuse à redessiner les contours de ma queue par-dessus le tissu tendu de mon treillis et je retiens de justesse ce violent besoin de libérer mon érection pour plonger en elle. Cette exigence charnelle devient de plus en plus impérieuse. Ma raison ne tient qu'à un fil, surtout lorsque Charlie met fin au supplice en débouclant ma ceinture. D'instinct, je sais ce qu'elle s'apprête à faire, soit un magnifique cadeau. Soudain, je suis la victime consentante de deux émotions jumelles et pourtant différentes. Il y a celui qui l'aime, qui déborde de tendresse et de reconnaissance, mais il y a également l'autre, l'animal excité de la contempler à genoux, vision soumise même si ce n'est que dans la position et mes fantasmes, prête à me prendre en elle de cette façon. Cette dualité est grisante.

Je meurs. Dès que je sens ses mains se poser sur mon membre palpitant, j'ai l'impression d'expirer mon dernier soupir. Charlie alterne les caresses, change savamment de rythme, et je ne sais plus si je dois me réjouir de son expérience en la matière ou bien devenir jaloux de tous ses amants qui ont connu ce bonheur. Sa langue glisse puis tourne, accélère pour mieux ralentir la cadence. Je m'accroche aux bras du fauteuil comme un naufragé sur le point de se noyer. Nos yeux se percutent et, lorsque je la regarde et perçois en même temps son franc coup de langue sur mon gland, j'ai l'esprit qui explose. Mon corps se résume à l'instrument sur lequel elle joue une partition lascive, et mon âme lui murmure des mots que je n'entends pas, mais que ma bouche produit : ce sont des cris d'amour, ceux qui se passent de verbalisation. Je sens que j'arrive à l'ultime jouissance, alors je m'éloigne suffisamment pour me finir à la main. *Je ne veux pas l'obliger à quoi que ce soit.*

À bout de souffle, le regard plongé dans le sien, je suis brutalement submergé par l'envie de l'embrasser. C'est à tâtons que je réussis à attraper la boîte de mouchoirs posée sur mon bureau. Je me nettoie promptement, conscient que je devrais sûrement parler, dire quelque chose, n'importe quoi, mais les mots me manquent pour exprimer ce que je ressens.

— Ça faisait longtemps que j'en avais envie… avec toi.

De sa voix rauque et intensément sexuelle, Charlie vient de me couper l'herbe sous le pied. Mon corps tremble, secoué par l'écho du plaisir dont il est encore ivre. Pour récupérer un peu, je me laisse du temps, je remets de l'ordre dans mes vêtements, boutonne mon pantalon, boucle ma ceinture. Soudain, il y a un sentiment vibrant qui m'envahit : il voudrait être dit, hurlé à la face du monde. Une fois présentable, je me lève, puis l'aide à en faire autant. Finalement, je cède à ce besoin et l'étreins avec force. Une main entre ses omoplates, l'autre sur l'arrière de sa tête, je la serre tout contre moi, je la serre comme l'être précieux qu'elle est pour moi.

— Ne m'abandonne jamais… s'il te plaît.

Règle n° 16

Oublier le bruit et la fureur.

Logan et Danny à mes côtés, je regarde arriver mon frère Law, accompagné de Don dont je reconnais immédiatement la moto. Si mon frère a craqué pour le design métissé de la Road Glide Ultra, Don, lui, reste fidèle au modèle Iron de Harley-Davidson. J'essaie de chasser de mon esprit ce qui vient de se passer dans le bureau de Logan, parce que, dès que j'y repense, j'ai le cœur qui bat la chamade et un puissant désir vient m'irradier le bas-ventre. J'ose à peine m'avouer avoir espéré qu'il me prenne là, sur ce meuble couvert de dossiers, et sans même un seul préliminaire. Je détourne machinalement la tête ; j'ai peur que mon visage ne révèle mes pensées. Cela aurait pu se faire, si seulement Danny ne m'avait pas appelée – avec insistance – sur mon téléphone. Je crois que Logan a deviné mon état de frustration et s'en amuse. Sa main ne cesse de m'effleurer : le bras, le dos, les fesses, et chaque frôlement me déclenche une vague de fourmillements. Lui rit de cette façon personnelle, silencieuse et très masculine, quasi imperceptible sauf pour ceux qui le connaissent assez.

Les deux engins s'arrêtent à notre niveau car leurs propriétaires vont devoir grimper le chemin caillouteux à pied. Danny jette un regard circonspect à Don, dont il se méfie. Pour sa défense, le biker le taquine toujours méchamment à propos de « comment devenir un homme ». Lorsque mon frère ôte son casque, nos yeux se croisent. Il me sourit. Lui et moi, nous ne sommes pas abonnés aux grands élans affectueux, mais il y a dans l'air ce lien tangible qui nous unit. Un lien indestructible : peu importent les coups foireux qu'il me fait subir au quotidien, je sais que, dans les situations difficiles, il sera toujours là pour moi.

— Salut.

— Salut ! Alors comme ça… t'es redevenue blonde ?

Je hausse les épaules en guise de réponse, puis esquive Don quand ce dernier cherche à me faire un câlin. Logan intervient physiquement en se plaçant entre nous deux. C'est effectué avec nonchalance, comme s'il voulait juste saluer mon frère ; en réalité, cette manœuvre a pour seul objectif d'éloigner Don de ma personne. Danny et Law échangent leur poignée de main secrète, puis Law l'interroge sur les activités qui occupent ses journées à la Résidence. C'est en riant à gorge déployée qu'il écoute notre petit frangin se lancer dans un long descriptif enflammé.

Quand Don fait une seconde tentative pour m'approcher, Logan mêle ses doigts aux miens pour mieux lui faire comprendre le message. Lunettes de soleil sur le nez, Don lui décoche le sourire hypocrite du siècle :

— Hé, Logan… tu peux nous laisser seuls avec Mimi-Charlie ?

— Non, répond-il sèchement.

— On doit discuter du club, insiste le biker.

— Tu peux parler librement. Je connais le fonctionnement d'un club, Don. Mon père était le président d'un chapitre qui a été absorbé par les BAMCHA, je te rappelle.

Don pousse un interminable soupir. Nous marchons tranquillement en direction du grand bâtiment, celui qui nous accueille durant le stage, même si nos deux invités ont râlé de devoir laisser leurs bébés derrière d'eux. Logan penche la tête vers moi :

— Pourquoi est-ce qu'il est là, lui ? chuchote-t-il, irrité.

— Je ne sais pas… Il s'est sûrement incrusté au dernier moment, c'est tout ! je réponds en murmurant.

Il est évident que Logan n'aime pas Don. D'ailleurs, ne pensait-il pas, jusqu'à très récemment, qu'il était mon premier amant ? En songeant à sa possible jalousie, je sens ma bouche s'étirer en un sourire.

— Tu reviens quand ? demande Don en enfonçant les mains dans les poches de son jean usé.

Les talons de ses bottes de motard écrasent bizarrement les cailloux du chemin, un peu comme les miennes le premier jour. J'échange un regard avec Logan : il fulmine, et son envie de répondre à ma place est clairement perceptible. Je crispe mes doigts autour des siens en guise d'avertissement.

— Le but de ce stage est de changer de voie professionnelle, Don.

Mon ton est neutre, et je peux percevoir l'exultation qu'éprouve Logan en entendant ma réplique.

— Ton père a besoin de toi.

— Comme d'un clou dans sa godasse.

— Tu es un élément clef du club.

J'éclate franchement de rire, tête renversée en arrière.

— Arrête tes conneries, tu sais pertinemment que c'est faux.

Une main sur mon avant-bras, Don m'incite à m'arrêter pour définitivement ôter ses lunettes et plonger son regard dans le mien :

— C'est vrai ! Son but est de reprendre tout le territoire de Glendale, mais aussi une majeure partie de la Californie. Nous sommes chez nous, ici. Pas ces putains de ruskovs ! Et pour y arriver, il a besoin de toi.

— Vous n'avez jamais besoin des femmes pour mener ce genre de guerre. Les femmes, vous les tolérez seulement au pieu, et encore, faudrait pas qu'elles s'y éternisent plus que de nécessaire. Te fous pas de moi ! je crache, le regard noir de fureur.

D'un geste brusque, je détache mes doigts de ceux de Logan dont je sens l'attention exacerbée sur moi, puis accélère la cadence pour prendre la première place de notre peloton. Je suis rapidement rejointe par Law.

— Je suis d'accord avec toi ! balance-t-il, amusé.

— Ça me fait une belle jambe, mais merci, je grommelle en retour.

— Perso, ça me convient si tu ne remets plus les pieds à la maison.

Je m'arrête, oh, juste une seconde, le temps de harponner ses yeux avec les miens.

— C'est OK si je ne suis plus là pour te sauver les miches ? je l'interroge, curieusement vexée.

Law acquiesce, puis détourne le regard pour admirer le panorama sauvage s'étalant à perte de vue.

— Cesse donc de te croire indispensable.

— Hein ? Dois-je te rappeler le nombre de fois où j'ai sauvé ton cul, sale ingrat ?

Il glousse pour ensuite passer son bras autour du cou de Danny lorsqu'il arrive enfin à notre hauteur.

— C'est vrai. Mais, pour ma défense, tu es un tank...

Je m'étrangle avec ma propre salive. *Quel bel enfoiré !*

— C'était par fainéantise, Charlie. Tu défonces tout avant même que j'ai le temps de lever le petit doigt, et comme je suis paresseux de nature, je t'ai toujours laissée faire. C'était égoïste de ma part, je le reconnais. Je vois bien que tu as changé, alors j'ai décidé d'être moins con. Hein, Danny ? Qu'est-ce qu'il t'a dit, ton grand frère, y a quelques jours ?

Je regarde Danny qui hoche plusieurs fois la tête.

— Qu'il allait être moins con à l'avenir.

Sans libérer le petit dernier de notre fratrie, Law m'adresse un resplendissant sourire un peu gamin. Il est vraiment beau. Je veux dire, beaucoup de personnes affirment que nous nous ressemblons, lui et moi, mais je ne suis pas certaine d'être aussi solaire... Il a toujours attiré les gens. Les gamins du quartier le suivaient déjà à l'époque, juste parce que c'était naturel. Si seulement il n'était pas aussi immature et peu soucieux du danger que représente le club. Ma gorge se serre.

— D'accord, je souffle.

Son regard croise le mien.

— D'accord, Law. Mais rien ne t'empêche d'en faire autant. De changer de vie, de te pousser au cul pour sortir de ce trou.

Nous nous arrêtons, tandis que Logan et Don, d'instinct, se tiennent à l'écart. Il y a quelque chose dans les yeux de mon frère. Un sentiment qu'il cache généralement mieux que ça. Lorsqu'il reprend la parole, je note que sa voix est d'une tessiture plus rauque que d'ordinaire :

— Le jour où maman est revenue avec toi dans le couffin, je t'ai détestée. Déjà que nos parents étaient à chier, mais voilà que le peu que je possédais allait se retrouver davantage divisé. Sauf qu'au final, ça ne m'a pas dérangé. OK, c'est la vieille bique qui se chargeait des couches et de la bouffe. Mais, Charlie…

Sous le coup de l'émotion, une boule se forme dans ma gorge, puis paraît grandir au point de devenir réellement étouffante. La voix de mon frère se fait tremblante, et ses yeux, presque aussi bleus que les miens, se mettent à briller.

— Charlie, un bébé, normalement ça pleure, hein ? Je l'ai bien compris avec Danny qui bramait tout le temps. Un nouveau-né, ça fait que chialer. Impossible de ne pas l'entendre.

Je ne parviens pas à parler. Je reste silencieuse, mon regard désespérément ancré au sien.

— Dis-moi, Charlie… Dis-moi pourquoi, toi, tu ne pleurais pas ? murmure Law, comme terrassé, s'adressant à lui-même. Je me suis longtemps posé la question, sérieux. Pour quelle raison ma sœur ne pleurait jamais ? Tu nous signalais avoir faim, ou être sale, mais bordel, Charlie !

Un bébé, ça ouvre à peine ses yeux sur le monde, alors explique-moi pourquoi, toi, conne de mioche, tu endossais déjà le rôle de martyr ?

Il a crié les derniers mots. Il les a hurlés avec quelque chose de brisé dans la voix. Je ne pense pas l'avoir vu un jour aussi furieux qu'il l'est en cet instant. Sans que je leur en donne l'ordre, des larmes se mettent à rouler sur mes joues. J'ai tourné la tête, subitement incapable de l'affronter.

— Je… ne…

Je hoquette, honteuse d'étaler mes émotions de la sorte.

— Quoi ? Je n'entends rien ! Parle plus fort !

À la manière qu'il a de s'exprimer, je le devine, lui aussi, avoir le visage baigné de larmes silencieuses.

— Je ne sais pas, bordel ! Tu me fais chier ! Tu crois que je me souviens de cette époque ? je hurle à mon tour.

La seconde suivante, ses bras m'étreignent. Il y a également ceux de Danny.

— Petite conne, petite conne ! répète-t-il à voix basse, comme une litanie.

J'écoute les gros sanglots de mon petit frère, comme s'il pleurait des semaines de larmes contenues.

— T'es le sauveur de personne, Charlie, poursuit-il d'une voix étouffée. Tu as le droit de penser à ta gueule. Tu as le droit de nous laisser tomber pour avoir une meilleure vie. On n'a rien choisi : ni nos parents ni le club, mais, bordel, comprends que t'es pas forcée de rester enchaînée à toute cette merde ! Je ne t'en voudrai pas. Tu peux également garder Danny loin de tout ça, ça me va, j'suis OK. Il mérite une bonne vie. Moi… Moi, je suis un grand garçon qui prend seul ses décisions ! Accepte-le !

Avec des gestes lents et saccadés, Law s'écarte doucement. Malgré mon regard flou rempli d'eau, je le regarde s'essuyer gauchement les yeux du dos de la main. Il ne reste plus que Danny dont je sens les bras frêles me serrer la taille avec une force inattendue. Law, lui, s'éloigne de quelques pas, ne nous présentant plus que son dos. Un dos large, musclé, un dos d'homme. Il y a tromperie sur la marchandise : jusqu'à aujourd'hui, je ne voyais que celui, malingre, d'un adolescent aux joues sales. Un gamin en quête de la moindre connerie à faire. Je me rends compte que je ne l'ai pas réellement regardé grandir pour devenir un adulte. Ou bien je ne voulais pas, sans vraiment connaître l'origine d'un tel aveuglement. Et puis, il fallait l'avouer, j'étais perpétuellement hantée par l'idée saugrenue que la nature s'était fourvoyée dans la distribution de nos rôles : que j'aurais dû être l'aînée. Comment en aurait-il pu être autrement ? Sérieusement, j'étais taillée sur mesure pour ça.

— Don ! beugle soudain Law sans pour autant se retourner. Don, arrête d'emmerder ma sœur en lui demandant de revenir seulement parce qu'elle te manque, ducon !

Curieusement, Don ne répond pas. Le silence qui s'abat sur nous possède une odeur particulière… *Une odeur de neige en été ?* Oui, j'ai l'impression de sentir la neige, cette douce fraîcheur pourvue de souvenirs. Law, accompagné d'un Don muet, s'avance droit devant pour nous distancer de quelques mètres. Les enfants Parson

Bell sont des créatures mal élevées, néanmoins dotées de sentiments composites et d'une pudeur au timing bizarre.

— Ça va ?

Je lève les yeux pour rencontrer ceux de Logan. J'essaie de sourire pour effacer son air soucieux, mais visiblement ça ne marche pas très bien. Danny me pince le bras, je baisse la tête vers lui. Le visage mouillé de larmes, il m'adresse un regard déterminé qui m'affirme que, quoi qu'il arrive, il restera avec moi, que nous affronterons la suite ensemble.

Nous nous apprêtions à franchir le seuil de la Résidence lorsque Ray débarque, essoufflé, livide, les traits figés par l'angoisse.

— Ma sœur… Ashley…

Sa voix est hachée, comme si les mots qu'il tente de prononcer étaient des boules de résine. *Qu'est-ce qu'il se passe, encore ?*

— J'ai essayé de vous appeler ! s'écrie-t-il subitement.

— J'ai laissé mon portable dans mon bureau, explique calmement Logan tout en s'approchant de lui. Qu'est-ce qu'il y a ? Ashley va bien ?

Je consulte mon propre téléphone : il est complètement déchargé. Ray saisit son meilleur ami par les épaules :

— Non ! Non ! Elle est tombée et a atterri sur une corniche, mais elle ne tiendra pas longtemps ! Où est le matos d'escalade ? Je le cherche depuis vingt minutes sans réussir à mettre la main dessus !

C'est au tour de Logan d'être blanc comme un linge.

— Il est… en révision, Ray. Je l'ai apporté ce matin à la boutique.

Ray s'agite, tourne en rond en hurlant sa frustration. Nous restons là à le contempler, silencieux et impuissants.

— Vous avez appelé les secours ? demande Law.

Ray lui jette un regard noir :

— Bien sûr ! Pour qui tu nous prends ?

— Agresser mon frangin ne va pas arranger les choses ! je rétorque, furieuse.

Intervention qui me vaut également un regard assassin sous lequel je ne cille pas. *Même si je peux facilement imaginer sa détresse, s'en prendre aux autres ne sauvera pas sa sœur.*

— Il ne me reste que celui destiné aux enfants. Ça supporterait le poids d'un ado, mais jamais le tien, ni le mien, Ray, précise Logan.

— Ruan et Jon sont restés auprès d'elle. Pour l'instant, Ashley ne bouge pas d'un pouce, elle se tient droite contre la paroi rocheuse, mais elle n'a jamais eu une grande forme physique, je sais qu'elle va rapidement se fatiguer. Si les secours mettent plus d'un quart d'heure à arriver… Le risque que ses jambes la lâchent est très élevé.

Logan et lui se regardent durant d'interminables secondes, puis Ray annonce d'une voix blanche :

— Tant pis. Je vais tenter le coup.

— Ça ne supportera jamais ton poids ! Dès que tu vas amorcer la descente en rappel, tu feras le grand plongeon ! hurle Logan.

Mais Ray ne l'écoute déjà plus, préférant se diriger vers le hangar, celui-là même où son meilleur ami et moi avons fait l'amour. Nous lui emboîtons le pas aussitôt, Logan essayant à tout prix de le faire changer d'avis. Dès que nous pénétrons dans la sombre fraîcheur de la bâtisse, je lâche :

— Je suis plus légère que Ray, je vais y aller.

Un silence de mort s'abat sur nous. Ils sont tous sous le choc, muets.

— Je vais aller la récupérer ! j'insiste d'un ton sobre.

Je suis sérieuse. Je me suis douloureusement souvenue d'une autre sœur, une petite amie qui s'est sacrifiée pour que je vive. Jusqu'à présent, je n'ai rien fait qui méritait un tel acte d'abnégation. Imaginons que je sois brusquement dans l'obligation de rendre des comptes à propos de ma courte existence, quel résultat obtiendrais-je ? Wendy serait morte pour que je puisse blanchir de l'argent ou dealer la dope des BAMCHA ? *Bordel de merde, c'est gerbant*. C'est un résumé succinct un peu exagéré, j'en ai parfaitement conscience, mais voilà, si on dépouille ma vie de ses détails anecdotiques, c'est bel et bien tout ce qui reste, au final.

Les doigts de Logan, lorsqu'ils s'enfoncent dans mes bras, me font l'impression d'être en acier trempé, capables de me broyer les os. Ses iris gris troublés par les ténèbres et la peur se plantent dans les miens :

— Il en est hors de question ! gronde-t-il.

Je reste muette, parce que j'ai l'intime conviction qu'il faut le laisser libérer tout ce qu'il a sur le cœur, que c'est le seul moyen pour qu'il comprenne qu'il n'y a que moi pour aller sauver la petite sœur de Ray. C'est le destin, dans toute sa splendeur dramatique. La boucle est bouclée. Une sœur pour une sœur. Un sauvetage pour un autre.

— Ce n'est pas un putain de jeu, Charlie, poursuit-il. Tu n'as aucune dette à payer, idiote ! Tu crois que je ne te connais pas ? Tu crois que je ne lis pas en toi comme dans un livre ouvert ? Je sais ce que tu penses en cet instant et je refuse que tu prennes ce risque, tu m'entends ?

Je m'obstine à ne pas lui répondre, me contentant de soutenir son regard, avec une intensité similaire. Ses doigts me serrent un peu plus et j'ai du mal à retenir une grimace de douleur.

— Ne fais pas ça.

Le ton de sa voix a changé : il est devenu légèrement suppliant. Un éclair de désespoir traverse le ciel orageux de ses yeux, mais je tiens bon. Je dois tenir bon.

— Il a raison, intervient Law.

— Les secours vont finir par arriver, inutile de se prendre la tête, ajoute Don.

— Peut-être trop tard ! Ils nous ont informés qu'à cause du passage de plusieurs sénateurs en ville, ils auraient du retard ! s'énerve Ray.

Seul Danny ne pipe mot. Mon regard quitte Logan pour glisser vers mon petit frère dont le visage est tourné sur le côté, m'empêchant de décrypter ses pensées ou ce qu'il ressent.

— Charlie ! s'exclame Logan.

Mon prénom a été un cri et il a explosé dans l'air, se dispersant en un millier de particules teintées d'effroi. Je contemple l'homme que j'aime – et qui m'aime – pour parfaitement lire la peur dans son regard. Mes yeux bifurquent vers Ray qui m'observe avec une sorte d'incrédulité mêlée à de l'espoir. On ne m'a jamais regardée ainsi : comme une héroïne. J'inspire profondément, puis m'approche de Logan. Ma paume sur sa joue, je l'embrasse. Ce sont justes nos lèvres unies en un chaste baiser ; il n'y a rien d'érotique, c'est seulement un mot d'amour. Toutefois, quand j'éloigne mon visage du sien, sa bouche ne forme plus qu'une simple ligne dure et, quelque part, sa réaction me blesse, même si je comprends ce qu'il a essayé de me dire, même si je comprends sa peur et sa colère.

Tout le long du trajet, Logan n'a pas desserré les dents. Il n'a fait aucun commentaire lorsque Ray s'est mis à raconter qu'il avait simplement voulu faire visiter le coin à ses sœurs. Après quelques recherches sur Internet, il avait trouvé Sand Canyon sympa et assez représentatif de la région. La situation est devenue critique quand soudain Ashley a perdu l'équilibre pour basculer dans le vide. Dans son malheur, elle a eu la chance de tomber sur une corniche, sinon, il n'y aurait plus personne à sauver. Nous ne sommes que quatre dans le véhicule : Don est resté à la Résidence avec Danny. Law est assis avec moi sur la banquette arrière du 4×4 d'*Action Heroes*. La veille, Logan avait apparemment prêté son pick-up à Ray pour que celui-ci puisse promener ses frangines en toute liberté lors de cette journée des familles. Ruan étant resté seul, Ray l'avait invité à se joindre à eux, et heureusement, d'ailleurs, puisqu'il était le seul dont le portable réussissait à avoir du réseau dans ces hauteurs.

— Tu as déjà pratiqué l'escalade ? me demande Ray.

— Un peu. Adolescente, j'aimais bien m'exercer sur le mur du parc. Un type qui s'y connaissait, bourré, traînait tout le temps dans le coin… Il a fini par m'enseigner quelques rudiments, mais je t'avoue que ça date.

Il hoche de la tête.

— OK. Sache que la paroi n'est pas une dalle ; tu as des prises, mais ça reste un relief sauvage et exposé : comme l'a souligné Logan, tu tombes, t'es en kit à l'arrivée.

Je l'écoute attentivement, sans pouvoir détourner les yeux des doigts de Logan crispés sur le volant à s'en blanchir les phalanges. Une fois que nous sommes arrivés sur les lieux, nous trouvons Ruan au téléphone avec les secours, visiblement toujours bloqués. Logan ne perd pas de temps et installe une corde de secours après avoir sélectionné deux points d'ancrage qu'il sangle, dont l'un est le tronc d'un immense pin près du bord.

— Ça va aller, Logan. Cesse de tirer une tête pareille !

— Mets le harnais, réplique-t-il sèchement.

Tout en lui jetant de rapides coups d'œil, je m'exécute.

— Logan…

Il lâche tout puis, le regard noir de colère, me rejoint en deux enjambées, l'index tendu en direction de mon visage :

— Te fous pas de moi ! Tu crois que je n'ai pas compris ton petit manège ? Il n'y a aucune gloire à mourir, mets-toi bien ça dans le crâne, Charlie. La mort, ça détruit juste ceux qui restent ! Je le sais, je suis même très bien placé pour le savoir puisque Wendy m'a fait exactement le même coup… Pour quel résultat ? Dis-moi ? Dis-moi ! Des lauriers sur sa stèle et une part de nous emprisonnée avec elle dans la tombe ? Ô joie !

Des veines saillent dans son cou tandis que ses traits s'altèrent pour se transformer en un masque tragique plein de fureur.

— Logan…, je répète plus doucement.

En réponse, il m'étreint férocement, et c'est d'une voix écorchée qu'il poursuit :

— N'y va pas. Ne joue pas les héroïnes.

— Je ne joue pas les héroïnes.

À mon tour, je le serre dans mes bras et respire son odeur, ce délicieux parfum tellement addictif.

— Si. (Il reste silencieux une seconde.) Si, tu joues les héroïnes. Parce que tu es tellement stupide que t'es persuadée d'avoir une dette envers Dieu lui-même.

Mes paupières se ferment brièvement.

— Il faut que j'y aille, Logan. C'est la seule chose à faire… Je le sens jusque dans mes tripes. J'imagine que c'est ce qu'on appelle la fatalité.

Il s'écarte brutalement pour s'essuyer le coin des yeux :

— Qu'elle aille se faire foutre, la fatalité ! La mise en scène est un peu trop spectaculaire à mon goût.

Sur ces mots crachés tel du venin, il se détourne cruellement et, sous mon regard peiné, termine les préparatifs.

Ray et sa sœur Jon ne cessent d'encourager et rassurer Ashley. Le corps de Ray tremble d'angoisse pendant que j'observe son teint devenir de plus en plus pâle. Apparemment, la petite n'est pas blessée, ou alors seulement quelques égratignures, mais la fatigue commence sérieusement à la gagner. Ruan vient vers nous avec une expression qui parle pour lui : les secours n'ont toujours pas obtenu l'autorisation d'intervenir par la voie des airs du fait de la présence de personnalités politiques en ville. Je vais devoir réellement m'y coller, mais, pour dire la vérité, ça ne me dérange pas du tout. Logan avait raison un peu plus tôt : je souhaite payer ma dette. Comme je n'ai ni le vertige ni peur à proprement parler... cela ressemble à une occasion providentielle que j'ai envie de saisir.

— J'ai mis le descendeur en 8 et le mousqueton en D, annonce Logan, la mine sombre. Il pourra être raccordé au harnais en cas d'urgence.

Son regard m'effleure brièvement, puis il me tend une paire de gants dont la matière épaisse paraît à l'épreuve des balles.

— Si tu freines à mains nues, tu vas souffrir, précise-t-il sans se tourner complètement. Tu as beau être mince, ce baudrier est destiné à un gosse, ce qui signifie qu'il va te couper la circulation. (Il reste silencieux un court moment.) Idiote. Tu t'entêtes toujours à vouloir descendre ?

— Oui.

Ses yeux croisent les miens.

— Je ne te ferai pas changer d'avis ?

— Tu ne me feras pas changer d'avis.

Nous nous dévisageons comme si nous allions dire autre chose, malgré cela, l'instant suivant, j'ai une vue imprenable sur son dos et ses larges épaules alors qu'il se met à minutieusement vérifier chaque nœud, que ce soit sur la corde de secours ou sur celle de descente.

Dix minutes plus tard, après être descendue prudemment en rappel contre la paroi rocheuse, je me retrouve face à la sœur de Ray. Je lève la tête pour intercepter le regard acéré de son frère, et celui, paniqué, de Jon à ses côtés. *J'ai la pression !*

— Ne bouge pas trop, m'avertit soudain Logan. Si tu te balances sans arrêt, tu risques de créer un frottement entre la corde et un angle trop vif. Elle finirait par rompre.

J'acquiesce, puis me focalise de nouveau sur Ashley et lui souris :

— Trouvée ! je m'exclame. Je suis impressionnée, dis donc… Je crois bien que c'est la partie de cache-cache la plus stylée à laquelle j'ai participé !

En réponse, la petite sœur de Ray me sourit, mais un regard sur son visage me suffit pour comprendre qu'elle est à bout de forces. *Je dois me dépêcher.*

— Écoute-moi, Ash'… je peux t'appeler Ash' ?

Elle hésite un instant puis hoche de la tête.

— OK, Ash'. Je vais m'approcher très, très près de toi, coincer mes pieds, ici et là… (Je lui désigne les prises que j'ai repérées.) Ensuite, tu prendras appui sur mes épaules et là je t'attacherai à une corde qui, grâce à un système de poulie, servira à ton frère pour te remonter, compris ? Tu n'as pas à avoir peur : je suis là, tu ne peux pas tomber. Je suis ton filet de sécurité, OK ?

Là, encore, elle hoche la tête. *Bien.* J'ai des fourmis dans les jambes, mais c'est surtout dû à l'adrénaline. Je cale chacun de mes pieds dans les prises car, si la corniche est assez large pour ceux d'Ashley, il n'y a pas moyen que je m'y tienne debout comme elle. Pendant que la sueur dévale le long de ma colonne vertébrale, je prépare son harnais, et une fois cette tâche effectuée, je lance d'un ton encourageant :

— C'est parti, Ash' !

Mais elle ne bouge pas d'un pouce : elle est même complètement tétanisée. *Normal, à force de se concentrer pour rester immobile…*

— On va faire autrement, OK ? Tu vois ce tatouage ? Celui qui se trouve dans mon cou ?

— L-la ro-rose ? bredouille-t-elle.

— Oui, la rose. Elle est chouette, hein ?

— Elle est b-belle !

— Tu vas essayer de la toucher et, dès que tu y arrives, tu poses tes mains sur mes épaules, juste en dessous, et tu t'y agrippes fort ! Tu as compris ?

J'accompagne mes paroles d'un sourire confiant, le genre de sourire que j'adresserais à Danny s'il était dans la même situation.

— Oui ! s'exclame-t-elle, déterminée.

J'essaie un maximum de lui créer un cocon rassurant avec mon corps, tout en lui parlant d'une voix sereine pour la détendre.

— En plus, je crois que Lem a fait une délicieuse tarte aux pommes. Je salive d'avance à l'idée d'en manger avec de la glace. Tu aimes ça, la tarte aux pommes ?

Je la regarde tendre un bras dans ma direction et si, de l'extérieur, mon attitude semble décontractée, je suis aussi tendue qu'un arc prêt à tirer ses flèches.

— Oui, mais je n'aime pas la glace.

Je sens presque ses doigts effleurer mon cou.

— Tant mieux, tant mieux, ça en fera plus pour moi.

Mon dos raide commence à être douloureux, alors j'essaie de l'occulter : je n'ai plus de dos. Il n'existe plus, donc, je n'ai plus mal. Quand enfin elle saisit mes épaules, je me fais violence pour ne pas exprimer bruyamment ma joie. Je n'ai jamais éprouvé un tel bonheur, rien n'est comparable à ce que je ressens à l'idée d'avoir réussi à amener Ashley à s'accrocher à moi ! Inconsciemment, je retiens ma respiration pendant que, avec beaucoup de précautions, je lui mets le harnais. Sa jambe, celle qui se tient en équilibre, tremble énormément, je prends donc sur moi pour ne pas me précipiter, même si j'en meurs d'envie. Une fois le harnais bien installé, je la repousse très lentement pour pouvoir la crocheter à la corde de secours. Si le vieux Ted du parc ne m'avait pas enseigné les bases pour tromper son ennui, j'aurais été incapable de faire les choses correctement aujourd'hui. Si Wendy ne m'avait pas sauvée le jour de l'incendie, je n'aurais pas pu, à mon tour, sauver Ashley, la sœur de Ray, son ancien petit ami. Logan peut dire ce qu'il veut, mais c'est forcément le destin. C'est forcément l'inéluctable fatalité qui régit nos vies.

— C'est bon ! je hurle. Dégagez-la !

— Balance-toi un tout petit peu, Charlie ! Ton poids va faire remonter la corde de secours avec Ashley ! Mais pas trop fort non plus ! N'oublie pas ce que je t'ai dit ! beugle Logan, dont je perçois l'impatience.

— OK !

Je m'exécute et, en un rien de temps, Ashley est dans les bras de son frère. C'est ensuite à moi de les rejoindre, et je dois avouer ne pas me faire prier. Logan me réceptionne pour aussitôt m'étouffer dans une étreinte éloquente : je n'ai même pas eu le temps de me relever. J'attends patiemment qu'il me parle, mais il n'en fait rien, il reste là, à m'enlacer comme si j'allais disparaître d'un instant à l'autre.

— J'ai trouvé, Logan, je murmure contre son oreille, le regard perdu dans l'immensité du ciel bleu azur. J'ai trouvé qui je veux être, ce que je veux faire… Je veux être sauveteuse. Je veux sauver les gens.

Règle n° 17

Se donner les moyens d'obtenir ce que l'on veut.

Les secours ont fini par arriver, et nous leur avons expliqué de quelle manière nous avons dégagé la petite Ashley. Ils se sont montrés à la fois impressionnés et en colère, car nous avons pris de gros risques, mais la situation exigeait une intervention d'urgence, ils ont donc été compréhensifs. En les regardant interagir, je me surprends à m'imaginer parmi eux, à devenir l'une des leurs, vêtue de la même façon, évoluant dans cette bulle héroïque qui possède l'éclat d'un diamant.

Du coin de l'œil, je repère Ray qui s'avance dans ma direction. Il y a tellement de choses qui ont changé entre lui et moi. Avant, il était prêt à me sauter à la gorge au moindre battement de cils de ma part, puis les stages ont permis de mieux nous connaître, de mieux nous « respecter ». Je suppose qu'il faut forcément en passer par là pour réussir à dépasser un antagonisme.

— Je peux te parler ? me demande-t-il.

Je suis stupéfaite par l'expression de son visage. Il me semble presque avoir un inconnu en face de moi, car en l'absence de toute la haine qui fige habituellement ses traits, il en deviendrait presque séduisant.

— Oui, je… OK.

Nous commençons à marcher, sans autre but que celui de nous isoler.

— Merci, Charlie.

L'émotion étrangle sa voix ; un peu comme s'il avait avalé les voyelles par inadvertance.

— Ne me remercie pas, je l'ai fait aussi pour moi.

Il hoche de la tête, les yeux rivés sur le sol.

— Je sais, oui, mais je tiens tout de même à le faire. Tu as risqué ta vie pour ma sœur. En te regardant suspendue au-dessus du vide pour sauver Ashley, alors que tu n'es en rien liée à elle, ni par le sang ni par les sentiments, j'ai enfin compris, Charlie. J'ai compris ce que Wendy a fait pour toi lors de l'incendie. C'était tellement évident… C'était aussi limpide que l'eau : c'est notre humanité, putain. C'était ça, la réponse. Ce qui a de meilleur en l'homme, parce que dans les pires situations, nous révélons enfin ce qu'il y a de plus beau en nous : l'entraide, l'abnégation, le sacrifice sans contrepartie. Ce qui dépasse l'antagonisme, le genre ou l'ethnie.

Le souffle coupé, je regarde les larmes rouler sur ses joues grignotées par l'ombre d'une barbe naissante. Nous voici désormais à plusieurs mètres du reste du groupe, et je mettrais mes deux mains à couper que Logan nous surveille de loin.

— Sans toi, Ashley serait peut-être morte. Elle n'aurait jamais eu l'occasion de faire de grandes études, ni de découvrir le monde… de tomber amoureuse, de se marier, d'avoir des enfants. Sa vie se serait terminée aujourd'hui dans la douleur, la peur, voire la pire des solitudes ! Je m'en rends compte, et ça me donne envie de dégueuler ! La manière dont je t'ai traitée depuis mon retour… Putain ! Et toi, toi… tu sauves ma sœur ! Je m'en veux tellement !

Ray se détourne pudiquement et, au tremblement qui l'agite, je devine qu'il pleure vraiment, même s'il tente de le faire le plus silencieusement possible. Je suis totalement dépassée : je n'ai pas la moindre idée de la façon dont il faudrait que je réagisse.

— Tu n'as pas à t'en vouloir. Comme tu le dis : on est humains, c'est tout.

Il pivote brusquement sur lui-même, me dévisage de ses yeux rouges aux paupières alourdies de tristesse.

— Parson… Charlie, je jure devant Dieu qu'à partir d'aujourd'hui… peu importe le problème ou la distance, tu n'auras qu'à m'appeler et je serai là pour t'aider.

Le même syndrome que Logan. Le syndrome de Superman. Je souris puis acquiesce :

— OK. Alors toi et moi, finalement… on devient potes ?

Je ne sais pas pourquoi, cette éventualité me fait chaud au cœur, puis je me rappelle la promesse faite à Logan au tout début du stage et tout devient clair. Soudain, Ray m'écrase dans une étreinte toute fraternelle.

— Putain, ouais ! Ouais, Charlie ! J'espère qu'un jour tu me pardonneras…

Affreusement gênée, tout ce que je trouve à faire est de lui tapoter doucement le dos du plat de la main. Lorsqu'il s'écarte en reniflant, il essuie une nouvelle fois ses yeux d'un geste malhabile.

— Je viens d'anéantir à tout jamais l'image forte et virile que tu avais de moi.

J'éclate d'un rire un peu trop rauque.

— Mmm… rassure-toi, je ne t'ai jamais vu de cette façon.

Il rit à son tour.

— Ah ! Tu me brises le cœur, là.

— OK, j'avoue, t'es juste trop classe quand tu sautes partout.

L'espace d'un instant, chacun de notre côté, nous nous perdons dans nos pensées, savourant la douceur de cette fin d'après-midi. Elle rend le paysage sauvage qui s'étend devant nous plus tranquille, plus chaleureux aussi. La fatigue commence à se faire sentir ; mes muscles deviennent de plus en plus raides.

— J'étais au courant pour ton amnésie, tu sais, même si j'avais du mal à y croire. Et Logan m'a parlé du peu qu'il t'a raconté et des trous qu'il te reste.

Un froid hivernal s'insinue dans mon corps, traçant un curieux chemin de pierres gelées jusqu'à mes organes vitaux.

— Ah.

Le regard de Ray s'accroche au mien : il est droit, honnête, complètement dénué de colère.

— Je peux te raconter, si tu veux. Combler les cases vides.

— Ah.

Ça fait des années que je veux savoir, sans en avoir le courage, et aujourd'hui, voilà que surgit cette occasion en or… Mais l'ultime question demeure, une question qui est toujours restée épinglée au fil de mes pensées : suis-je réellement capable d'entendre la vérité ? Suis-je capable d'affronter ce qui se cache derrière le voile opaque qui m'aveugle depuis si longtemps ? Que va-t-il se passer ensuite ? Vais-je m'effondrer comme une marionnette privée de soutien ? Si je ferme les yeux, j'ai l'impression d'entendre le barillet d'un pistolet chargé d'une seule balle rouler sur lui-même à l'infini, du moins tant que je n'ai pas arrêté mon choix.

— Raconte-moi.

Clic. Bam. La balle est partie, et je retiens mon souffle. Ray inspire longuement à la manière d'un sportif – nous le faisons tous avant de nous lancer au cœur d'une rude bataille. Il jette un dernier regard en arrière, là où se trouvent ses sœurs, Ruan et Logan. Celui-ci nous observe du coin de l'œil, fumant cigarette sur cigarette. J'imagine qu'il doit avoir hâte que les sauveteurs mettent les voiles pour pouvoir nous rejoindre, voire nous interrompre. Il se doute sûrement de la nature de notre discussion, à Ray et moi.

— En 2001, j'avais quinze ans. Ça faisait un an que nous sortions ensemble, Wendy et moi. C'est terriblement cliché, je l'avoue, mais à la rentrée scolaire précédente, je suis tombé fou amoureux d'elle au premier regard. Il m'a fallu moins d'une minute pour que j'en vienne à me jurer de gagner son cœur coûte que coûte. Un jour, elle a assisté à une compétition de gymnastique du lycée et j'ai eu une chance incroyable, puisque mon talent a probablement fait tout le travail de séduction… C'est elle qui m'a abordé la première en m'annonçant que j'avais désormais une fan et que j'allais devoir assurer. Chaque jour passé avec Wendy, chaque moment partagé avec elle restent encore aujourd'hui les meilleurs de ma vie. Tout était idyllique… jusqu'à cet été-là, quand un feu de forêt a lâché toute sa rage sur une partie de la Californie, et plus particulièrement sur le secteur de Needles. C'était précisément à cet endroit que Wendy devait accompagner sa tante lors d'un voyage scolaire ; sa tâche consistait à encadrer un groupe d'élèves de primaire. Elle était si enthousiaste à la perspective de cette excursion ! Intarissable, depuis des semaines ! (À ce souvenir, il sourit avec tendresse.) Comme récompense, ils avaient même prévu un arrêt au Jack Smith Memorial Park, un lieu qu'elle me tannait de visiter. Elle était à fond dans ce voyage et encore plus heureuse sachant qu'elle passerait tout ce temps avec toi. Tu étais cette petite sœur qu'elle aurait aimé avoir. Je crois qu'elle passait bien plus de temps à s'amuser avec toi qu'à courir les magasins avec Sophia et Lucy. J'en devenais presque jaloux… Comment voulais-tu que je comprenne ? J'étais le seul à ne pas habiter votre quartier. C'est vraiment dommage que tu ne te souviennes pas de ce lien particulier qui vous liait, elle et toi. J'espère que ta mémoire te reviendra. Les jours précédant le départ, Wendy m'a expliqué pour la millième fois le circuit qu'ils allaient suivre… Je crois qu'elle me l'a tellement rabâché qu'aujourd'hui encore je pourrais dessiner ce parcours les yeux fermés. Voilà ce qui me laisse une plaie ouverte dans le cœur : j'ai l'image obsédante de son bonheur gravée dans mon esprit. Je pense que c'est ce qui rend le souvenir de cette tragédie tellement insupportable. Cette horrible journée apparaît régulièrement dans mes cauchemars… Je sais qu'il en va de même pour toi, que tu as tes propres démons qui viennent te hanter la nuit. Tu peux comprendre ce qu'on ressent quand on se réveille d'un tel mauvais rêve, n'est-ce pas ?

Le regard dérivant sur le majestueux panorama qui nous entoure, en guise de réponse, je hoche lentement de la tête. Bien sûr. Je connais ce sentiment… affreusement détestable. Ray poursuit :

— Ça a commencé aux alentours de 10 heures du matin, dans le salon de mes parents. Je me suis retrouvé pétrifié, saisi à en oublier comment on respire. J'ai beau essayer de faire autre chose, de changer de chaîne, mes doigts refusent de bouger et mes yeux, eux, ne parviennent pas à se détacher de l'écran de télévision. Je le contemple sans vraiment le voir, pourtant, c'est sûr, je comprends la signification de toutes ces données qu'il m'envoie en pleine face, parce que mon cerveau capte parfaitement l'infâme bulletin d'informations. Puis je les dénombre, ces dizaines de pompiers mettant tout en œuvre pour protéger les civils. Partout autour d'eux, ce n'est qu'un dégradé de rouge, de jaune, d'orangé. C'est une blague ? Ça ressemble plus à un coucher de soleil qu'à une catastrophe ! Je me revois englué dans un silence oppressant, à minutieusement les observer tandis qu'ils s'acharnent sur ce monstre de feu : et il est vorace, extrêmement affamé. C'est interminable.

Tout se brouille devant mes yeux, à croire que les couleurs, prises de frénésie, ont décidé de se mélanger les unes aux autres pour ne devenir qu'une seule teinte. Ma respiration se perd, elle se fait sifflante, irrégulière. Une main sur la poitrine, j'essaie de me concentrer, de reprendre le contrôle, mais la panique m'inonde : une boule dans un jeu de quilles ruinant mes efforts. *Respire… idiote. Ne recommence pas !*

— Soudain, l'enfer se dessine à travers les mots de la journaliste. Ils percent le brouillard dans ma tête ; c'est une jeune femme brune vêtue d'un tailleur bleu marine impeccable, qui débite son discours avec un ignoble professionnalisme. Un robot. Aucune émotion ne vient froisser son visage de glace si parfaitement maquillé. Tout reste en ordre, malgré les images qui défilent derrière elle, malgré les scènes que lui suggère son prompteur : « … C'est une héroïne. Wendy Campbell, âgée de quinze ans seulement, originaire de Glendale. Une héroïne qui a sauvé une vie au prix de la sienne. Elle a fait preuve d'un étonnant sang-froid et d'un courage exemplaire alors que le restaurant du Jack Smith Memorial Park a été subitement envahi par les flammes. Elle a tout risqué pour secourir une fillette qui venait tout juste de fêter son huitième anniversaire et qui se souviendra éternellement de sa sauveteuse. » Le visage de l'enfant en question s'affiche en grand, et je me prends chacun de ses traits comme autant de balles. C'était toi. Toi, Charlie, toi qu'elle avait voulu sauver au prix de sa vie.

J'imaginais avec naïveté que me rappeler cet événement serait une sorte de soulagement. Parce qu'un vide enfin comblé ne peut qu'offrir du soulagement, n'est-ce pas ? Que je serais comme apaisée. Alors pour quelle raison n'est-ce pas le cas ? Pourquoi est-ce que j'éprouve toute cette douleur ? Pourquoi est-ce que j'entends si distinctement ces cris apeurés, ces hurlements qui disent que la mort est là pour nous prendre ? Les bousculades, les pleurs, les chaises qui cassent les vitres, l'épaisseur de la fumée qui s'insinue dans ma gorge pour m'empêcher de respirer. *Ça vient de là. Cette sensation atroce…*

— Charlie ? Charlie, ça va ? Pardon, Charlie !

Lorsqu'un parfum particulier m'emplit les narines, je m'y agrippe comme une noyée à une bouée de sauvetage. Je reconnais son odeur, la chaleur de ses bras, alors que, paradoxalement, ses mains restent toujours si froides. J'écoute par bribes les mots durs que Logan balance à Ray, qui les encaisse en silence. Puis il me touche : je sens le souffle tranquillisant de sa voix sur mon oreille.

— Tout va bien, calme-toi. Tu avais déjà compris… Tu avais déjà comblé une partie des cases manquantes, non ? Alors tu peux gérer ça, Charlie.

J'acquiesce en deux temps, inspirant et expirant l'air de plus en plus lentement. Il me serre davantage dans l'espace rassurant de ses bras.

— Aujourd'hui, c'est un grand jour, murmure-t-il. C'était ta dernière crise de panique.

— Je… ne crois pas.

— Bien sûr que si, et je suis fier de la petite Charlie. Fier que l'adulte qu'elle est devenue ait combattu ses démons comme une lionne.

Les paupières closes, je me laisse bercer par son timbre grave et mélodieux.

— Tu es forte. Tous ces obstacles n'ont jamais existé pour te détruire, mais au contraire pour te permettre de gagner en force. C'est maintenant que tout commence pour toi, Charlie. Maintenant ! Alors ne rate rien… Ouvre les yeux et fonce !

Une fois rentrés à la Résidence, nous sommes accueillis par un Lem blafard aux yeux injectés de haine. Je cille sous un tel regard, car j'ai la curieuse impression que plus son état de santé se détériore, moins il cache son ressentiment à mon égard. Ces derniers jours, j'ai passé mon temps à l'éviter, parce qu'au fond je voudrais qu'il m'accepte tout en sachant pertinemment que ça ne se produira pas. Cette fois je ne peux pas fuir ; du coup, je me contente d'agir comme s'il n'était pas véritablement là, rechargeant mes batteries psychologiques grâce Danny, qui, bizarrement, ne cherche pas à me repousser. Je ne vais pas m'en plaindre ; je profite seulement de l'instant. Quand je lève la tête, je croise le regard anormalement sérieux d'un Don à jeun, adossé au mur du hall, un peu à l'écart des autres.

Law et moi le rejoignons, Danny dans notre sillage.

— On doit repartir, annonce-t-il simplement dès que nous sommes suffisamment près.

Law hausse un sourcil interrogateur, mais Don lui fait comprendre qu'il s'expliquera ultérieurement.

Sur le moment, je ne sais pas si c'est ma présence ou bien celle de Danny qui le gêne. Si c'est effectivement moi, ça ne peut signifier qu'une chose : désormais, il ne me considère plus comme un Ange noir… C'est idiot, mais à cette idée, mon cœur se pince douloureusement dans ma poitrine. Law ne laisse pas le silence s'éterniser.

— T'es sûre que ça va ? m'interroge-t-il, l'air soucieux.

— Bon sang ! Tu me l'as demandé au moins vingt fois durant le trajet ! Je vais bien. C'était une petite crise de panique, c'est tout…

— Law ? Je peux te dire au revoir maintenant ? Lem n'était pas très bien toute la journée, j'aimerais rester avec lui si jamais il a besoin de mon aide, nous interrompt notre petit frère.

Aussitôt, le regard de Law se baisse sur Danny, et il lui ébouriffe gentiment les cheveux, un sourire gauche sur les lèvres :

— Ouais, bien sûr, le mioche. (Ses yeux plongent dans les miens.) Je sais avec qui tu partages cette manie de prendre soin des autres.

À ces mots, Danny se hérisse instinctivement, et je retrouve un peu mon petit diable :

— Tu délires ou quoi ! Je ne suis pas comme Charlie !

Sur ce, il s'éloigne d'un pas vif, visiblement furieux… pour aussitôt revenir en arrière et lancer d'un ton colérique :

— Appelle-moi dès que t'es arrivé à Glendale !

— Oui, maman, rétorque Law en souriant.

Pour toute réponse, Danny lui adresse un doigt d'honneur qui, au lieu de nous scandaliser, déclenche notre fou rire. Cette fois, il s'en va pour de bon, me laissant seule avec ces deux illustres membres du club.

— Tu l'influences trop, ce gamin, déclare Law en le suivant des yeux.

— Je préfère que ce soit moi plutôt qu'*elle*.

Dans un mouvement exagérément lent, Law tourne de nouveau la tête vers moi.

— *Elle* n'est pas aussi terrible que tu le crois.

Je serre les dents.

— Tu ne la connais pas de la façon dont moi je la connais.

Nous nous scrutons l'un l'autre pendant un long moment, puis il finit par hausser les épaules dans un geste fataliste.

— Ça n'a aucune importance que tu ne t'entendes pas avec elle. Ce n'est pas grave, même si tout le monde à tendance à dramatiser ce genre de situation dans une famille. Aucun parent n'est parfait, et ce n'est pas parce que les nôtres sont des bikers qu'ils sont pire. Ce qui est important, c'est d'accepter que les enfants n'appartiennent pas à leurs parents. Parce que la vie, c'est facile à créer, n'importe qui peut y arriver. Le premier con qui oublie de mettre une capote peut réussir son coup. Il ne faut pas de compétence particulière pour y parvenir… Le plus dur, c'est de les élever et de les laisser vivre. C'est ça qui demande de vrais efforts.

Après lui avoir également arraché la promesse de m'envoyer un message une fois rentré, je regarde Law s'éloigner avec Don. J'ai dû empêcher Logan de cogner sur ce dernier lorsqu'il m'a embrassée. C'était furtif, les lèvres à peine appuyées sur les miennes, pas de quoi en faire un drame. Mon frère a tenté d'excuser son initiative :

— Tu sais, il a une manière absurde de te le montrer, mais Don tient beaucoup à toi. Et ça ne date pas d'hier.

— Ne me dis pas que… ! je me suis exclamée, abasourdie.

Le sourire de Law s'est élargi jusqu'aux oreilles.

— Justement, je ne t'ai rien dit. Je crois qu'aujourd'hui il a compris pas mal de choses, et il ne lui reste qu'à faire son deuil. Cette journée était terriblement longue, mais nécessaire sur de nombreux points, frangine.

— Quand t'es aussi sérieux, c'est juste flippant, j'ai grommelé en détournant le regard.

Il a éclaté de rire. En le regardant disparaître dans la pénombre du crépuscule, j'ai le cœur qui se serre dans la poitrine, comme si je n'allais plus jamais le revoir. Puis un autre sentiment s'installe, celui de mieux le connaître, bien mieux que durant toutes ces années où nous avons grandi côte à côte. Tout comme moi, il jouait un rôle, endossé pour mieux correspondre au scénario inventé par nos parents. C'était sa façon de me protéger, de veiller sur moi sans en avoir l'air. De me pousser à me construire, faute d'être correctement élevés par nos géniteurs. Conclusion, nous portons tous un masque pour coller à l'histoire de nos vies.

— Tu sais, rester plantée sur le seuil ne le fera pas revenir.

Je pivote sur moi-même et mes yeux rencontrent immédiatement Logan, qui, les mains dans les poches, m'observe également. Il ne reste plus que nous deux dans le hall.

— Ce n'est pas vraiment ce que je souhaitais, c'est juste… que le regarder s'en aller de cette façon avait quelque chose de définitif. Où est Danny ?

— Avec mon père, dans la salle commune, en train de regarder une émission sur une chaîne du câble. Ce soir, c'est pizza pour tout le monde, il est trop fatigué pour cuisiner.

— Il avait une petite mine, c'est vrai. Il en fait sûrement trop depuis que nous sommes ici.

Logan hoche la tête.

— C'est ce que je pense aussi, mais mon père est un homme têtu. Il voulait à tout prix venir cette année encore. Pour aider.

— Je sais.

Les yeux dans les yeux, nous restons silencieux plusieurs secondes.

— Je vais aller prendre une douche, et je…

— Je peux t'accompagner ?

La proposition, loin d'être subtile, me fait franchement sourire.

— Tu as un programme précis en tête ? Parce que là, je ne suis pas au top de ma forme.

— Sauver la veuve et l'orphelin, ça fatigue.

Il joue le mec décontracté, limite indifférent, mais un éclair dans son regard obscurci par le désir envoie joyeusement valser cet aplomb factice.

— Pour sûr, m'sieur.

— Je connais un moyen de te faire dormir comme un bébé, si tu veux.

— Avec Danny, je n'ai pas le souvenir qu'un bébé, ça dorme si bien que ça.

Il réfléchit un instant :

— Comme un loir, alors ?

— Beaucoup plus crédible.

Un lent sourire se dessine sur la bouche de Logan. *J'aimerais me jeter dans ses bras pour lui quémander le câlin du siècle*. Je rougirais presque d'avoir une telle pensée. Heureusement que j'ai des restes de fierté, sinon je serais déjà à genoux à le supplier de me nourrir d'amour et d'eau fraîche. Après nous être regardés dans le blanc de l'œil pendant plusieurs secondes, il pousse un soupir vaincu.

— Je peux au moins espérer que tu dormes avec moi, cette nuit ?

— Oui. C'est officiel, j'ai déserté ma chambre parce que ton matelas n'empeste pas l'antimite, lui.

— Tant de romantisme dans un si petit corps me rend tout chose ! réplique-t-il d'un ton sarcastique.

Logan. Logan… Logan ! Je me jette littéralement sur lui. Pris de court, il n'a pas d'autre choix que de succomber à mon élan en perdant l'équilibre pour finalement tomber sur le sol, m'entraînant dans sa chute. Le corps sur le sien, les hanches ajustées aux siennes, les lèvres contre ses lèvres, je l'embrasse avec toute la fougue dont je suis capable. Il laisse ma langue le conquérir et je ne m'en prive pas. Il ne faut pas longtemps pour qu'il se mette à gémir dans ma bouche. Je pousse alors la torture plus loin en ondulant sensuellement du bassin. Sa réaction ne se fait pas attendre :

— Arrête… s'il te plaît. Regarde dans quel état je suis, maintenant, me reproche-t-il dans un murmure essoufflé.

J'écarte davantage mon visage du sien, puis me lèche la lèvre supérieure, un rien féline.

— C'est dingue comme tes mots disent une chose pendant que tes yeux racontent exactement le contraire, je susurre, excitée et joueuse.

Logan m'offre un sourire lascif.

— Décidément, tu fais vraiment ce que tu veux de moi.

Mes doigts effleurent son torse. Je plonge un peu plus profondément mon regard dans le sien.

— C'est vrai ?

— Tu en doutes ? me demande-t-il avec une incroyable douceur dans la voix.

Mon cœur s'emballe. Il y a trop d'amour dans son regard, et ça me trouble.

— Tu mens ! je chuchote en me redressant légèrement, les yeux écarquillés. Je ne peux pas me servir de toi comme bon me semble. Tu n'es pas une marionnette !

— Tu crois ?

Il semble s'amuser à mes dépens, pourtant il dégage une émotion un peu sauvage, comme une aura brûlante teintée de folie. Les battements de mon cœur s'affolent et je m'écarte un peu. Le hall se fait immense, ou bien alors c'est nous deux qui devenons minuscules. Quelque chose dans le regard de Logan me donne l'impression que, depuis longtemps déjà, il a déposé une majeure partie de sa volonté à mes pieds… et cette éventualité est terrifiante.

— Ce n'est pas drôle, Logan. Et cesse donc de répondre à une question par une autre !

— Tu penses que je plaisante ? Voici l'effet Charlie sur moi, et c'est ainsi depuis toujours. J'étais persuadé que tu l'avais deviné. Encore plus depuis que nous avons fait l'amour.

Inconsciemment, je plaque une main sur ma bouche.

— Je n'ose pas croire ce que tu es en train de m'avouer. C'est trop dingue.

— Étant donné que tu es la seule femme à détenir un tel pouvoir sur ma personne, je ne trouve pas cela « dingue », comme tu dis. Ce n'est pas comme si j'étais particulièrement masochiste. Je n'aime pas souffrir, par contre, si c'est toi…

Il laisse sa phrase en suspens, puis se lève pour de bon. J'écarte la main de ma bouche.

— Comment ça, si c'est moi ? Explique-toi, bordel ! Je suis larguée !

Logan s'approche, me tend une main pour m'aider à me remettre debout.

— Ne commence pas à t'imaginer vêtue de cuir, armée d'un fouet. Tu n'y es pas du tout.

— Alors de quoi tu parles, exactement ?

Il marche en direction de son bureau.

— Juste de ce que je t'ai dit. Si j'ai lutté si longtemps contre mon amour pour toi, c'est à cause de mon père, mais aussi parce que je savais que j'ajouterais une responsabilité de plus à ta liste déjà bien remplie.

Je le suis lorsqu'il pénètre dans la pièce. Logan referme derrière moi. Je l'observe tandis que son regard fuit le mien.

— C'est super gênant. Je pensais que tu avais compris. Apparemment, non.

Il se passe une main sur le visage, comme pour effacer toute trace de contrariété sur ses traits.

— Tu veux quoi ? Que je… (Je déglutis avec difficulté.) Que je te frappe ?

À ces mots, ses yeux saisissent illico les miens :

— Non ! s'exclame-t-il, horrifié. Je t'ai dit que ce n'était pas ça ! C'est plus une espèce de dépendance affective, Charlie. Rien qui soit lié à la douleur physique, ajoute-t-il d'une voix plus calme.

— Je ne comprends rien, je gémis en m'asseyant sur l'un des sièges.

— J'aime beaucoup que tu prennes des initiatives, que tu décides ou me dises ce que tu veux que je te fasse, lâche-t-il après un bref silence.

Je relève la tête.

— Beaucoup ?

— Beaucoup, beaucoup.

— Juste ça ? Des initiatives ?

Un drôle de sourire un peu enfantin danse sur sa bouche.

— Mais juste toi. Si une autre femme s'y amusait, je n'apprécierais pas du tout.

Il reste muet une seconde, puis précise :

— Vraiment, tu ne comprends pas ?

Je ne réponds qu'après quelques instants de réflexion, car, dans mon esprit, pas mal de pièces du puzzle « Logan » sont en train de se mettre en place pour m'offrir un début d'explication quant au mystère qu'il représente.

— Je comprends. Mais je ne peux pas tout le temps prendre l'initiative niveau sexe, Logan. Ça ne m'intéresse pas, ce genre de relation unilatérale. J'ai aussi besoin que ce soit toi, parfois.

Les paupières plissées, avec une certaine nonchalance sexy, il laisse glisser sa main jusqu'à son entrejambe qui a un beau reste d'érection.

— Je peux amener ça différemment. (Son sourire s'accentue.) Comme dans le hangar, par exemple.

À l'évocation de ce fabuleux moment entre nous, j'ai subitement très chaud et mon bas-ventre me signale plutôt explicitement être prêt à jouer à tous les jeux qu'il veut.

— Tu ne devais pas prendre ta douche ? Nous pourrons toujours mettre ceci en pratique ce soir… lorsque tu déserteras ton lit pour le mien, achève-t-il avec regard brûlant de passion qui m'envoie direct dans les cordes.

Règle n° 18

Créer des liens n'est pas une mauvaise chose.

Je viens à peine de commencer à me démêler les cheveux quand Emily fait subitement irruption dans les sanitaires. Après s'être rendu compte que j'étais uniquement vêtue d'un soutien-gorge et d'un caleçon d'homme, elle attrape mon tee-shirt posé sur le lavabo et me le lance à la figure. Je le récupère de justesse avant qu'il ne tombe par terre.

— C'est quoi, cette histoire ! aboie-t-elle, les joues rouges de colère. Et d'abord, habille-toi ! Y en a marre de tes tendances exhibitionnistes !

J'obtempère en souriant, sincèrement amusée par son côté pudibond.

— La taille des nichons diffère, certes, mais on est relativement faites sur le même modèle. Il n'y a pas de quoi fouetter un chat, Emily.

— Ne change pas de sujet, traîtresse ! s'énerve-t-elle. Ton frère m'a dit que tu quittais le stage pour devenir pompier ! Cascadeur n'était plus assez noble pour madame ?

Merde. J'aurais peut-être dû demander à Danny de garder ça pour lui.

— T'es au courant ?

J'essaie misérablement de gagner du temps, mais Emily ne mord pas à l'hameçon.

— Sauver la sœur de Ray t'est monté à la tête ? C'est ça ? Tu n'es pas censée avoir un casier judiciaire, Charlie la délinquante ? Parce que si c'est le cas, c'est mort !

Sans oser la regarder ouvertement, je prends le temps de ranger mes affaires de toilette.

— Je ne pensais pas que je te manquerais autant, tu sais.

— Ne raconte pas n'importe quoi ! Jamais de la vie ! Je vais être trop bien sans toi ! Le bonheur total de ne plus être obligée de te supporter !

Lorsque enfin j'ose me tourner, le spectacle d'Emily le visage ruisselant de larmes me brise le cœur. Pire, je lis de la peur dans son regard.

— Tu ne seras pas seule. Ruan et Ray… tu pourras compter sur eux.

— Je t'interdis de me dire que je ne serai pas seule !

Je fais un pas dans sa direction, et aussitôt, elle recule d'un. C'est en soupirant non sans une certaine tendresse que je lui ouvre mes bras :

— Allez, viens là.

— Crève ! crache-t-elle, furieuse.

Je fais la grimace, comme si elle venait de réellement me blesser.

— Ce n'est pas très chrétien, ça, Emily. Tu ne vas pas être forcée de te confesser, ou quelque chose du genre ?

Je profite d'un moment d'inattention de sa part pour bondir en avant et l'étreindre. Elle cherche immédiatement à se débattre :

— Lâche-moi, je te déteste ! Sale traîtresse ! Tu devais devenir ma rivale et on devait terminer ce satané stage ensemble !

Soudain, elle cesse de gigoter pour tremper mon vêtement de ses larmes tandis que je la console du mieux que je peux.

— On se verra souvent. Dois-je te rappeler que je me tape ton futur patron ?

Emily renifle, puis rit avec moi. Je la libère doucement en lui souriant.

— J'ai menti, avoue-t-elle, abrupte.

Mes sourcils forment un accent circonflexe.

— Encore ? Et à propos de quoi, cette fois ?

Elle se met à tripoter l'extrémité de ma serviette de bain qui repose sur le séchoir.

— Si tu n'as pas fait de prison ou que tu n'as qu'une condamnation pour un délit mineur, il te suffira d'effectuer quelques démarches pour remettre ton casier à zéro. Ton admission chez les pompiers dépendra de ta franchise, ta volonté, ta manière de gérer actuellement ta vie et d'un tas de lettres de recommandation.

Stupéfaite, tête renversée en arrière, j'éclate de rire.

— Quoi ! fait-elle avec irritation.

— T'es juste impressionnante ! Mais comment tu sais ça ?

— Le père de mon petit ami est pompier.

— Oh, oh, je vois. Tu crois que tu pourrais me pistonner ?

Face à mon air de renard, elle s'emporte de nouveau :

— Hors de question.

Un drôle de silence s'installe entre nous pendant lequel nous nous observons l'une l'autre.

— J'ai eu de la chance de te rencontrer, Emily O'Connor, je finis par dire. Tu es quelqu'un d'extraordinaire. Tu as un esprit vif et des capacités hors du commun. Et, même si tu t'en défends, tu es bien plus amicale que tu ne le prétends.

Elle ne me répond pas tout de suite, puis sourit timidement :

— Oui, c'est évident que je suis extraordinaire.

C'est plus fort que moi, je ris encore.

— Moi aussi, je suis heureuse de t'avoir rencontrée, Charlie Parson. Même si tu es effrayante avec tous ces tatouages et ton air de pitbull. Néanmoins, une fois qu'on creuse plus loin que ton apparence physique, on découvre quelle fille sensible tu es en réalité, de celles qui se préoccupent davantage des autres que d'elles-mêmes. Sache juste que je ne peux rien faire pour ta désespérante stupidité. Tu aurais un plus gros salaire en devenant cascadeuse pour le grand Hollywood qu'en risquant ta vie chez les soldats du feu.

Soudain, une tête facilement reconnaissable apparaît dans l'embrasure de la porte.

— *Hola, chicas !* On vous entend glousser depuis le bout du couloir. *Qué pasa ?*

Emily et moi échangeons un regard complice, puis nous nous retenons difficilement de nous esclaffer une nouvelle fois.

— On se dit des mots doux, lance Emily en battant des cils.

Un sourire libidineux traverse illico le visage de Ruan.

— *Caliente.*

Emily se met à prendre tout objet lui passant sous la main pour les lui balancer à la tête :

— Gros pervers ! J'en étais sûre ! Je l'aurais parié !

Il évite ma trousse de toilette en poussant un peu la porte, hélas, le papier toilette finit par s'envoler en direction du couloir. C'est au tour de Ray de mettre son grain de sel en surgissant aux côtés de Ruan en tenue de sport, un ballon de basket sous le bras et le rouleau de papier dans l'autre main.

— Ça va ? Vous vous amusez bien ?

— On fait ce qu'on peut avec ce qu'on a. D'ailleurs, rends-nous notre joujou.

Il baisse un instant les yeux sur le papier hygiénique, puis nous dévisage un par un.

— Non mais vous n'êtes pas tout seuls dans vos têtes, vous… Y a plusieurs locataires, hein ? J'ai peur de demander qui est le proprio.

Sur ce, il lance le rouleau en l'air, laissant le soin à Ruan de le rattraper, ce qu'il fait en jurant dans sa langue maternelle. J'interpelle vivement Ray qui pivote aussitôt sur lui-même :

— Comment vont Ash' et Jon ? je l'interroge.

Son expression change du tout au tout pour devenir bien plus sérieuse.

— Elles dorment. Je leur ai laissé mon lit pour cette nuit. Leur bus pour Glendale part dans la matinée.

— Ashley… ? j'insiste.

Il hoche la tête.

— Elle va bien. Elle était encore sous le choc avant d'aller se coucher, mais les médocs ont fini par agir et elle a réussi à s'endormir.

— Bien. Tu allais mettre quelques paniers ?

Comme s'il se rendait subitement compte qu'il tenait un ballon, Ray sursaute et le contemple d'un air presque surpris :

— Euh… oui. Ça fait quasiment une heure que je m'évertue en vain à trouver le sommeil, alors je me suis dit que me dépenser un peu m'aiderait.

— Chouette ! Moi, c'est pareil. Je suis sur le point d'imploser. On peut en être ? je m'exclame tout en ramassant mes affaires.

Il met un certain temps à répondre. La journée ayant été plutôt rude pour lui, je comprends qu'il soit légèrement hors jeu ce soir.

— OK, ça pourrait être sympa, mais… Logan ne t'attend pas ? Je ne voudrais pas le mettre plus en rogne qu'il ne l'est déjà contre moi.

C'est radical : il suffit qu'on prononce son prénom pour que je me remémore dans la seconde cette instructive conversation qui évoquait de torrides relations sexuelles du genre dominant-soumis. Dans mon esprit réceptif, j'imagine avec réalisme le visage de Logan, sexy en diable, me susurrer : « Ordonne-moi et j'exécuterai. » Mon cerveau se liquéfie entièrement à cette pensée.

— Il se repose, je lâche brusquement. Ne t'inquiète pas pour lui.

Je préfère changer rapidement de sujet. Une fois tous partants pour un deux contre deux, nous prenons la direction des escaliers ; seulement, dès que nous passons devant la porte de la chambre de Logan, mon cerveau est de nouveau – mais très brièvement – parasité. Dix minutes plus tard, un pack de bières chipé en cuisine dans les mains, nous nous installons sur la terrasse, dont un des murs est équipé d'un panier scellé en hauteur. Tout en buvant, nous discutons de tout et de rien, savourant avec reconnaissance la fraîcheur de cette belle nuit d'été, puis, alors qu'on ne l'attendait plus, la motivation revient et nous nous lançons enfin dans ce match !

Ray est égal à lui-même, soit un singe vif comme l'éclair capable de bondir sur n'importe quoi, ce qui est un sacré avantage pour leur équipe, et compense largement la maladresse d'Emily. Ce qui ne nous empêche nullement, Ruan et moi, de nous défoncer pour tenter de les laminer, quitte à suer à grosses gouttes. *C'était bien utile de prendre une douche pour ensuite transpirer comme une hyène en jouant au basket… Maintenant, il ne me reste plus qu'à en prendre une deuxième avant de rejoindre Logan !* Nous finissons par perdre avec un score de 4-12, nous rejetant mutuellement la faute de ce terrible échec sportif, en bons mauvais joueurs que nous sommes.

— Même ma grand-mère est plus rapide que toi ! m'assène-t-il. *Dios !* Et elle utilise un déambulateur !

— Ouais, bah, si tu vas par là, sache que le chien de mes voisins saute beaucoup plus haut que toi, alors que vous avez pratiquement la même taille ! je rétorque tout en m'épongeant le front dégoulinant de sueur.

Vanne me donnant droit à un long chapelet d'insultes plutôt colorées qui me font sourire. Soudain, j'aperçois de la lumière dans l'espèce de cabane de jardin et interroge Ray du regard. Il se tourne le temps de suivre mon regard, puis m'explique :

— C'est Lem. À cause de sa sciatique, il n'arrive plus à monter les marches, donc, depuis hier, il dort dans la remise.

Je dois faire une sacrée tête, car il se sent obligé d'ajouter :

— Logan l'a aménagée, tu penses bien ! Tu devrais aller y jeter un coup d'œil, c'est très douillet. Il y a tout ce qu'il faut.

J'hésite un moment, mais comme chacun y va de son encouragement, je cède et jette symboliquement la serviette avec laquelle je m'essuyais le visage :

— Attendez-moi pour finir les bières ! je lance avant de prendre le chemin de la cabane en bois.

La raison pour laquelle je me suis décidée n'a rien à voir avec le fait de vérifier si oui ou non Lem est bien installé, évidemment. Connaissant Logan, je suis certaine que cette remise est transformée en une splendide garçonnière avec tout ce qu'il y a de plus fonctionnel… Non, c'est surtout pour avoir la terrifiante discussion à cœur ouvert que je repousse depuis trop longtemps. Je ne peux plus feindre d'ignorer la haine qu'éprouve Lem à mon égard.

Un ressentiment plus que justifié… je suppose. Face à la porte, je me racle machinalement la gorge dans le vain espoir d'éradiquer cette boule dont la pression sur mon œsophage est très désagréable. Je frappe deux coups rapides avec l'impression que mon cœur va exploser d'un instant à l'autre. J'entends faiblement Lem me grogner d'entrer, mais comme mes jambes se transforment illico en gélatine, j'ai du mal. J'ouvre. Il ne se tourne pas tout de suite vers moi, alors, tant qu'il ne m'a pas clairement identifiée, je n'ose franchir le seuil.

— Tu vas rester plantée là longtemps ? grommelle-t-il. Pars ou entre, mais décide-toi.

Il porte ses lunettes, celles aux verres assez épais, et gribouille un cahier qui ressemble à un carnet de mots croisés. *Comment a-t-il su que c'était moi ?*

— J'entre.

Encore une fois, je m'éclaircis la voix. À croire qu'il y a une tripotée de chatons qui se font les griffes dans ma gorge. Je jette un regard autour de moi. *C'est vrai que c'est douillet dans le genre micro-chalet…*

— Comment va votre sciatique ?

Mon ton est si poli que je pourrais facilement cirer tout le parquet d'une salle de bal avec ce lustre.

Ça ne l'incite nullement à lever le nez de son jeu.

— Charlie ?

— Oui ?

— Assieds-toi et écoute.

J'obtempère immédiatement et attends patiemment la suite des événements. Finalement, dans un soupir empreint de lassitude, il ôte ses verres puis redresse la tête, assez du moins pour que nous puissions nous regarder droit dans les yeux.

— J'ai longuement réfléchi ces derniers jours. Il y a des choses qui ont changé et d'autres… pas du tout. Je vais donc commencer par celles qui fâchent, qui font mal. Celles qui n'ont pas changé.

— Vous me détestez, c'est ça ?

J'ai préféré prendre les devants. C'est peut-être idiot, mais j'ai pensé que ce serait moins douloureux si c'était moi qui le disais en premier. Une seconde. Deux secondes. Le couperet tombe :

— Oui. Même si tu n'as pas voulu ce qui s'est passé, et crois bien que j'en suis conscient : je sais pertinemment que tu n'y es pour rien… Mais voilà, notre famille a été entièrement détruite par ta faute. J'ai perdu ma femme quelques années avant ce drame, ma fille à cause de toi, et désormais j'ai presque perdu mon fils, Charlie, encore à cause de toi.

Je me suis assise sur le bord du lit, mains jointes sur les genoux, aussi à l'aise qu'une dinde le soir de Thanksgiving.

— Logan ?

— Oui, Logan. Logan qui, à cause de toi, a été amputé de sa sœur jumelle, qui, à cause de toi, a failli perdre la raison et manqué de finir sa vie dans un hôpital psychiatrique. Jusqu'au jour où, en définitive, tu l'as ébloui. Un miracle. Une véritable intervention divine. Tu es alors devenue, en quelque sorte, à la fois le poison et l'antidote. Je n'arrive pas à trancher totalement sur la question de savoir si c'est une bonne ou une mauvaise chose. Je préfère opter pour la première. C'est ce qui a changé.

J'ai eu une longue conversation avec lui, ce matin, juste avant votre départ. Il m'a expliqué en long, en large et en travers combien tu étais indispensable à son bien-être, que ce dernier soit physique ou mental. Qu'il n'y avait que toi pour lui apporter cet équilibre dont il avait besoin. En temps normal, je n'aurais même pas pris la peine de l'écouter, c'est vrai. J'aurais juste mis tout en œuvre pour vous séparer, lui et toi, car, je dois te l'avouer, c'est ce qui était prévu, surtout après vous avoir surpris en train de vous bécoter dans les vestiaires. Seulement… à ma dernière visite chez le médecin, j'ai appris qu'il me restait moins de six mois à vivre. J'ai un cancer des poumons en phase terminale.

Je me prends l'information façon mach 20[1] en pleine face. Je sais qu'il a remarqué mon teint livide et mon regard affolé. C'est impossible à rater, et pourtant il poursuit paisiblement, comme s'il m'indiquait la meilleure manière de changer le carburateur d'une Harley-Davidson 1340.

— Je ne peux pas le laisser seul après mon départ. C'est égoïste de ma part, mais je te tolérerai. Oui, je te tolérerai uniquement parce que, effectivement, il aura besoin de toi lorsque je passerai de l'autre côté.

Je me lève d'un bond, les yeux pleins de larmes, non pas parce que ce vieil homme rongé par la haine va mourir, mais parce qu'à ses yeux je ne vaux pas plus qu'un mouchoir en papier. Je peux comprendre la source de son mal, je lui ai tout pris, au final, mais je pensais… j'espérais… et puis finalement rien.

---

1. Soit vingt fois la vitesse du son.

— Est-ce qu'il le sait ? Est-ce qu'il sait pour votre cancer ?

Lem répond froidement :

— Non. Logan ne sait rien. Personne d'autre que toi n'est au courant, et je t'interdis formellement de lui en parler.

— Quoi ! C'est donc ça votre ultime punition ? Me donner le poids de ce secret ?

Je ferme durement les poings, car l'envie de lui en coller une me démange furieusement.

— Vous n'allez pas vous battre ? je demande encore, la mâchoire douloureusement serrée.

Sans me quitter des yeux, il recule doucement dans le fond de son fauteuil, celui près du bureau où se trouve toujours son fichu carnet de mots croisés. L'ombre d'un sourire las incurve l'extrémité de ses lèvres.

— Je suis vieux. J'ai suffisamment vécu. Je veux rejoindre ma femme et ma fille. Partir, le libérer de la charge que je représente est le seul cadeau que je puisse lui faire, désormais. Ça sera dur, je ne le nie pas, car je suis la seule famille qui lui reste.

Nous nous défions longuement du regard. Deux épées aux lames trempées dans l'acier qui se frappent sans aucune pitié.

— J'ai toujours cru que vous voyiez en moi l'un de vos enfants, et que c'était pour cette raison que vous me protégiez. Mais en apprenant la vérité, en découvrant l'existence de Wendy, en subissant votre colère, j'ai compris… c'est ce que vous désirez emporter avec vous dans la tombe, Lem ? C'est réellement ce que vous voulez ?

Tandis que ses yeux délavés par les années s'enfoncent plus loin dans mon âme, lentement, sa bouche s'ouvre, un souffle d'air s'en échappe et les mots tombent comme une pluie acide :

— Ma haine mourra avec moi.

Il n'y a donc rien que je puisse faire pour qu'il m'aime. Je dois faire mon deuil. Sans un dernier regard, ni même un mot, je quitte ce détestable endroit, persuadée que l'image et le discours de ce vieux biker confortablement assis dans son fauteuil élimé me hanteront jusqu'à la fin de mes jours. Je ne m'aperçois que je pleure que quand les larmes mouillent mon tee-shirt. *Je ne peux pas rentrer dans cet état. Encore moins voir Logan… Il va se douter de quelque chose, sinon.* Je me mets alors à courir comme une dératée avec pour seul témoin de ma peine la nature sauvage entourant la Résidence. Je ne m'arrête qu'une fois l'air devenu brûlant dans mes poumons et là, je me libère, je lâche toute ma douleur et ma frustration vers le firmament étoilé. Je lui crie tout ce que je n'ose pas m'avouer à moi-même, comme le fait que je considérais Lem comme le père que je n'ai pas eu la chance d'avoir, mais qu'au final ce n'était que du vent. Rien que des mensonges. Law avait raison sur ce point. Les enfants sont seuls quand ils se retrouvent obligés de vivre par leurs propres moyens.

C'est totalement épuisée que je me dirige pour la seconde fois de la soirée vers les douches. Je ne peux pas rejoindre Logan en empestant la transpiration. Cette nuit avait si bien commencé… Pourquoi a-t-il fallu qu'elle s'achève ainsi ?

— Eh.

Sur le seuil de sa chambre, adossé au chambranle et les bras croisés, Logan semble m'attendre. Il n'a pas l'air en colère, néanmoins, son expression est plus fermée que d'habitude. Il déplie lentement le bras pour me tendre mon téléphone portable. Je le récupère en le remerciant poliment.

— Quand tu disparais pendant des heures, ne l'oublie pas. Heureusement que Ray m'a appelé pour me dire où tu étais, sinon j'ameutais les villageois pour organiser une battue.

— Tu déconnes…

— Bien sûr. Un hélicoptère du SWAT aurait suffi. Tu faisais quoi ?

— Un peu de course à pied.

Il hausse un sourcil.

— À cette heure-ci ?

— Oui.

— Après un match de basket ?

— Oui.

— Après avoir sauvé une fillette d'une chute mortelle d'une falaise ?

Je m'apprêtais à répondre, mais l'ironie perceptible dans sa voix m'arrête dans mon élan.

— Je suis quelqu'un d'endurant, je dis, mal à l'aise.

C'est compter sans la connaissance que Logan a de moi.

— Il t'a dit quoi pour te mettre dans cet état ?

Je tremble de l'intérieur, car je vais devoir la jouer fine.

— Rien que je ne savais déjà. Tu m'excuses ? Je dois aller prendre une autre douche avant que le courage ne m'ait fui pour de bon.

— Je t'accompagne.

Je baisse brièvement la tête, comme s'il venait de me porter le coup fatal à la fin d'un long et interminable match.

— C'était quoi déjà, le truc ? J'ordonne et tu obéis, c'est ça ? je plaisante à moitié.

Ses paupières se plissent sur-le-champ, lui donnant aussitôt l'air d'un prédateur.

— Ça ne marche pas comme ça. Il faut un certain contexte, une certaine ambiance, explique-t-il d'une voix étrangement basse. Mais ça va venir, ne t'inquiète pas.

C'est du bluff. Les paroles de Ray dites cette fois-là dans le bus me reviennent en mémoire : que Logan ressemblait au dompteur et moi à une panthère en pleine séance de dressage. Soudain, l'idée que toute son histoire de soumission ne soit qu'un leurre pour me manipuler me traverse l'esprit. Il sourit, mais cette mimique n'a rien de rassurant.

— Tu te demandes si c'est vrai ou si c'est juste de l'esbroufe, n'est-ce pas ?

Je retiens momentanément mon souffle, puis pose la question qui me démange les lèvres :

— Alors ? C'est le cas ?

— Tu crois sincèrement que je vais te répondre ? s'amuse-t-il. Tu es enfin à moi, et moi à toi.

Un silence électrique s'étire instantanément autour de nous, nous emprisonnant dans ses filets. Il crépite brutalement de désir et c'est violent, limite étouffant. Combien de temps restons-nous là à nous examiner l'un l'autre, haletants ? Je ne saurais le dire avec exactitude. D'un mouvement gracieux, il s'écarte du mur et marche vers moi jusqu'à ce que son corps frôle le mien. Tête penchée, sa bouche effleure mon oreille :

— Ce qui compte, c'est que tu m'as, Charlie, me chuchote-t-il. C'est tout ce qui compte. Le reste n'a vraiment aucune importance.

Ses doigts s'emmêlent aux miens pendant que ceux encore libres se saisissent de ma trousse de toilette. Il m'entraîne à sa suite.

— Je vais te laver, *maîtresse.*

Je pousse aussitôt un cri horrifié avant de lui balancer un coup de pied, mais, sans me lâcher la main, il esquive facilement en éclatant de rire.

— C'était trop tentant, argue-t-il en m'adressant un clin d'œil. Je sais quel genre de films se joue dans cette adorable caboche !

Il a sur lui cette légèreté séduisante, comme si, en une seconde, on lui avait ôté tout le poids du monde. Je le regarde. Je regarde ses cheveux à l'aspect soyeux et aux reflets chauds capter la lumière timide des appliques murales. Je regarde son dos large dont les muscles dessinent des plis terriblement sexy sur son tee-shirt. Je regarde ses hanches étroites et ses fesses parfaites. « Tu es à moi, et je suis à toi. » Les mots de Logan résonnent dans tout mon être pour finir par y trouver une place. Deux moitiés qui se complètent. Tellement cliché, et pourtant… je ne me suis jamais sentie aussi entière qu'avec lui. Quand il me fait l'amour et qu'il est en moi, quand il me parle, quand il me voit. Je m'arrête brutalement, un peu avant l'entrée des douches, et, s'en rendant compte, il m'imite, perplexe.

— Logan, je…

Ma voix est bizarrement inaudible. J'ai tellement envie de le lui dire, qu'il le sache. Alors pourquoi ? Trois petits mots, ce n'est rien. *Merde. Pour quelle raison je n'y arrive pas ? Pourquoi restent-ils coincés dans ma gorge ?* Je n'ai le temps que de lever la tête et d'apercevoir le visage de Logan au-dessus du mien avant que ce dernier m'embrasse, une paume posée sur l'une de mes joues. Je sens sa main glisser doucement vers ma nuque. Son baiser est étourdissant, délicat, plein de tendresse. Ma faim de lui surgit, brutale, compressant mon bas-ventre pour qu'il ne soit que tourmente et attente. Lentement et sans interrompre notre délicieux échange, il m'attire à l'intérieur d'une des cabines qu'il s'empresse de verrouiller. Je m'abrite dans l'espace de ses bras. Le dos appuyé contre la faïence glacée du mur, je soutiens sans ciller son regard basalte obscurci par le désir. C'est terrible la façon dont il occupe tout l'espace, comme si, subitement, l'univers entier ne se résumait plus qu'à lui. Je lève légèrement le menton et, aussitôt, il prend cela pour une invitation à m'embrasser encore. Ce baiser-là est déjà plus proche du préliminaire, très sensuel, d'une profondeur à me faire chavirer. Instinctivement, je m'accroche du bout des doigts au fin tissu de son tee-shirt ; là non plus, sa réaction ne se fait pas attendre : il s'écarte vivement pour ôter ledit vêtement en le faisant passer par-dessus sa tête. Les yeux rivés sur moi, il s'en débarrasse, et je crois que je commence à comprendre. Cette éventualité, celle qui me donnerait raison, m'embrase et me tétanise. Machinalement, sans réellement y réfléchir, je jette un coup d'œil en direction du pommeau de douche ; la seconde suivante, mon hypothèse se confirme : il ouvre illico l'eau dont le mitigeur est déjà préréglé à la bonne température. Je l'interroge du regard, mais il reste désespérément muet. Ses pensées me sont inaccessibles. Du grand Logan, celui que je connais, celui qui ne laisse rien filtrer. Je suis certaine qu'il est inutile de lui poser directement la question ; il ne me répondrait pas davantage. Je vais donc devoir trouver un autre moyen pour confirmer mes soupçons… Je plonge le regard dans les ténèbres de ses iris gris sombre, puis tire légèrement sur mon tee-shirt. En réponse, un long sourire lascif étire doucement sa bouche. Il sait désormais que j'ai compris, et ce sans que lui et moi échangions le moindre mot. Logan se rapproche imperceptiblement et, le saisissant à la taille, enlève mon haut tout en m'obligeant à dresser les bras au-dessus de ma tête. L'air devient rapidement saturé de désir. Lorsque je désigne ensuite mon soutien-gorge, il me fait délicatement tourner sur moi-même et me le dégrafe avec agilité. Le doute n'est plus permis : « Ordonne-moi », scande son attitude. Sans chercher à le retenir, je laisse tomber le sous-vêtement. Rapidement, mon short subit le même traitement. Il est devant moi, à moitié dévêtu, aussi magnifique que pourrait l'être un soleil au milieu de la nuit. Un pas après l'autre, je recule jusqu'à atteindre le jet. L'eau a beau me ruisseler dessus, ça ne calme en rien mon besoin de Logan ; l'ardeur ne fait qu'enfler davantage, s'amplifiant à chaque seconde. Paupières presque closes, je le scrute entre mes cils. *J'en veux plus.* J'inspire profondément et lâche :

— Lave-moi.

La tessiture de ma voix est terriblement rauque, ajoutant une dimension érotique à cet ordre qu'il paraissait attendre. Si j'en juge par la raideur subite de tous ses muscles et encore plus celle, très significative, de son entrejambe, le scénario lui plaît. Sans précipitation et avec des gestes délicats, il s'exécute en se servant exclusivement de ses mains couvertes de mousse. Il choisit de commencer par le haut de mon corps, insistant sciemment sur toutes mes zones érogènes, que ce soit la pointe de mes seins, le creux de mes bras ou bien mon bas-ventre, à mi-chemin entre le nombril et le mont-de-Vénus. Une exquise torture qui me fait haleter, me précipitant doucement mais sûrement vers l'orgasme. C'est comme s'il avait minutieusement relevé un à un mes points sensibles durant nos ébats et qu'il mettait enfin ses connaissances à profit avec une habileté époustouflante. *Ah. Maintenant, je suis vraiment jalouse de toutes ces femmes dont il a été l'amant... Merde. Fait chier. Moi qui trouve ça généralement pathétique.* Je baisse les yeux sur lui alors qu'il s'agenouille dans le bac de douche. Un bref instant, je le contemple à mes pieds pendant que l'eau lui dévale sensuellement dessus. Son jean est trempé, le rendant encore plus sexy, surtout la manière dont le tissu imbibé d'eau lui moule les cuisses. Il finit par sentir mon regard sur lui et relève la tête. Plusieurs mèches de cheveux mouillés sont collées à son front, lui donnant un air de top model prêt pour le cliché le plus *sex* de l'année. Nous nous dévisageons, et je me demande quelle image il a de moi : mes joues sont-elles rosies par le plaisir ? Mon regard brille-t-il plus que de coutume ? Malgré le bruit d'eau, entend-il ma respiration complètement erratique ? Comprend-il à quel point je suis folle de lui ? Je me perds dans ses yeux, je me noie volontairement dans leurs eaux troubles. Ses mains caressent amoureusement la longueur de mes jambes, accentuant la pression chaque fois qu'elles se trouvent en haut de mes cuisses. C'est de la triche, car, à sa façon de me toucher, j'ai facilement deviné sa prière indirecte. Progressivement, je me dévoile davantage. Les battements de mon cœur s'emballent. Avec douceur, il saisit ma jambe pour la faire passer par-dessus son épaule et m'embrasse au creux de mon intimité. Ce n'est pas une simple image : il l'embrasse vraiment. Une myriade de doux baisers qui s'ingénient à éviter le point central sur lequel les hommes se jettent en premier habituellement. D'une main et à tâtons, je coupe l'eau. Je pressens qu'il veut édifier puis repousser ma frustration aux limites du supportable, et il me donne entièrement raison : il ne faut pas longtemps pour que je lui *ordonne* de mettre fin à mon supplice, et ce n'est que là qu'il m'autorise à atteindre la jouissance. Sa soumission était bel et bien trompeuse ; c'est lui qui tire toutes les ficelles. C'est tellement évident ! Mais ça me va, j'accepte son jeu. Parce que c'est lui. Parce que c'est Logan. Parce qu'il m'a eue dès que j'ai posé les yeux sur lui, dans cette rue qui séparait sa maison de la mienne.

Règle nº 19

Savoir gérer le calme avant la tempête.

Lorsque j'ouvre les yeux, le jour n'a pas tout à fait envahi la chambre et il y règne une sorte de clair-obscur mettant légèrement en relief le visage de Logan. Mentalement, je m'amuse à en redessiner les contours. À son tour, il se réveille et pendant un certain temps, nous restons là, à nous étudier l'un l'autre dans un silence uniquement entrecoupé par nos respirations.

— Bonjour, mademoiselle Parson. Avez-vous dormi de manière satisfaisante sur ce matelas n'empestant pas l'antimite ? s'enquiert-il, amusé, et peut-être aussi pour casser cette curieuse atmosphère.

Sa voix au réveil a quelque chose d'extraordinairement érotique. Si délicieusement rauque que ça me donne envie de chanter « Fever ».

— Je suis toute courbaturée, je me demande bien pourquoi.

Le sourire qui se dessine sur ses lèvres doit servir de flèche à Cupidon lui-même.

— Probablement à cause du match de basket, si tu veux mon avis.

— Tu as raison. Ce n'est sûrement pas parce que je me suis envoyée en l'air toute la nuit avec un homme dont le concept de la soumission comportementale est intéressant.

Il prend aussitôt un air grave.

— Tu trouves ça… perturbant ? s'enquit-il. Ça te rebute ?

Je roule sur le dos, le regard rivé au plafond, puis inspire profondément pour me donner le temps de la réflexion avant de lui répondre. Logan a changé. Il a changé depuis que notre relation s'est concrétisée, mais encore plus depuis qu'il m'a avoué ce secret besoin qu'il avait que je prenne des « initiatives », comme il dit. Et, d'après moi, ce n'est même pas un véritable besoin de soumission, mais davantage un jeu de rôle. Cependant, si je le lui dis, et de la façon dont je le pense, j'ai peur de casser quelque chose entre nous. *En a-t-il conscience ? Tente-t-il juste de me manipuler ?* Ça ne ressemble pas au Logan que je connais, néanmoins, est-ce que je connais le vrai Logan ? Une question en engendre une autre… À ce rythme, cela risque de devenir interminable. Je soupire et, du coin de l'œil, je le vois se raidir. *Il se méprend, c'est sûr.* Au final, je décide que ça n'a aucune espèce d'importance – pour reprendre ses propres mots. Il ne fait de mal à personne, et encore moins à moi, alors est-ce bien utile de suranalyser cette facette de sa personnalité ? Si jamais cette tendance dégénère, ou commence à prendre d'étranges proportions, j'agirai en conséquence à ce moment-là.

— Non, ça ne me rebute pas. Et puis…

Je me tourne sur le côté et perçois la tension qui l'habite :

— … certains affirment que la lumière n'existe pas sans les ténèbres.

Logan paraît se détendre un tout petit peu, et je discerne même l'ombre d'un sourire sur sa bouche. La citation lui plaît. Je poursuis :

— Nous avons tous cette part sombre en nous. Une part qui abrite des choses obscures, mais qui paradoxalement révèle souvent notre meilleur côté.

Il approche la main de mon visage puis la presse contre ma joue. Son regard contient tant d'amour qu'il m'est presque insupportable de le soutenir.

— Charlie la philosophe, murmure-t-il avec tendresse.

C'est douloureux dans ma poitrine. *Arrête de dire que tu m'aimes.* Derrière chacun de ses gestes, derrière chacun de ses mots, j'entends cette vérité que je ne parviens pas à verbaliser. Je repousse son contact devenu trop brûlant pour ma peau en me redressant dans le lit. Il me laisse faire, mais je sens son regard sur moi.

— Tu ne me demandes pas l'origine du mal ? s'enquiert-il en articulant exagérément les syllabes. J'aurais pourtant cru que ce serait la première question que tu me poserais… Mais tu n'en poses aucune, en réalité.

Je cherche des yeux mon paquet de cigarettes, et c'est avec soulagement que je le repère sur la table de nuit. Je l'attrape, vérifie d'un rapide coup d'œil que les fenêtres sont ouvertes : comme seuls les volets sont fermés, je m'en allume une.

— La nature humaine est compliquée. J'ai grandi parmi des bikers, alors je sais de quoi je parle, je marmonne, la clope coincée entre les lèvres. Si tu as envie d'en discuter, je t'écoute, Logan, mais sache que je n'ai pas ce genre de curiosité.

— Vraiment ?

J'inspire une longue bouffée chargée de nicotine.

— Vraiment, j'exhale tout en recrachant une belle volute de fumée bleutée. Je respecte les secrets. N'ayant moi-même pas envie de m'étaler sur les miens, je respecte que les gens veuillent les garder pour eux. Ton… « besoin » n'est pas nocif, ou toxique. Ni pour toi, ni pour moi, ni pour les autres. Ça ne semble pas destructeur pour notre relation, alors qu'est-ce que ça peut bien me foutre, de savoir d'où ça vient ?

Logan éclate d'un rire franc. Un rire audible chez Logan, c'est aussi spectaculaire qu'une éclipse solaire. Je me tourne un peu dans sa direction :

— Quoi ? J'ai dit quelque chose de drôle ?

Parce qu'il a un bras posé sur les yeux, je ne distingue de lui que son sourire.

— La femme parfaite, chuchote-t-il, ignorant ma question.

— Qu'est-ce que tu racontes ?

Mon cœur se met à pulser plus vite. Il écarte le bras de son visage, et je me prends son regard intense pareil à un crochet du gauche :

— La femme parfaite pour moi, précise-t-il, comme si cette phrase expliquait tout.

Ma gorge se serre. Ça fait affreusement mal d'être incapable de lui dire combien je l'aime aussi, mais est-ce entièrement ma faute ? L'ai-je jamais dit à quelqu'un un jour ? Je me lève, en quête d'un cendrier ou de n'importe quoi qui pourrait faire l'affaire. Ce qui me donne une bonne excuse pour mettre une distance physique entre nous. J'essaie de fuir. *Merde.*

— Tu as arrêté de picoler comme un trou ? je l'interroge lorsque mon regard tombe sur une bouteille de whisky vide.

— J'ai réduit de manière significative ma consommation quotidienne, répond-il, un rien ironique.

Je hoche de la tête, satisfaite.

— Bien. Continue.

— Tu me fais confiance ?

Il semble étonné de la facilité avec laquelle j'accepte sa réponse.

— Si je commence à douter de toi, on fonce droit dans le mur. Les joints ? j'insiste en louchant sur un verre rempli à moitié.

— Complètement arrêté. Je suis plus ivrogne que junkie, plaisante-t-il ensuite, mi-figue, mi-raisin.

Je laisse tomber ma clope au bout rougeoyant dans l'eau du verre. Elle crépite un instant et je regarde flotter le mégot avant de me tourner vers Logan.

— Tant que tu as la volonté de gérer, ça me va. Mais si tu veux que je t'aide, sache que je suis là. J'ai moi-même failli sombrer dans l'alcool, souviens-toi. Je sais à quel point c'est difficile… L'envie reste toujours là, quelque part, comme un démon intérieur. Le truc, c'est d'arriver à boire un coup de temps en temps sans tomber dans l'excès. Récemment, tu faisais des excès sur tout.

Toujours confortablement assis dans le lit, Logan reste muet un long moment avant de me demander doucement :

— Tu t'inquiètes pour moi ?

— Il me semble que c'est assez évident. Je te rappelle que t'es plus près des trente ans que des vingt.

Il s'étrangle avec sa propre salive, sincèrement choqué.

— Serais-tu en train de me traiter de vieux ?

— Personnellement, je ne suis pas dans ta situation, je suis plus près des vingt. Je ne sais pas ce que c'est que d'être « vieux »... Enfin, d'être toi, donc.

Je viens de l'achever, un sourire faussement innocent sur les lèvres. Alors qu'il s'apprête à me lancer son oreiller dessus, sa chanson favorite du répertoire d'Elvis retentit. Il lâche son arme pour attraper son téléphone sur la table de nuit. Je bénéficie au passage d'un sublime aperçu de ses fesses. Je crois avoir soupiré de bonheur en les admirant, doute qui se confirme lorsqu'il m'adresse un regard intrigué.

— Oh... salut.

Tout en écoutant distraitement sa conversation téléphonique, je m'évertue à retrouver mes vêtements.

— Non, tu ne me déranges pas, Laurette.

En entendant ce prénom, je ne peux m'empêcher de tiquer et de me faire plus attentive.

— Ray ne trouvera jamais, c'est moi qui vais t'y conduire... (Il cherche désormais sa montre pour regarder l'heure.) L'aéroport est à Bakersfield, ce qui nous fait un trajet de... dix, vingt... quarante minutes, environ. Ton vol est pour... ? Dix heures trente ? Bien. Nous partirons dans une demi-heure, ça te va ? Autant y être un peu en avance, au cas où. OK. Non, ne me remercie pas, c'est normal. *Bye*.

J'enfile ma culotte.

— Laurette, hein ?

Logan ne répond pas tout de suite, mais, lorsque je lève la tête, je découvre qu'un large sourire lui barre le visage.

— Pour quelle raison tu me regardes avec cet air idiot ? je lance, irritée.

— Jalouse ? suggère-t-il comme si cette éventualité faisait de lui un homme comblé.

Je ne parviens pas à mettre la main sur mon soutien-gorge ; agacée, je dois me contenter de mon tee-shirt.

— Et pourquoi pas ? Après tout, c'est ton béguin d'adulte.

— Je t'ai déjà dit que mon béguin, c'était toi. Le tout premier, celui de mes premiers émois, celui de ma vie d'adulte aussi.

— Menteur, menteur, menteur !

— Et tu veux que je t'annonce mon programme pour le demi-siècle à venir ?

Au ton sec de sa voix, je devine facilement qu'il commence à s'énerver. Je souris : j'ai quand même retrouvé mon short.

— Tu seras aussi mon béguin de la crise de la trentaine, de la quarantaine, de la cinquantaine, mon démon de midi et mon petit plaisir solitaire de vieillard ! ajoute-t-il en criant presque.

Je saute agilement sur le lit et termine de m'habiller avec les vêtements de la veille.

— Il ne va pas être foutrement ennuyeux, ton programme ? je le titille.

En réalité, ses paroles me font plaisir, m'emplissent d'un indicible bonheur, mais plutôt me faire arracher les incisives sans anesthésie par un dentiste de film d'horreur que de le lui avouer. *Vois, Logan. Vois ce que tu as fait de moi : la femme la plus heureuse du monde. C'est horrible, n'est-ce pas ?*

— Je vais quitter ton stage, Logan Campbell, j'annonce d'un ton extrêmement sérieux.

— Je sais.

— C'est fini, l'esclavage volontaire.

— C'est ce que j'avais cru comprendre, oui.

Je m'accroupis, en équilibre sur la fine couette, les avant-bras posés sur mes cuisses.

— Je vais apprendre à sauver les gens.

— Les pauvres.

Je souris de toutes mes dents. Je me sens l'esprit sadique… Logiquement, il devrait aimer, non ?

— Tu flippes, hein ?

Une curieuse émotion traverse furtivement ses yeux.

— Que tu risques quotidiennement ta vie ? Quelle idée, voyons ! En vérité, je plains surtout les personnes dont la vie dépendra de toi !

En représailles, je lui pince méchamment le téton. C'est en souriant que je l'écoute crier et le regarde également frotter la victime de ma mauvaise humeur du bout des doigts. Je subis stoïquement son regard courroucé :

— Ça fait super mal !

— Exactement ! Ça, c'était pour toutes les femmes à qui tu as mordu le bout des seins lors de vos rapports, je rétorque. Vengeance.

— Je n'ai jamais fait une telle chose ! s'offusque-t-il. Je suis trop doué pour commettre ce genre d'erreur technique digne d'un débutant.

J'éclate de rire et me laisse tomber sur lui. Il m'accueille dans la chaleur de ses bras. Je ferme les yeux, la joue pressée contre son torse, l'esprit bercé par le rythme entêtant des pulsations de son cœur.

— Je ferai attention, Logan. Je ferai attention à rester en vie.

— Tu as intérêt, parce que je ne supporterais pas de te perdre, tu le sais.

— Je le sais. Et hmm… comment en est-on arrivé à parler de sexe ? je demande, somnolente.

— C'est toi qui as parlé de sexe.

— Ah. C'est vrai…

Je crois que je vais m'endormir. Une main posée sur son ventre, je goûte la texture à la fois dure et douce de sa peau. Logan est encore nu et ne paraît pas vouloir s'habiller dans l'immédiat. Lorsque le dompteur glisse ses doigts dans mes cheveux, le félin que je deviens en ronronnerait presque.

— Tu t'endors ? (Il reste silencieux une seconde.) À peine réveillée, déjà envie de dormir ? T'es incroyable.

J'ouvre subitement les yeux et mon regard tombe pile-poil sur la bouteille d'alcool. Celle-là même que nous avions entamée quand il m'a invitée pour la première fois dans sa chambre, la nuit du cauchemar.

— Je vais te manquer ?

Je l'écoute prendre une longue inspiration et, imperceptiblement, mon corps se tend, attentif, fébrile, impatient de connaître la réponse.

— N'est-ce pas évident ? finit-il par murmurer.

Je redresse brutalement la tête.

— Putain, Logan ! Arrête de répondre à une question par une autre !

Il se met doucement à rire. Je me recouche sur lui, énervée.

— J'hésite encore entre te culpabiliser de m'abandonner et te soutenir parce que je t'aime et que tu passes avant tout, même avant moi.

— Il me reste une semaine.

— Une semaine ? Ce n'est rien, ça, une semaine. C'est presque anecdotique, même.

Il rit de nouveau, mais avec tant d'amertume que ça me rend subitement silencieuse.

— Tu veux m'entendre dire quoi, exactement ? Tu veux me pousser à te supplier de rester ? (Sa voix change d'inflexion pour se faire velours.) Si c'est *réellement* ce que tu veux, je peux le faire.

Mon cœur oublie de battre.

— Non.

— Non ?

Si je le regarde, c'est fichu. Je reste donc parfaitement immobile.

— Je ne veux pas que tu me supplies de rester, mais, Logan, j'ai enfin un rêve, un projet que je veux réaliser… et ça me rend heureuse que tu le comprennes.

— Ai-je le choix ?

Pendant une pincée de secondes, c'est le silence entre nous.

— Tu pourras m'envoyer des sextos… ? je murmure.

— Tes désirs sont des ordres, susurre-t-il tandis que sa main caresse avec lenteur ma hanche avant de s'égarer sur mes fesses.

— Et je veux que tu m'embrasses.

Logan modifie légèrement sa position afin de pouvoir s'exécuter.

— Bien, *maîtresse.*

Je le frappe à l'épaule. Il rit encore, content de me resservir sa plaisanterie douteuse. *Serait-il vraiment masochiste ?* C'est ma dernière pensée cohérente, car sa bouche scelle la mienne d'un baiser fiévreux et passionné capable de me faire oublier jusqu'à mon prénom.

Assise devant mon bol de café dans la salle à manger, j'essaie d'ignorer Lem qui, à l'autre bout de la salle, plaisante avec Ray, Sophia et Lucy. Ma relation avec lui a empiré depuis qu'il m'a imposé son secret assaisonné d'une sale vérité indigeste. Logan est parti emmener Laurette à l'aéroport de Bakersfield, et Emily n'est pas encore descendue – elle se débrouille toujours pour ne pas être en retard, mais c'est chaque fois très limite. Mon regard se pose sur Danny. *De toute façon, il y a bientôt la rentrée scolaire… Ce n'est pas comme s'il pouvait rester ici pour toujours.* Au bout de quelques secondes, il lève la tête, les sourcils froncés :

— Qu'est-ce qu'il t'arrive ? C'est flippant quand tu me mates de cette façon.

— On va devoir rentrer. À Glendale, j'ajoute pour être sûre qu'il comprenne bien.

Alors que je m'attendais à des cris, des gémissements, voire une malédiction qui impliquerait une perte massive de cheveux, Danny ne m'offre qu'un banal haussement d'épaules avant d'ingurgiter une grosse cuillerée de céréales.

— Ce n'est pas comme si nous avions prévu de rester ici toute notre vie, lâche-t-il la bouche pleine. Je dois retourner au collège, j'te signale.

Je grogne, assouplis mes cervicales d'un mouvement rotatif de la tête, puis, avachie sur la chaise de métal, contemple le plafond comme s'il détenait toutes les réponses à mes problèmes.

— T'aimes bien Glendale ? je lui demande, pensive.

— Pas plus que ça, mais j'y ai mes potes.

Je reste silencieuse un moment.

— Je vois. Je pourrais prendre un appartement, tu sais. En ville.

Le fait qu'il ne me réponde pas tout de suite m'incite à lui jeter un coup d'œil. Il y a une telle joie inscrite sur son visage que je dois prendre sur moi pour ne pas révéler à quel point ça me touche. Il se racle la gorge et essaie de se composer une attitude mûre. Trop tard, j'ai envie de dire.

— Un appart'... juste toi et moi ?

Ses yeux disent : « Avoir enfin une vie normale ? Une maison où je pourrais inviter mes amis sans que ce soit trop dangereux pour eux ? » Je connais ce sentiment. J'ai eu les mêmes pensées à son âge.

— Oui. Je veux devenir pompier, Danny. Il faut que ma vie soit au carré pour que j'aie une chance d'y parvenir. Et je veux que la tienne le soit aussi. Pour les études, c'est mieux, non ?

Il opine vigoureusement du chef.

— C'est sûr. On ne peut pas dire que les profs étaient fans de notre milieu.

— Tu m'étonnes…, je dis avec un sourire.

Il me le rend au centuple, les yeux débordants d'excitation et de joie. *Ah. J'aurais dû prendre cette décision beaucoup plus tôt.*

— Eh, *los Ángeles*[1] ! nous salue Ruan avant de s'installer à côté de nous avec son plateau.

Je repère son pudding et le lui vole avant même qu'il n'ait eu le temps de penser m'en empêcher. Ce qui me vaut une magistrale série d'insultes dans sa langue maternelle.

— C'est le tarif ! je réplique avant de l'engloutir. Tu ne croyais pas profiter gratuitement de notre inestimable compagnie ? Trop de naïveté tue la naïveté.

Il rétorque par un majeur tendu, puis se jette sur son petit déjeuner. Soudain, mon téléphone bipe, me signalant la réception d'un nouveau message : c'est Logan.

LUI : On vient juste d'arriver. Tout est OK. Son avion part dans quarante-cinq minutes. Toi, ça va ?
MOI : Tout est sous contrôle, boss. Ah, au fait, Ray demande si on doit mettre les décors pour le film dans le hangar ?

1. Jeu de mots faisant référence à la fois à la ville américaine et aux deux membres du club BAMCHA.

LUI : Oui. Des techniciens viendront les chercher demain. Laurette les a juste laissés finir de sécher dans le hall.

— C'est qui ? Logan ? m'interroge Ray en débarquant à notre table.

Je hoche la tête pour le lui confirmer, les yeux rivés sur l'écran.

— Dis-lui pour les décors, me rappelle-t-il.

— Fait. Il a dit qu'on pouvait les ranger dans le hangar.

— Je peux me lever de table ? demande subitement Danny avec une certaine impatience.

Je jette un rapide coup d'œil sur les restes de son petit déjeuner : il a quasiment tout mangé.

— OK. Tu vas faire quoi de ta journée ?

— Avec Lem, on va aller nourrir des bébés autruches à l'Indian Point Ostrich Ranch.

L'idée que mon petit frère aura passé la totalité de son séjour à jouer au parfait touriste me fait sourire. Ça faisait longtemps que je n'avais pas été suffisamment détendue et rassurée pour le laisser tranquille. Il semblerait que ça nous ait fait du bien à tous les deux. Mon téléphone vibre : encore un texto de Logan.

— Prends des photos ! je lance à Danny avant qu'il s'éclipse.

— OK ! À ce soir !

LUI : C'est le week-end.

Je glousse en lisant son message. Ce qui me vaut aussitôt le regard perplexe de Ruan, assis en face de moi.

MOI : C'est bien, mec. Tu connais les jours de la semaine, je suis fière de toi.

La réponse ne tarde pas à arriver.

LUI : Idiote ! C'était un sous-entendu qui suggérait une éventuelle sortie.

MOI : Sortir comme… sortir tous les deux ?

LUI : Non. Avec les membres de l'équipe des Tehachapi Warriors.

MOI : Ah bon. J'ai cru un moment que tu parlais d'une sortie en amoureux ! J'ai eu la trouille ! Mais, Logan, 88 gars à nourrir… T'as les moyens ? Un joueur de football, ce n'est pas vraiment un vegan. Ça mange beaucoup de viande.

LUI : T'es impossible. Tu me désespères. T'es capable de te trimballer à poil dans la Résidence sans la moindre gêne, mais la possibilité d'un dîner en amoureux avec moi te fait paniquer au point de ne pas réussir à l'imaginer ? Écoute, on en rediscutera tout à l'heure, à mon retour. JTM.

Je ne réponds pas à son dernier texto, mais parie mentalement deux dollars que j'ai un air idiot sur la figure. Lorsque je relève la tête, mon regard croise celui de Lucy qui m'adresse un clin d'œil, juste avant de m'inviter à la rejoindre dehors.

Je quitte ma chaise, mon portable en main. Ruan m'interpelle :

— Hé ! Toi… Tu t'entends bien avec Lucy ? Je veux dire… tu la connais ? Vous êtes potes ?

Il essaie de garder un air dégagé, l'attitude même du mec super cool qui ne l'est pas du tout, en réalité. Je hausse un sourcil interrogateur. Il se racle la gorge puis joue momentanément avec un reste de pancake, l'émiettant dans son assiette.

— Où veux-tu en venir, *chaton sauvage* ?

Surnom qui me vaut illico un regard noir de sa part.

— Tu peux lui demander son numéro ?

— Quoi ?

Il semble très irrité par ma réaction et mon expression ahurie.

— De téléphone, *chica*. Son numéro de téléphone !

— Pour qui ? Toi ?

Mains sur les hanches, j'éclate bruyamment de rire. Il encaisse l'affront, silencieux, les lèvres pincées.

— Non… mais non ! Merde, Ruan ! C'est mon amie, j'peux pas lui faire ça !

Hilare, Ray manque de tomber par terre et, sans donner satisfaction à Ruan, ni même cesser de m'esclaffer, je les abandonne. Mon très récent pote mexicain doit être sacrément vexé, assez sûrement pour se venger dans un proche avenir.

Une fois sur la terrasse, je cherche machinalement mon paquet de cigarettes en tâtant les poches de mon veston en jean. *J'ai repris mes mauvaises habitudes.*

— Logan nous a dit… Alors, comme ça, tu ne seras pas des nôtres ?

Lucy m'adresse un sourire sincère, et je suis soulagée par sa réaction.

— J'aimerais entrer à la Verdugo Fire Academy. C'est une école de pompiers qui se trouve à Glendale. Ce qui est génial, car je ne serai pas obligée de déraciner Danny de la ville qui l'a vu grandir. Sur leur site, ils donnent les dates de leurs ateliers professionnels, et il y en a justement un le 10 septembre… Du coup, je pars au début de la semaine prochaine, pour commencer les démarches administratives, tout ça. Tu sais, à cause de mon casier et des BAMCHA…

Je m'arrête le temps d'allumer ma cigarette.

— Je crois que j'ai eu genre… une révélation, je plaisante avec un rire gêné.

Mais Lucy ne se moque pas, elle continue à me sourire gentiment.

— Je suis heureuse pour toi, Charlie. Nous le sommes tous. C'est un grand pas en avant dans ta nouvelle vie que d'avoir enfin trouvé ta voie.

Mon téléphone se met à chanter sa sonnerie à tue-tête. Je jette un coup d'œil à l'écran. C'est Don. Je n'ai pas vraiment envie de lui répondre alors que je suis en pleine conversation avec Lucy. J'émets un grognement agacé et accepte l'appel malgré tout.

— Qu'est-ce qu'il t'arrive ? je soupire d'un ton las.

Soudain, en entendant en fond le son reconnaissable entre mille d'une arme à feu en pleine rafale, je me pétrifie. Dans l'espoir de couvrir le boucan des tirs, Don beugle littéralement :

— C'est la merde, Mimi-Charlie ! Law est touché ! Il pisse le sang ! Y en a partout… ! Faut que tu viennes !

Règle n° 20

Survivre.
Survivre à tout, même au pire.

Je n'ai rien dit à Lucy. Je ne sais pas ce qui m'a poussée à le lui cacher, ou peut-être que si, au fond, mais quand elle m'a poliment demandé si tout allait bien, j'ai répondu par l'affirmative, que c'était juste mon frère qui avait eu un petit accident de moto et que je devais rentrer : « Pas de quoi fouetter un chat », a été ma conclusion. *Est-ce que je l'ai convaincue ? Ou bien va-t-elle appeler Logan dès que j'aurai le dos tourné ?* Je n'en ai pas la moindre idée. Une fois de retour à l'intérieur, j'ai eu l'étrange impression que tous les regards étaient braqués sur moi, comme s'ils savaient tous que je mentais comme un arracheur de dents, notamment Lem. Avec un air faussement décontracté placardé sur le visage, je me suis dirigée vers la table où j'ai déjeuné ce matin et où se trouve encore Ruan, que j'ai chopé par l'une des bretelles de son débardeur en lui faisant comprendre d'un regard – un seul – qu'il devait discrètement me suivre. Je me demande ce qu'il a bien pu lire dans mes yeux, mais ça a parfaitement fonctionné puisqu'il s'est tout de suite exécuté sans poser de question. Dans un silence qui en dit long sur la tension qui nous habite, surtout moi, nous traversons le hall, et quand j'estime que nous sommes suffisamment éloignés des autres, je me lance dans un résumé des événements :

— Je dois mettre les voiles. Il y a eu du grabuge sur le parking d'un restaurant de *Glendale Galleria*. Cinq clubs seraient impliqués : les Wildings, les Black Angels, les Culprit, les Down et les Heathen. Je vais aller emprunter une moto à Jimmy... Ruan, il y a sûrement des membres de ta famille là-bas, est-ce que tu veux venir avec moi ?

— Ça ne te regarde plus, Charlie. Tu n'es plus une BAMCHA et je ne suis plus un Wildings. *Mierda !* J'ai fait une promesse à mon frère et je compte bien la tenir ! ajoute-t-il d'un ton plus énervé.

Je sens bien que cette colère ne me concerne en rien, que Ruan est seulement furieux de se retrouver face à un tel choix.

— Mon frère a été touché, Ruan. Je ne peux pas laisser mourir Law sans rien tenter pour le sauver. (Je reste silencieuse un instant.) Tu aurais préféré que je ne t'en parle pas ?

Il sursaute, puis me dévisage comme s'il entendait pour la première fois de sa vie le son de ma voix. Il secoue la tête.

— *No. No, no ! Muy bien.* C'est *mi familia, mis hermanos.* Je te suis. Allons-y. *Vamos !*

Après avoir pris le strict nécessaire – nos portefeuilles et nos papiers –, nous nous sommes dirigés vers le garage de Jimmy. À mon grand étonnement, ce dernier est absent, constatation que je partage avec Ruan.

— Lui et Joshua sont partis travailler sur un plateau de tournage. Ça fait quelques jours, déjà. Tu ne le savais pas ?

— Non. Faut dire que j'étais pas mal occupé.

Mon air surpris ne lui échappe pas et il y répond par une moue narquoise :

— Occupé, *sí*. *Chica*, le dicton dit vrai : l'amour, ça occupe le corps et l'esprit mais surtout ça aveugle les yeux.

— Ça rend aveugle, je rectifie spontanément, tout en m'approchant des trois choppers à moitié recouverts par une bâche. L'expression exacte est « l'amour rend aveugle ». Ruan, va voir au fond, sur les étagères en fer, s'il y a des bidons d'essence, qu'on puisse nourrir convenablement ces bébés.

De mon côté, je me fais un devoir de retirer totalement la toile kaki les camouflant, ce qui soulève un nuage de poussière. Lorsqu'il revient, c'est avec deux bidons de vingt litres chacun dans les mains. En découvrant les motos, il grimace :

— *Dios*, je ne suis pas fan des choppers. Je prends le rouge et toi le noir. Le rouge, c'est la couleur du sang.

Devant un tel enfantillage, je lève les yeux au ciel.

— Si tu veux.

Pendant que je vérifie la pression des pneus, Ruan remplit les réservoirs.

— On a le plein ! s'exclame-t-il subitement avec une forme de joie un peu gamine.

— Très bien. Je pense que ce sera suffisant pour faire les cent soixante-dix kilomètres jusqu'à Glendale.

— Je le pense aussi.

— Mais, d'abord, il va falloir sortir les bécanes de là.

Nous échangeons un long regard et, dans le sien, je lis une inquiétude similaire à la mienne : de quelle façon allons-nous réussir cet exploit ? Il déballe un beau chapelet de jurons en réponse.

— On peut y arriver ! je tente de le rassurer.

À ces mots, il me regarde comme si j'avais perdu l'esprit.

— Tu veux qu'on finisse dans le décor ? *Estás loca ?* Chaque fois, nous avons été obligés d'abandonner les véhicules en bas pour grimper à pied jusqu'à *la Residencia* !

J'enfourche la moto au cadre noir d'encre, une chouette Kreidler-Mustang 125.

— On va y arriver, j'te dis. Ne perdons plus de temps. On a deux heures de trajet, sans compter la circulation de merde qu'il va y avoir autour de *Galleria*. Ce n'est pas comme si on avait un million d'options, mec.

Ce qu'il baragouine dans sa langue natale ne doit pas être très élogieux à l'égard de ma santé mentale. La minute suivante, nous démarrons les engins aux ronflements bruyants. Je fais la moue : si avec un tel raffut nous n'alertons personne, que ce soit Lem ou les autres, c'est que Dieu lui-même est de notre côté. Nous quittons l'abri sûr du garage.

La descente que nous redoutions a été encore plus épique que nous l'avions imaginée : un enfer pavé de mauvaises intentions. Je crois n'avoir jamais autant transpiré en conduisant une moto. Rapidement, nous prenons la direction de Mojave jusqu'à la Midland Trail. Les dieux de la route sont avec nous, car la circulation reste fluide tout le long. Nous prenons enfin la sortie 144 en direction de Glendale, et vingt minutes plus tard la gomme de nos pneus pénètre dans *Glendale Galleria*, la fameuse zone dédiée aux commerces et au divertissement. Notre chance s'arrête ici, car une majeure partie des lieux est cernée par la police. Nous ralentissons pour finalement nous arrêter non loin d'un magasin de lingerie dont la marque prestigieuse est mondialement connue. Après avoir coupé le moteur, je sors mon smartphone et lance une application qui suit en temps réel les informations régionales. *Parce que rien n'échappe aux journalistes*... Le carnage a lieu sur le plus grand parking, celui du côté de Brand Boulevard Street.

— Ils n'ont pas encore entamé la procédure pour fermer entièrement la zone, j'annonce à Ruan.

Je lève le nez de mon écran pour constater qu'il est lui-même au téléphone. J'attends donc patiemment qu'il raccroche.

— C'est ce que vient de me dire un de mes frères Wildings. Ça signifie qu'il y a encore moyen de rejoindre les nôtres.

Nous nous regardons, parfaitement conscients des conséquences d'une telle décision. Si nous le faisons, nous pouvons très bien être amenés à nous tirer dessus. Je détourne les yeux la première et contacte Don. Il répond à la quatrième sonnerie.

— Je suis là, je lui indique sobrement.

— Les tirs ne se calment pas !

— Je sais, je les entends d'où je suis. Vous êtes de quel côté ? Comment va Law ?

— Il est blanc comme un linge et s'est évanoui deux fois. Il faut vraiment l'amener jusqu'à l'une des ambulances, mais… putain, dès que je sors, je me fais canarder plein régime ! s'énerve le biker.

Une douleur atroce me broie le cœur dans un étau.

— On est en face d'un magasin qui vend des fringues qui coûtent une blinde.

— Chouette, l'indice que tu me files, là, dans une zone commerciale où il y a plein de boutiques de ce genre, je rétorque, sarcastique.

— C'est le nom d'un fruit. Bana… Banane ?

— OK, je vois de quel magasin il s'agit. Je ne suis pas loin de vous, en fait.

— On s'abrite derrière une fourgonnette blanche, précise Don. Tu vas arriver à passer les flics ?

— D'après ce que j'ai vu, ils sont un peu largués. Ils doivent attendre du renfort. Et puis ils n'ont pas encore reçu l'autorisation de boucler entièrement le secteur. Je raccroche. Et… Don ?

— Oui ?

— Prends soin de Law. J'arrive.

— Compte sur moi.

Ruan a lui aussi abandonné sa moto. Je le regarde, puis lui souris piteusement en agitant mon smartphone :

— Tu sais que c'est la merde quand la police elle-même twitte que l'endroit est super dangereux et qu'il faut se barrer.

Il rit sans joie à ma blague puis s'approche de moi pour m'octroyer une accolade amicale.

— Les Wildings se battent contre les Down. Nous n'aurons pas à prendre une décision difficile, *chica*.

Je lui rends fraternellement son étreinte.

— Je ne peux pas te dire à quel point ça me soulage. Et si c'est la dernière fois que je vois ta sale tronche, sache que je ne te considère plus comme un connard de Wildings de mes deux.

Il éclate franchement de rire et s'éloigne de quelques pas.

— *Yo también*. Moi aussi, *chica*. J'ai été content quand *el niño* m'a dit que tu allais devenir pompier. Trouve ton propre bonheur.

— Ouais, toi aussi.

Sur ces derniers mots, nous partons chacun de notre côté. Si nous étions relativement à l'abri derrière des bennes de tri, une fois à découvert, la cohue, le bruit et les cris nous frappent de plein fouet. J'inspire profondément et me lance. Heureusement pour moi, sans mon veston de cuir des BAMCHA, j'ai seulement l'air d'une femme excentrique avec mes tatouages, et non d'un membre de l'un des clubs impliqués dans ce carnage. Il est temps de mettre à profit les cours du stage. Au début, personne ne me repère et je parviens sans trop de mal à me faufiler, me cachant derrière les voitures garées. Le plus insupportable, ce sont les pleurs d'enfants qui appellent leur mère. Je ne veux surtout pas imaginer pour quelle raison ils le font : est-elle morte ? L'enfant est-il à ses côtés en train de lui tenir la main, probablement encore tiède ? Je me secoue. *Ne pense pas à ça ! Concentre-toi sur ton environnement !* Soudain, une voix autoritaire retentit derrière moi pour m'intimer de m'arrêter. Merde. Merde ! Je me vois subitement dans l'obligation de combattre ce vieux réflexe, celui qui nous incite à nous retourner quand on nous interpelle. Si je le fais, je n'aurai plus l'excuse de « ne pas l'avoir entendu », alors, le cœur battant la chamade, je poursuis ma route. J'avance jusqu'à ce qu'il ne me reste qu'à traverser l'équivalent d'une route. J'imagine de quelle manière bougerait, évoluerait Ray dans ma situation, et essaie d'en faire autant. Fluidité, rapidité, enchaînements : tout devient une rampe, un bras auquel s'accrocher, un support depuis lequel sauter. *Je suis Ray, je suis Ray, je suis Ray !* Puis je finis par les voir. Les blessés de la fusillade. Au début, avec les gens qui courent dans tous les sens, je ne leur ai pas prêté attention, mais maintenant que je me rapproche de la scène de crime, ils sont clairement visibles : tous ces corps allongés sur le sol. D'ailleurs, s'ils n'arboraient pas un logo différent sur le cuir de leurs vestons, ils pourraient très bien être de ma famille. Que ce soit les tatouages, une valeur morale toute relative ou des visages mal rasés : ils se confondent tellement que je ne sais pas comment interpréter cette image qu'ils me renvoient. Le flic qui me poursuivait semble avoir abandonné la partie. Je me retourne légèrement pour vérifier : oui, des passants apeurées l'ont arrêté et, désormais, il s'occupe d'eux. Du coin de l'œil, je la repère enfin, cette fameuse fourgonnette blanche. Sans ralentir l'allure, je me baisse un maximum. C'est à cet instant précis que Don tourne la tête et me remarque. La manière dont ses yeux s'agrandissent de stupeur en m'apercevant est presque comique. Sur les mouvements de ses lèvres, je lis ce surnom de malheur, totalement absurde, dont il m'a affublée lorsque nous étions plus jeunes. Il tient la tête de Law sur ses genoux. Mon frère a le teint cireux et je n'ai pas l'impression qu'il soit conscient. À l'idée qu'il soit déjà mort, mon cœur cesse de battre. Je plonge carrément en avant et me retiens ensuite de vomir en avisant tout le sang qu'il y a sur mon jean. Le sang de mon frère. *Cette fois, tu es arrivée trop tard.* Je pose les doigts sur son cou et pousse un gémissement de soulagement en sentant son pouls. Certes, il est faible, mais il est là.

— Où sont les autres ? Comment ça se fait que vous êtes seuls et sans aide ? je demande à Don tout en tapotant les joues blafardes de Law. Law ! Law ! C'est Charlie ! Réveille-toi !

— Nous avons été séparés. Pas mal ont été arrêtés par les flics et d'autres essaient de passer le barrage, un peu comme tu viens de le faire. J'ai ton père au téléphone et il…

Le regard noir de colère que je lui jette le coupe net dans son élan. Je ne suis pas ici pour Kurt, et encore moins pour sa guérilla intergangs.

— Et toi, ça va ? Tu n'es pas blessé ?

— Non ça va. Juste une éraflure au-dessus du genou, mais c'est rien.

— Law ! je m'écrie. Putain, ouvre les yeux, bordel ! Sale con !

Ses paupières frémissent, et quand j'entraperçois la couleur de ses iris, j'en pleurerais de bonheur. Je découvre ensuite la tache rouge sur son abdomen, en partie cachée par son gilet en cuir. *OK. OK, je dois trouver une ambulance.* Je me penche au maximum sur le côté, espérant localiser un véhicule des secours.

— OK, Don. Je ne vois rien, je vais donc devoir me lever pour vérifier si y a une ambulance, alors tu gardes Law éveillé, OK ?

Il acquiesce, sort un pistolet de son dos, en ôte la sécurité puis me le tend. Je le regarde une seconde, l'esprit brièvement vide, interloquée :

— Don, je ne suis pas venue tuer des gens. Je n'en veux pas, de ton flingue.

— Si on te tire dessus, tu dois pouvoir te défendre, s'entête-t-il.

— Non ! je m'énerve, tout en me remettant progressivement debout.

Les déflagrations des multiples armes à feu résonnent tout autour de nous.

— Surveille que Law ne perde pas connaissance.

Lentement, très lentement, je réussis à trouver un angle de vue satisfaisant et examine tous les véhicules garés sur ce satané parking. Non loin de plusieurs voitures de police, je discerne enfin une ambulance, une Ford rouge et blanche.

— Don ?

— Ouais ?

— Enlève son veston à Law et débarrasse-toi aussi du tien.

— Quoi ? Mais…

— Fais ce que je te demande, bordel ! Nous n'avons pas le temps de nous faire arrêter par les flics ! Il faut tracer directement jusqu'à l'ambulance !

Après un moment d'hésitation, il obtempère.

— Je vais t'aider à l'installer sur ton dos. On va devoir y aller sans se faire défoncer par les balles perdues.

Il opine du menton. Le plus délicatement possible, je passe les bras de Law par-dessus les épaules de Don. Mon frère gémit.

— *Go !* je hurle en ouvrant la voie.

On ne s'arrête pas. On ne s'arrête pas. Tout droit vers les flics. Il faut qu'on y arrive. Nous dépassons plusieurs groupes de bikers et, au sigle diabolique qui orne leurs vestes, je vois que ce sont des Heathen. Heureusement pour nous, les deux hommes derrière moi ne portent plus leur cible indiquant qu'ils appartiennent à un club ennemi. *Charlie, ne regarde pas ces types. Tu ne les vois pas. Faut juste que tu avances. Cinq mètres. Trois. Nous y sommes presque, bordel !* Soudain, le hurlement de Don me paralyse net. Je pivote brutalement sur moi-même, le cœur éclaté d'angoisse. Il secoue la tête pour me faire signe de continuer d'avancer, mais j'hésite. Il finit par me pousser férocement de sa main libre. Je repars, c'est mécanique, mes pieds courent de leur propre initiative pour dévorer le dernier mètre restant. J'ai l'impression que tout se passe au ralenti : que ce soit les mots criés par les policiers ou leurs mains qui s'agitent dans notre direction, nous faisant signe de nous dépêcher. Nous y sommes. Le personnel médical sort de l'ambulance. Tout le monde bouge, hurle, cependant, je n'ai toujours pas quitté le mode ralenti.

Je suis engluée au sol, même lorsqu'un flic surgit devant moi pour me parler : je n'entends rien de ce qu'il me dit. Ma vue se brouille, laissant des images apparaître devant mes yeux pour se confondre avec la réalité, des images qui proviennent d'une autre époque, d'un brasier.

— Est-ce que vous êtes blessée ! ? s'égosille le type.

— Mon frère…, je commence avant de m'interrompre.

Le retour à la réalité est brutal. Mon regard tombe sur mon jean imbibé de sang et je comprends pourquoi il me pose cette question.

— Ce n'est pas moi. Ce n'est pas mon sang.

— Quoi ? Qu'est-ce que vous dites ? Parlez plus fort !

Je reconnais que l'endroit est plutôt bruyant entre les hurlements des victimes, les sirènes et les détonations.

— Ce n'est pas mon sang ! je crie à mon tour.

Il hoche plusieurs fois la tête : il a enfin compris. Mon regard croise ensuite celui de Don, assis dans le véhicule médical toujours ouvert, mais prêt à partir. Je me fais bousculer deux fois avant de pouvoir les atteindre. Au moment où je m'apprête à monter sur le marchepied, quelqu'un m'en empêche. Don intervient en lui expliquant rapidement que je suis la sœur du blessé allongé sur la civière. Le mec tergiverse un moment avant de m'autoriser à les accompagner. Nous partons pour l'hôpital. Ce n'est qu'en examinant plus attentivement le visage de Don que je me rends compte que la dernière balle reçue lui a effleuré la joue. Ce qui a dû être sacrément douloureux. Mes yeux glissent vers mon frère à qui je tiens la main en essayant de gêner le moins possible les ambulanciers qui s'agitent autour de lui, surveillant ses constantes : qui le sauvent, en fait. *Sauvez-le. Je vous en prie… sauvez-le.*

Dix minutes plus tard, nous sommes aux urgences du Dignity Health Glendale Memorial Center. Les ambulanciers font un topo aux urgentistes, et ces derniers m'interdisent d'aller plus loin ; il ne me reste plus qu'à suivre des yeux le brancard sur lequel mon frère repose. Quant à Don, il rechigne franchement à suivre le personnel médical, mais finit par accepter lorsque je le lui ordonne. Je me sens bizarre, comme si je n'étais plus qu'une coquille vide et froide. Dépouillée de vie, d'énergie, d'émotion. Je m'assieds sur l'un des fauteuils de la salle d'attente et regarde ce qui m'entoure sans réellement le voir. *Sauvez Law, je vous en prie, mon Dieu, sauvez-le. Je sais qu'il joue aux idiots et fait souvent des conneries, mais c'est quelqu'un de bien, au fond, alors… donnez-lui une autre chance. S'il vous plaît. Je paierai sa dette, je vous le promets. Sauvez-le.* Mon téléphone sonne et je sursaute. J'ai l'impression que ça fait une éternité que je ne m'en suis pas servie. Je le sors de la poche de mon veston et regarde le nom qui s'affiche sur l'écran… Logan. Il a essayé de me joindre des dizaines de fois et a même laissé des tonnes de messages, mais je n'ai rien entendu. Et pour cause… j'étais aux prises avec une fusillade entre gangs. Mes doigts tremblent encore plus quand j'accepte l'appel. À bout de souffle, le corps flageolant, je me dirige lentement vers la sortie.

— Allô ? je murmure.

Je vais m'effondrer.

— Charlie !

Le son de sa voix… Il y a tant d'inquiétude dans son exclamation que j'éclate en sanglots. Comme si entendre Logan avait appuyé sur un bouton invisible et libéré en moi un véritable tsunami émotionnel.

— Charlie ! Qu'est-ce qu'il se passe ? Tu es où ?

Maintenant, il doit paniquer encore plus.

— Au… (Je renifle.) Dignity Health. Law a reçu une balle. Son état est critique. Il a perdu beaucoup de sang. Je crois… je crois que les flics vont débarquer et arrêter Don. Il a… il a son flingue et puis… j'sais pas. C'est la merde, Logan.

— J'arrive. Surtout, tu ne dis rien à la police.

— Ouais. Sûr.

Je ne tiens plus sur mes jambes et je me retrouve accroupie, là, sur le parking de l'hôpital. *Fait chier. Fait chier. Fait chier.* Et ces larmes qui ne veulent pas s'arrêter de couler ! *J'ai si peur de le perdre. Mon Dieu, je vous en prie !*

— Mademoiselle ?

— Oui ? je réponds d'une voix étouffée.

— Êtes-vous bien la sœur de… (L'infirmière jette un œil à la feuille qu'elle tient entre les mains.)… Law Parson ?

Mon cœur oublie de battre dans ma poitrine.

— Oui, je confirme d'un timbre écorché.

Je ne suis pas prête à écouter ce qu'elle a à dire. *Ferme-la. Ne me parle pas. Ne me dis pas que mon frère est mort.*

— Je suis sincèrement désolée de vous solliciter à un moment pareil, mais j'ai vraiment besoin de votre aide pour remplir son dossier… Il me faut des informations telles que son numéro d'assurance sociale, ou bien Medicare.

Je ne sais pas combien de temps je reste là à scruter cette femme brune dont l'air navré paraît sincère, puis, en le tendant dans sa direction, j'exhibe mon smartphone.

— Vous permettez ?

Mon frère est toujours vivant. OK. C'est tout ce qui compte. Elle hoche la tête, peut-être pas très sûre de voir où je veux en venir. Du pouce, j'active l'écran et cherche un numéro bien précis dans mon répertoire. Une fois que je suis dessus, je lance l'appel. Deux sonneries suffisent pour que la personne décroche. J'inspire profondément :

— Ho, la vieille. Le devoir t'appelle. Tu sais, celui pour lequel Dieu t'a autorisée à posséder des ovaires… Ton fils est entre la vie et la mort, il a besoin de sa mère.

Dans un premier temps, seul un interminable silence me répond, et soudain…

— Law ?

— Oui.

— Où ça ?

— Dignity Health. Les urgences.

Lentement, je me relève pour partir en quête d'une cigarette. Je retrouve mon paquet dans l'une de mes poches, en extrais difficilement une clope tant il est dans un sale état, et l'allume. L'employée de l'hôpital reste plantée là.

— Le numéro d'assurance est en route, m'dame.

Le ton de ma voix est monocorde.

— Euh… merci. Si vous avez besoin de quoi que ce soit…

Les yeux cloués au ciel multicolore de cette horrible fin de journée, j'exhale la fumée bleutée que je viens d'inspirer et qui m'apporte un peu de réconfort.

— C'est gentil, merci, mais ce dont j'ai besoin va être là dans très exactement une heure et demie.

Logan. Logan va arriver.

— D'accord. Vous êtes sûre que je peux vous laisser ? Vous seriez peut-être mieux dans la salle d'attente. Il y a des machines à café…

Cette fois, je la regarde franchement, un sourire réalisé à partir de ce que j'ai de mieux en stock sur les lèvres.

— C'est cool. Merci, mais ça va aller.

Elle hésite vraiment à me laisser ici, mais finit par céder. *L'appel impitoyable du travail, sans doute.*

Restée seule, je tire inlassablement sur ma clope coincée entre l'index et le majeur, jusqu'à ce que le filtre devienne brûlant entre mes doigts. Ce n'est qu'à cette condition que je me résous à le lâcher et, pour finir, à l'écraser sous le talon de ma botte. Puis, quelque chose attire mon attention, comme un éclat argenté dans une espèce de buisson, quelque chose de très brillant, près de l'entrée des urgences. Mon cœur s'emballe sur-le-champ quand je crois avoir deviné ce qui scintille si intensément… Du chrome. *Le chrome du flingue de Don, plus précisément, parce que ce sale petit con a jeté son arme ici !* Au lieu de s'en débarrasser sur le parking, il s'est débrouillé pour le garder aussi longtemps qu'il le pouvait sur lui ! J'examine plus attentivement les alentours : des voitures de police, beaucoup même, mais je ne vois aucun flic… Avec un peu de chance, je peux aller le récupérer et le planquer dans ma veste. *Si je le laisse là où il est, Don morfle à tous les coups, par contre, si je le prends et qu'on me fouille, c'est moi qui peux faire une belle croix sur mes projets d'avenir.* En cet instant, j'ai le sentiment d'être suspendue au-dessus du vide avec pour seule corde de secours un misérable fil d'Ariane. Je m'avance d'un pas. Un autre. Encore un. *Putain, fait chier!* Je marche jusqu'à cet horrible éclat argenté qui tente de m'hypnotiser. J'ôte ma veste, saisis l'arme de cet abruti, puis l'enroule vivement dedans. Ce n'est qu'en ayant l'impression d'étouffer que je me rends compte que j'ai retenu trop longtemps ma respiration. J'inspire de grosses goulées d'air afin de rectifier le tir, me dirige vers le premier trou d'évacuation que je repère et jette l'arme à l'intérieur.

Je décide d'accepter de suivre la suggestion de l'employée au chignon noir ébène et de retourner dans la salle d'attente. Le temps passe. La trotteuse de l'horloge clouée au mur face à moi fait un boucan infernal. Il n'y a personne dans cette salle. Comme c'est étrange d'être seule dans un endroit habituellement bourré de monde… Soudain, elle apparaît devant moi, sublime sorcière aux longs cheveux d'or pâle et au visage peint avec une science inégalée. À ses côtés se tient Kurt. Un Kurt indemne, sans une seule égratignure.

— Comment se fait-il que tes frères du club ressemblent tous à des œuvres d'art abstraites, et que toi, tu n'aies même pas une mèche de travers ?

Je l'attaque, aussi agressive dans la voix que dans ma façon de le regarder. Ma divine génitrice s'interpose :

— Nous n'étions pas là. Ce n'était pas une attaque préméditée, Charlie. Nous sommes comme toi, nous arrivons sur le tard. Ce restaurant est fréquenté par tous les clubs de la ville, les gars se sont un peu chamaillés et ça a dégénéré, c'est tout.

— « C'est tout » ? Ton fils agonise à côté et c'est ta seule réaction ? Les seuls mots qui te viennent à l'esprit ?

Ma voix s'envole dans les aigus. Je sens que je dérape, j'en ai parfaitement conscience, et pourtant je ne peux rien y faire. C'est un peu comme regarder un train foncer droit dans un mur ; je serais aussi impuissante à l'arrêter qu'à endiguer cette fureur qui se déverse dans chaque cellule de mon corps.

— Charlie, arrête de faire l'enfant. Tu es une adulte, désormais. Tu sais comment ça marche, les clubs. Les vieilles haines sont ainsi, elles créent des dommages collatéraux, intervient calmement Kurt.

Je l'assassine du regard. Pourquoi ne s'excusent-ils jamais, ces deux-là ? Pourquoi ne peuvent-ils pas simplement demander pardon pour le mal qu'ils font autour d'eux ? Pourquoi, à la place, balancent-ils toujours toute une panoplie de justifications vaseuses pour se décharger de leur responsabilité ?

— Si Law meurt, c'est ça qu'il va devenir ? Un « dommage collatéral » ?

J'ai grondé.

— Law savait très bien ce qu'il faisait. Ce n'est plus un bébé, et on ne l'a jamais forcé à faire partie du club. Toi non plus que je sache. J'aimerais que tu arrêtes de penser que tout ce qui vous arrive est entièrement notre faute. Vous avez toujours pris vos propres décisions !

Je serre instinctivement les poings et Kurt le remarque. Ses paupières se plissent doucement, puis un sourire mauvais incurve l'extrémité de sa bouche.

— Alors quoi ? Tu as envie de me frapper, Charlie ?

— Kurt, essaie d'intercéder ma mère, peut-être dans un élan de sympathie envers moi.

— Laisse-la faire, Shawna. Des trois, c'est elle qui a toujours eu la plus grande gueule, de toute manière. Si seulement elle avait été un homme…, ajoute-t-il avec un réel regret dans la voix.

— Tu ne m'en crois pas capable ? je lui demande en le regardant droit dans les yeux. Tu crois qu'une espèce de sentiment filial me retient de t'éclater la gueule ?

Bras croisés, il éclate d'un rire franc.

— Oh, je t'en crois capable, Charlie. Ce n'est pas le problème. Je connais tes capacités. Le problème n'est pas là. Ton problème, c'est que tu as la trouille. On t'a toujours filé les jetons. Le club. Les Black Angels… Moi. Tu es une froussarde. Tu l'as toujours été et tu le seras sûrement toute ta vie !

— Je ne suis pas une froussarde !

— Si tu l'es ! Tu n'es que ça ! Une sale mioche effrayée par son ombre ! Tu ne seras jamais rien d'autre !

La haine éclate en moi comme des bulles de savon qui se frotteraient d'un peu trop près aux rayons du soleil.

— Je n'ai pas peur de toi ! je hurle avant de me jeter sur lui, poings fermés. Je vais te buter !

Mais je heurte un mur. Un mur qui me saisit à bras-le-corps pour me plaquer contre le sol. Je me débats, je vocifère, je promets à cet homme, celui qui se dit mon père, les pires souffrances.

— Charlie ! Charlie ! C'est moi, je suis là !

Je reconnais cette voix. Je me fige et mon regard se perd aussitôt dans le sien, composé de deux iris au gris insondable. *Ah, Logan.*

— Superman, je murmure. Toujours là quand il faut.

Il me sourit avec tendresse.

— Charlie. Ce que tes parents pensent de toi ne doit plus t'affecter. Tant pis s'ils ne savent pas à quel point tu es extraordinaire. Lève-toi, Charlie. Regarde ton passé, regarde-le bien et tourne-lui le dos une bonne fois pour toutes. Ton avenir, c'est moi. C'est Danny. Tes amis. Law. Seulement des gens qui t'aiment et te respectent.

Law ? Doucement, sans gestes brusques, Logan s'écarte de moi, assez pour que je puisse de nouveau bouger librement. Une fois debout, il attrape ma main puis m'aide à me remettre sur pied. Kurt et ma mère sont toujours là. Si Shawna reste muette, il y a quand même cette étrange lueur qui illumine ses yeux. Pour un peu, je la confondrais presque avec de l'admiration.

Je me sens mieux, mais ça ne m'étonne guère, Logan a toujours eu cet effet apaisant sur mes colères ; il sait me désamorcer. Sans me lâcher pour autant, il s'approche de mon père, puis, sans aucune hésitation, plante son regard dans celui du président des BAMCHA :

— Je crois que Charlie a deux mots à vous dire.

Les doigts de Logan pressent brièvement les miens, comme pour me rappeler qu'il est là. Deux épées qui s'entrechoquent, voilà de quoi nous avons l'air, face à face, Kurt et moi. Je sais ce que je veux leur dire, ce que je veux lui dire, à *lui*. Je prends une très longue et profonde inspiration :

— Merci.

Mes parents ne s'attendaient sûrement pas à entendre ce mot sortir de ma bouche, si j'en juge par l'expression qui s'inscrit sur leurs visages. Je poursuis :

— Merci de m'avoir mise au monde. Merci d'avoir fait de moi l'adulte que je suis devenue aujourd'hui. Je sais désormais qui je veux être et ce que je veux faire de ma vie. J'ai enfin compris que les enfants n'étaient pas obligés de devenir une prolongation de leurs parents.

Sur ce, je m'éloigne, mais Logan fait de la résistance :

— Il paraît qu'un homme averti en vaut deux. Soit. Partons de ce principe, donc. Je vous avertis que si vous faites encore du mal à Charlie, je vous tue, Kurt Parson Bell. Il n'y aura pas d'autre avertissement… C'est clair pour vous ? Plus que quiconque, vous savez que j'ai les moyens de le faire, n'est-ce pas ? Miguel Mendez ne rêve que de ça : votre tête sur un plateau d'argent, et je suis sincèrement disposé à la lui offrir.

Nous sommes partis dans une autre salle pour attendre les résultats de l'opération de Law, et, totalement épuisée, je me suis endormie la joue appuyée contre l'épaule de Logan. C'est dans un sursaut de panique que j'ouvre les yeux :

— Danny ! je m'écrie.

— Calme-toi. Je l'ai appelé pendant que tu me bavais dessus.

— OK. Tu sais que tu n'as pas le droit d'utiliser ton portable à l'intérieur de l'hôpital ?

— Ça tombe bien, j'ai justement pris le gauche pour l'appeler.

Je reste silencieuse un instant à le regarder feuilleter un magazine, puis, n'y tenant plus :

— Je suis désolée pour les choppers. Je te les rembourserai, juré.

— Ray est allé signaler à Bedford qu'ils nous appartenaient. Il nous les rendra une fois l'enquête terminée.

Un médecin urgentiste qui porte encore sa blouse de protection jetable s'approche de nous :

— Mademoiselle Charlie Parson ? La sœur de Law Parson ? J'ai le grand plaisir de vous annoncer que votre frère est désormais hors de danger. Effectivement, suite à la blessure, nous avons dû…

Je n'écoute plus la suite, trop technique, mais il est plus que certain que Logan l'écoute pour deux. *Law est vivant… Law est vivant ! Merci, mon Dieu ! Merci, les urgentistes !*

Je serre vigoureusement la main du médecin en le remerciant. Il semble un peu décontenancé par toutes ces effusions, mais reste compréhensif et nous salue d'un bref hochement de tête avant de repartir. Apparemment, nous ne pourrons pas voir Law tout de suite, car il est encore aux soins intensifs, néanmoins, *l'important est qu'il est vivant, et hors de danger !*

— J'ai quelque chose à te dire, Logan.

— J'ai besoin d'un café ! s'exclame-t-il soudain en se dirigeant vers les machines. Non, en réalité j'ai besoin de quelque chose de plus fort… beaucoup plus fort. Cependant, comme je t'ai promis d'oublier la picole, je vais devoir m'y tenir. Bon sang ! As-tu la moindre idée de l'effet que ça m'a fait de t'entendre pleurer au téléphone ? Je n'ai jamais roulé aussi vite de toute mon existence, même pour une cascade !

— Je t'aime.

Lentement, il se tourne vers moi, l'air incertain, comme s'il doutait d'avoir bien entendu.

— J'ai dû mal comprendre. Qu'est-ce que tu viens de dire ?

— Je viens de dire que je t'aime, Logan.

Le temps se fige au point que nous pourrions caresser l'air et en percevoir chaque particule.

— Tu peux répéter ?

Un large sourire aux lèvres, je m'exécute :

— Je t'aime, Logan Campbell.

— Je ne suis pas très sûr, est-ce que tu pourrais… ?

Je lui saute au cou, et il s'en faut de peu pour que nous tombions tous les deux sur le sol.

— Je t'aime, je t'aime, je t'aime !

À l'instant même où il pose sa bouche sur la mienne, je sais que j'ai trouvé mon propre bonheur, et c'est lui. Mon bonheur, c'est cet homme au regard de tempête. Je crois que ma vie ne fait que commencer et je trépigne d'impatience de la vivre !

— Désolé de vous interrompre… ou pas.

Je m'écarte légèrement de Logan pour découvrir que Don est revenu. Son visage est agrémenté d'un large pansement sur la joue, mais également d'une drôle de grimace irritée.

— Comment tu vas ?

Il hausse les épaules.

— Des égratignures, j'ai vu pire… (Il me jette un regard en coin.) Je t'ai envoyé une photo, d'ailleurs, tu te souviens ?

Sous le regard interrogateur de Logan, je secoue la tête pour lui signifier de ne pas y prêter attention.

— Les flics ? je demande.

— Ils vont rappliquer. Pour l'instant, le staff de l'hosto croit qu'on fait partie des victimes, mais quand ils vérifieront de plus près… ça va se compliquer grave, alors je m'arrache en douce.

J'acquiesce : c'est la meilleure chose à faire dans cette situation. Néanmoins, le biker s'attarde, créant une sorte de malaise. Lorsqu'il se décide enfin à partir, en guise d'adieu, en passant près de moi, il ne peut s'empêcher de déposer un rapide baiser sur mes lèvres, ce qui provoque aussitôt un mouvement de colère chez Logan. Heureusement pour Don, je réussis à le retenir d'une main sur le bras : ça lui laisse largement le temps de disparaître sans récolter de blessure supplémentaire.

— Non, mais je rêve ! Je ne peux pas l'encadrer ! s'exclame-t-il.

— Laisse tomber. C'est un BAMCHA, donc il est con par définition… Tiens, en parlant de BAMCHA…

Je sors mon téléphone portable, active l'écran. Il reste peu de batterie, mais suffisamment pour que je puisse envoyer un message à Ruan.

MOI : T'es entier ?

— Qu'est-ce que tu fais ? m'interroge Logan en s'approchant.

— Je demande à Ruan s'il est en un seul morceau, je réponds sans quitter mon téléphone des yeux. De ton côté, tu as eu des nouvelles ?

— Uniquement un message après ton coup de fil. Il ne semblait pas blessé… Depuis, impossible de le joindre.

Visiblement, je n'ai pas davantage de chance avec mon texto.

— Merde ! je m'écrie, frustrée.

Logan sort son propre portable.

— Je vais contacter son frère.

Je le regarde tapoter l'écran de son smartphone pour ensuite le coller à son oreille et patiemment attendre que son interlocuteur accepte l'appel.

— Miguel ? C'est Logan, ouais… Dis-moi, t'es où ? Ça fait des jours qu'on essaie de te joindre ! OK. Et Ruan est avec toi ? Non ? Mais… il va bien ? (Il reste silencieux durant quelques secondes.) Très bien, je suis soulagé de l'apprendre. OK, je te laisse.

Une fois qu'il a terminé sa conversation, Logan se tourne vers moi.

— Il est sain et sauf. Bedford lui a mis la main dessus, et Miguel se retrouve à négocier avec lui pour lui éviter la détention.

Une main sur le cœur, je pousse un soupir de soulagement.

— Bon sang… Merci, mon Dieu !

— Nous aussi, nous devrions nous en aller, suggère Logan. Ce n'est pas le moment pour toi de te faire pincer parce que tu as été mêlée à cette fusillade.

Je hoche la tête et le suis dehors, une main dans la sienne.

— J'ai demandé à Ray de venir nous relayer et de nous avertir quand Law se réveillera et sera apte à recevoir des visites.

— D'accord. On va où, exactement ?

— Manger. Mais d'abord, à l'hôtel.

En entendant le dernier mot, je pile net.

— L'hôtel, hein ? je répète en haussant un sourcil.

Logan me dédie le sourire fourbe le plus resplendissant qu'un visage ait jamais affiché.

— Pour prendre une douche, précise-t-il, comme si ce détail allait le rendre aussi innocent que l'agneau venant de naître.

— C'est quoi, ce plan que tu me fais ?

— Soirée romantique. Tu le mérites… vraiment, vraiment beaucoup.

— Telle que tu me voies, je rêve plutôt d'une pizza et d'un dessin animé où les objets chantent le bonheur du monde.

Sans cesser de m'entraîner à sa suite, Logan grimace brièvement, le regard brillant.

— Ce sera un peu plus élaboré qu'une pizza, mais je te promets qu'on va chanter tous les deux sans fausse note.

J'éclate bruyamment de rire.

— En voilà un programme !

Logan s'arrête le temps de m'embrasser :

— C'est le programme de toute une vie. Toi… moi, ensemble.

On y revient… la définition exacte du mot « bonheur » dans mon dictionnaire personnel : Logan et moi, ensemble pour le reste de notre vie.

Achevé d'imprimer en octobre 2018
Par CPI France
N° d'impression : 3030968
Dépôt légal : novembre 2018
Imprimé en France
81122809-1